單讀 One-way Street

CUNEI
F●RM
铸刻文化

必须冒犯观众

必须冒犯观众　　　　　　　　　　李静

ALWAYS OFFEND THE AUDIENCE　　著

上海文艺出版社
Shanghai Literature & Art Publishing House

《我害怕生活》总序

I　　中年来临,做过一个梦:人头攒动一望无际的考场里,考官给每人发卷子,边发边说:"每个人的题都不一样哈,好好答,不许错,错一道就罚你!""罚"字刚落,就有滚雷的声音。我恐惧,开做第一题。总觉做不对,就重做,还觉不对,又重做,如是往复,永无休止——做不完的第一题。忽听考官说:"还有最后三分钟,抓紧时间哈!"往下一看,卷子无限长,不知还剩多少题没答。反正已经来不及,我就不再动笔,坐以待毙。铃声大作,卷子收走。惩罚的结局已经注定。滚雷的声音再度响起。脚下土地震颤,裂开口子,我坠落,向无底深渊坠落,挣扎，呼喊，却喊不出，也不能阻止这坠落，于是惊醒。仔细回味这梦，感到主题过于直露的尴尬。

此即这套集子的由来——来自我总也做不完的"第一题"。在契诃夫剧作《没有父亲的人》里，主人公普拉东诺夫对他的邻居们说："哈姆雷特害怕做梦，我害怕生活。"我呢，我因害怕生活而害怕做梦——害怕了大半生，直到只剩最后三分钟的时候，猛然惊醒。

因此，《我害怕生活》里的这五本小册实在是煎熬的碎屑与逃离的祈祷。之所以还敢示人，乃是由于作者被这一理由所说服：它们或可成为某种镜子与安慰——有一个人，在生活中经历了漫长的贫乏与胆怯，却在断断续续挣扎不休的写作里，看见了一丝亮光，保住了一点真心。至于这真心能否安慰你，我也说不准。我自己，倒是愿意听从古人，那人说："不可使慈爱、诚实离开你，要系在你颈项上，刻在你心版上。"（箴言3：3）

这些文体驳杂的字写于1995年到2022年。有的作品因为一些缘故没有收进来，但大部分也就在这里了。时间跨度如此之长，规模厚度却如此有限，这是我写作之初没有预料到的——我没有预料到，写作竟如此之难。但我也没预料到，写作竟如此意义重大——它是一条道路，借着一束光，将一个困在囚笼里的灵魂，引向自由与爱之地。诚然，写作本身并不是光。但写作只要是诚实不虚的，必会遇见光。光在人之外、人之上，是切切实实存在的。光引领我们实现生命的突破。

这五本小书，按照文体和内容辑成，分别说明如下：

《必须冒犯观众》是一本批评随笔集，收入了一些关于戏剧、影像、文学、泛文化现象的散碎议论和自己的创作谈。它曾于2014年出版，此次再版，篇目做了大幅调整和增删，并按论域重新编排。

《捕风记》是一本文艺专论集，收入了对若干位戏剧家、小说家和批评家的集中论述。它曾于2011年出版，此次再版，篇目亦做了较大调整，所论者是：契诃夫，彼得·汉德克，林兆华，过士行，朱西甯，木心，莫言，王小妮，止庵，林白，王安忆，贾平凹，林贤治，郭宏安。

《王小波的遗产》是关于作家王小波的回忆与评论文章的结集，断断续续写于1995至2022年。总成一书，表明一个受他深刻影响的写作者的记念。

《致你》是一本私人创作集，写于1996年到2021年。之所以用"私人"二字，是因为它们不成规模，自剖心迹，与其说是作品，不如说是一些写给知己的信，最能表明"业余写作"的性质。尤其诗歌，从未发表，完全是自我排遣的产物，以之示人，诚为冒险之举。写小说曾是我的人生理想，但至今畏手畏脚，留下一两个短篇在此，微微给自己提个醒儿。一些散文，是某种境况中的叹息；还有些散文，被写者已经作古，使我的心，如同一座墓园。《致你》是本书里写作最晚的文章，表明我如今的精神光景。近日搜百度，才知2016年已有一首同名流行歌。奈何我不能改。这里的"你"，来自马丁·布伯《我与你》之"你"，是永恒之"你"，充溢穹苍、超越万有之"你"。这是我写给"你"的信，此对话将一直延续在我未来的旅程中。

《戎夷之衣》是完成于2021年的话剧剧本，借《吕氏春秋》里的一个故事，叩问人心中的光与暗。戏剧创作是2009年以后我所致力的事。虽收获不多，至今完成的只有《大先生》《秦国喜剧》《精卫填海》《戎夷之衣》四部剧，且每一部的构思都极缓慢，上演亦很艰难，但写作过程却极喜乐——那种负重而舞的喜乐，是其他体裁的写作所无法给予的。何故？因戏剧是一种最有攻击性也最能凝聚爱的灵魂对话。这么说，不完全由于戏剧是对话体，更由于这种艺术天然地蕴含一种可能性，将一个时代最本质、最疼痛的问题，化作象征性形象之间直接的精神冲突，抛却末节而切中要害地，袭击并拥抱读者／观众的心。戏剧写作是我中年的礼物，使我得以"菜鸟"身份返归青春。这真是奇妙的事。

整理这套书稿，即是整理二十多年麦子与稗子拥挤共生的时光。由于自我的更新变化，从前的有些观点，如今亦已发生变化。但既然已经写下，已经发生，就仍抱着客观的态度，放在这里。

因此，这套小册绝非一个写作者的"成就"之总结，而仅仅是另一探索的萌芽与开始。此生或许只余剩"最后三分钟"，但仍可卸下惧怕，满怀盼望地写作，如此，才能彻底从噩梦中醒来，去就近光。

李静

2022年6月10日

目录

I 《我害怕生活》总序

甲 辑

003 唯有爱与美不想征服,却永能征服

011 图米纳斯对歌德的"背叛"

017 关于死亡的不朽之诗

022 当人想成为神

027 在这残酷的世界,看一次大师的小憩

031 《枕头人》:故事的"罪孽"

038 必须冒犯观众

042 跟时代较劲的舞台诗

047 重寻"大写之人"

053 李六乙的契诃夫

060 《备忘录》:从0/134到136/136到n/m……

064 当"最小成本"是自己时

070 纪念莎翁的另一种方式

077　一场琴瑟异趣的"婚姻"

081　2004年看的戏

092　为什么读剧本？

101　两个大帝，一悲一喜

113　读剧札记

121　让死者交出未来

125　两个人的"众声喧哗"

131　戏剧如何对真实说话

乙　辑

145　情热

152　《色，戒》：人性战胜国家

158　《梅兰芳》的精神分裂

163　《五加五》的轻与重

167　把药裹在糖里

174　伯格曼二题

丙　辑

181　幽默与药

192　关于"幽默"的随感录

199　浩瀚的灵魂

205　精神的自由与地上的面包

208　法国小说札记二则

215　艺术家还是哲学家？

223　没有一个人是一座孤岛

229　阳光下的羞惭

232　《非攻》的动词及其他

242　《倾城之恋》的底牌

247　红楼解梦人

255　别样的民国文学地图

260　在地铁里读北岛

264　"在路上"的北岛

268　往事的锋刃已刺穿其心

273　阎连科反对阎连科

277　秘语者董启章

282　敞开和幽闭的沉默

288　源泉来自内心之中

293　时代无须戴镣而舞，可我愿意

298　情不知所起，一往而深

302　序《千秋关》

306　晓宇的功课

丁　辑

313　文学批评的精神角色

317　文学批评的"不之性质"

322　卑从的艺术与自由的艺术

325　"耳朵"与缪斯

329　媒体批评与学院批评

336　我所看到的2004年中国随笔，兼及随笔的条件和赌注

345　关于2005年随笔的随笔

354　随想随写

360　文学与意见

366　反熵的精神

372　长篇小说的关切与自由

380　文学：动荡世界的精神方舟

393　发现者和行动者的文学

404　"文学与底层"？

410　良心的疾病

戊　辑

431　"个人"的精神成熟与"中国文艺复兴"

437　"那是些肮脏的事情！"

441 恋父文化

446 《不得已》新篇

己 辑

455 我为什么这样写"鲁迅"?

460 鲁迅,戏剧创作的"百慕大三角"

465 关于鲁迅的几条思絮

476 写作的灵魂想象力

479 一个戏剧菜鸟的"鲁迅"编造史

494 不会笑的人及其他

500 当"话语"成为戏剧的素材

508 从复仇到拯救

519 首版后记

523 后记

525 《我害怕生活》总后记

戏剧如何对真实说话?
——忠实于我所历,我所见,我所思,我所是。

甲辑

唯有爱与美不想征服，却永能征服

芜杂的生活忍受一次就够，灵性的诗篇却令人沉湎。对比平日"不忍再见"的多数戏剧，里马斯·图米纳斯导演的《叶甫盖尼·奥涅金》令我发此感慨。2017年乌镇戏剧节邀来俄罗斯的瓦赫坦戈夫剧院于10月19至21日上演此剧，使我们得以现场品读这首触痛心灵的舞台诗。

对北京的戏剧人来说，去年某种程度上已是"里马斯·图米纳斯年"。他导演的《三姊妹》《马达加斯加》《思维丽亚的故事》《假面舞会》先后上演，使俄罗斯"幻想现实主义"导演艺术在中国不再止于教科书中的"幻想"，而是以轻柔如梦的剧场诗意，真切地取走了观众的心。

此次《叶甫盖尼·奥涅金》的魅力更加强劲。她的原力来自普希金。这部诗体小说不只是俄罗斯文学的珍珠,在中国、在全世界都遍布痴心的读者。图米纳斯的戏剧版本并不另起编剧炉灶,而是直接剪裁原著。他小心翼翼地保留和提取她文学精神的光华,将其化作舞台上纷披的诗句——那是演员、音乐、舞美、灯光、道具诸要素和文本相融相生的综合编织。

1

《叶甫盖尼·奥涅金》原著是诗体小说,除了少量对话,多数篇幅由一位与作者普希金高度重合的叙事人来顺序叙述。图米纳斯将此作品剪裁为戏剧文本,做了如下工作:(1)确定戏剧主题;(2)基于原著叙事,设定人物角色;(3)改变结构:将顺叙的诗体小说,改为由第一主人公叶甫盖尼·奥涅金倒叙的叙事体戏剧;(4)依本剧主题,量体裁衣地将原作诗句作为台词分派给角色,少量台词因主题的相关性而取自普希金其他诗作——由此可见导演对普希金的熟稔。角色台词基本取消了对话性,而成为各自面向观众的独白。

剧中人物分三种:(1)原著已有的;(2)从原著里化出的——本剧的另一位叙事人"退休的骠骑兵",即原著叙事人"我";(3)图米纳斯"凭空"创造的人物。

看完此剧第一念是：它不该叫《叶甫盖尼·奥涅金》，而该叫《达吉雅娜》。奥涅金是游移模糊若隐若现的，而达吉雅娜则血肉饱满牵动人心。后来看资料才知，这是里马斯·图米纳斯有意为之：他同意陀思妥耶夫斯基的观点——《叶甫盖尼·奥涅金》或许应改名为《达吉雅娜》。图米纳斯说："普希金无论多么努力地想把奥涅金塑造成英雄——一个时代英雄，一个文学英雄，他没有成功。奥涅金迷失了，我们还在寻找他。他是不是一个英雄？我认为他不是。主要的英雄应该是达吉雅娜，她是俄罗斯的灵魂，是良心，是荣誉，是高贵、纯洁、本性。我认为整部演出都和达吉雅娜有关。她是舞台上的英雄。"全剧所有人物关系围绕达吉雅娜而设，支点是她，而非叶甫盖尼·奥涅金。达吉雅娜是永恒的女性，奥涅金却是时代之子。他只是她的梦，她的经验，她的毒酒和命运。达吉雅娜却能从自己的灵魂中炼就解药。

诚然，普希金从未如图米纳斯所说，真的试图把奥涅金塑造成英雄。毋宁说他是在讽刺性地书写一个行动与愿望相分离的人，一个浪费天赋和辜负使命的人，一个被爱神所宠幸，被魔鬼、毒蛇和表面之物所引诱的浪子。他的开明思想仅够蔑视庸众，他的忧郁魅力专供碾压纯洁姑娘的心。他见多识广，却没有强韧的意志去做精神的创造，推进社会的改良。他虚无孤独，却对真挚的爱情和灵魂的召唤无动于衷。在漫长的游历之后，他依然是个凭本能

唯有爱与美
不想征服，
却永能征服

生活的人，没有自我反思的理性，分不清"爱情"与"情欲"的区别，唯有美丽神秘、拒绝征服的"经验之身"方能唤起他的情热。叶甫盖尼·奥涅金是"多余人"的始祖。从普希金开始，到莱蒙托夫、屠格涅夫、陀思妥耶夫斯基直至契诃夫，这个"多余人"家族人丁兴旺，风情独具，令人断肠。他们是19世纪俄罗斯贵族传统与民主浪潮相激荡的结晶，在21世纪的今日，"多余人"具体的社会关怀已成陈迹——这也正是图米纳斯将原著主题做减法之处。被他保留的，是爱与冷、纯真与经验、天使与魔鬼、心灵的激情与肉身的欲望之间难解的纠缠。

2

图米纳斯的剧场艺术是表现性的——不模仿生活，无日常细节，以反日常的诗意、怪诞和隐喻逻辑，呈现事物的本质，外化内心的投射。

舞台的主体被设计成一间舞蹈教室，有一面正对观众的巨大镜子，一根从左至右贯穿舞台的长长把杆。这是一个多重隐喻、多种功能的空间，年迈黑衣高冷的舞蹈女教师（导演"凭空"创造的角色）——冷漠、经验、魔鬼、男权的化身，奥涅金灵魂本质的一个方面，规训着那些沉默、无辜而纯真的舞蹈女孩（她们也是导演的创造，有时象征达吉雅娜纷乱的灵魂，有时是邻居、女伴）跳出指定的舞步。这一场景作为与剧情无关的段落，犹如交响乐的动机，重复、变奏地出现，既凸显象征意味，又营造全剧的节奏。到了结尾，这位黑衣老太太在成熟的达吉雅娜面前死去，意味着奥涅金灵魂中的权力意志在达吉雅娜面前的死亡和屈服。

此剧中，那些"凭空"创造的象征性和氛围性角色虽无台词，却极重要。黑衣女教师，还有身着芭蕾白裙的女子——静谧、纯真、天使的化身，达吉雅娜的灵魂外化，在两幕的开场，都以轻盈欲飞的姿势静坐着，营造诗意而透明的氛围。还有小丑——蓬头而褴褛的流浪女乐手，第一幕她始终在台上，无言地演奏古老的弹拨乐，用关切的眼神和滑稽的举止，安慰最伤心的剧中人。小丑来自古老的民间滑稽戏传统，是图米纳斯的舞台精灵（《假面舞会》中，小丑也举足轻重），是他的态度和价值观的形象化，意味着无条件的温暖、抚慰、原谅和接纳，将滑稽与凄婉，怪诞地融合在一起。

怪诞的处理还体现在超现实、反逻辑的并置。比如，奥涅金和拉斯基都由中年和青年两个演员扮演，且总是同时出现——当下和从前、生命状态的苍老与年轻，同时并置，相互对话。

演员的表演，是基于内在"体验"之上的外在"表现"性的表演。反自然主义，不模仿生活。角色之间交流有限，若即若离，演员面对观众说出台词，有时宛若

唯有爱与美
不想征服，
却永能征服

呼告上苍。印象最深的场景，莫过于达吉雅娜面向虚空，对心中的奥涅金倾诉衷肠——那是她写给他的信，被里马斯化作舞台上的少女那娇羞的勇敢、忧郁的炽烈、喜悦的眼泪和莽撞的柔情。这一场景是此剧的种子，也可能是导演构想的核心画面，其他一切均围绕这一诉说而生。世界文学史上最著名最动人的信，找到了最恰切的舞台形式。

音乐是图米纳斯戏剧的灵魂和诗意的酵母，同一旋律的种种变奏，从头至尾从无间歇，既是主人公精神形象的音乐化，又参与象征化、舞蹈化和情景化的无词表演。

表现性的默剧式表演占了全剧极大的篇幅。它迅捷直观地交代情节，表现人物的内在世界。比如，当达吉雅娜袒露灵魂的信，得到的却是奥涅金居高临下、语重心长的拒绝时，她在强劲的旋律中如受难的耶稣，背负沉重的长椅，跳起挣脱的舞步，然而不能挣脱，最后成为一个凝固的十字。这种无声胜有声的表演，将普希金的诗意挥洒得酣畅淋漓。

象征性意象和物件常能以一当十地传达深意。比如那根象征着精神控制权的手杖，最初由自负的奥涅金所执掌，剧终时，被达吉雅娜从容夺走，她的背影也不再是第一幕那个纯真青涩的少女，而是坚定果敢、心怀痛楚的女武神。再比如"熊"的意象——被讲述的达吉雅娜梦中的熊，是痛苦、厄运的隐喻，先是在达吉雅娜的命名日宴会上，拉斯基作为礼物送给她一只小的，在剧终，大熊赫然直立滑向她，她与之勇敢共舞，吃力地控制着它，驱使着它，最终与它拥抱，泪流满面——那是她不得不与自己并不热爱、心怀恐惧的命运共舞，并学会接受它。

3

《叶甫盖尼·奥涅金》只是里马斯·图米纳斯的一部作品。每看完他的戏，都想再看一遍，或者咂咂嘴说，看不到这一部，看看他别的作品也好呀。我们依恋他，就像依恋温暖的怀抱。我们可以把自己放心地交给他，不必担心被责打，也不必害怕受教育，不必忏悔，也不必哭泣，可我们却忍不住想要哭泣，并知道他会捧住我们的每一滴泪。这就是里马斯·图米纳斯。

"在生命的危急时刻我找到了自己的原则：我不斗争但是我也不会放弃斗争。我不是一个本性好战的人。很久以前我已经意识到斗争的真谛和矛盾：你必须对抗不公，但不是用枪，而是用艺术，用爱与美。从长远看这是更有价值的，因为你可以更客观地评估形势。斗争不是我的领域。"

他的这段话里隐藏着一把钥匙，一道源泉。

也因此，他能令观众变得软弱，不想对世界挥拳头。变得敏感，能听见灵魂深处最轻柔的音乐。变得宽容，能够原谅他人和自己。变得慷慨，乐意赞美。

唯有爱与美从不渴望征服，却永能征服。这是里马斯·图米纳斯用作品告诉我们的。

2017年10月11日

图米纳斯对歌德的"背叛"

没有一部西方作品会像歌德的《浮士德》这样难以被中国观众理解,即便"剧场之王"立陶宛导演里马斯·图米纳斯率领中国演员做出的版本(2020年1月9日至12日,北京保利剧院上演)也不例外。歌德的《浮士德》主题是普世的,但它所依托的人物、故事、典故,以及典故背后的文化习俗—宗教神话背景,却与中国人隔着千山万水。难上加难的是,图米纳斯的《浮士德》并非忠实的改编。此剧文本虽剪裁自歌德原著,却如将一条盛大的礼服裙裁剪成一件风骚的苦行衣(没错,就是这么"对立统一")——材料还是那个材料,衣裳却不再是那件衣裳，且是用途相反的衣裳：主题改变了，且改到了完全与之相反的一面。而主题作为戏剧的核心驱动力，恰恰是文本、导表演、舞台呈现的第一因。近年来我们热衷于观察和描述舞台手段，而将戏剧的思想分析抛在门外，于是渐渐成为目迷五色、不明所以的一群——只知一部戏如何呈现，而不知其为何如此呈现。但是，正如梅耶荷德所招认的："统率每一部作品各种元素的是思想。""只要这个作品中没有一个思想在贯穿着，就还是要归于失败的。"观众—戏剧人能否捕捉到一部戏的思想，能否评价这一思想及其舞台呈现的方式与程度，也决定了一次观赏—批评的成败。

我们知道，歌德的诗剧《浮士德》是披着"顺服上帝"外衣的"异教"作品，表明启蒙主义者对人类权能的无限野心与信心，对上帝权威的强烈怀疑与挑战。这部写了六十年的鸿篇巨制，融汇基督教、古希腊神话和彼时的社会—历史素材，将作家自身丰盛的人生隐喻投射在这位16世纪的炼金术士身上。他让浮士德先后经历"小世界"和"大世界"——枯坐书斋的衰老、魔鬼再赋的青春、引诱少女的罪恶、辅佐王政的虚无、海伦之恋的迷醉和自由王国的狂想，在结尾，浮士德双目失明，以为邪灵给他掘墓的声音是人们填海造田的声浪，展望人们在他的王国里自由生活的前景，不禁说出"真美呀，请你停一停"。此言终结了这个自认为"永不知足"者的生命，但他的灵魂并未如他和靡菲斯特所打赌的那般被后者收去，而是被上帝派遣的众天使接走。此结尾暗示着歌德的观点：人不是靠"基督的救恩"，而是靠自身的自由意志与博爱之心，得以永生。浮士德说："我就是神。"这一"至高无上的人"的观念一度成为人摆脱神权与王权、获取自由与尊严的理据，自文艺复兴运动以来被全人类普遍接受，中国人亦是如此。它的背后，是人类科学与理性的高度成就带来的骄傲。

但图米纳斯的《浮士德》并未高扬"人之骄傲"。相反，他反思的对象正是它——人类欲望的膨胀与理性的自大——所导致的终极虚无。导演删繁就简，借歌德酒杯浇自己块垒，圆融可爱的剧场美学之下，是对歌德彻底的"背叛"。

这一"背叛"如何实现？通过对歌德原著的取舍——"取"来的部分，以狂欢化的表演和丰盛的舞台手段，将其"扭曲"、强化与改写。导演放弃了原作中浮士德经历的"大世界"——诸如辅佐王政和海伦之恋等情节，而聚焦于主人公的"小世界"——浮士德与平民女孩玛格丽特的情欲故事，之后，他起伏壮阔的生涯只是透过约略的口述而并未展现，就来到死亡的终局。这是此剧的"主旋律"。还有两支未必不重要的"副歌"——他的助手瓦格纳和一位学生的故事。这两个抽象的故事，只有对称的四个场景：瓦格纳在戏的开端陪浮士德散步，临近结尾，他为用化学方法在玻璃瓶里造出智能小人儿荷蒙库鲁斯而狂喜疯癫；"学生"在戏的开端将靡菲斯特误认为浮士德而向他问学，临近结尾，又向他误认的"浮士德"夸耀自己所得"真知"可以取代造物主。

这两支"副歌"在歌德原作中并不重要且别有所指，但被图米纳斯单拎出来，以角色起始的苍白浮夸、呆气十足和终局的癫狂自大、心智失迷的表演，表现"人"由膜拜知识到妄称上帝的疯狂状态。这是两个形而上意味十足的段落，与作为此剧主体的浮士德引诱玛格丽特的故事相得益彰，演绎着人类在对肉身、知识与权力的无穷欲望和无尽追求中，犯下的罪孽，收获的虚无。浮士德最终执迷不悟，死于自义，没有被天使接走；靡菲斯特收割灵魂，没有成功，无力地慨叹虚无。如果说歌德的《浮士德》是一曲人类自我崇拜的赞美诗，那么脱胎于此的图米纳斯的《浮士德》，却是一部关于人类罪性的忏悔录——以黑色喜剧的形式呈现。"反思人的罪性与自大"这一主题，在人类经历了20世纪的两次世界大战之后，在科学发达到了人造智能人几乎将要取代人，而人类的愚昧残暴与苦难却丝毫未减的今日，尤其发人深省。

戏剧主题暗黑深邃，舞台呈现却摇曳生姿。空旷的舞台上，始终矗立一个巨大而倾斜、插满古旧书籍的书架，在转动与移行之间，喻示一个知识—理性世界的倾颓。这书架三面是书，一面是图米纳斯的固定配方——镜子，兼具功能与隐喻。演员有时攀爬其上，用作身体的支点；有时对镜自照，营造反思和神秘的氛围。音乐作为全剧的灵魂性因素，将表演纳入山间溪水般变幻无形的节奏中，赋予舞台以滋润人心的灵性，居功至伟。

在导演的设计中，浮士德和靡菲斯特都是丑角，这一构想是天才的。尹铸胜饰演的学者浮士德像是中国戏曲中的文丑（方巾丑），当他咬着后槽牙字正腔圆地说出深沉悲观的心声，当他对玛格丽特情欲难耐却做着高雅严肃的谈吐，那个正典中辉煌伟大的探索者形象，在此沦为可笑而又可爱的灵肉战场。廖凡饰演的靡菲斯特像是武丑，一会儿身形矫健似犬，一会儿步履稳重如山，在灵犬、魔鬼、仆从、军人的角色之间无缝切换，在狡黠、揶揄、顺从、谋算、敷衍、怅惘的情绪间自如游走，他是全剧黑色幽默的灵魂。刘丹饰演的马尔特，在悲伤与狂喜、欲火焚身的期待和佯装淑女的克制之间夸张往返，有力地推动喜剧气氛。所有演员都如脱胎换骨一般，演出了反自然主义的狂欢性，身体的舒展和解放，是写实戏剧不能给予的。

若说此剧的瑕疵，我以为主要在文本结构而非表演。每个角色的形象线索是清晰的，只有能否更深切地挖掘角色潜台词和更有力地传递全剧意图的问题，没有"方向全错"的问题。文本结构却有失衡之处：玛格丽特死后，浮士德的"大世界"历程被删除，只透过他与靡菲斯特的交谈，得知他改造世界、造福人类的雄心。这对浮士德形象和全剧主题的呈现是不完整的——只有肉体和知识的探求与贪欲,没有权力和自由的行动与失措。再加一小时的戏也许完美?也许对中国观众的信心不足?无论如何,瑕不掩瑜,图米纳斯的汉语版《浮士德》让我们看到了中国演员的潜力,以及重释经典的魅力。

2020年1月

关于死亡的不朽之诗

幕启，舞台里部仍有一层黑色幕布，上面缀着金色繁星。音乐起，身着褐衣的希伯来女人拉开黑幕，从舞台左侧缓缓走向右侧——星夜渐尽，曙色曦微，明亮的天幕露了出来；一个黑衣女人手擎一只天鹅线偶，走出，操纵着那只孤单的天鹅振翅飞翔，也从台左缓缓走向台右。一天开始了。

舞台地面是个土质斜坡。一个做棺材生意的行将就木的老头嘟囔着上场，抱怨这个偏远小镇老人们老也不死，好不容易有个重病的还死在了异乡，到手的生意飞了，真是个惨痛的损失。他抱怨自己命运不济，现在只好住在一座破房里,和一个蠢婆娘生活一辈子,多么失败的人生啊——说着,他的房子和婆娘也上场了。老太婆穿着破旧的白袍,畏畏缩缩;房子是一个男人扮的,他有一张悲伤的脸,头戴一个小木屋顶,足蹬两把椅子(椅座向前),踩高跷般笨重地走上台;一个抱着各种道具的褴褛男人跟在后面。老太婆病得很重,但是她在丈夫面前不敢休息,她绕着房子狂奔劳作,每转一圈就变魔术般换一样劳动工具,它们都是那个"道具男人"躲在"房子"身后换给她的。最后她累倒在椅子上,快死了。丈夫此时才恍悟,他一生都没有善待过这个一直敬重他的女人,他懊悔,他要赶紧给她治病,他带着她坐上马车去看病。

衰老的马车夫一星期前死了儿子,他老想好好跟人谈谈这件事,但是没人听。他的马也是人扮的,两条牛仔裤腿破着大洞,头上戴着一个象征性的马笼头,脚上的烂鞋厚跟在前,如同马蹄,屁股后吊了根尾巴。他也有一张悲伤的脸,疲敝地在台上奔跑着,看了让人想哭。

老头求了医也没拦住老太婆的死。天使收走了她的灵魂。他把她埋葬。他孤独地走在路上,算计着死亡是一笔好生意,不用吃饭、喝茶、上税,就可以过上千百年。

他碰上了一个抱着婴儿的贫穷、绝望而年轻的母亲。他陪她坐上挤着妓女的马车去看那医生。一样没有救。天使收走了婴儿的灵魂。他帮她埋葬婴儿。他求她哭一哭,也许她会好受些。她说不,哭的话,只会让世界好受些,她不想哭。老头说,设想你站在人生的十字路口上,你不知该往哪里走,难道你不想哭吗?她摇头,说她从来没有站在过十字路口,她永远只有一条路,一直走到这里;如果说她碰见过十字路口,那就是现在——她到底哭还是不哭。她选择不哭。她不想让这个世界这样轻易地解脱。她说每个人的命运就是排着长队等待发到手里一把糖果,而她没有等到。

孤独的老人走着,他说人生如果是另一种过法,那一定是不同的景象:他的老太婆、年轻母亲、老车夫、妓女、醉汉都欢笑着手拉手,围着他歌唱跳舞,老太婆从没有这样灿烂地笑过……

但是也一样。他仍然孤独地死去。天使收走了他的灵魂。舞台上空无一人。

黑衣人的提线天鹅从台右缓缓飞向台左。褐衣人拉起缀满繁星的黑幕从台右缓缓走向台左——余晖将尽,夜幕垂临。一天结束了。生命结束了。

我无法不复述这部名叫《安魂曲》的以色列话剧。我无法不对它伟大的编剧、导演哈诺奇·列文奉上我由衷的敬畏、热爱与感激。对于它,我只想体验和追忆,而感到评论是粗暴的。这部用舞台完成的不朽诗篇,足以灼伤任何一个与它相遇的灵魂。它是最高意义上的戏剧,超越了社会、历史、地域和文化的一切界限,而直击人类心灵最深处的悲怆。那是"一种可怕而蓄意的空缺,一种我们会被吸入进去的宇宙虚空"（哈罗德·布鲁姆形容《李尔王》语）。在浩大而诗性的无能为力中，我们愿意沉下去，沉下去，打开灵魂的每一个毛孔，迎接宇宙和命运的抛掷。

可惜列文此时只能在天国倾听颂赞。写作和导演此剧时，他已知死神将近。没有人能比坐在坟墓边的他更好地表达对死亡的看法，哪怕它的原作者契诃夫。《安魂曲》是根据契诃夫三个短篇小说《希洛德的小提琴》《苦恼》和《在峡谷里》改编而成，其实只是取了它们的人物关系。去掉具体的时空背景，"死亡"的主题被诗化和形而上化。地点高度简约——老头的家，路上马车里，卫生员的象征性诊所，柳树下。全剧为了保持情绪的均衡，老头、年轻母亲和马车夫奏响的"死亡"主题，总是被坐车的妓女、醉汉的讽世闹剧节奏性地打断。闹剧也不是白给的，妓女关于"从前的玩意儿"和"今天的玩意儿"的笑骂，鞭打着这个灵魂凋零的物质时代。

透过临终之眼，这位伟大诗人以《安魂曲》昭告他所看到的世界：什么都无法拯救一个即将赴死的人，什么都无法慰藉一个失去亲人的人，无论是上界的天使，还是尘世的医生。孤独是每个人最终的宿命。然而人却在对此宿命的领略中走向悲悯与和解。剧中的天使褴褛、善良而卑微，他们的温暖拯救不了母亲的绝望；剧中的医生瞌睡、冷漠而无奈，他的粗暴是在掩饰自己无能为力的愧疚。剧作家如此观照这个无可依偎的世界，并非让人陷入悲观绝望之中，而是在显现人类精神能力的强大尊严。

演员的表演是介于"演"与"不演"之间，他们的面容在静默中便已表现了一切。场景转换是以人物的叙述性台词简洁地完成，与中国戏曲的方法相似。舞美、灯光都只为烘托一个诗意而素朴的灵地，极为简约；人扮布景朴拙童真，既令人感到新奇，又四溢着人性的体温。剧中人全着波希米亚流浪人的传统服装，哀伤、褴褛而永恒。现场演奏的音乐如此动人，女歌者的嗓音纯净甘洌，抚慰着现场每一个悲伤的灵魂。

2006年3月31日

当人想成为神

英国戏剧电影《弗兰肯斯坦的灵与肉》有两个版本，演员本尼迪克特·康伯巴奇（"卷福"）和约翰尼·李·米勒轮流饰演科学家弗兰肯斯坦和他创造的"恐怖怪物"。2013年在首都剧场、2014年在北京电影资料馆上映，上座率奇高，成了北京文青中的一桩盛事。这部由尼克·迪尔编剧、丹尼·博伊尔导演的舞台剧由于使用了多机位的现场拍摄，使无缘亲临现场的观众看电影也能深度体验剧场效果，这种传播方式算是给世界各地的爱剧人提供了望梅止渴的安慰。

《弗兰肯斯坦》是英国女作家玛丽·雪莱创作的文学

史上第一部科幻小说，自1818年出版以来，已有近二十部影片改编或脱胎于它。《弗兰肯斯坦的灵与肉》是这一序列的特例——对它而言，电影是载体而非本体，它承载的是一部充满当代精神的戏剧。此剧对小说原作删繁就简，强化和延伸局部主题，变换叙事视角，从"恐怖怪物"的角度（原作是从他的创造者——科学家维克多·弗兰肯斯坦的角度），讲述了有关爱与知、知与罪、创造与毁灭的悖论式悲剧。

虽然台词相同，本尼迪克特·康伯巴奇和约翰尼·李·米勒饰演的"怪物"也都缝着相似的"肉补丁"，但两个版本的同一角色却因两位演员气质的不同，而被赋予了迥异的个性和意味。本尼迪克特·康伯巴奇饰演的"怪物"看起来是个智慧和体力都优于人类的卓越造物，他的被驱逐被嫌恶的悲剧处境因此看起来更不公平，更凸显出人类的卑劣和平庸；与他对手的约翰尼·李·米勒饰演的科学家弗兰肯斯坦则被塑造成一个对自己的造物和造物带来的恶果感到良心负疚的感伤人物。米勒饰演的"怪物"气质上则是个天真无辜的孩子，他的被驱逐被嫌恶的处境因此看起来更辛酸孤独，更凸显出人类的冷酷和偏见；与他对手的本尼迪克特·康伯巴奇饰演的科学家弗兰肯斯坦则被塑造成一个自负、冷漠、不负责任而又悔恨交加的天才。后一版本的对手戏显然更富张力——"怪物"和弗兰肯斯坦在情感与理性上的争辩较量，都有道理，都有困境，高下难分，天平两端一直在剧烈的颤动中保持着平衡。前一版本的对手戏则显得有些张力不足——天平一直倒向康伯巴奇的"怪物"一端，他的强烈与强势，使"怪物"与弗兰肯斯坦的争执较量胜负立判，结论分明。

两位演员置换角色的表演，使他们能换位思考地理解角色本身，也使他们饰演的两个角色都打上了自身气质的烙印——卷福的"怪物"和科学家都有酷、冷、天才而智性的神采，米勒的"怪物"和科学家都散发着温暖、柔软、感伤而脆弱的气息。这使人不禁想到，这部戏本身也是一场"弗兰肯斯坦"式的实验——同一个灵魂被置入境遇相反的肉身里，会是怎样的呢？就是舞台上呈现出来的样子吧。因此，善与恶、爱与恨、美与丑、谦卑与骄傲、追责与失责、求知与禁忌……都不再是一个人灵魂本质的表征，而只是其现实处境的结果——一切都成了相对的，偶然的。在这些相对的选项之上，则出现了绝对的困惑：人的求知欲有无边界？人在越来越洞悉生命的奥秘和自然的法则之后，能否扮演上帝的角色而随心所欲地创造人，毁灭人？人一旦取代了上帝而成为"人神"，会产生怎样的后果？人应当为了避免可怕的后果，而给无限的智慧探索设置禁区吗？人是否"知"得越多，"爱"得越少，"罪"得越深？在"知""爱"与"罪"之间，有着怎样的伦理纠葛？这些问题把观众带回到《圣经·创世记》：上帝将偷吃了分辨善恶树果子的亚当夏娃逐出伊甸园，究竟何意？人应当屈从于上帝的禁制吗？"人"究竟是一种怎样的存在？在研制出了克隆羊多莉的英国，在克隆人和人造智能人呼之欲出、面临伦理困境的今天，《弗兰肯斯坦的灵与肉》向观众提出的这些问题，有着令人错愕的当代意义。

显然，此剧用人物的命运给出了自己的回答。维克多·弗兰肯斯坦是个缺少情感、单纯被好奇心驱使的科学家，他创造了一个人，却因为"它"恐怖丑陋的面目而弃之远去，也就是说，他把自己的造物当作了"物"而非"人"。他一面为自己拥有了"神"一般创造生命的能力而沾沾自喜，一面逃避神对人、父对子的责任——爱。他使"怪物"在孤独无依中、在人类的嫌恶和驱逐中成长为具有恶意和破坏力的人，他也为自己对自己造物的冷漠和失责而接连付出了道义与亲情的惨痛代价：一个三口之家被"怪物"烧死——因为"它"被年轻夫妻的驱逐所激怒，实施了报复；自己的弟弟被"怪物"杀死——因为"它"知道只有这样，才能找到自己冷漠的创造者，自己的源头；未婚妻伊丽莎白被"怪物"强奸之后杀死——虽然她善良地对待"它"，但既然科学家对"它"背信弃义，毁掉了许诺给自己的伴侣，"它"也要奉还给他同样的痛苦。

此剧表现了"无爱之知"带来的罪过。弗兰肯斯坦毫无愧疚地对"怪物"说："你是我最伟大的实验。但是个错误的实验。一个必须被毁掉的实验。""你不过是个等式，一个定理，一个待解的谜题。"言语之间充满理性的自负。"怪物"却用不可控制的反抗一次次回敬了弗兰肯斯坦，渐渐让他明白："它"是个"人"。"人"远非数学法则可以支配，他／她是一种不可实验、充满神秘、有无数可能性的自由存在。即使人知道了如何用科学来创造人，也无法用科学来预见和控制这些人的行动及其未来。人的外部宇宙和内在宇宙永远是无限的，永远有着无法被完全认知的神秘地带——正是这种无限性的存在，以及无限之中冥冥主导着世界的道德法则，被有限的人类视为"上帝"。以有限之躯占据无限之位，便是"渎神"，用伊丽莎白的话说，是"自大"——"你想做上帝的事，结果不小心出了错"，"你违背了自然法则，带来了麻烦"。

弗兰肯斯坦毁灭于这种自大。在他与他的造物同归于尽之前，他喃喃自语："我不知道什么是爱……每一片人性的温暖都被我撕碎。我只感到仇恨。"天幕处大门洞开，二人向舞台深处蹒跚而去，一声巨响，一片火光。说到底，《弗兰肯斯坦的灵与肉》是一个关于爱的故事。它让人们看到：无爱的探索和创造，即使高明得碰到了上帝的衣角，也依旧会毁灭。

在这残酷的世界，看一次大师的小憩

彼得·布鲁克最终没能现身"林兆华戏剧邀请展"，引得国内剧人憾声连连。好在他的作品《情人的衣服》（英文名 *The Suit*，直译应为《西装》或《衣服》，下文简称《衣服》）总算在12月6至9日在国家博物馆剧院上演，聊慰观众的期待。此剧改编自南非黑人作家康·塔巴的同名短篇小说，法语版诞生于十二年前，英语版重写了这个故事，依据当下时事增删了背景内容（彼得·布鲁克方法："戏剧即当下"），于2012年4月首演。北京是该剧亚洲巡演的第一站。

古云"大道至简"，彼得·布鲁克一直寻求用最少的演员和道具，在一个"空的空间"里实现意义和活力的最大化，《衣服》一剧也不例外。这部叙事体戏剧讲了个"小故事"：丈夫某日撞见爱妻与她的情人躺在一起，情人仓皇逃离，他的西装留在了这个家里。曾经待妻子如待女王的丈夫从此用这件衣服对妻子无情地报复，直到她自杀，他才陷入深深的懊悔中。但包裹这个小故事的，是一个"大世界"——它不被戏剧化地呈现，而只出现在叙事人的台词和动作中，正如饰演马菲克拉的演员在开头所说："我要讲的这个故事不可能发生在别处，只有在南非，在种族压迫的铁腕下。"

叙事人是多个而非一个——丈夫菲勒蒙，妻子玛蒂尔达，丈夫的朋友马菲克拉。马菲克拉的功能是提供大社会背景和菲勒蒙的行动理由。在这个表面的婚恋悲剧中，除了开头，还穿插着三处种族压迫的背景描述，都借马菲克拉之口说出：第一次是在早班公交车上，马菲克拉对心里装满柔情蜜意的菲勒蒙说，他想进教堂"跟我们的上帝说句话"，却一处是"黑人与狗不得入内"，一处把他锁在教堂顶上小房间里不许出来；第二次是在小酒馆里，马菲克拉告诉发现奸情心灰意冷的菲勒蒙，镇上发工资这天简直就是魔鬼的生日，有三个人在火车上被盗后又被扔到窗外摔断了腿，所有人都被偷得裤子上只剩一个破洞；第三次是在菲勒蒙宣布玛蒂尔达要举行家宴之后，马菲克拉跟他说，镇上的一个吉他手被警察剁去五个手指、射击三十四枪后死去，他们居住的这个索菲亚镇也将被强拆。

在这样的背景中，观众才能理解这个惩罚偷情的故事何以不纯粹是一个私人故事。1950年代南非的索菲亚小镇，在黑白、贫富的等级压迫和穷人之间的相互倾轧中，家是菲勒蒙最后的灵魂栖息地。妻子背叛的消息使他感到"这不像一颗毁灭性的炸弹爆炸，倒像是一个无限精巧的机关，此刻决定性地崩塌"。接下来他对妻子展开的没有暴力而胜似暴力的报复，会让洞悉人性弱点的观众产生和玛蒂尔达一样的感觉："她受的惩罚过于严厉，相对于罪行的恶劣程度来说。她试图把惩罚当作一个笑话。"但惩罚不是笑话，在丈夫当众羞辱了妻子——让她和西装共舞一曲——之后，妻子自杀了。

社会环境和丈夫虐妻的因果关系，没有在剧情中有机化，而是以叙事人的叙述，暗示菲勒蒙生活在怎样一种屈辱不公的大环境中。起初他用对妻子的崇拜和爱来净化自己的空气，抵御这种窒息；发现真相之后，他既无力抗争社会和制度施加给他的屈辱与不公，更无从获得原谅和遗忘的空间与热能，为了得到尊严的替代品，他以自己受辱的证物来羞辱妻子，从她的受辱和服从中获得征服的快感与存活的动力。以自虐来施虐，以施虐来统治，在这样一个践踏的链条中，处于最底层的女人玛蒂尔达被碾碎了。她的死揭示了整体性残酷的根本秘密。不知为何，这竟让我想起中国社会新闻里那些失意丈夫虐杀妻子、无良凶徒为害无辜的他人孩子的故事——动因相同，只是我们的情节更粗粝更骇人罢了。

此剧的演员实在优秀。他们在叙述和表演之间转换微妙——当用第三人称叙述自己扮演的角色行为时，肢体和表情却与该角色合一，叙述人和角色双重而同时地共存于一个演员身上，鲜活自然、行云流水而毫不生硬。女主角的歌声醇美，三个白人乐手的伴奏极美地烘托氛围、控制节奏。不到九十分钟的演出，就这样浓缩了一个深刻的故事。

但我也忍不住感到些许遗憾：它太流畅，太轻盈，轻得像大师的小憩，以至于男主人公疯狂而悲伤的内心只如清风浅浅掠过。如果在某些沉默的时刻，他肯停下来呢？如果他肯露出灵魂冰山的狰狞一角呢？我想它的分量会有不同。

我不知这是我的口味，还是我的思想。

2012年12月13日

《枕头人》：故事的"罪孽"

五年多前的版权大战硝烟已散，马丁·麦克多纳的《枕头人》终于在北京上演。时值4月底，地点鼓楼西，前八场饰演作家卡图兰的是赵立新。正是2010年他在蓬蒿剧场的一次剧本朗读，在我心中种下了《枕头人》的瘾。如今解铃系铃，总算一纾"瘾"痛，从剧作到表演，都有了机会对照观瞧。

这部暗黑寓言剧，整体上遵循了三一律：地点始终在一个独裁国家的警察局审讯室里，剧中时间与演出时间等长——警察讯问、拷打直至枪毙作家，构成整个戏剧过程，每一幕都以卡图兰叙述的故事场景收尾。演出将剧作第一幕第二场《作家和作家的哥哥》放在全剧开头，作为交代卡图兰前史的序曲——大概是出于缩短时长、加快节奏、演员换装的考虑吧，但也略微减弱了戏剧悬念。第一幕中，删去了卡图兰"最满意的故事之一"——《路口的三个死囚笼》，它讲的是一个遭到万众一心的憎恶、被关进死囚笼却不知自己犯了什么罪的汉子，最后被强盗射杀的故事。删除这一"没有谜底的谜"，倒像是为它找到了一个不证自明的谜底。剧作第二幕第一场中《枕头人》的故事由兄弟二人的对白讲述，在演出中改为多媒体叙述。第二幕第二场的《小基督》故事，在演出中挪至第三幕，改为多媒体和警察埃里尔的交错叙述。除此之外，演出都忠实于剧作。全剧有一悬疑推动力——即求证作家所写的虐童杀童故事与实际发生的虐童杀童罪行之间，究竟有何关联。这一动作主线暗示了该剧的核心主题：艺术创造与现实结果之间，那些悖论迭出的紧张关系——诸如艺术与大众，艺术与自我，艺术与道德，艺术与政治，等等。

如何外化这一抽象而复杂的主题？马丁·麦克多纳的方法是"道成肉身"——将当代社会的群体存在或人性深处的不同维度化为人物角色，并赋予这些人物角色以圆融强烈的个性、血肉和情感，以此达成含混的象征性。比如我们可以说：作家卡图兰既象征着揭穿真实、不事教化的精英艺术家，又象征人的精神—心灵自我；傻哥哥迈克尔既象征智力不足而又苦难深重的普罗大众，又象征人的物质—肉体本我；冷血警探图波斯基既象征着自命全能、独断反智的权力机器，又象征人的理性超我；暴躁警察埃里尔既象征着自居正义的道德法则，又象征人的道德超我。每个人物既本乎个体又超乎个体的双重象征性及其相互纠缠，揭示出人类社会与内在自我的重重现实：苦难深重的普罗大众（受尽父母毒打的傻哥哥迈克尔）既是精英艺术（天才作家卡图兰）的体验来源又是其天真观众；艺术家向其汲取养料，加以转喻（卡图兰从哥哥的惨叫声中汲取灵感，写出惨虐的黑童话），也出于同情之爱助其反抗压迫（卡图兰杀死了虐待哥哥的父母），最终创造出旨在艺术审美和真实认知的作品（卡图兰："讲故事者的唯一责任就是讲一个故事。"）。当他的精神浅层与天真大众的意愿重合时，会产生皆大欢喜的结果（傻哥哥模仿《小绿猪》的故事，给哑巴女孩带来了快乐）；当他对现实黑暗揭示得越深刻，只有浅层思考力的天真大众越厌恶这种真实的镜像，甚至与其主旨背道而驰，将"黑暗的真实"现实化（迈克尔模仿《小苹果人》和《河边小城的故事》杀害两个孩子，但他认为这是卡图兰的责任："如果你没告诉我我不会干的，所以你别装得那么无辜。"）。在以全能自命的权力机器看来，艺术家（泛言之，一切文化精英）的才智与真诚既是一种难以控制的威胁，又是一种令人不悦的优势，他们对真相的揭示动摇人心，四处添乱，因此即便无罪，也要从肉体到精神将其消灭（图波斯基对卡图兰："我们喜欢处决作家……处决作家，那是一个信号，你明白吗？"明知卡图兰没有虐杀孩子，明知他杀死父母是为拯救兄弟，杀死迈克尔是为让他免于恐惧，这两项谋杀皆情有可原，可他依然枪决了他）。在严苛正义的道德法则看来，知识精英理所当然是淳朴大众的教唆犯，因此埃里尔毫不手软地拷打卡图兰；好在他有一颗淳朴善感的心，在剧终，他没有遵守图波斯基焚烧手稿的命令，而是贴上了封存五十年的封条。

若搁置这些复杂的象征，只把他们当作四个性格怪诞的人，剧情依然成立。但这四个人物已非中国观众熟悉的"自然人"，而是重新经过文化编码的"人造人"。对《枕头人》的演员来说，如何将这种"人造人"塑造得浑然天成、真实可信，是最大的困难。

赵立新出色地克服了这一困难。这位瑞典国家话剧院的前演员如今虽然主要活跃在中国内地的影视领域，一旦登上舞台仍不免成为王者。他身上有着其他中国男演员不具备的东西——那种西方现代艺术孕育出来的介于绝望与自嘲之间的气质张力，那种在反英雄的灰色地带浸淫日久而形成的自觉的荒诞感，那种近乎本能的精致微妙的哲学味，那张瞬息之间转换万语千言的复杂面孔。显然，这位演员有着储量惊人的精神情感库存，随时等待与之匹敌的深邃角色将其引爆，可惜有此品质的本土原创影视角色尚未诞生。话剧舞台不同。戏剧经典的高难角色给他足够辽阔的驰骋空间，也唤醒他的各个侧面——《父亲》《备忘录》《婚姻场景》《审查者》《男左女右》中难以言喻的男主角被他掌控裕如，此次《枕头人》又给了他释放能量的酣畅出口。他恰如其分地将弑父弑母弑兄、写作血腥黑童话的卡图兰塑造成带有现代疏离感的"弱者型作家"——一个揭示上帝离去的废墟真相，但出于写作的专业主义拒绝出示谜底的"卑微"天才。演员掌握了这个角色的三个心理支点：对写作、对创造超越生命的痴迷，对傻哥哥全情投入无保留的爱，对残酷世界冷静悲观却不吝祝福的意识。他面对傻哥哥时的温情、童挚、震惊和决断，他在暴力刑讯之下的敏感、诚实、柔韧与敷衍，他的所有行为与结局，皆出于此。只有理解了这个角色的精神意图，才能如此精准地扮演他。

田蕤饰演的图波斯基也很成功。这个极权体制内嗅觉灵敏、思维缜密的警探，其个性人格与其工作融为一体。他表面通情达理，循循善诱："我允许你绝对地说真话，哪怕这话会伤我的心。"诱出真话之后却将其视作对自身权威的冒犯："现在我收回我让你实话实说的许可，你很幸运我没赏你一个大头耳光。"待对方不识相地跟他讨论他的创作得失，他便忍无可忍："我已经收回我让你泼我脏水的许可，对吗？我的故事要好于你所有的故事。"绝不容许平等和挑战，这就是极权的本质。田蕤非常准确地把握了这个角色城府甚深、表里不一的层次感，同时，也细腻地奏响他内心深处人性的泛音：当他称赞卡图兰的《枕头人》是个好故事时，眼睛无法控制地湿润，却故作没那么回事——他想起了自己坠水而亡的小儿子。

吴嵩饰演的傻哥哥抓住了角色的童性，塑造出这个杀童凶手无辜可爱的一面，这是成功的；但他没能表现出"肉体性人格"的另一复杂面——那种浑浑噩噩的混沌之恶，这种人格也有掩饰性，没有表面看起来那么单纯。李虹辰演出了埃里尔暴躁暴力之下的那种喜剧性，称职地把现场气氛不断推向紧张和高潮，但埃里尔发现卡图兰没杀孩子之后的情绪落差和心理变化，表现得微欠火候。

《枕头人》的舞台设计很有匠心——一个转动的铁盒子便是全部的空间；铁盒旋转，其侧壁、其断面则承担多媒体投影和换景的功能。低矮逼仄的天花板，狭长如银幕的横切面，惨烈的灯光，无情的镜子，逼真的刑具，牵动人心的档案袋——既构成窒息残酷的刑讯室，又成为密不透风的极权社会的隐喻。

无论卡图兰故事中的人物，还是剧中的四个实体人物，都是在父母虐待的环境中长大，此种"巧合"绝非偶然。虽然卡图兰声称他的故事和人物什么都不代表，可剧中的"父母""虐童"绝非就事论事："父母"作为权威与环境的象征，对"孩童"施虐；"孩童"作为纯真与无辜的象征，饱受权力的蹂躏——这是整个人类犯罪与受罪的缩影。这种罪孽陈陈相因，难以改变，但总有一丝爱的光芒明灭在废墟之间——就像是松软的枕头人的泪水，善良而虚空，悲伤而温暖。

2014年5月

必须冒犯观众

当泥塑木雕般的众人仰望着建筑大师索尔尼斯从高楼坠落，小陶虹饰演的希尔达却兴奋得涨红了双颊，狂喜地呼喊着："可是他究竟爬到了顶上！我还听见空中竖琴的声音呢。我的——我的建筑大师！"静默。剧终。戏，便如此地成了。《建筑大师》，这部易卜生晚年极难索解的作品，在从不安分的中国导演林兆华手里，获得了它的灵魂与呼吸。

需要向林兆华、濮存昕和易立明们致敬！他们把一位躁动不安的艺术家对上帝、艺术、生命和责任的彻悟与困惑、幻灭与热爱、恶意与温存，表达得如此空灵深邃，别具一格。从表演到舞美，从灯光到音乐，无不简扼精约，在"空的空间"里，观众得以心无旁骛地观察剧中人神秘复杂的精神运动。

此剧的表演方法无疑是冒犯观众之欣赏习惯的。它因涵容了多重意蕴而给观剧带来了一反常态的智性难度，却绝非毫无道理的一头雾水。演员尽可能的"静止雕塑式的表演，和冷静疏离式的传诵台词"，逼近了林兆华所追求的"静态话剧"意图。舞台设计也服从此一目的：空荡荡的黑白两色几何空间，一把带脚凳的火红色单人沙发，一张活动玻璃几，一个容纳次要角色的出人意料的凹间，就是全部。空间转换完全依赖观者的想象。在高潮时刻，几何挡板打开，舞台后部一架寒光闪闪的漫长阶梯直逼台顶，等待着建筑师索尔尼斯头晕目眩的攀登。

濮存昕的表演证明了他是深具形上理解力的中国男演员。他饰演的索尔尼斯慵懒地卧在沙发上，直面观众，时而对白，时而独语，毫无动作，这个姿势几乎贯穿全剧始终，但精神的波澜却在他吞吐台词的微妙节奏和表情眼神的轻柔控制中得以传达（如果他再内敛些就更好了）。这样的表演，意在把整个戏剧过程归结为建筑大师索尔尼斯的意识流联想，这是导演林兆华对易卜生原作最大的更动——现在进行时的动作呈现演变为过去进行时的叙述和回想。

相对于濮存昕的"静"，小陶虹的希尔达则如跳跃的火红音符。二人虽然在言语上直接对话，但形体上却是半呼应、半面对观众的。剧中其他角色的交流方式亦是如此，总之，动作均极其微小，惟有语言的激流如同音乐一般在舞台上或独奏、或变奏、或多声部合奏，以此使剧中人的焦虑、欲望、孤独与迷狂得以裸裎。此种表演颇得中国戏曲表演法之神髓：演员"既在角色之中，又在角色之外"——即演员的表演有一种先验的"面对观众"的对话特征，由此摆明了演员是在"扮演"角色，而非戏剧化地"融入"和"体验"角色；同时，演员的内在自我则又必须成为一个如此丰富而开放的存在，以至其台词和动作竟像是"他／她自己"的"下意识流露"。这是一种极具悖论的表演方法，林兆华所谓"不演地演"恐怕就是此意。而实际上，"不演"是更不露痕迹的"演"，它对演员要求极高，非成熟演员绝难解此奥义。这也是此剧的次要角色为何过于相形见绌的原因。不成熟的演员先得知道如何以"演"摆脱自身的物质化自我，才能走向下一步的如何成熟地演那个"不演"。否则，他／她的"不演地演"，就真的成了其贫乏自我的笨拙照搬了。

"不演地演"对于戏剧及其观众有何"意义"？为了在品种学上增加一套新的表演方法？为了获取一种新鲜的观剧体验？然，亦不尽然。我以为它根本的意义，在于解除了戏剧化表演加之于剧作的"着重号"。不自然的着重号一经删除，演员以既是自己又是角色的"日常"面目示人，那角色所秉有的冲破日常逻辑的精神声响反而会得以加倍放大，并渗透性地震动观者的心灵。这时候，习惯于"故事"和"抒情"的观众当然会无所适从，但唯有毫不妥协地冒犯观众的积习，艺术才能长进其自身。

2006年7月

跟时代较劲的舞台诗

古希腊悲剧作家索福克勒斯的《安提戈涅》，是李六乙导演"中国制造"计划推出的第一部戏。2012年11月23日晚，首都剧场，当舞台的天幕和地面被一袭纯白所统治，当身着白裙的安提戈涅和她的妹妹伊斯墨涅沉默、疏离而节奏微妙地走上这洁白之地，当一触即碎的白色寂静在戏的开端控制剧场达五分钟之久，我就知道，一部跟时代较劲的舞台诗，成了。

时代驳杂喧嚣，《安提戈涅》单纯静穆。时代黑白难分，《安提戈涅》洁白耀眼。时代是非不辨，《安提戈涅》追问天理。时代苟且偷安，《安提戈涅》挑战强权。显然，李六乙导演是想用《安提戈涅》的"天神"，批判时代的"魔鬼"；用《安提戈涅》的"存在"，质疑时代的"虚无"；用《安提戈涅》的"诗性"，抚慰时代的"焦灼"；用《安提戈涅》的"文明之根"，弥补时代的"失根之窘"。演出说明书里有一句恰切的话——"重拾剧人对世界的态度和责任"，可见此剧所做的一切，都是自觉的——自觉地站在中国经验与西方经典的交汇处，与时代和世界对话。

除了个别词句的强调性重复，李六乙版的《安提戈涅》原样使用了罗念生译本，连欧化的书面语句式都没做口语化处理。在导演为王、剧本沦为材料的时代，索福克勒斯或可为此松口气罢。他可以看看，21世纪的这些中国人是怎么演绎他的剧作，怎么借他的酒杯浇自己块垒的。两千多年来，西方哲学家围绕《安提戈涅》所做的关于"存在"，关于"人的技艺与罪性"，关于"人权与主权"，关于"自然法与实证法"之类的阐扬引申，不都是这种"酒杯块垒"的勾当么？

《安提戈涅》剧情单纯，冲突强烈——但凡源头性的杰作莫不如此，这样才能让内在的复杂性拥有空间。冲突因一具叛徒的尸体和国王的一纸禁令而起——安提戈涅的哥哥波吕涅克斯的尸体（他带领外邦人攻打自己的城邦，被其兄刺死，曝尸荒野），国王克瑞翁的禁令（禁止公民掩埋其尸，以惩罚他的背叛，违者处死）。国王的充满爱国主义的禁令看似有理有据，却是违背神律的——神要求任何死者的尸体必须得到掩埋和祭祀，未被埋葬者，其灵魂是不洁净的，会得罪冥王哈德斯和天上众神。此神律意味着：在人类的群体利害之上，有一绝对尊严属于任何个体之人——无论他生前有何种善恶功过，此一尊严都不可褫夺。这是一种永恒的正义。它很崇高，但是毫无实用价值。到底是服从永恒正义而抛弃现世的生命，还是服从强权的命令而遭受无法证明其存在的永恒的惩罚？这是索福克勒斯抛给观众的问题。这也是任何时代的观众——尤其我们——都要面对的问题。他让伊斯墨涅、守兵、歌队表达了对强权的恐惧、对现世的留恋，这正是我们可能会有的态度；同时让安提戈涅与之相反：她执意遵守神律，埋葬哥哥——为正义而挑战强权。此时国王克瑞翁面临一个选择：是自我约束，向安提戈涅的永恒正义低头，还是为了权力的坚固而忤逆天意，处死安提戈涅？这又是一个我们熟悉的命题……

导演李六乙动用多种手段表现这种持续的冲突与抉择。舞台背景、所有演员的服装皆是白色，演员皆赤足，以反生活化的方式表演。整场演出没有间断，以灯光的变幻和演员复杂微妙的走位与上下场，维持涟漪重重的舒适节奏。这种极简主义的处理，刈除了所有视觉的枝蔓，而使舞台表演趋向仪式化、内在化和诗化。同时，主要角色与歌队之间的表演风格互有参差——安提戈涅和克瑞翁，乃至伊斯墨涅、海蒙、预言家和欧律狄刻，都是角色化、个性化的表演；而歌队和守兵、报信人，则是符号化、朗诵式的表演；歌队长的表演则介于个性化和符号化之间。歌队的功能是多重的：一方面抒发慨叹，扮演洞穿世情的观看者，一方面烘托氛围，外化主要角色的内心真相——比如他们作为表现国王克瑞翁残暴刚愎的道具，时而两头相碰无语身亡，时而在他拂袖之际接连倒下。

林熙越扮演的敞胸露怀的克瑞翁令人印象深刻——既演出了暴君随心所欲的骄恣和遭受报应的惊痛，同时又表现出演员自我对这一强权角色的嘲讽和批判，这是他思想自觉的表征。卢芳扮演的安提戈涅强大而柔弱，高度精神化，是中国戏剧传统里一个陌生的女性形象。

安提戈涅的表演，我只有一处心存疑义：当她被捉到克瑞翁面前时，两人暧昧而相拥地说着对抗性的台词。此种处理在林兆华导演的《理查三世》里曾经有过——王后对理查三世的台词咬牙切齿，动作却是讨好挑逗，以此外化她既憎恨又谄媚的心理。安提戈涅如此表演，也传达出动摇和恐惧的信息，看似增加了角色的复杂性，却损害了她精神逻辑的一贯性。这也许是导演的"中国经验"使然，惜在此刻与古希腊精神几无交集。

但不管怎样，李六乙版《安提戈涅》与时代的诗性较力，最后是胜利了。整个剧场从始至终的屏息沉默，便是明证。

2012年11月

重寻"大写之人"

近日,李六乙导演的《哈姆雷特》在国家大剧院(2018年11月28日至12月5日)自不量力地上演了。说他"自不量力",是因为此剧的呈现方式给人一种强烈的"堂吉诃德"感。堂吉诃德你懂的,这位老骑士生活在梦里,以不合时宜的庄敬之心,为子虚乌有的杜尔西内娅四处征战。李六乙也生活在梦里,以不合时宜的庄敬之心,欲将已被当代思想和当代美学颠覆了几十年的哈姆雷特形象,再颠倒过来,重塑那位曾经的"自由的自我艺术家"(黑格尔语)。

在当代文艺中,从来"立"比"破"难,"美"比

"丑"难,"整合"比"单一"难,"均衡"比"极端"难。或者可以说,前者几乎是不可能的——它因举世难寻而被视为"虚假";后者几乎是必须的——它因遍地皆是而似乎"真实"。后者只取一端,把这一端做成极致,就足以成功。算起来,几乎每年都会看到至少一部或中或西不同版本的《哈姆雷特》,印象中有三个版本最出色,它们都是以"极端""颠覆"取胜:

卢克·帕西瓦尔的德国塔利亚剧院构作改编版——剧中哈姆雷特苍白虚弱的脑袋从肥胖自私的老王幽灵的肚皮上钻出,形象丑陋歇斯底里,篡位国王克劳狄斯则仪容齐整相貌堂堂,三人均头戴王冠,暗示其地位和灵魂的同质性,以及哈姆雷特父子真正属意之物。

奥斯卡·科尔苏诺夫的立陶宛OKT剧团版——整部戏犹如发生在化妆间的屠杀犯罪现场,哈姆雷特手上的血污一点儿不比篡位国王少。

托马斯·奥斯特玛雅的德国邵宾纳剧院版——全剧以黑色电影风格、人物形象的黑帮化、哈姆雷特的肥胖和不作为,完成"剧作基本忠于原著"之下的精神颠覆。

这些版本都从颠覆哈姆雷特古典完美的贵族形象入手,质疑王子复仇的正义性,追问和呈现权力之罪恶("王子"地位的原罪),以及人性本身丑陋异化、无能为力的绝境。这是战后欧洲民主思潮渗入莎剧舞台的结果——哈姆雷特扭曲面庞的背后,是一颗政治正确的忏悔之心。

莎剧诞生时，是五脏俱全、立体复调的。"莎士比亚作品中一个普遍的基本特质是多元文化性。""莎氏独特的伟大在于对人物和个性极其变化多端的表现能力。""莎士比亚的人物容纳多种观点。"（哈罗德·布鲁姆）但是进入当代之后，莎剧舞台上的人物正在失去这种"多元文化性"，失去这种"变化多端"和"容纳多种观点"的能力。由于各种政治正确、各种社会思潮的介入，以及艺术对普遍人性的悲观结论，致使每一部当代版的《哈姆雷特》，都只取莎翁原作精神之一维，且只取那些"黑暗"之维，用以呈现人类破碎、丑陋、衰落、绝望的面相，简言之，呈现"人的危机"。

当颠覆日久，就到了一个追问的时刻：还要继续颠覆下去吗？还要只揭示莎翁的一个边角吗？我们何时回归他的整体，在一个更大的视域里，呈现"人"的更丰富的可能性，和人类更复杂深远的境遇？"大写的人""高贵的人"，应被判处永久的死刑，还是应在这荆榛遍地的时代复活和归来？

"即使被关在果壳之中，我仍自以为是无限宇宙之王。"

这是哈姆雷特的一句至关重要的台词。可以说李六乙版的舞台呈现，是围绕这句话进行的。我更喜欢用"李六乙的舞台写作"来形容他的艺术实践——李六乙的剧场作品，带有极强的作者性，极强的写作性。作家的写作语汇是文字，导演李六乙的写作语汇则是舞台所能提供的所有要素——剧作、表演、舞美、灯光、音乐、服装、造型。他调动所有这些要素，锤炼、编织、晕染、组合，描摹他的心象，书写他的诗章，传递他的观点，谱写他的交响乐。每个要素不能剥离其他要素而存在，它们彼此交融共生，形成一个精致微妙、回味悠长的织体。

李六乙不采用容易取得观众共鸣的排演路线：比如给名著设置一个炫酷的当代故事情境，写实化舞美，体验派表演，等等。相反，从"古希腊悲剧三部曲"开始，他即采用超时空的极简美学和仪式化表演，某种程度上与日本导演铃木忠志一脉相承——舞台的极简和象征，表演的反生活化。但又不止于此。在《哈姆雷特》中，他的演员表演融合了"体验"和"表现"，在仪式化之外呈现细微自然的情感表达。在没有任何生活细节的舞台上，这种细微自然如琴弦的轻轻拨弄，平添微妙颤动的音色。

此剧舞美是一个巨大的隐喻：一个大的白色钢线球半悬空中——那惨白的太阳；一个赭石质地、不时晃动的圆形平面——那血色斑驳的托勒密式地球；灯光明灭排列如星辰，环绕着"地球"，同时也成为舞美的一部分。这是倾斜、动荡、叵测的孤独星球，哈姆雷特故事在此空间恒久上演，明示它是超时空的全人类缩影。演员们在这虚空的"地球"几乎徒手上下，无所依托，唯凭声音、面容和身体的表现力完成使命。角色们纠结，恐惧，爱，恨，心碎，发疯，欺骗，背叛，忠诚……恢复了"变化多端"的能力，恢复了人类美丑的本来面貌，不再时髦而后现代地沉入垃圾场化的颓废。濮存昕分饰老王的幽灵和篡位的克劳狄斯，将后者良心的歉疚和篡位者的狠决的双重性，饱满地刻画出来。李世龙成功地饰演了自作聪明而又饶舌可悲的波洛涅斯，苗驰饰演的霍拉旭戏份不少（导演很理解莎士比亚安排这个角色的良苦用心），将这个文学史上著名的"朋友"塑造得体贴殷切而富内在的激情。胡军一向以饰演勇武英雄著称，选择他饰演哈姆雷特，是导演李六乙兵行险着。事实证明，虽然"英雄式"的哈姆雷特开场有令人耳目一新之感，但这个人物的复杂根性，的确与阳刚果敢的胡军犯冲。他的哈姆雷特看起来太果决、太雄强、太有行动力，而哈姆雷特内在的犹疑、恐惧、愤怒、神经质、撕裂的痛楚、爱恨交加的扭结……这些精微丰富的层次，则有付之阙如之憾。

此剧的灯光着实精彩。当需要宏观全景的时候，这些灯盏排列如星辰，散发着孤光。当人物之间发生生死攸关、张力强烈的对话，灯盏缓慢而静默地聚集，从不同方向聚焦角色的脸。那些从不同方向射来的光线，应和着幽咽的京胡、角色的声音、表情和形体，也成为这部交响乐的一个绝妙的声部。甚至可以说，灯光本身就是一部交响乐，它们的明暗、移动、聚光方向的改变，扣人心弦，有机而精准。音乐出色，京胡是唯一的乐器，有一种画龙点睛的东方神韵。九九的人声凄怆苍茫，令人动容。从始至终的时钟走针声是死亡倒计时，是无时不在危机之中。李健鸣的译本轻盈、口语而又不失文学性，适合舞台表演。

李六乙的《哈姆雷特》，人物身着唯美而无年代的宽袍大袖，在这晃动不安、危机四伏的地球上，以舒展诗性的姿态，走过复杂深邃、矛盾重重的精神旅程。这是重寻"大写之人"的努力。这种努力非常烧脑，非常微妙，也非常卓绝，是这个世界不折不扣的异数。愿这种超越性的精神之力永远存在，而不被轰轰烈烈的"接地气"之声所淹没。

2018年12月

李六乙的契诃夫

1888年，二十八岁的契诃夫给他的朋友写信："我们要竭尽全力进行斗争，以使戏剧从小市民手中转移到文学家手中，否则，戏剧是注定要完蛋的。""现代戏剧是麻疹，一种城市里的恶病。应该铲除这种疾病，喜欢它是不正常的。"

2015年1至2月，中国导演李六乙执导的《万尼亚舅舅》在首都剧场上演。此时他所面临的戏剧状况，跟1888年的契诃夫是如此相似，以致他对"毫无节制的平庸所装饰的舞台"也发出了悲叹："舞台四面楚歌，戏剧岌岌可危。"

1898年，为铲除"戏剧麻疹"而写戏的契诃夫已写出了《没有父亲的人》（第一部作品，生前未发表、无标题，逝后被编辑作此标题，后多以《普拉东诺夫》之名上演）《伊凡诺夫》《林妖》《海鸥》和《万尼亚舅舅》，他写信给莫斯科艺术剧院的创始人聂米罗维奇-丹钦科："你们的成功再一次证明，无论是观众还是演员都需要知识分子剧院。"翻译家童道明先生指出：俄文里"剧院"与"戏剧"是同一个单词，因此也可以译为"知识分子戏剧"。可以说契诃夫创造了俄罗斯的"知识分子戏剧"——不仅因为他的戏剧主人公多是知识分子，更由于他以知识分子超越性的反思方式，呈现出诗意与无力、激情与奴性并存的俄罗斯灵魂的迷人与病态。他的每部剧作都兼具现实主义的饱满血肉和象征主义的恒久隐喻，这种魅力，一百多年来吸引不同时代不同国族的导演去演绎不同样式的契诃夫，每一样式都在契诃夫剧作的基石上，表达了该导演对人性、社会、历史和本民族精神现状的看法。李六乙执导的《万尼亚舅舅》亦是如此。

不幸的是，我们这里无人提出"无论是观众还是演员都需要知识分子戏剧"。是我们真的不需要"知识分子戏剧"？还是创作者、经营者和观众没有意识到这种需求？还是我们不敢产生和鼓励这种需求？有一种消费理论认为"需求是被创造出来的"。环顾本土戏剧，有人创造了对于"爆笑剧"的需求，有人创造了对于"减压剧"的需求,但是,无人创造对于"知识分子戏剧"的需求。一旦有这种戏剧诞生,就会被视作不合时宜的恐龙。情感、思想和精神的自由、微妙与深度,在我们这里"不是生活必需品,不是奢侈品,而是废品和危险品"(引自一位网络作者语)。这就是李六乙导演《万尼亚舅舅》时所面临的中国语境。

《万尼亚舅舅》讲述的是徒然梦醒而因循依旧的悲喜剧。契诃夫喜欢强调他的剧作是"喜剧",意在抗拒人们对其隐含的悲伤进行过度严肃、泪雨滂沱的解读,相反,他呼吁导演、演员、观众和读者以更为硬朗和超越的态度,来理解、演绎他笔下缓慢的荒谬与致命的丧失,并从中产生觉醒与改变的意志。他认为,那些最优秀的作家作品不但能让人们"看到现实生活,而且还能感觉到应该怎样生活",他深信:"当我们把人们的本来面目展现在他们自己面前的时候,他们是会变好的。"但同时他亦指出:"俄国人害怕自由。"

在2015年的李六乙版本中,导演显然在有意识地开掘"自由及其敌人"的主题,并对"万尼亚舅舅"这个围绕着无价值的核心辛苦操劳、虚度一生的人物,做出感同身受的理解和呈现。

剧作中,万尼亚舅舅和他的外甥女索尼娅是一对精神双胞胎,象征俄罗斯人两种逆来顺受的精神面相:一种是醒悟愤恨于无意义的自我牺牲,但依然无力自由,因循旧迹（万尼亚舅舅）；一种是怀着崇高深沉的宗教感情沉浸在天国的幻梦中，奉献自身，不愿醒来（索尼娅）。在他们周围，徜徉着自私自怜、名不副实、剥夺他人而不自知的谢列勃里雅科夫教授，美丽慵懒、无所事事而又自觉自省的教授妻子叶莲娜，勇猛精进、头脑清醒而又放纵本能的阿斯特洛夫医生，迷信权威、放弃思考、丧失自我意识的教授岳母玛丽娅，善良懦弱、忍辱含垢、沦为食客的破落地主捷列金，虔诚盲目、慈祥宽厚、安于忍从的老奶妈玛丽娜。一种令人迷醉的精神病毒——这种病毒在剧作《伊凡诺夫》中被称为"灵魂的惰力"——弥漫在所有人物的意识和行为中，以至于他们沉浸其中动弹不得，除了进行互不听见也互不理解的"独白式对话"，几无行动。与生活本身的"非戏剧化"形态相仿，剧中人物的存在形态是状态性的，而非事件性的。不同人物的台词、动作及其戏剧进程，各有其微妙弧线，最终交织成一个音乐性的结构。

李六乙版《万尼亚舅舅》最精妙之处，在于它以极简而隐喻的空间，以演员对话的"无交流性"和反戏剧化的状态性表演，呈现出了契诃夫戏剧独有的音乐结构。舞台删除了具体的时空提示物，在一个强调了"舞台假定性"的"空的空间"里，以椅子在数量和高度上的变换与叠加，隐喻一个等级秩序和驱逐灵性的世界。椅子高度工业化的棱角特征，将舞台情感降至零度。它们所分隔出来的空间，功能性和隐喻性兼具。灯光的色调与节奏微妙繁复，氛围营造出色，将契诃夫指喻的那种令人沉迷的精神病毒、昏昏欲睡的灵魂惰力，直观地渲染出来。

全体演员整场演出都在台上，犹如一部交响曲的全体乐手始终在演奏—停顿—演奏。每个角色负担一种人格、一道轨迹、一重命运，在有限的戏剧时间里，演奏着独属于他／她的旋律。旋律的编织不是遵从故事逻辑，而是出于诗性逻辑与主题逻辑的结合。而主题，则一方面出自契诃夫对俄罗斯民族性的揭示，一方面出自李六乙对中国社会历史和精神现实的观察。

与以往苏联版本出于阶级论而贬抑"懒惰的资产阶级女性"叶莲娜的呈现方式大异其趣，卢芳饰演的叶莲娜在此剧中成为第一小提琴手、整部剧的价值核心，美丽夺目，光焰四射，她的真诚自省、严肃正直的一面被强调，而剧作中无所事事、无法自控地玩赏自身诱惑力的"美人鱼"一面，则被消弭。她是渴望露出真性、追求自由人格的化身，对人物双重内涵的这一削减，体现出导演的叛逆精神，但也减弱了她的复杂性。濮存昕饰演的"万尼亚舅舅"主要时间里都偏居舞台右侧，不是斜倚台柱心不在焉，就是老躯横陈昏昏欲睡，对于靠他和索尼娅供养却全无真才实学的教授，心存"被榨取被浪费"的怨恨，是一个悔于消磨、欲望难息的形象。他的怠惰昏沉的身体语言，暗喻这个角色自暴自弃、逃避自由的精神面貌，及其悲剧命运中的个体责任。濮存昕的表演松弛自然，全无做作的话剧腔，惜乎有时未能把握"松弛"和"松散"的界限。

阿斯特洛夫医生也是个双重性的角色——既有心系未来、舍己牺牲的使徒一面，又有放浪形骸、心藏恶意的冷漠"林妖"的一面，牛飘的表演强调后者而省略了前者，殊为遗憾。索尼娅则是个虔诚、淳朴、自卑、热忱的女孩，可她所有的美德，又都建立在她的自由意识空缺之上——孔维的表演时有大放光芒之处，但有时失之于嗲。

像契诃夫所有成熟时期的剧作一样，《万尼亚舅舅》中重要人物的灵魂都是双重性的，复调的，美丽与丑陋、健康与疾病并存，且对立项的强度几乎相等，而非有绝对主控的一方。这一点上，契诃夫与陀思妥耶夫斯基相仿，只是前者用半音程，后者用全音程。比较遗憾的是，此次《万尼亚舅舅》的演员们没能体现出人物的这种双重特质，而更像是做出了某种单向度的选择——比如叶莲娜是"理想"的，万尼亚舅舅是"灰心"的，阿斯特洛夫医生是"冷硬"的，等等，对于形成角色张力的另一面，没能完成。这大概与中国传统的一元论哲学之影响有关，人物必须在善恶、好坏、冷热等等二元对立项中做出选择，而难以理解和表现上帝与魔鬼集于一身的那种双重复调特征。

舞台上，现代戏剧会呈现为一种没有结论的疑难，所有人物也无一能给出主张，承载理想。但在这部戏的开头，李六乙导演用理查德·施特劳斯的交响诗《查拉斯图拉如是说》，宣告"上帝已死，人即上帝"；结尾处，让饰演叶莲娜的卢芳吟诵索尼娅的台词，以传达"得救"的理想；让一直娓娓弄琴、委曲求全的捷列金摔烂吉他，出了口鸟气。这是导演李六乙面对沉闷平庸的现实，不再按捺热血的愤怒涌动，亦不在乎现代艺术的含混法则，而选择以行为艺术的方式明晰地说话。但平心而论，这种直接宣泄的热血之举，恰恰泄掉了观众郁积于心的情感能量。其"主张化"的呈现方式，也遗憾地限制了全剧的开放性。

即便有此白璧微瑕，李六乙版的《万尼亚舅舅》依然是当下时代值得尊敬的出色作品。以卓异高蹈的导演美学抗拒粗糙低智的戏剧流俗，这是艺术家李六乙的存在方式。

2015年2月

《备忘录》：从0/134到136/136到n/m……

剧作家过士行说，他要导一部"看不见导演的戏"。看完《备忘录》，我觉得这事成了。

《备忘录》是法国作家让-克劳德·卡里埃尔写于1968年的舞台剧，角色只有一男一女——男人叫让-雅克，女人叫苏珊，场景单一封闭——一直在男主角的家里。这部戏看起来是关于两性关系的，但不是情感剧；思量起来是富有哲学意味的，但并非萨特式的"境遇剧"。它的荒诞与惊警流淌在毫不变形的日常情境中，两个角色的碰撞纠结如两股难以逆料的溪流之汇合——水质、温度、水生物不同，愚钝的肉体很难感知汇合之后水之变化，须借助心灵的化学设备,在暗流变幻中实时监测分析。面对如此剧作,导演、表演的过度风格化势必会损害作品的精神流动性与复杂性,而沦为僵硬的图解;相反,唯有导演和演员之"我"隐匿、消失,这部杰作才能真正"活"在舞台上,唤醒我们的惊愕。

惊愕什么呢?诚然,让-雅克的备忘录是非同寻常的——在不速之客苏珊走进他家之前,他已经记录了134个和他做过爱的女人。苏珊会成为他的第135个吗?她怎样成为他的第135个?然后彼此是爱,还是厌弃?顺着这种国产电视剧的思路,你将永远无法抵达《备忘录》。实际步骤是这样的:1. 苏珊费尽心机想在让-雅克家里多待会儿,后者则不遗余力要把她赶出去——此时的她是令他恼火的入侵者,在他的世界里占据着0/134的位置。2. 让-雅克在和第135个女人过夜后回到家里,他们开始彼此交流。苏珊欲擒故纵。他们互表爱意。他向她求婚。她成为他的136/136,他的唯一。3. 让-雅克声称已按苏珊的意愿辞去工作,隔绝外界,在他的单身公寓里让她完全拥有他。苏珊恐惧,意欲逃离,让-雅克把她留下,自己离去,称会常来看她。至此,他们彼此或许成了对方的一部分,对方的n/m。

此剧的最难点在于它全盘的不确定性。人物关系不确定——苏珊到底是让-雅克·费昂的一个旧情人,还是陌生人?从台词的蛛丝马迹看,我们可以理解为前者,这样此剧就带有悬疑性质，我们的注意力会仅仅集中到对男主人公生命状态的惊愕和批判上；但由于男女主人公的台词真真假假、自我颠覆，我们又会否定这个相对低级的猜测，而倾向于同时接受这两种关系选项。这对女演员的角色把握是个考验——不能完全不带前史地表演，但又不能完全沉浸于这种想象的"前史"之中，她的模糊的神秘性，和她清晰的说谎、撒娇与努力，必须相得益彰才行。郑铮的表演虽稍嫌吃力，但对此分寸的把握还是相当适度。

此剧的主旨更是不确定的：它要说什么？男女之间爱与自由的悖论？——当你是他的"0"的时候，你追求成为"1"；当你真的成为"1"时，你感到责任的束缚和失去自由的恐惧，又飞速地逃向"0"？却不尽然——从人物的只言片语中，从他们的眼神和表情中，我们还能看到加缪的格言"我们要活得更多，而非更久"已被反讽性地实践，看到马克思的预言"一切坚固的东西都烟消云散了"已化作存在的现实，更看到现代人致命的疾病——生命的虚无，主体的瓦解，自我的中空，灵魂的孤独，最要命的是——虽然我们心里只有"我"，但其实我们已没有灵魂，没有自我……但是，但是尽管如此，剧作家卡里埃尔仍欲以让-雅克和苏珊之间最终的温情，呵护人类自我救赎的一粒微火——好像那是迟迟不来的上帝之火……

现在，此种生命体验对国人来说已不陌生，但将它形诸作品的时刻尚未到来。借卡里埃尔之笔，帮助我们发现和理解内在的迷津，是"新锐导演"过士行的苦心。他的意愿达到了。

男演员赵立新的表演游刃有余，令人惊叹。他有一张高度精神化的面孔。一切皆空，一切皆有。很不中国。极为自然。这张面孔疲惫，混沌，好心，心不在焉，敏感，轻率，滑稽，神经质……他的反戏剧化的平淡表演隐藏着强大的张力。面对观众，他是难以控制和难以预料的，因而是富有震慑力的。这力量使双人舞台成为茫茫剧场的绝对重心，引起了观者对复杂精神世界强烈的好奇，与陌生的敬意。

2008年10月

当"最小成本"是自己时

这个小兵痞已经死到临头,已经被捆在行刑的电椅上,只要他对审判者说"我错了,战争中我错杀了无辜的人,我请求原谅!",就可以取消他的死刑;在忍上几年的刑期之后,他就可以迈开他那该死的双腿,继续到世上寻欢作乐去。可他就是不。他坐在那个将要送他上西天的刑椅上,左摇右晃口沫横飞地表示:去他妈的请求原谅!不错,我杀了人,但不是我要杀人,是这个国家、这个国家的军队让我这个士兵杀人,我不杀人,人就杀我!战争结束了,却又装模作样地审判起我们这些不能自主的小兵来!那些掌权者呢?那些大人物呢?应该负责的是他们，不是我！要我死就他妈的死吧！甭想让我忏悔！甭想让我请求什么原谅！哈！要说我想什么，我就想临死前和我的女朋友再干一次！

这时候，一个阴郁衰老的灰衣妇人走进牢房，让他做一选择：要么跟她走，一切听她的；要么，他就去死。在用不甘心的讥嘲笑骂表现一通自己对死亡和审判的蔑视之后，他还是选择了跟这老妇人走……

这是一出只有两个人的话剧，它有一个平常的名字——《纪念碑》。回顾2000年的北京话剧舞台，我认为它是一部最值得记住的作品。时隔月余，我仍能清晰地回忆其充满张力的剧情，这剧情就在小兵痞和掌握了他生杀予夺之权的老妇人之间展开：老妇人梅加想要这小兵痞斯特科说出"真相"，战争的真相——想让他说出他杀了哪些人。但是斯特科不干。他不认为世间有什么"真相"，他还认为即使有，说出来也没有用。更重要的是，他想忘掉那个自己作为刽子手的"真相"。他认为复述那个"真相"比让他服任何苦役都痛苦万分。更更重要的是，他认为这件杀人勾当是他"不得不做"的事，对此他并不负有责任。也就是说，他和我们这些正常人一样认为：出于"趋利避害"的熵增本能，人类在面临生存选择之时，一定会支付对自己损失最小的成本，而对于成本大小的判断，则依它与自己的生死之关联程度而定——当他面临"要么别人死，要么自己死"的选择时，他的"最小成本"是别人；当他面临"要么你疼，要么你死"的选择时，他的"最小成本"是疼痛；只有当他除了死一无选择时，他才会选择自己去死。因此可以说，斯特科之杀人只是他为了生存而支付的"最小成本"；在他开枪的时刻，他只是个为了逃避自己的死亡而自我保护的弱者，却说不上是一个罪犯——如果"罪犯"专指"有意作恶者"的话。由此我们可以推而广之：所有的斯特科们都是弱者，都不是罪犯，都可以被原谅。可是，那些死在斯特科们枪下的魂灵怎么办？那些惨遭生离死别的"幸存者"们怎么办？死去的人们如何复生？生者的创痛谁来抚平？仇恨和愤怒如何化解？罪恶怎样被原谅？

这也是困扰着梅加和斯特科的问题。让我们看看梅加是怎样做的。她惩罚他。她折磨他。她被他愤恨而无奈地称为"你这个疯女人！"。她使他时刻处于"要么死，要么受罪地活"这两种选择之间。每一次，他都屈从于后者：他系上狗项圈，像狗一样睡在梅加屋外的露天地里；他像牛一样套着犁耙在田间犁地；他必须拿大石块砸自己的脚；他必须忍受饥饿……这个杀过人、给他人带去过致命疼痛的身体，为了免于身体的死亡而不得不选择让自己的身体疼痛。当斯特科因害怕疼痛而拒绝拿巨石砸自己的脚时，梅加喊道：那么那些姑娘是怎样忍受你的杀害的?! 椎心的疼痛伴着刺心的责问，使他一次次体验到被自己残害的人们所遭受的苦难——这是"最小成本"

支付在自己身上时，由身体传达给灵魂的最重要的信息。

两人经过拉锯般的冲突和较量，斯特科实在无法违抗梅加的意志，终于带她来到自己当年制造的屠场兼坟场。梅加让他挖开坟，他假装找不到。梅加说："要么你挖开她们的坟，要么挖你自己的坟。"他只好挖开姑娘们的坟。他抱出、拖出她们的尸骨，已经面目全非的尸骨。她让他说出她们的姓名，说出他是怎么杀死她们的。他不肯。梅加说她看见了他的女朋友，她被人掳去，被人强奸，被人杀害，被人碎尸。他大喊"不可能"，但是他已经感到，这些死在他枪下的姑娘们，和自己的女友是一样的；那可能施加在她身上的残暴，已经由他施加在她们的身上，这是他永远无法挽回的罪孽。无论什么样的地狱等着他，他都必须说出她们，因为他的身体已经感受到自己的罪孽。他强忍住撕裂的痛苦，一一地说着。最后，他说到一个美丽的姑娘，"长着一双牡鹿一样的大眼睛"，想当哲学教师，相信人性的善良，恳求他不要杀她。他说他也不愿她死，他说他痛饮了她那含苞待放的身体，那时温暖的夕阳就在身后，而青春的激情也汹涌在胸中。但是，恐惧猛然攫住了他：他似乎听见了迈动军靴的脚步声，他似乎看见黝黑的枪口对着他，他似乎感到自己血肉横飞的肉体在空中翻卷——那是军队在惩罚他对这姑娘的柔情，惩罚他的"背叛"。不，他不要死，他只有二十岁，他还想活着回家和女友去寻欢作乐。于是他闭上了眼睛。他想，如果我没有打到这个女孩,我就放了她。于是他扣动了扳机。嗒嗒嗒——毫无防备的、寂静的舞台在他的叙述中突然爆发出轰然致命的枪击声,四周一片黑暗的死灭,惟余一束血红的追光照在这苍老的妇人和惨痛的士兵身上。梅加再也无法忍受这一切,她撕心裂肺地大喊了一声,一下把斯特科击昏在地。他说的是她的女儿。她宁可自己被强奸,被杀戮,宁可自己的身体被挑开,被踩碎,只要她的女儿活着。但是她死了,被这个肮脏的小兽杀死了。仇恨点燃了梅加,仇恨使她想要了他的命。

但是她没有。等他醒来,她疲惫地对他挥挥手:你可以走了,你走吧。

但是他要留下来,他要陪伴他,他要赎自己的罪。

她拒绝了。她不想复仇,也不想原谅,更不想他的赎罪。毕竟,这罪是无法赎清的。

他眼望苍穹和眼前的尸骨,眼望着自己深如汪洋的罪孽,哭着说道:"对不起,梅加,我请求原谅!"

梅加凝固如雕像,悲恸、疲惫和想要原谅的努力熬干了她的躯体。她似乎想做一个赦免者,但是奔腾的母爱淹没了她的意志,她只有哭泣着喃喃低语:"对不起,斯特科,我不知道怎样原谅你。"

一个是无法原谅地原谅了,一个是无法忏悔地忏悔着。斯特科终于理解:梅加执拗地寻找"真相",是因为她爱她的女儿,爱所有和她女儿一样死去的、无法出声的未名人。当胜利者掌握了书写历史的权力,要在大地和人心中为自己竖起伟大的纪念碑时,她要用这"真相"与当权者抗争:历史不应仅仅记载着你们的光荣,还应记载这些无辜的、如花的牺牲!纪念碑应为她们而立,而不是为你们!只有做到这些,她才能平静于自己的爱。同时,这一"寻找真相"的行动也指向了所有的斯特科,所有的"被动犯罪者",所有可能、正在或已经将生存的"最小成本"支付在他人身上的人——我们自己。当斯特科以自身的疼痛重温了他施加给他人的苦难时,他终于明白:其实他可以做另外的选择的,虽然那选择是将利刃对准自己。

在斯特科举起屠刀之前,他会认为"将利刃对准自己"的想法只是个道德高调;当他犯下无法挽回的罪孽而又狂想着挽回时,他却改变了看法:人类趋利避害的本能并非不可逆转,相反,在历史的危难关头,人类的得救完全取决于自己能否"反熵"——哪怕反掉了自己的生命,只要能免于罪孽,他也在所不惜。

2001年1月

纪念莎翁的另一种方式

不管这个十六七世纪的英国人是否跟你有关系，反正2016年中国戏剧界的一大盛事，就是纪念莎士比亚逝世400周年的各种演出。前有欧洲名导盛大出场——格雷戈里·道兰导演、英国皇家莎士比亚剧院演出的《亨利四世》和《亨利五世》，奥斯卡·科尔苏诺夫导演、立陶宛OKT剧团演出的《哈姆雷特》，托马斯·奥斯特玛雅导演、德国邵宾纳剧院演出的《理查三世》，后有即将到来的北京国际青戏节的集束狂欢——十二部莎翁名剧，会被中国青年导演们以各自方式改编排演。莎士比亚跟我们有何关系？无论如何，只要重排他的剧本，就是在以他的作品为镜，映照我们的时代。但直接以他本人为镜——或者说，以莎翁本人为主人公——的原创剧，目前只有一部，那就是台湾剧作家纪蔚然编剧、大陆导演陈大联执导、福建人民艺术剧院出品的《莎士比亚打麻将》。不久前，此剧已在福州的福建人艺剧场上演。由此，我们看到纪念莎翁的另一种方式。

1

《莎士比亚打麻将》本是纪蔚然随笔集《误解莎士比亚》里的一篇文章，借莎翁和易卜生、契诃夫、贝克特打麻将的虚拟场景，谐评"四大剧作天王"的艺术特性。此文被陈大联导演读到，遂约作者以此为题写一部戏。纪蔚然何许人也？台湾剧场的代表性剧作家，台湾大学戏剧学系教授，著有《愚公移山》《夜夜夜麻》《拉提琴》等剧作十七部、小说和评论集若干本。纪氏虽博学，剧作却严厉杜绝理论的入侵，而直接着眼时代人心的错乱荒谬，时时发出赤子柔肠的冷嘲热讽。这么一位谙熟剧作法和戏剧理论的剧作家兼戏剧学者，写这么一部"关于戏剧的戏剧"——里面不但有莎士比亚，还有易卜生、契诃夫、贝克特，不但有他们，还有他们创造的主人公哈姆雷特、娜拉、妮娜、幸运儿——实在最合适不过。

不过……这样一来，对普通观众来说，这戏还能看吗？还能看得懂吗？还能看得动吗？加上向以实验剧场立身的陈大联执导——两位高难高冷的戏剧人，"生"下的孩子得多"难看"啊。

怀着悲观的心情，去看《莎士比亚打麻将》。边看边等观众们一个个知难而退，愤怒离场。但是没有等到。福州观众看得专注。在我以为只有"熟读经典的戏剧人"才会发笑的地方，他们也大笑了起来。这是福建人艺大剧场，不是中戏黑匣子，专业观众不会超过二十人。这意味着，这部"关于戏剧的戏剧"（"元戏剧"）并非封闭的自嗨型作品，它具有充分而自然的能量，与现场观众发生化学反应。

让我们看看它讲了什么：爱打麻将的剧作家程浩，到了编剧和牌技都陷入困境的"人生中途"。一个似梦非梦的夜晚，他经常乞灵的莎士比亚突然出现在家，跟他喝啤酒，抢电视看。原来此公是带着哈姆雷特来参加本市的"好编剧"大赛的。贝克特带着幸运儿、契诃夫带着妮娜、易卜生带着娜拉也陆续前来。这些剧作家创作的角色，是参赛"主人"的仆佣。他们在都市里各自经历了励志哲学的鼓噪、"高科技"的异化和资本人的傲慢。不思进取的贝克特忽然不想参加剧作比赛了，四大天王遂搞起了麻将大赛。这是全剧的高潮华彩段落：方城战酣，四大剧作家明里比拼牌技，暗里比拼剧力；明里"麻坛"术语，暗里评戏说戏——处处是双关语义，时时玩文字游戏。

剧终，牌技大开大阖、"输得内裤不留"的莎翁，令程浩感到醍醐灌顶。

可以说，《莎士比亚打麻将》是一部意识流—叙事体戏剧——剧作家程浩既是叙事人，又是这场意识流的"主人"；也是一部复调剧——不同角色的话语彼此争执，对立并存，谁也没有说服谁、统一谁；还是一部评论剧——作者把莎士比亚们召唤出来，让这些深邃、庞大、永恒的灵魂与这个反深度、碎片化、即时性的当下世界照面、打闹、对话，一个个动作性的寓言—喜剧场景，即是文豪们迸发如珠妙语的机会——以此表达对我们时代及其精神状态、生命状态的评论。

实际上，这是一部自我拆解、美学混搭的"杂烩剧"。它看起来是悬浮结构，没有中心事件，每个片段都呈自主状态，其实有很强的双重故事线分合隐现——一条是程浩和莎翁们的漫游，一条是"四大天王"的角色们在都市里的遭遇。它看起来狂欢、驳杂、反深度、卡通化，却通往一个沉思、纯粹、深度、复杂的价值世界。它看起来处处是反讽、不满、俏皮话和冷典故，却饱含对人类和世界的深情。它看起来是由成熟的技巧所造就，其实却是精神的成熟催生出作品的成熟——而精神成熟，最为大陆剧作者所欠缺。

2

这样一部剧作，是导演的一道难题。导演陈大联一反常态地应对：洗尽铅华，无为而为，将"自主状态"还给演员。对这位极其风格化的导演来说，这是一场艰难的自我克服。2013年，由陈大联改编、导演的实验剧场《雷雨》震惊了中国戏剧界：剧作改为叙事体；空旷的舞台上，八面大小不一的鼓分列两厢；演员既是剧中人，又是叙述人，还是击鼓／敲钵的歌队，角色转换迅速而复杂。内向化的台词处理，对中国戏曲表演美学和空间美学的化用，把这个繁复熟稔的故事变得直指人心，神秘空灵。2014年，为纪念莎翁诞辰450周年，他执导了蔡福军编剧的《我们的麦克白》，创造另一种震惊——舞台是一座屠宰场，在血淋淋的"肉林"中，屠夫装扮的男性"麦克白夫人"和女性"麦克白"，在战栗与恐惧中杀戮、狂奔、呓语。人物众多、波澜壮阔的莎翁故事，变为三个演员、惝恍迷离的"麦克白夫妇忏悔录"。

截然不同于上述两部风格强烈的剧场作品，也一改他执导纪蔚然另一剧作《夜夜夜麻》时的"用力过猛"，此次陈大联将力量用于演员的自我解放，而非强势的意图给予。去风格化的自然主义和夸张松弛的漫画化表演风格相融合，将剧中角色举重若轻的幽默感释放了出来：莎士比亚夸张华丽的热幽默，契诃夫不动声色的冷幽默，易卜生咋咋呼呼的"土"幽默，贝克特沉默拧巴的酷幽默，哈姆雷特时而忧郁时而励志的"二"幽默，精神病人一本正经煞有介事的"装"幽默……为加强与观众的对话性，演员们不时以方言"翻译"台词，于是易卜生满嘴的福州话沸腾了观众席，契诃夫的四川话果然"笑话很冷"，山西话、东北话不甘寂寞，整个剧场胀满欢乐。

舞美沿用了《我们的麦克白》（两剧舞美设计师均为马连庆）风格化和寓意化的空间方式。舞台空间是一座框架结构的废墟，墙框上贴着荒凉的台词纸，地上撂着不再翻开的大书，写满字的纸条铺满舞台波翻浪涌；正中一间透明的玻璃房可随滑轨移动，功能多变。一个寓意强烈的文明崩毁的世界。所有人物在此出场、动作、发生故事。导演的调度充分使用了空间的立体性和多义性。

3

感到白璧微瑕有三：一是剧作高度清晰自觉，而少了点难以名状之物；二是表演的自主松弛、去方向感、去风格化，与高度风格化和强烈指涉性的舞台之间，未能势均力敌，前者有点被后者压住了；三是"方城之战"本是剧作最高的华彩段落，在舞台表演中却低了、冷了下去，那种诙谐自由的游戏感，被过多的严肃所挤占——也许导演深知这是全剧戏眼所在，因此态度分外凝重。然而精神成熟之要义却在于：愈是性命所系，愈要大笑和游戏。

但无论如何，《莎士比亚打麻将》可说是近年华语原创戏剧中的佼佼者，一个盛开在边缘地带的奇迹。台湾剧作家纪蔚然和福建导演陈大联的组合，有种惺惺相惜高山流水的味道。在纪念莎翁逝世400周年的戏剧浪潮中，此剧提醒了另外一种纪念的方式：要像莎翁本人一样不拘一格，大开大阖，摆脱重力愁苦，扔掉亦步亦趋，用汉语自身的想象力和创造力，抵达能够抵达的最高高度。正如剧中人程浩所悟到的："生存或死亡，从来不是问题，如何过活才是重点。一个人除了呼吸，若还有意识，总该试着活出有限的不朽。"

2016年8月

一场琴瑟异趣的"婚姻"

田沁鑫编剧和导演的话剧《红玫瑰与白玫瑰》，偎倚着张爱玲的同名小说火爆上演了。这场"田张配"看上去鼓乐喧天，其实却是琴瑟异趣的。

小说原作写了一个男人和两个女人的故事：男主角佟振保，英国海归，兢兢业业的小户人家子弟，婚前泡上了大学同学风骚贪玩的妻子王娇蕊。待娇蕊改了随便的心性，学会认真去爱，欲与豪阔丈夫离婚嫁他，他却因顾虑前途而退避三舍了；娇蕊顷刻间认清真相，决然离去。这是他的"红玫瑰"。经过理性权衡，他娶了美丽、顺从、寡淡的传统女子孟烟鹂。但这枝贤德的"白玫瑰"并未照着祖传唱本编排的剧情给他脸上增光,相反,现代都市家庭已不是自我中空的古板女子的舞台,她只能"帮"这位雄心勃勃的失意郎君,向更为沦落的深渊滑去。

小说以轻快的反讽和摇曳的笔触,讲述了背离"真我"者遭受命运之罚的故事,是一部杰出的轻喜剧。"自我"之"真""伪""空",对应着三个主人公:全盘西化的王娇蕊,外西内中的佟振保,全盘传统的孟烟鹂。借着这三人,张爱玲完成了一张中国传统人格的心理学画像——即佟振保式的功名至上、不见本心的"伪",和孟烟鹂式的生命委顿、心智停摆的"空"。支配此种人做出生命选择的,是利害权衡、他人目光和传统陈规等外部规定性,此规定性已内化为一种自动化的心理人格,使人无法生成真实、个性的自我,亦无法拥有真实、自由的生活。此一主题鲁迅先生曾多所触及,但张爱玲与他的方式和用意迥然不同:她是花,鲁迅是药;她只为呈现人性之谜而绽放,鲁迅则为疗救国民的劣根而生长。但是,花未必不能入药,药也未必不能开花。写作者的初衷和阅读者的领会,往往并不一致,但也未必乖离。此正是两位小说大师的技艺超群之处。

张爱玲的天才骇人之处,一在语言,一在视角。语言是小说的肉体,而她的"肉体"就像王娇蕊溅在佟振保手背上的肥皂沫,"小嘴"一样吮着人的灵魂,活色生香之余，在在泄露着微妙而全息的意识。张爱玲视角的独特，则在于她作为一个主体性充盈、神秘早熟地领略了前世今生和文明本质的个人化作家，对人世既入乎其内地"懂得"，又出乎其外地旁观，并能以诡异至极的方式使用"本我"和"超我"（依弗洛伊德概念）。看上去她是单依任性的"本我"写作的，实则她是以小说家的"自我"意志，缝制了一件"本我"为表、"超我"为里的衣裳。这种内衣外穿、外衣内穿的写法，与"正常"作家的路数截然相反。可以说，饮食男女、心理分析、文明批判，是文学天才张爱玲的三支杀手锏，少了任何一支，都不是张爱玲——尤其最后这支，如同一件难以启齿的隐私，最为她所秘而不宣，由此可见她与一般业余作家兼职业道德家的判然之处。也因此，人们多以为她只关心饮食男女，不在意善恶是非，殊不知在饮食男女和心理分析之上，张爱玲是从不放过"真伪智愚"的价值维度的。而此一维度，正是她笔下从饮食男女到风俗社会的"纵贯线"，"人"的生命质地，无不借此彰显。

话剧《红玫瑰与白玫瑰》将原作的心理分析和文明批判维度滤除了，只保留了"饮食男女"的部分——即小说的人物关系、故事框架乃至人名发音，反转了主人公的性别，置换了故事发生的年代和环境，填充以当代生活的热门信息和尖端场景，以此达成剧场与观众的"对话"。对话显示出局部的成功：视听效果的当代感，以及对职场生存焦虑和当代人普遍存在的情感多角关系的触及，引起了观众的共鸣。但由于改编者自身的精神立足点并未确立，而只忙于原作与当下故事的对位和合理化，遂使这种改编流于生活现象的平面堆积，而成为一部关于"多角恋"的庸常情节剧。由此可见，如何对文化传统和当代现实做出既基于个性主体，又深味世界之总体性的精神观照，实在是艺术创造者共同的难题。

2010年4月

2004年看的戏

2004年,北京戏剧舞台上值得回味的剧目、现象和事件可谓多多——无论话剧还是戏曲,无论严肃戏剧还是商业戏剧,也无论是原创剧、改编剧还是"引进剧",都是如此。在五色杂陈的纷纭表象下,一个由来已久的主题浮现了出来,那就是:2004年的戏剧,依然徘徊在人文与市场的紧张关系之间。戏剧作为艺术和思想的载体,其本性具有天然的形而上诉求,这种诉求愈强烈,则其人文情怀愈纯粹,市场利害愈不在其自然的考虑之内;然而作为一种文化产品,戏剧又必然被要求得到文化市场的接受,以实现投资人和创作者的"利益最大化"。此二者是一对永远的矛盾，本年度的戏剧舞台就在这种矛盾中挣扎和徘徊着，其平衡与失衡的状况，将在下文中得到简单的梳理。

引进剧：重要的是大开眼界

得向所有引进了优秀的国外戏剧演出的团体致敬，是他们使北京的爱剧人在今年得以大饱眼福：在"国际戏剧演出季"里，我们看到了爱尔兰原汁原味的荒诞派戏剧代表作《等待戈多》，挪威易卜生剧院恢宏华美的《培尔·金特》，德国黑森州剧院扣人心弦的《生日宴会》；在"永远的契诃夫"戏剧季里，我们还看到了以色列卡美尔剧院悲悯诗意的《安魂曲》，国立莫斯科青年剧院"斯坦尼"体系的《樱桃园》，加拿大幽默新奇、富有创意的《契诃夫短篇》；在"英国戏剧舞蹈节"里，英国兰登舞蹈团的《美丽迷惘》《极地无限》，F/Z剧团的《喉咙》，站台之家剧团的《天花与热狗》和芭比·贝克的《盒中故事》，则让我们领略了成本低廉而深具探索精神的英国小剧场的风采。这些严肃戏剧有经典也有原创，除了《培尔·金特》和《樱桃园》有点排场之外，都造价不高，舞台简朴，然而多是寄意遥深、演技精湛之作，令人看罢久久不能平静。此外，一些商业演出如美国音乐剧《猫》、西班牙舞剧《莎乐美》等也自有令人欲罢不能的魅力：音乐、表演和制作的精良，想象力的丰富和精神内涵的健美，无不给人以感官的愉悦和心灵的抚慰，而这些是商业戏剧走向市场化道路的前提。

毫无疑问，对一些人来说，《等待戈多》和《安魂曲》这两部不朽之作的上演，使首都剧场成了他们的精神生活中最值得纪念的地方。《安魂曲》的剧中人以希伯来语的如诗唱诉，向上帝苍天呼喊出生存的悲愁、命运的捉弄、绝望的诅咒与灵魂的和解，其巨大的力量洞穿了所有观者的情感堤坝；而舞台的简约、童真与诗意，音乐和歌唱的优美、苍凉与纯净，也无不令人心醉。惜乎该剧编剧、导演哈诺奇·列文已乘鹤西去，如此悲天悯人匠心独具的大师，不知世间可会再有？贝克特的《等待戈多》由他的故乡人在北京上演，也同样是今年最值得记忆的文化事件之一。演员们在这部戏里的演出，就好像是直接从贝克特的剧本中走出一样，或者说，似乎是贝克特照着他们写出的剧本。一切都如此浑然天成。戈戈和迪迪永无穷期的废话与等待，波卓和幸运儿没完没了的奴役与服从，牧童对于戈多即将到来的永不兑现的预言与承诺，勾勒出现代人在背弃上帝之后，灵魂最深处的孤独、脆弱与绝望，以及欲哭无泪的哭泣，欲爱不能的爱。五个演员，一棵树，一个月亮，就是《等待戈多》全部的舞台。什么都不需要，只需要丰富的情感和深刻的理解力——无论演员，还是观众。这是今年上演的两部伟大作品所要告诉我们的真理。

联想起国内动辄耗资百万、精神贫弱的话剧大制作，我不知道该说些什么。

《厕所》：人文与市场的双赢

以"闲人三部曲"享誉剧坛的剧作家过士行在沉默六年之后，与林兆华导演合作，再次以话剧《厕所》征服了观众——这是中国当代原创话剧的罕见胜利，也是2004年北京话剧舞台上值得大书特书的一笔。两轮共计二十四场演出，场场爆满，票房一路飘红，一部集冷峻的批判精神和睿智的幽默气质于一身的上乘之作得以持续上演，并取得了如此圆满的观赏效果，至少说明三件事：1. 我们的社会正日益走向开放、宽容与多元；2. 观众的眼睛是雪亮的，他们有能力认出并欣赏与他们的真实处境有关的艺术杰作；3. 在话剧舞台上实现人文与市场的双赢是可能的，但它要求剧作家、导演和演员具有高度的艺术才能和张弛有度的幽默感。

围绕《厕所》而来的争论也是今年饶有趣味的文化事件。争论的焦点，在于该剧的"脏话过多"、草根风格以及"仿《茶馆》的结构"。否定的一方认为剧中脏话粗鄙，少儿不宜，过于黑暗，虽然照搬《茶馆》结构然而比《茶馆》差得远；肯定的一方则认为脏话乃是剧中人身份和个性的要求使然，是民间狂欢精神的产物，不如此不足以传神，剧中人的真实困境显现出剧作家强烈的社会责任感，其艺术和思想的高度堪与《茶馆》比肩。和任何争论一样，这场争论也无果而终，然而它为我们思考艺术与现实、戏剧的人文诉求与市场的大众心理基础、黑色幽默的笑与沉思之后的泪之间的复杂关系，提供了一场有益的思维训练。

改编剧："名著"的双刃剑

今年有四部大戏改编于"名著"——国家话剧院改编自雨果同名小说的《九三年》，广州话剧团改编自刘斯奋的茅盾文学奖同名获奖作品的《白门柳》，上海话剧艺术中心改编自王安忆的茅盾文学奖同名获奖作品的《长恨歌》，和李龙云改编自老舍同名作品的《正红旗下》。名著效应对于赢得话剧市场是有利的，会有不少观众因为喜爱小说原著，而前来观看改编的话剧——这是改编剧的重大卖点，甚至是该剧诞生的起因。话剧《长恨歌》和《正红旗下》尤其因此受益，而《九三年》几乎没有因此占到便宜，因为知道这部小说的人毕竟不多，好在国话改编它也不是因为雨果的难以成立的卖点，而是由于认识到这部巨著伟大的精神价值。从艺术品质和精神高度来说，《九三年》远远胜过其他三部改编剧，然而悖谬的是，它的市场认可度也远远不敌后三部。什么原因造成了这种反差？大概一是"革命与人道"的主题离中国普通观众的精神感受力距离较远，他们很难为不直接与自身处境有关的东西产生共鸣——虽然目下一些弱势群体的人道处境的确堪忧，而关于"革命"，只要稍有历史常识和预见力的人都应进行思考，但是认为自己就是相关者的人恰恰为数极少；二是《九三年》本身的舞台缺陷、导表演缺陷削弱了它的观赏亲和力。

与《长恨歌》和《正红旗下》相比，《白门柳》可说是一部显示出思考意愿和创造意愿的话剧，它体现出来的历史观与文化情怀，它的本土、空灵而贴切的音乐，华美的舞台效果，都有可圈可点之处。而《长恨歌》对原作的亦步亦趋，《正红旗下》下半场与上半场的判若两"剧"，都暴露出"名著"对于改编剧的"双刃剑"效应：它既为改编者提供了现成的精神起点，又是改编者的精神枷锁。如果剧作家本身无力超越和俯瞰原著，并找到自身的创造生长点，这把剑必会将他刺伤而陷入艺术的失败。那么，即便赢得了市场的成功，那成功也是残缺和虚幻的。

搬演国外剧：精神的提升与表演的操练

对国外剧作的直接搬演仍然层出不穷。其中林兆华戏剧工作室演出契诃夫的《樱桃园》，国家话剧院演出

《普拉东诺夫》，北京人艺演出法国剧作家勒内·福舒瓦的《油漆未干》，上海话剧艺术中心演出美国剧作家雷伯德·杰希原作的《蝴蝶是自由的》和法国雅丝米娜·雷札的《艺术》，林兆华戏剧工作室演出赫尔穆特·克劳瑟尔的《皮脸》，是众多搬演剧中较为成功的。在优秀原创剧本匮乏的情况下，搬演外国戏是较为稳妥的生存之道——既在观众中信誉良好从而保证了票房，又为演出团体提供了很好的精神提升和训练表演技巧的机会。然而能够在导表演上到位很难，创新就更不易。

林兆华导演的《樱桃园》属于创新之作。从对剧本的删节和强化，到剧场和舞台出人意料的构建方式，直到演员的表演方式，都是富有冲击力的。剧场的简约、废弃与褴褛之感，演员"叙述"和"体验"之间的跳进跳出、以现代舞为手段的气氛营造，将契诃夫剧作的隐含之义放大给了观众。这是对契诃夫"欲彰弥盖"的含蓄手法的反动，现实主义的外壳被撕碎，集束的意义之流直接轰击观众的灵魂。这种做法恰当与否乃是见仁见智的事，至少大导天马行空的艺术想象力，由此可见一斑。

即便是搬演，京派和海派也能看出风格的不同。任鸣导演的《油漆未干》稳重淳厚，上海话剧艺术中心的《蝴蝶是自由的》和《艺术》则精致轻灵。《蝴》剧的火爆暗示出：富于悬念的故事＋轻盈快捷的节奏＋纯真美好的情感＋若隐若现的情色＝走红市场的戏剧。

商业剧：投市场所好与戏剧的小品化

一个发育正常的戏剧文化市场，一定是严肃戏剧和商业戏剧各有空间的市场，而不应是由一种品类取代另一品类的市场。因此，商业戏剧应当有其理直气壮的存在空间，以满足那些有钱有闲到剧场寻找快乐和轻松的观众群。当然，也不能据此僭越，认为唯有自己的生存模式才是戏剧发展的唯一出路。应当说，严肃戏剧和商业戏剧的评价标准是不同的，二者不能混为一谈。今年初的贺岁喜剧《想吃麻花现给你拧》和年末的贺岁"M剧"《翠花快乐六人行》被媒体称作"叫座不叫好"，大概就是把两种标准混为一谈的思维在作祟。"叫座"是市场好，意味着能满足大众欲望，带给大众快感；"叫好"是指得到严肃戏剧领域的价值认同，即被认为在艺术创新和思想深度方面达到了较高水准。试想，如不是非常的例外，商业剧能如此"脚踏两只船"吗？

除了声称"与话剧决裂"的"三花"——"翠花""麻花""韭菜花"——之外，大型相声喜剧《饱暖生闲事》、根据法国剧作改编的《波音·波音》、儿童魔幻剧《迷宫》，改编自池莉同名小说的《生活秀》，改编自石康小说《支离破碎》《晃晃悠悠》和棉棉小说《糖》的"小说戏剧"《门背后》，也是今年较有知名度的商业剧。这些商业剧的引人之处除了明星和品牌效应之外，其与现实生活相对话的直接性与表面性也是受到欢迎的重要原因。调侃明星、广告、臭大街的影视作品及其导演，揶揄娱乐生活里的伪精英与伪权威，为沉默的大众出一口小气，既是其叙事策略也是其道德合法性的根基所在。这种信息轰炸般的现实反应模式类似小品杂文，大家不屑为，而年轻的主创者虽然功力尚嫩，仍受欢迎，可见快乐是多么可贵，又多么稀少啊。

昆剧热：知名作家的点金术

在白先勇的青春版《牡丹亭》登陆之前，人们也知道《牡丹亭》和《长生殿》是昆剧名作，北京的戏院里也上演北昆的《牡丹亭》，但是反应平淡，未成潮流。而白氏青春版《牡丹亭》一成媒体的宠儿，则它也立刻成为大众的宠儿，昆剧因此在今年受到前所未有的关注与钟爱，一时成为时尚之选。这是一位著名作家利用自己的知名度为这个社会和这个民族所做的贡献。对许多因慕白先勇和叶锦添之名而第一次观看《牡丹亭》或者《长生殿》的人来说，这第一次的魅惑或许种下了终生的热爱。这是文化的种子，精致之美的种子，借助媒体和市场，白先勇将其播下。为此也要感谢市场和媒体的存在——虽然对古典之美的疏远也是源于繁忙的市场。当然，最要感谢的是点石成金的白先勇，若昆剧真能长久地复兴。

其他：波涛汹涌的戏剧暗流

2004年值得盘点的戏剧现象还有很多：一些经典剧目和具有市场号召力的作品的重排，如《雷雨》《青春禁忌游戏》《天下第一楼》《生死场》《恋爱的犀牛》《天上人间》等；实验话剧与戏曲的联姻，如《花木兰》《弘一法师》《他和她》和《秋天里的二人转》等。话剧和戏曲的互渗显示出戏剧人良好的继承与创新欲望，但少有成熟的作品。剧作才情匮乏，传统—现代嫁接牵强，古典韵味欠缺，现代意识又不够，暴露出两难的窘境。

5月份由全国十几家院团参演的"小剧场演出季"和七八月间的"大学生戏剧节"都在北兵马司剧场举行。虽然没有什么留得下的剧目，但是地方院团和大学生们强烈的戏剧冲动还是给人留下了深刻的印象。除了北京和上海，话剧在内地的其他地方恐怕几乎是没有市场的，一个院团能上演一部话剧已属不易。话剧的市场空间为何如此萎缩？如此萎缩的空间里创造性何从产生？这是些无奈的问题。

校园戏剧与市场无缘，却应因此而更纯粹，在精神的探索中应走得更远。然而事实有些令人失望。对社会的想象性焦虑占据了青年学子们的心。许多作品展现出了精神向度更加单一的亚社会。也许是因为年轻，因为无力，也因为生存的严酷已提前进入大学生们的视野，总之，做戏的踊跃激情和作品内涵的单一乏力呈现出极大的反差。但愿随着莘莘学子的精神成熟,一种生机盎然的戏剧格局会随之产生。

2004年12月

为什么读剧本?

戏剧是外部的行动。戏剧是内心的隐语。戏剧是狭小有限的。戏剧无所不能。一旦你领教了戏剧的魔力,就不愿跳出她的手掌心。

这是有过美妙的剧场经验者共同的体会。但是,当剧作——尤其当代剧作——以书的样貌出现时,却会面临微妙的尴尬。它们不会像小说、诗歌、散文那样被当作自足的读物、文学体裁的终极形式,也不会像古希腊悲剧、莎士比亚、易卜生、契诃夫和贝克特那样,得到"经典文学"的加冕而不再被怀疑阅读的资格。不,它们会被认为是一种半成品,剧作家画出的施工草图,一如作曲家写出的交响乐曲总谱——除了作曲家、指挥家和演奏家，谁有必要去读交响乐总谱呢？同理，除了剧作家、导演和演员，谁有必要去读戏剧剧本呢？读者大多认为，剧作作为一本书，是"未完成"的，是舞台呈现的前一阶段，他们没必要去看一副没有血肉（由演员活色生香的表演构成）的骨骼。即便博雅如哈罗德·布鲁姆，也难免要说："某种意义上，戏剧艺术也是一种文字创作，但有时它的确更适合表演而非阅读。"

果真如此吗？

作为一名剧作者，我要说：真的不。

剧场演出的确使剧作"形象可见"，但它不是剧作的终极形式。剧作的终极形式，只能是剧作本身，它不折不扣是文学体裁之一种。它最完整的呈现，是在读者的阅读之中，而非剧场的舞台之上——舞台剧只是剧作的变形或局部。在这个"导演中心制"时代，人们普遍认为，导演的创造性主要体现在他／她对剧作的"改写"或"背离"之中；假如他／她"完全忠实于"剧作，会被认为只完成了一场剧本朗读，实属无能。因此，一部舞台剧与其说呈现了剧作家的剧作，不如说呈现了剧作家与导演之创作的最大公约数。莎士比亚的同一部剧作，会有成百上千个主题不同、长短不拘、面目各异的舞台版本，那是导演们借莎翁之酒杯浇自己之块垒。你若想知道莎翁本人是怎么想的，他究竟创造了怎样的世界，只能读他的剧本。

当代剧作也在面临同一命运。

这也就是为什么要出版剧作和阅读剧作。

作为文学的戏剧,还有一层意思:有些内心的声响、灵魂的动作,唯有戏剧方能为之,诗、小说、散文则无法抵达。它是文字的真正的复调音乐。这是戏剧作为一种文体的独立性所在。巴赫金曾探讨陀思妥耶夫斯基小说的复调性质,那正是因为,陀翁的长篇小说无限趋近于长篇戏剧。也因此,当一部剧作被阅读,会对读者提出其他体裁未曾提出的要求:除了明了每个人物说了什么、掩饰什么,还要动用空间、视觉和声音的想象力,在虚空中"指挥""看见"和"听到"这灵魂的交响乐。这是一个想象中的三维时空游戏,它要求每个读者都是剧作绝对忠实的导演。这比读小说累得多。但据我个人的经验,这种读剧之乐,也是读小说所不能取代的。

如果小说是"只对一人倾诉"的孤独文体,那么戏剧则是"灵魂当众诉说"的共享文体。由于戏剧是在公众观看的舞台上"言说的行动"(皮兰德娄语),它的公共性是不言而喻的,但与全透明的公共演讲、讯息发布和时政言论迥然不同:它半透明,有着难以穷尽的多义性。剧作家心中的舞台,带有古老的祭坛性质,要面对心中隐蔽的神灵;同时它也是社会论坛,召唤人们在这静默共处的空间里,凝神于共通的困境,交换暗涌的能量。

因此可以说,戏剧是一种宏观的感性,直觉的形而上，它更要求"意义"的承担，更具"革命性"。所谓戏剧的"革命性"，非指现实层面的行动力，而是指它作为一种文类的激进特征——总在求变，且随时可能在每个要素上发生变化。戏剧进入当代，早已不再是那个"讲好故事，塑造人物"的文学体裁，而是无所不包、无所不为地打破自身与其他艺术样式的界限，吸收其表达方式：有的剧作也用叙事人，这原本属于小说；有的剧作台词含混独语，这原本属于诗；有的剧作喷射抽象思辨而又怪诞不羁的长篇大论，这原本属于论文；有的剧作人物同时说话，角色安排如同重奏与交响，这原本属于音乐……一切手段，均被剧作家运用于想象的方寸舞台之上，吁请共享者的倾听和注视。

095 这套"剧场与戏"丛书——《山羊：阿尔比戏剧集》《迈克·弗雷恩戏剧集》《萨拉·凯恩戏剧集》《枕头人：英国当代名剧集》和《怀疑：普利策奖戏剧集》，集聚了当代英美剧作的精华，也是我个人私淑的写作导师。七年前，当我在文学批评和戏剧创作之间摇摆不定时，读到了胡开奇先生翻译的马丁·麦克多纳的剧本《枕头人》。这个关于作家遭受审判和处决的故事——更具体点说，一个信奉"讲故事者的唯一责任就是讲一个故事""没有企图，没有什么用意。没有任何社会目的"的作家遭受审判和处决的故事，既深刻又佻达，既烧脑又炽情，既暗黑又轻快，既怪诞又自然，绝妙地探讨了艺术创造与现实结果之间，那些悖论迭出的紧张关系——艺术与大众，艺术与自我，艺术与道德，艺术与政治……至今仍记得读罢掩卷时的狂喜与战栗，和它传递给我的魅惑与召唤。只有在戏剧中，才能如此诗意、直接、强烈而变幻地探讨这些令我魂梦系之的主题，这是一种多么迷人的创造。中蛊一般，我吞下它的魅惑，响应它的召唤，笨拙决绝地开始了写作的第二次出发——戏剧创作。

因此，对于这套丛书，我私心里深存感激之情。当严搏非先生邀我为它们的再版本作序时，心中雀跃而又愧不敢当——我哪有资格在这些良师面前说三道四呢，我所能做的，只是约略说出这些杰作带给我的震撼而已。

爱德华·阿尔比具有伟大的冒犯性，他的戏剧集《山羊》里的三部代表作——《欲望花园》（1967）、《山羊或谁是西尔维娅？》（2002）和《在家在动物园》（2008）足以为证。这些剧作虽创作时间跨度久远，却显现同一特质：以"性"为支点，以深具内在威胁的戏剧行动为杠杆，撬动人性—社会的幽深真相。三部剧作无"性"不成戏，不碾轧观众的道德边界不罢休，非为拓展已成陈词滥调的"性解放"疆域，而是把它用作测量社会病态与人之孤独的敏感试纸。显然，在这张试纸上，早年阿尔比（写作《在动物园》和《欲望花园》的时期）侧重显影整体社会的道德危机，愈到晚年（写作《山羊》《在家在动物园》之第一幕的时期），愈着迷于显现个体人的内在本性——那隐藏于人性和神性背后的兽性，并召唤人们发现、正视和理解自我深处的这只野兽。人的孤独，正来自最亲密者在最亲密的行为中，对"我"的内在野兽的压抑——这也是阿尔比如此频繁地从"性"角度建立角色关系的原因。但是，人真的可以在自身打开"人"与"兽"的栅栏吗？真的可以为了探索神秘未知的生命暗地，而抛开救生船深入百慕大吗？剧作家没有给出答案。他只以古希腊悲剧般的酷烈，抛出"困兽"的哀嚎，其余的决定，交给有教养的观众—读者自己去做。

与长于搅动幽暗本能的爱德华·阿尔比相反，迈克·弗雷恩是一位有着"巨脑"的剧作家。《迈克·弗雷恩戏剧集》中的《哥本哈根》和《民主》，显示他对艰深素材与错综历史的思想家型的驾驭力和思辨力，以及源源不绝的戏剧想象力和形式创造力——这种浩大深邃的智性才能和超越目光，对中国剧作家尤有启示意义。在他这里，思索科学伦理、政治哲学、历史正义和个体心灵，是戏剧创作的前提与源泉。剧作家首先要成为知识分子。剧作家是知识分子—艺术家。而艺术家，则意味着发达的想象力和感性才能。成为迈克·弗雷恩是难的，难如一粒如琢如磨璀璨多面的钻石。

萨拉·凯恩是一个永远流血的伤口。这位生于1971

年、自杀于1999年的英国剧作家,是否死于对上帝天堂的惊鸿一瞥和对地狱秘密的深度知晓?无人有权评说。她的剧作,身体的暴力快感和道德的绝对追求总是相伴而生,从无过渡。这是青春对于"绝对"的渴念。这种渴念,这种焚身以火的终极之光,绝对主观的激情,几无可能在需要交流的客观艺术形式——戏剧中实现,但萨拉·凯恩做到了。在《4.48精神崩溃》中,她发明了"独奏交响乐"。这是一个灼人而炫目的生命在毁灭与升华中找到的艺术形式。这是超越了戏剧的戏剧。如同目击一场永不落幕的献祭,阅读这部《萨拉·凯恩戏剧集》时,着迷、敬畏和难以言喻的拒斥并存。死亡已参与萨拉·凯恩的所有写作。这使活着的人们永远无法以平常心对待她的作品。

英国当代名剧集《枕头人》和普利策奖戏剧集《怀疑》这两部多人合集,无一不引人入胜。马丁·麦克多纳的《枕头人》、安东尼·尼尔逊的《审查者》、约翰·尚利的《怀疑》和尼洛·克鲁斯的《安娜在热带》(2017年在中国上演时改名为《烟草花》),我都曾看过它们在北京剧场的汉语版演出,有些剧目曾引起相当大的轰动。重读这些剧作,深感杰作的意义和形式是不可穷尽的。

这个书系新收录的《爱尔兰戏剧集》,则跳出了英语戏剧观众熟悉的视野,聚焦于偏居一隅却举足轻重的爱尔兰当代戏剧。

在世界文化的版图上，爱尔兰是不折不扣的戏剧大国。从王尔德、萧伯纳、叶芝、贝克特，到格雷戈里夫人、约翰·辛格、肖恩·奥凯西……巨星闪耀，夺人眼目。到了当代，我们对爱尔兰的戏剧状况开始语焉不详，《爱尔兰当代戏剧集》打开了一个窗口。本书收入了年代跨度很大的三位剧作家的作品，呈显出不同时代爱尔兰戏剧的不同风貌。

享誉世界的布莱恩·费利尔（1929—2015）的成名作《费城，我来了！》首演于1964年，已显示他日后被称为"爱尔兰的契诃夫"的诸多特质——弱情节，状态性，独属于爱尔兰人的那种生冷怪酷的反抒情的抒情性。剧作写的是一个没有出路的爱尔兰小镇青年要去美国费城投奔他姨，在离家前夜，思绪翻涌，口非心是，对父亲、乡邻、故土表面的嫌恶诅咒之下，难掩依依别情。剧作家让主人公的显隐人格分角饰演，以此二角色之间的张力关系，将当下情境与意识流的过去交织，将一个小人物的悲欢与整个爱尔兰的困境相映。

生于1964年的女剧作家玛丽娜·卡尔的《猫泽边》首演于1998年，以古希腊悲剧《美狄亚》为框架，讲述了一个爱尔兰气质的遗弃与复仇的故事。生于1967年的剧作家恩达·沃尔什的《沃尔沃斯闹剧》首演于2006年，以频繁转换的角色扮演显现人物闪烁不定的过去，以极致的戏剧假定性和极端的闹剧形式，上演一出发生在英国伦敦沃尔沃斯大街上的爱尔兰移民家庭的悲剧。

这三部剧作横跨四十年,手法和气质各不相同,却有着醒目的共通之处:暗黑的伤痕感和幻想性,狂欢式地聚焦小人物,以小见大地透视爱尔兰人的族裔归属和精神认同问题。一位青年读后感慨道:"他们如同流离失所四处游荡的孤魂野鬼,对这片土地的坚持更甚于那些利用土地的农民,在一地鸡毛的故土和空中楼阁的远方中间,在不肯接纳的过去和无法逃避的未来中间,无法义无反顾地走,也无法心甘情愿地留。"信然。

所以,为什么读剧本?

剧本是创造。读剧本是一种再创造。诚如严搏非先生所说:从这些剧本中,你可以读到现代生活最深刻的困难,读到自己隐秘的灵魂。去面对这些吧,读者诸君,你们的理智将由此而清明并强健。

(本文为"剧场与戏"丛书序)
2017年5月30日写毕
2019年底增改

两个大帝,一悲一喜

1944年,加缪创作了四幕悲剧《卡利古拉》,那一年他三十一岁。1948年,迪伦马特写了"非历史的四幕历史喜剧"《罗慕路斯大帝》,时年二十七岁。如果现在的你是一个严肃的写作者,最好别看这些天才的创作年表,否则你会为自己的晚熟和愚钝惭愧无地。但是你不能连他们的作品都不看了,否则你的读者会为你的不长进惭愧无地。因此明智的表现是:面对这两部剧作,好好琢磨一下它们何以形成。

《卡利古拉》和《罗慕路斯大帝》的主人公虽然都是古罗马历史上有名的君主(前者是著名的暴君,后者是末代皇帝），但它们显然是戏剧美学截然不同的两部戏。《卡利古拉》和加缪其余的剧作一样，实践着他一直力图达到的"现代悲剧"美学，如他所说："我主张悲剧，而不主张情节剧，主张全部投入，而不主张批评态度。认同莎士比亚和西班牙戏剧，不认同布莱希特。"《罗慕路斯大帝》相反，它是"喜剧"，是表达"批评态度"的，是有些布莱希特化的。前者的主人公是一个陷入重重迷阵不知所之没有答案的人，后者的主人公是一个表面荒唐内心坚定手握真理的人。《卡利古拉》探索的主题——"人寻求不可能之事"——所开放的是一个充满矛盾的无限空间，而《罗慕路斯大帝》的主题——"毁灭不义的国家"——则指向了一个确定的精神地点，当主人公一层层脱掉他荒诞的外衣，裸露给我们的却是一个以不作为和自我毁灭来成就其良知预谋的伟大英雄，以及他对于邪恶国家的道德审判。

加缪和迪伦马特都是仁智双修的作家，这一点对我有特别的吸引力。现在，在经受了一轮伪崇高的统治之后，我们似已认定："仁"，或者说道德，简直是蠢货和伪君子的专利；与"智"，或者说才能，根本不能相比。这种想法在加缪和迪伦马特的作品面前，露出了浅薄简陋的外貌。在艺术的世界里，对人和宇宙万物的真实关切即是道德，它是艺术创造的最有力的推进器，是"智"的世界得以展开的原动力。但这种道德力化身为艺术时，只有双身时才美：一身是真理，某种天使光辉的集合，一身是荒谬，某种魔鬼本能的恶作剧。天使和魔鬼如何跳出出神入化的双人舞，是艺术创造的秘密所在。《卡利古拉》和《罗慕路斯大帝》分别提供了两种有效的范本。

加缪自己这样解释写作《卡利古拉》的创作动机："《卡利古拉》是一个高级自杀的故事，这是谬误的最富人性的、也最悲惨的故事……追求不可能的事情，对剧作家而言，这个研究课题，和贪婪或通奸具有同样的价值。表现这种追求的疯狂，揭示它的破坏力，突出它的失败，这就是我的写作计划。"这个自我解说虽然很准确，但却比剧作本身令人失望得多，原因在于它告知给你的是一个你已了然的真理，而那些使一部作品既生机勃勃又灵光闪耀、既超乎想象又合乎情理的"荒谬"却被过滤得无影无踪了。而你知道，最终使这部悲剧伟大的不是直白的真理，而是源于剧作家的心灵搏斗之力的荒谬。

《罗慕路斯大帝》写了一个以诙谐和毁灭而伟大的人，但迪伦马特说，他的目的不在于展示一个诙谐的人，而是由于他受到这样一个主题的吸引："不是让一个英雄哪年哪月毁于时代，而是让一个时代毁于一个英雄。我在为一个祖国叛徒正名。"他还说："我请大家尖锐地观察国家，直至每个指头，而不要指头看得仔仔细细，却不见国家……面对国家，大家固然应该像蛇一样聪明，但谢天谢地，不要温驯得像一只鸽子。"他的人物的荒谬虽然个性十足，但归根结底却十分单纯——那只是一件外衣而已，罗慕路斯的"搞垮不义的罗马帝国"的伟大良心是个深藏不露的静态事物，二十几年从未改变。而你也明白，使这部喜剧摇曳生姿的不是罗慕路斯大帝的内心真相，而是包裹着真相的末代皇帝的荒唐无行。

加缪天才地总结出悲剧的格式是："人人都情有可原，谁也不正确。"当两种同样情有可原的对立力量发生冲突，一种永恒的界限被打破，导致那挑战者的惨败时，悲剧便发生了。《卡利古拉》的伟大之处在于这个作恶多端的主人公不仅是罪恶和谬误的化身，更在于他的罪恶和谬误来源于一种每个人心中都可能存在的"实现不可能之事"的欲望，只不过别人把此欲望只当作虚幻的狂想，而卡利古拉却是这狂想的一以贯之的实践者而已。卡利古拉的所作所为所思所想，代表了人对自身有限性的彻底轻蔑，这是一种意味隽永的自虐。这自虐的实行过程，以卡利古拉"灵感迭出"地残害他人为特征，但卡利古拉自己从中收获到的却不是泯灭人性的欢乐，而是一场又一场血腥梦魇的清醒折磨。他以一种彻底的逻辑、健全的人性以及对这人性的明知故犯的冒犯来忍受、理解和玩味这折磨。他出其不意地杀人，不为任何利害，只因为那些杀人情境在印证他实现了"不可能的事"——绝对的自由，为此他甚至连最爱他的情人卡索尼娅也不放过。杀她之前，他这样夫子自道："你瞧，我是没有托辞的，连一点点儿爱情、一丝忧郁的辛酸这样的借口都没有。今天，我比前几年更自由了,我摆脱了记忆和幻想。我知道什么也不会长久!领悟这个道理!纵览历史,真正得到这种验证,实现这个荒唐的幸福者,只有我们三两人而已。""没有这种自由,我本来会成为心满意足的人。多亏这种自由,我赢得了孤独者的非凡洞察力。我生活,我杀戮,我行使毁灭者的无限权力。比起这种权力来,造物主的权力就像耍猴戏。所谓幸福,就是这样。这种不堪忍受的解脱;这种目空一切、鲜血、我周围的仇恨;这种盯住自己一生的人绝无仅有的孤独;这种不受惩罚的凶手的无穷乐趣;这种把人的生命碾成齑粉的无情逻辑,这就是幸福。(笑)卡索尼娅,这种逻辑也要把你碾碎。这样一来,我渴望的永世孤独就会最终完善了。"

然而这个悲剧人物之所以是悲剧人物,在于他自身的彻底性内部会突然产生自觉的分裂,这分裂使他质疑和否定自己,是这自我否定而不是臣属的谋反这种外部的原因导致了他的毁灭。这自我否定之声所蕴含的椎心悲恸,使这"谬误"终成为"最富有人性的",正如本剧的最后一场,卡利古拉扼死卡索尼娅之后,来到镜子前对自己所说:"卡利古拉!你也一样,你也一样,你有罪呀……我得不到月亮了。可是,自己本来有道理,又不得不走到末日,这多叫人辛酸哪!我确实害怕末日。兵器撞击的声音,那是无辜的人在准备取胜。我多么希望处于他们的地位呀!我怕。原先鄙视别人,现在却感到,自己的心灵也同样怯懦，这多叫人厌恶哇！不过，这也没什么，恐惧同样不会持久，我又会进入那巨大的空虚，这颗心将得到安息。""一切都看似那么复杂，其实又那么简单。如果我得到月亮，如果有爱情就足够了，那么就会全部改观了。可是，到哪儿能止住这如焚的口渴？对我来说，哪个人的心，哪路神仙能有一湖水的深度呢？（跪下，哭泣）无论在这个世界还是在另外一个世界，没有任何东西能与我等量齐观……只要不可能的事情实现就成。不可能的事！我走遍天涯海角，还在我周身各处寻觅。我伸出过双手，（喊）现在又伸出双手，碰到的却是你，总是你在我的对面。我对你恨之入骨。我没有走应该走的路，结果一无所获。我的自由并不是好的……噢，今宵多么沉重！埃利孔不会回来：我们将永远有罪！今宵沉重得像人类的痛苦。"

说到底，卡利古拉的所有伟大和荒谬，在于他是个反对一切的人，包括他自己——他的"反对"不是出于对利益的追求，而是出于将"绝对自由"的逻辑一以贯之的"实验热情"。这种"实验"的失败，是由于挑战人类的有限性而导致的失败，是神奇之不可能而导致的失败，是因为人类乃是不可被实验的动物这一特性导致的失败。正因如此，暴君卡利古拉才得以成为不折不扣的悲剧主人公。悲剧主人公必得引人悲悯和同情，而"谬误的化身"从理论上是不可能获得人的这种感情的，这是加缪写作此剧时最核心的难点。因此，为实现"悲剧"的目的，他做了如下设计：1. 使卡利古拉和他的对手——诗人西皮翁与贵族舍雷亚——完全精神化和超功利化，他们的思想、言语和行为，都不折不扣地围绕"实现不可能之事"这一精神探讨来进行。2. 赋予卡利古拉、西皮翁和舍雷亚等人以超越是非和功利判断的人性深度与精神理解力，这样人物关系才能时时产生出人意料的互动，而潜入到人类精神最深邃和高贵的层面。3. 每一场迫害、每一个戏剧冲突，都与人性的卑下弱点有关，比如恐惧，以及由此而来的怯懦、愚蠢、奴性、说谎、言不由衷等等。于是出现了这样的情形：卡利古拉对臣属们的冒犯固然可恨，以至于完全损害他们的尊严——比如他当众把穆西乌斯的妻子叫走享用，比如他扮演神灵要求众人的礼拜和供奉，比如他命令诗人排队作诗，比如他花样翻新地杀人……但是受辱者软弱屈服的可鄙程度，恰与卡利古拉的可恨程度成正比。因此，在加缪让卡利古拉作恶的时候，我们不会很感到暴君的十恶不赦，反倒是还"有点道理"似的。对于西皮翁和舍雷亚这两个无畏而真实的人，卡利古拉自始至终未动毫发，而是一直与他们进行着精神哲学与诗学的交锋，也就是说，整部戏一直保留着高级精神体之间的神奇碰撞，以使全剧成为一种不折不扣的"醉"的写作。"醉"渗透在暴君卡利古拉、诗人西皮翁和贵族舍雷亚之间，每个人超越己身的理解力是使他们散发光辉的酶。这神奇的酶消融了世俗的刚性原则，从而形成精神世界的空气与水流般的蒸腾、涡旋与奔淌。这就是悲剧的创造之境。这时，悲剧作家须跳出静态的价值评判视角，沉入到每个角色之中，寻找他们各自的合理性，然后，将这些各自合理的、已然获得了呼吸的生命，彼此以同一精神主题的不同侧面相冲突，直至高潮，直至主人公最后的毁灭。

悲剧让人深入到精神和命运的宇宙中，她是水波般的，变动不拘的，无解的，诉诸全面的精神体验的，但更偏重情感的体验。喜剧，尤其是哲学批判性的喜剧，则相反，它是向外的，从社会群体境遇出发的，有一个固定的参照平面的，更主要地诉诸理性观照的，因而会对世界产生批判的欲求。但是批判归批判，既是要写成"剧"，就必得形象饱满，因此喜剧的难度在于观念的清晰和形象的浑成之间的紧张。

《罗慕路斯大帝》的好，在于它极其精到地克服了这种紧张。迪伦马特擅长塑造"蛀虫"，罗慕路斯大帝就是他塑造的最出色的蛀虫之一（《天使来到巴比伦》中的乞丐阿基也是一条蛀虫）：心怀叵测，忍辱负重，外表荒唐无稽，内心清醒坚定，最终把罗马帝国这个嗜血不义的庞然大物蛀空，将其拖进坟墓。"蛀虫"以反英雄的方式成为英雄，这是迪氏喜剧的常见情况。而英雄罗慕路斯之所以要以蛀虫的面目出现，固然是为了美学上的曲折——欲彰弥盖，掩人耳目，出其不意，攻其不备，那种教人瞠目的效果，实在过瘾。但它还有更深层的精神缘由——即构成此剧核心的是一场有关"国家"的论辩，论辩一方是人们约定俗成的"爱国主义"情感和未经理性审视的"国家"观念，它是"正统"的，在美学上体现为爱弥良式的"一本正经"；另一方是弱者的正义和个人的权利对于庞大国家与绝对权力的质疑，它是"边缘"的，在美学上则体现为罗慕路斯式的"没个正经"。"一本正经"与"没个正经"的论辩不是以直接的方式进行的，而是经过了化装的，化装的油彩，乃是由私人化的情感构成，但这私人情感常由观念的思辨来牵引。比如罗慕路斯对他的决定为了"祖国"而牺牲爱情的爱女蕾娅说："只要你在你的身上哪怕保留一颗爱情之火的火星，那这火就不能把你同你的爱人分开。即使他抛弃你，你也留在他身边，即使他是个罪犯，你也坚持留在那里。但是你可以同你的祖国脱离。如果它变成杀人犯的巢穴和刽子手的屠场，你就从你的脚上抖一抖尘土，因为你对它的爱是无力的。"只知养鸡和卖古董的昏庸皇帝突然成了颠覆性的政治哲学家——没正经的人突然露出了真诚的脸，无为的蛀虫突然龇出锋利的牙，罗慕路斯的形象发生了突然的逆转，喜剧便开始积累自己的高潮，向肃然之境进发。"佯装"和"逆转"是迪氏喜剧的主要修辞法。

这"佯装"也是要一点点累积的——他周围的爱国者的焦灼救国之举，和他沉迷于卑琐小事的种种荒唐无行，整整两幕剧罗慕路斯都是在胡闹中过来的。当他将佯装的荒唐累积到了孤家寡人的地步，所有人包括他的妻子（罗慕路斯大帝本是一个贵族，是因为娶了皇帝的这位女儿他才登基的）都要离他逃亡时，两人之间却发生了这样的对话：

> 罗慕路斯　我并不怀疑国家的必要性，我怀疑的仅仅是我们国家的必要性。这个国家已经变成一个世界帝国，从而成了一种以牺牲别国人民为代价，从事屠杀、掳掠、压迫和洗劫的机器，直到我登基为止。
>
> …………
>
> 尤莉娅　这么说你娶了我，仅仅是为了摧毁罗马帝国。
>
> 罗慕路斯　没有别的原因。
>
> 尤莉娅　从一开始你所算计的无非就是罗马的灭亡。
>
> 罗慕路斯　没有想到过别的。
>
> 尤莉娅　你是故意破坏拯救帝国。
>
> 罗慕路斯　是故意的。
>
> 尤莉娅　你装作玩世不恭和饕餮不止的丑角，都是为了从背后给我们插一刀。
>
> 罗慕路斯　你也可以这样来解释。

> 尤莉娅　你是罗马的叛徒！
>
> 罗慕路斯　不，我是罗马的法官！

至此，外表荒唐昏庸的罗慕路斯才裸露出他的本质和使命。他对他的女儿更进一步表白了自己的意图："我牺牲罗马，通过牺牲我自己。"这时的罗慕路斯已与耶稣基督相仿。他的圣人面目既已无疑，他的观念也令观众没有异议，该剧至此似已无事可做。可是不然。他判给自己一个毁灭的前途，期待着日耳曼人来将它实现，然而未能。与他相会的日耳曼皇帝鄂多亚克竟和他一样，反对自己的民族以征服弱者为务，反对"一将功成万骨枯"的英雄主义信条，然而他却受到他的"英雄主义"侄儿和臣属的威胁。他需要以日耳曼尼亚对罗马的归顺，来阻止日耳曼帝国的称霸和杀戮。正如罗慕路斯对鄂多亚克所说："我把罗马处以死刑，因为我害怕它的过去；你把日耳曼尼亚置于死地，因为它的未来使你战栗。"这时此剧已近尾声，而罗慕路斯关于死的请求还未得到许可，他的永远安息的愿望不知能否实现——此时他最爱的女儿蕾娅和女婿爱弥良已葬身海底，唯有一死才能使他获得极乐与解脱。然而最终，又一个突转来临：两个追求人性的皇帝，最后决定通过不人性地对待自己，来成就一桩合乎人性的伟业：彻底摧毁反人性的庞大国家机器——不喜欢做国王的鄂多亚克做了意大利国王，帝国解体了；不喜欢继续活下去的罗慕路斯活了下来，开始他每年领取六千金币的退休生活。至此，伟大的蛀虫罗慕路斯显现了他全部的尊严，一个众人嬉笑的对象成了背影高大的英雄。

迪伦马特在风趣幽默与严肃思辨之间大开大阖回转自如的语言天才固然成就了他的喜剧，但他广阔无垠的思维力却无疑是他创作的核能。说到底，他写戏剧不是"为艺术而艺术"，而是为了在尽可能完美的艺术中，引起公众对于现实世界的思索。迪伦马特在《罗慕路斯大帝》1949年的"作者后记"中说："此事有时庶几可以推荐别人去仿效。"若干年后，苏联在戈尔巴乔夫的领导之下走向解体。

2004年2月

写作此文一年后，我从剧作家过士行那里听说，他曾就"戈尔巴乔夫是否看过《罗慕路斯大帝》"请教过迪伦马特的译者叶廷芳先生，叶先生回答说："戈尔巴乔夫是个迪伦马特迷。"

2005年6月14日补

读剧札记

易卜生

易卜生的"培尔·金特"是堕落、反讽版的浮士德，挪威版的阿Q，中庸、利己主义者的讽刺史诗。易氏的戏剧纯然产生于精神的内面，他的戏剧与哲学的关系最近，一部戏往往是多种哲学相互驳诘的交响乐，这个艺术样式的精神能量因此被发挥到了极致。

《培尔·金特》的主题是《布朗德》的反面。《布朗德》表现了一个追求彻底神性的人（人神—神人的复合体）的毁灭，说的是人性与神性的冲突。《培尔·金特》则讲了一个被布朗德所唾弃的那一类型人的成长历程及其最后的得救（被爱所救）。这是什么类型的人呢？他的格言是"为自己就够了"，他的做不到的口头禅是"保持自己的真正面目"，他的自救之道是永远对自己的所作所为理直气壮、为自己的当下谱写赞歌，在犯下罪过的同时做些好事，在靠近魔鬼的同时礼赞上帝——走到哪儿都给自己留条后路，并认为通往天堂的路也可以这样买到手。这是现代人灵魂的画像。

这是一个漫游结构的戏，但是首尾相应。培尔·金特青年时代出发之地，也是终老时回归之所。中间每一遭遇，每一场景，都隐喻人类的一种带病的品行，都是培尔·金特的一次堕落。这些嬉笑怒骂的喜剧性的堕落人物个个是格言警句的大师，振振有辞，发人深省。

多沃瑞山妖大王："为你自己就够了。"

勃格：你要绕道而行。（即绕开原则而行。）

在此人生哲学武装下，培尔·金特离开深爱他的女天使般的索尔薇格，纵浪于人人为己的凶险之途：成为富商，结果被和他信奉同样人生哲学的同伴骗个精光；到沙漠里当"先知"，企图诱拐女奴，反被女奴以他所宣称的神圣理由拐去所有钱财；当半吊子学者胡说八道，结果来到了实现他的胡说八道的疯人院；晚年的培尔·金特雇船回归故乡，结果遭遇了沉船，他把与他争夺救命筏的大师傅推入海底。这一场戏颇具存在主义味道，但显然易卜生已知存在主义是人类精神的毒药。

上岸的培尔与他早年遭遇的人物一一相遇。全剧最精彩之处从第五幕第六场开始。主人公内心已有但从未展开的可能性，借线团、落叶、叹息、露珠、折断的稻草之口唱出。那是些可以让他得救的品行，但被培尔以"自我"之欲扼杀掉了。

"铸纽扣的人"出场，令对白哲思迭出，这一形象的性质和功能与《第七封印》的死神相近。他让培尔·金特出示自己美德的证明，或者罪恶的证明，他要在下一个十字路口等着拿到，否则就把他的灵魂和随便别人的灵魂混在一起铸成新的纽扣。

培尔·金特与索尔薇格重逢，在她爱的赦免中，铸纽扣的人离去了。

当代社会再也产生不出如此伟大的作家作品了。易卜生看见了上帝和人，当代作家眼里只有人。

萨拉·凯恩

人在表达最后的绝望时，语言总是力不从心的。力不从心而依旧竭力喷涌，人所能见到的是黑色的血，疯狂，心脏一块一块被呕出。旁观者旁观不下去了，被这诀别的诉告卷了进去。看完，好像经历了一场死。这就是萨拉·凯恩的《4.48精神崩溃》。

这位英国女剧作家生于1971年2月3日，自杀于1999年2月20日伦敦金斯大学医院的卫生间里。她是用鞋带把自己吊死的。此前两天，她已自杀了一次——吞食150粒抗抑郁药片和50粒安眠药片，被邻居发现及时送往医院抢救活转。但是两天后，在护士离开她的90分钟里，她迫不及待地结束了自己的生命。

她有五部剧作存世，生前已声震欧美。她的剧作给人极大的开启性和自由感。这是个让我感到亲切的人——真实得凶狠，对地狱图景拥有发达的感受力和想象力，但她之凶狠书写，非为讨好罪恶，而是为阻止地狱在现实中的降临。她死于对地狱秘密的深度知晓。她被称作"唯一具备古典艺术气度的当代剧作家"。胡开奇的译笔极富诗哲之力。我注意到他为中国剧坛输送了不少当代佳作，《枕头人》《民主》《哥本哈根》《求证》等都为他所译，真令我深深感激。

海纳·米勒

德国剧作家海纳·米勒（1929—1995）说过："马克思谈到过去世纪人的梦魇，本雅明谈到解放过去。死人在历史中并未死去。戏剧的一个职能就是召唤死者——与死者的对话不能停止，直到他们交出与他们一起被埋葬的那部分未来。"

在《哈姆雷特机器》中，过去、现在和未来同时存在，一个人物同时既是他自己又是他的对立者，甚至可以成为所有人。在第四场，扮演哈姆雷特的演员否定了自己的角色，"我不是哈姆雷特"，撕毁了作者的照片，自责于自己的特权，要回归到自己的血液和粪便里，回到死亡之中。这种精英的自我屠杀，是对"历史正义"的弥赛亚式解决的形象化。之后，他又穿戴上哈姆雷特的服装和面具，穿上他的幽灵父亲的铠甲，用刀劈开三个国际共运领袖的脑袋，暗示叙述人又回归到先前的权力和理性秩序之中。

统观全剧，所有角色参与的只是一场又一场的生命、性别、社会、历史角色的循环和转化。死亡与新生、大粪和血液随时可以互相转换，历史的一个瞬间既是此时，又是彼时，但最终都呈现为海纳·米勒恶毒的诅咒。诅咒的背后是他对人类一切可能凝固为权力的事物的高度警觉。这是作为剧作家的海纳·米勒的艺术解决方式，它作用于单个观众的意识中，而不期待被纳入群体性的历史。

海纳的精英自我屠杀，与鲁迅的急于自我牺牲、"从速消灭自己"，其本质是一样的。世界上的左翼艺术家，都是迪伦马特式的"罗慕路斯大帝"，以自我权力的自我摧毁，来表达平等的理想。这是一种从未实现的理想，最终为左翼政治家所背叛。

维托尔德·贡布罗维奇

昨天鬼使神差想起来看贡布罗维奇的剧本《伊沃娜，柏甘达的公主》，才知道此日（8月4日）正是他的诞辰105周年。就算冥冥中有缘纪念了他一回吧。这个作家我说不出为何如此喜爱。也许因为他天才，骄傲，苦命，幽默且恶作剧。可惜目前只能看到他的长篇小说《费尔迪杜凯》和这个剧本（台湾唐山出版社，陈奂廷译）。他的长篇小说《横渡大西洋》《淫书》《宇宙》，戏剧《婚礼》《轻歌剧》，像纪德日记一样浩瀚的他的日记，以及短篇小说集、文艺批评集、文艺对话集等等，都没有中文译本。我问高兴老师这是何故？他答：译者难找，销路难保。我说：您就不能呼吁一下这事么？《世界文学》就不能译点他的短篇和剧本么？他悲愤地答道：这些事我早就做过了。你太不关心我了。我们该好好谈谈了。

唉，罪过罪过。不过我泱泱大国，财大气粗的出版社多多，难道它们的头头像我一样不读书不看报不留神高兴老师做过的事么？真是成何体统。

《伊沃娜》的女主人公是个众人皆嫌的丑女，沉默，淡漠，恐惧，混沌，柔弱，迟钝，没精打采，但是"她拥有一种对所有魔鬼的害怕"。她是宫廷中的国王、王后、王子、达官贵妇们所有弱点的镜子。她是以丑陋而非美丽让人愤怒的，她是人类丑陋和弱点的能指。每个人都从她丑陋而沉默的存在联想到了自己的不堪。但是她什么也没说，什么也没做。她就是以一种绝对的被动与坚持，保持自己毫无个性但又独一无二、令人不安而又安之若素的存在的。

贡布罗维奇把人类潜意识深处的这种丑陋无力状态命名为"伊沃娜"，如同他把人的"不成熟"状态命名为"费尔迪杜凯"一样，这种精确的捕捉真是神奇至极，鬼斧神工，只能说他是一个魔性的心理医生。他没有把这种潜意识"翻译"成常人能懂的语言，而是直接运用了"潜意识语言"本身。伊沃娜形象让我想起高中时代的自己。我清楚地记得那种因积重难返的心理封闭和迟钝无知而产生的"对所有魔鬼的害怕"（那时的内心是如此混沌无力，一切正常和不正常的恶意对我而言皆为"魔鬼"，我的心是一个因畏惧而敏感于"魔鬼"的雷达，并且因为畏惧而时时战栗），以及不知所措的死一样的沉默和自卑。那时候，所有同学都嫌憎并且习惯我的沉默——这种沉默不是一种高高在上的冷傲，而是一种由于自认一切意义上的"不配"而产生的噤声失语。有一天，当他们突然听见我挣扎而出的不自然的声音时，全体流露出了惊讶、恐怖和替我无地自容的神情。这神情把我锁进了更卑微、迟钝和没有意义的沉默里。但奇怪的是，在我沉默和自卑的同时，我的确感到了周遭人们——无论同学还是大人们——那种家长里短的世故中，让我不知所措的无意义。

我渴望融入这种无意义,但不得其门而入。我自己则是另一种无意义。于是这种无能的沉默里隐含的对他们之"无意义"的映照、这种映照形成的冒犯,的确激怒了我前后桌的女生。

《伊沃娜》让我毫无防备地想起了高中时代。因此我大概是读懂了它——它不是讲述关于专制与自由的故事,而是揭示了一个人心灵深处的丑陋无力,以及这种丑陋无力与他人之恶产生的化学反应。

2009年8月5日

让死者交出未来

"爱丁堡前沿戏剧展"常给观众发福利,这次是在东宫举办的香港话剧团的一场剧本朗读——《都是龙袍惹的祸》。"编剧潘惠森"五个字告诉我:此福利不可错过。果断跑去听。

信任潘惠森并非因为他是"香港最重要的剧作家",而是出于自己的经验。几年前曾在北京听过他的剧本朗读《在天台上冥想的蜘蛛》,那种对灰色生存的怪诞呈现,既锐利又伤感,既质朴又风格化,印象很深。后在香港看他编剧和导演的《示范单位》,发现另一迥然不同的黑色幽默路数:极小的空间,极小的人物,极小的故事,渐渐弯曲、变形、漫漶直至倾覆，生生演化成对"兵法人格"及其孕育温床的"阴暗传统"的酣畅反讽——那感觉如在立锥之地掘井，却掘出一片汪洋。

《都是龙袍惹的祸》又与前两作不同，这回是历史剧、清宫戏。历史剧是中国话剧的大门类，而又以历史正剧为多。与莎士比亚式的历史剧不同，中国式历史剧往往以国族历史逻辑取代戏剧逻辑，在政治—社会层面借古喻今，其人物塑造不以心理、性格、人格等人性／个性因素为生发点和推动力，而是按国族、阶层、权力关系、文化传统等整体性和历史化因素分派人物的形象和寓意，因此剧中人总像是穿着厚硬的铠甲，用约定俗成的"正统历史腔"说话与行动，并最终成为某种历史观的注脚。

香港人潘惠森声称自己"历史很差"，于是他在自己的剧作里解放了历史。他以人物的心理深度和个人化／非历史化的戏剧情境，重构了"太监安德海之死"的"历史"，而直接参与未来。毋宁说，是未来意识（它要"意识"到的是：我们应拥有怎样的未来？）而非历史观决定了剧作家的历史剧写作。亦毋宁说，没有未来意识的历史观不能称其为历史观，没有未来意识的历史剧亦不能称其为历史剧。中国素有"历史大国"之称，但鲜有带着未来意识的历史叙事，这也是吾土吾民老要"鉴往知来"而又老是不能的原因。由于历史叙述总是被绑架未来者所绑架，天长日久，历史叙述者和历史剧作家都不知道：我们该拥有怎样的未来。缺少对于未来的图景和意愿，人就会随着历史的重力一起下沉。于是我们多有为历史殉葬的历史剧，而少有参与未来的历史剧。关于戏剧、历史与未来，海纳·米勒谈得透彻："对死尸的爱就是对未来的爱。我们必须把死者当作对话伙伴或对话捣乱者来感受——未来只会从与死者的对话中出现。"

"召唤死者"，并让"他们交出与他们一起被埋葬的那部分未来"，这一意志贯穿了《都是龙袍惹的祸》全剧。它的表层像一则宫廷秘闻，不乏帝后王公和社稷重臣围绕"能否诛杀安德海"而展开的争斗权谋，但争斗权谋只是一层薄纸，纸下每个人物暗流汹涌的心理世界才是重点——它们透露了他们之所以是"现在这个人"的成因。每个人物虽然地位和情境不同，心理创伤和生存境遇却有着惊人的同构性——都处于"致命的丧失"之中，都被剥夺了生命中最宝贵的东西——无论权力至高的慈禧太后，还是愤恨其压制的同治皇帝、跟她面和心不和的慈安太后与恭亲王奕䜣，也无论集万千耻辱和慈禧宠信于一身的太监安德海，还是一心置他于死地的太子少保、山东巡抚丁宝桢。这是一个人人被囚禁、人人被剥夺的结构。此结构是在剧中人不经意间吐露的心曲、在即使暗相勾连也人人自危准备退路、在主人公撕破虚伪面纱赤裸独白时，渐渐显现的。

剧作家在塑造人物时，跟历史的定论用反劲儿。对于果敢锄奸、美名流传的丁宝桢，剧作偏要写他之所以要杀安德海，是基于后者使他仕途受挫的私怨；对于受到慈禧压制的同治皇帝及其帮手奕䜣、慈安，也表现他们对付慈禧时使用欺蒙和狡计。对于慈禧和安德海这两个"坏人"，则写出了他们最令人同情的部分——悲苦无告的底层人要想过上"人"的生活，只能爬到高位；要想爬到高位，则只能牺牲自己的纯良和尊严。安德海这个人物十足立体。他被丁宝桢所俘，竟是"自找"的——为了他的"夫人"、同样出身贫苦的女伶马小玉想吃德州扒鸡，为了成全这贫苦女孩令人鼻酸的"吃鸡"嗜好，他故意铤而走险，踏进明知想要杀他的丁宝桢辖地，煊赫招摇。他果然死在丁宝桢的刀下。死前的安德海没有一丝忏悔，而是宣示：我不过是行了人们敢想而不敢行之事罢了，我不过是所有人欲望的镜子罢了，我才是真正的男人。作者如此塑造人物，非因他服膺道德相对主义，而是意在揭示：在这样一个人人被剥夺、人人是囚徒的权力结构里，善也会转为恶，而恶则衍生更多的恶——无尽的剥夺，更大的丧失。

《都是龙袍惹的祸》一剧就是在这样的追诘里，让观众在"历史"中找寻未来，一个拒绝剥夺与丧失的未来。自由的未来。

2014年5月

两个人的"众声喧哗"

台湾剧作家纪蔚然是那种典型的知识分子艺术家。右手写戏剧，左手做研究。严肃与幽默并济，生命与理论齐驱。不过，当代知识分子愈来愈致力于繁复缠绕的理论表述，与社会批判渐行渐远，纪蔚然则相反：他的批判意识无时不隐藏在剧作和文章中，擅长将繁复理念做简明表述，把理论话语变成"活人的语言"。看起来学术研究并未成为他创作的负担，反倒点燃了创造的核能，使他高产：他已出版和上演《愚公移山》《夜夜夜麻》《黑夜白贼》《影痴谋杀》《倒数计时》《乌托邦Ltd.》《拉提琴》《莎士比亚打麻将》等舞台剧作近二十部，《嬉戏》《误解莎士比亚》等散文集多部，以及长篇小说《私家侦探》、电影剧本《绝地反击》《自由门神》、戏剧专论《现代戏剧叙事观：建构与解构》等。2017年，他出版了专书《别预期爆炸》，把法国哲学家雅克·朗西埃（也有译作洪席耶）的著作讲解得如侦探小说般好看。在此研究期间，他写了剧作《衣帽间》。

《衣帽间》是一部两人饰多角的舞台剧，曾由福建人艺的陈大联导演，大陆演员赵玉明和台湾演员姚坤君联合主演，2018年12月初在北京国话先锋剧场上演。七十分钟的时长，两位演员分饰十二个角色，有一种变戏法般谐谑缤纷的智性愉悦。如今重读剧本，我们可以细看其丰富层叠的意蕴和技巧。

故事发生在过渡型城市"千竿市"一家美术馆的地下衣帽间，一对分手多年的恋人因艺术家陈彼得的作品"衣帽间"而重逢。在二人的交谈中，被谈论者由他俩分别扮演并情景再现：从艺术家陈彼得的展览，延伸到艺术家的赞助人"总裁"的发迹史和诡谲的家变史，从一个熙来攘往的衣帽间，延伸到被资本权力所毁坏的自然—社会生态以及谋求救赎的人心……

《衣帽间》共有十二个角色，演出说明中规定"由两位男女演员饰演"，决定了此剧的样貌。一般而言，叙事体戏剧中的叙述人，要么只担任叙述人（比如布莱希特戏剧中的歌队），要么扮演剧中某个固定角色，并以此角色的视角来叙述故事（比如彼得·谢弗的《伊库斯》里的心理医生）。而《衣帽间》的形式融合了场景剧和叙事剧的体式，开场出现的女主人公何琦和男主人公许彬，既是全剧的贯穿性角色，也是其他故事的叙述人。当二人出现的时候，处在故事进行中的时空，而非一个超然叙述的回忆时空；当他们叙述的时候，立刻通过道具和服装的变换，扮演被叙述故事中的角色；其讲述瞬间变为场景再现，被再现的场景则是碎片化的，只呈现讲述者需要的信息片段。需要注意的是，两个演员是分别以剧中一个"固定角色"的身份，去扮演"被他／她讲述的另一个角色"——这是一种双重扮演；同时，二人的叙述和扮演，也是正在发生的故事进程的一部分。这种"固定角色／叙述人／多个被叙述角色"瞬间跳进跳出的组合方式，是戏剧中较少采用的（独角戏除外）。比如，当女主角何琦告诉男主角许彬，她来这个地下的山寨版衣帽间，可不是为了跟他"偶遇"的，她是受艺术家陈彼得的嘱托，来看看这个衣帽间有无侵权的嫌疑。这时，许彬手拿一个道具，瞬间变成艺术家，何琦则去衣帽间里换了件公务员外套，变身为美术馆馆长。当何琦说她看到了艺术家和总裁谈话时，何琦扮演总裁，许彬扮演艺术家……在全剧的高潮，这场扮演游戏也进入高潮，角色的变化速度瞬间加快、数量也加大：许彬扮健身男、总裁儿子、总裁、艺术家，何琦扮存骨灰瓮的老妪、总裁新夫人、美术馆馆长、爱用形容词的警官。当总裁原配失踪案水落石出时,许彬何琦回到原来身份。

二人分饰多角的意义何在?只是为了节省演员吗?不,二人扮演强化了"故事被讲述"的虚拟性与反讽性,创造了全剧的游戏感和轻盈感,将严肃沉重的批判性议题,以"众声喧哗"的轻喜剧形式呈现出来。这种轻与重、少与多的辩证,正是以"二人分饰多角"来实现的。任何艺术形式都隐含道德意味,对此剧而言,意味着"轻"对"重"的克服,也是柔弱之"善"对强悍之"恶"的"得胜意志"的外化。

《衣帽间》不是一部以核心人物、核心事件来结构的"中心化"戏剧,而是一部以固定地点为托盘,将不同群组的人物和事件松散并置的"去中心化"喜剧。一个松散的结构如何产生戏剧性,也就是说,如何激发观众看下去?靠若隐若现的悬念。此剧看似东拉西扯,漂浮无根,实则埋下了三条悬念线索:1.男主角许彬和女主角何琦的关系悬念——二人分手多年相见不欢,剧终会怎么样?2.艺术家以"全人类的衣帽间"为主题的观念艺术展览,到底会发生什么?其中说到当地百姓什么都存到衣帽间,有个老妪还把她先生的骨灰瓮存在这儿,她的用意何在?3.展览的赞助人"总裁"的原配失踪案和原配情人被杀案,真凶是谁?三条线索并驾齐驱,相互交织,直到剧终,一切真相大白。观众的解谜欲得到满足,剧作的主旨也得以彰显。

《衣帽间》的时空、人物与场景设置并不直接来源于"一片生活"（焦菊隐语），而是来自剧作家对纷繁现实的整体性判断与想象力重构；也绝非对现实生活样貌的写实性再现，而是颇为人工的怪诞变形与象征化呈现。

剧中有两个最具象征意义的人物：艺术家和总裁。艺术家一方面声称他的作品意在"打造没有阶级分野、属于全人类的衣帽间""用意就是让观众亲近艺术品，不用把艺术看得太神圣"，一方面对参加开幕式的尽是普通市民感到不满："我以为都是经过筛选的社会名流。"他的"作品"无非以政治正确的光鲜观念重新包装庸常的生活，却得到社会的隆重加冕；他声称的"平等"观念与他的势利人格表里不一，他的艺术只是做戏与谋利。

总裁在剧中是资本权力的象征，作为"瓜子大王""千竿首富"，他使原本竹林遍布的千竿市，竹林销蚀，瓜子田遍地。"竹子"是中国传统的隐逸、诗意、超功利意象，"瓜子"取代"竹林"，热爱竹林的总裁原配失踪，隐喻资本权力败坏自然生态和传统诗意，将大地变为单调的逐利之所。而总裁对原配和她的情人犯下的命案，又是罪上加罪。

就是这样的艺术家和这样的企业家"相看两不厌"——成为体制性力量，成为时代的中心与骄子。在边缘，是因良知尚存而不得志、但也不得不寄生于体制的副研究员许彬与制作人何琦，以及要与老公的骨灰瓮共舞的痴情老妪，喜欢滥用形容词的警官，担惊受怕的总裁儿子和新任夫人……

当边缘人凝聚自身所有的能量反抗既定秩序，不公正的中心即告瓦解——这是《衣帽间》结尾，总裁王国覆灭，传递给观众的信息。"解放的契机在于所有能力的结集（没有人被排除在外），共同注入异识（'异识'是与'共识'相对的概念，指的是可感的重组——李注）场景之中。它运用了所有个体的能力，包括那些被认为素质不够的人。"（纪蔚然：《别预期爆炸》）这是剧作家研读朗西埃后得到的结论，他将其实践于这部剧作中。

2019年2月

戏剧如何对真实说话

美国戏剧家罗伯特·科恩曾经谈到,一部好剧本需要具备七要素:(1)可信并引人入胜;(2)可说性、可演性、流畅性;(3)丰富性;(4)人物塑造的深度;(5)严肃性和相关性;(6)集中、洗练和强烈;(7)赞美。

你若问我的看法,我认为这七要素是的确的,但在性质上有所分别。第一、五、七要素是价值性的,第二、三、四、六要素则是技术性的。第一要素最迫切,也最关键,是戏剧之为戏剧的基础。我们很容易对一部谈论

"大事情"的"深刻"剧作肃然起敬,可是读完却可能沮丧地发现,自己除了被正颜厉色地教育了一番,一无所获——就是因为它既不可信,也不引人入胜。仅有严肃高尚的创作动机,不能造就一部好的剧作。

当然,也会出现这样的情形:我们被一部高潮迭起、构思精巧的剧本吸引,读罢,却感到它意义匮乏,令人空虚——这是因为它缺少严肃性和相关性;我们也可能为一部戏说出了自己的苦恼愤懑而击节,可略一回味,却发觉它除了倾倒垃圾,无所给予——这是因为它缺少赞美。至于台词的可说性、可演性、流畅性,语言材料的丰富性,人物塑造的深度,以及戏剧性的集中、洗练和强烈,都是好剧本散发魅力的技术要件,只要剧作者有足够的写作经验和艺术感受力,终会达成。在这里,最不易理解和抵达的要素,是"赞美"。

关于"赞美",罗伯特·科恩的意思是:好的剧作是赞美生活,"仅仅对平凡生活进行冷酷无情的描写不会对艺术形式做出多少贡献";但也不是粉饰生活,而是"个人对生活充满激情的想象,而且执着地表达着生命的奋斗和光辉";戏剧从根本上讲是一种肯定,它赞美人类的存在、参与和共享;戏剧不是虚无主义的表达手段,即使最悲凉的现代戏剧也散发出固执的希望之光,甚至还有喜悦,就像塞缪尔·贝克特《等待戈多》里的那两个流浪汉……

这些意见无疑是启示性的。但我还想继续提出一个建议,那就是将赞美的视线渐渐升高,从人类生活与可见世界,转向它们的光源——那不可见的意义源泉。我们或许不知道这源泉来自何处,遗忘或不信祂的存在,但我们与生俱来的超越性、道德感、审美力和不可言喻的价值信念,都在一一昭示祂的临在,无可推诿。我们需要对这不可见的神秘存在虚席以待,心怀赞美。在赞美中,我们学会站在"世界之外的一个点"(克尔凯郭尔语),暂离人类的自我中心和自我加冕,获得在戏剧中揭示真相的能力——不但看到人性和世界的美善,更看到人性和世界的败坏,并且不被这败坏魔住和征服。诚如美国作家弗兰纳里·奥康纳所说:"去观察最糟糕的事物只不过是对上帝的一种信任。"没错,真实、热诚而得胜地揭示败坏,正是赞美之一种。它是对造物主所赐予的爱与关切能力的赞美。是对人在穿越灵魂的死荫幽谷时,所获得的诚实、忍耐与信心的赞美。是在觉察人的有限性之后,对那无限而绝对的意义源泉的赞美。在这赞美中,剧作家摆脱了将人与现世视为绝对存在、于肉身之中寻求绝对正义的道德虚谎,亦即,剧作家不再将相对之物偶像化为绝对之物,也不再将绝对之物矮化成为相对之物,而获得了如实审视和表现的自由。是的,我以为,当代戏剧的穷途或兴起,都取决于这件事:你能否,以及如何,赞美那当受赞美的。

由此，你也就回答了这个问题：你能否，以及如何，在戏剧中对真实说话。

2

以上念头，是因我的朋友、诗人、剧作家张杭拿来的一摞剧作而起。它们的作者多是"80后""90后"剧作家，作为年长他们许多的"70后"同行，我深切感到这些剧作迥异于其他世代的强烈特征：那种对伪理想主义和伪英雄主义的本能抗拒；对不确定性和非自主性的敏锐意识；对碾压性的庞然大物的沉默无言；对闪闪发光的细微之物的轻轻低语。曾经充满华语戏剧的道德高调的人物、完整清晰的故事、明亮铿锵的主题、难以兑现的承诺——那种对不当赞美之物的赞美，在他们的剧作中消失了，取而代之的是飘忽不安的叙事、含混犹疑的形象、幽微内在的声音。剧作者们不再作持续数十年的群体性和外在性舞台叙事的囚徒，各自发展出了释放内在声音的技巧，来表达他们所见的真实——我们所处的世界。

个人化、内在化、精神化的叙事，一直为当代中国戏剧所匮缺。作为文化生态的一种后果，戏剧多是英雄事迹的颂歌、宏大历史的注脚、社会现象的折射、娱乐减压的阀门。个人的心灵褶皱不被凝视。个体的漂浮境遇无处安放。意味深长的沉默没有一席之地。"社会—历史—现实"只作为一种非人格化的嘈杂之音而存留。几个世代普遍的不安与孤独,在中国当代戏剧中难以找到发声的方法。但是在这些剧作里,它们出现了。

3

居于创作主流、曾经在先锋戏剧家那里声名狼藉的"现实主义戏剧",在富有才华的青年剧作家手中重新发光。这些作品似在说:不是"现实主义"错了,而是你们看待现实的眼光错了。作者们精巧地使用线性结构的写实手法,不再躲闪、美化,浮于庞然大物的表面,而是将目光探入现实与人心的毛细血管之中。

一个醒目的现象是:当代生活中最本质的关系——"家"的关系,在他们的笔下被疼痛地解剖,并由此逼近更深广的象征。这些剧作往往出现昏聩而寡爱的父母,多思而无力的儿女,彼此之间既深渊般地脱节,又无法摆脱地纠缠。父母与子女之间这种隔膜而疲惫的精神关系,或直接构成人物关系,或成为剧中人物性格和人物关系的前传。父母因令儿女衣食无虞而自认功莫大焉,儿女则觉得父母欠自己的债——爱的债,智慧的债。一代新人像是缺少浇灌行将枯萎的嫩芽,一直渴水。像缺奶的婴孩,一直抱怨和哭泣。实际上,父母们又何尝不是如此——他们也是衰老而缺爱的婴孩。"父母的匮乏与欠账"是一根绵延不绝的链条，一个难以停止的隐喻，尖锐地指向匮乏与欠账的总根源——那不眠不休的攫取性力量。它在我们之外，在我们之上，也在我们之内——隐藏于每个人的罪性深处。

朱宜的《杂音》有着轻快酣畅的节奏和骤然出神的诗意。以一个中国精英家庭在美国的遭遇，活色生香地勾勒中美两国精英阶层各自的欲望与机心，揭示"政治正确"之下，人性深处似异实同的虚伪和无人买单的真诚。女主角的境遇，隐喻普世存在的虚无主义危机。

张杭《月亮的南交点》有着佳构剧的谨严结构，貌似书写了一个阴郁的私人事件，却掘开一道审视中国社会—历史—精神的逼仄深渊。一个创伤少女的背后，埋藏着多少麻木无察的加害、怯懦沉默的屈从、拒绝忏悔的罪恶、进退两难的道德？作者绘出了一幅难以救赎的沉痛图景，人物心灵的细腻纹理和家国历史的庞大畸影，均得隐现。

祁雯的《困兽之斗》散发淡淡的契诃夫味道，四个（舞台出现两个，对话中隐含两个）不幸福的孩子，六个不懂孩子为何不幸福的家长，在貌似平淡无事的场景中，铺展出各自生存与灵魂的苦痛困顿。

张在的《三月天，娃娃脸》以越轨的笔致，书写越轨的情事，人物真切可感，台词洒脱乖觉，不伦之恋的进退维谷与椎心之痛，写来犹如婉转的杀戮。

叙事体戏剧已成当代戏剧的主流样式,但在中国戏剧创作中,发育并不成熟。在这些青年剧作者的作品中,我们则能看到它的花样运用,它观照现实的能量和自由感。它们斑驳陆离的叙事手法,隐藏着向外关怀的心事。

王昊然《游戏男孩》将电子游戏的叙事逻辑创造性地延展在舞台之上,叙述与场景、虚拟与现实、数字与人性、过去与当下、爱与孤独的边界,随时消泯和建立。游戏时空、男女主人公相遇的时空、男女主人公各自的当下时空、男女主人公的回忆时空……在人物叙述和场景表演中,多重时空自如转换,角色意绪自由流淌,主人公的大段独白具有微妙的光暗效果。轻快明灭的都市感,数字化社会中两性、亲子、职场、游戏伙伴之间如影如风的虚幻关系,酿成一种新的美学。

胡璇艺的叙事剧《捉迷藏》技艺娴熟,透过女大学生和青年女工之间的友谊与龃龉,窥看了虽然只得浅尝却令人牵念于心的苦难世界。角色的分身扮演、跳进跳出、场景呈现,在台词的叙述与独白中自由实现。年轻的剧作者试图在角色的轻盈个性和社会议题的沉重开阔之间取得平衡,雄心可贵。

5

20世纪以来,局部摹写现实生活的写实主义戏剧不再独尊,戏剧试图本质化地揭示人类存在的整体性状况,于是向哲学与诗靠拢:人物符号化、非个性化,不再有具体连贯的情节,舞台行动抽象地直喻人类的本质性境遇……这种"反戏剧"的戏剧,被评论家冠以表现主义、象征主义和荒诞派戏剧之名,雅里、斯特林堡、奥尼尔、贝克特、尤奈斯库、品特、阿尔比、彼得·汉德克……诸巨匠汹涌而来,其深度与形式令后来的观众和创作者生畏。他们的剧作悬念不在于"将发生什么",而在于"这是什么意思";不是促使观众关心人物和情节,而是触动他们反思人类的生存状态。由于这种戏剧难以自然地"可信并引人入胜",本质主义的创作手法亦多有雷同,如今在世界范围内已不再兴盛,只是化身为某些怪诞元素,潜入千变万化的写实和叙事性戏剧之中。但是"反戏剧的戏剧"的有益的形而上冲动,几乎未能在中国戏剧中结出多少果子。难能可贵的是,在这几部青年剧作里,我们看到了它的成果,其对我们生存境遇所做的整体性审视,格外发人深省。

何雨繁的《黑色冰山》是近年华语戏剧的惊艳之作:跨越全球的空间视野,各自独立的板块式结构,每"块"各依其事件空间而组织戏剧风格,看似互不相属,却有一条强劲的信仰之线贯穿始终——发生在香港、东京、柏林和某地的场景，都在这双信仰之眼的注视下；却并不说教地提供救赎的答案，只是决绝地显现人类罪性与苦难之间的因果。通俗剧与表现主义、市井言语与诗性话语、写实空间与象征空间混搭并置，勾勒出时代—社会—人心的暗影，并以此决绝的勾勒，指向那得救的光耀。

刘天涯《那边的我们》有着尤奈斯库式的怪诞超然与黑色幽默，我们生活里习焉不察的规训和异化，在蓄意的乏味与重复中得以彰显：人们徒然辗转于生命的本能与社会的网罗之间，相噬，相蚀，无可解脱。这种绝对到几近"无聊"的逼视，显示这位年轻剧作家的巧思与勇气。

陈思安的《冒牌人生》想象奇诡，三个主人公寻索真我的过程，也是作者安放其"拯救"的乌托邦理念的过程。

6

——戏剧如何对真实说话？

——忠实于我所历，我所见，我所思，我所是。

这是年轻同行们的回答，也是戏剧所当做之事。

可以说，这些剧作是一代新人的群雕：有点软弱，有点伤感，有点公义，有点冷淡，有点温暖，有点颓丧，有点期待，有点绝望……却充满人性和世界的诚实真相。

心灵的变化，带来感受力和想象力的变化，直至出现表达技巧的变化。宏大叙事的虚假承诺再也不能蛊惑他们，取而代之的是敏感细腻的心灵肌理，微妙精致的轻轻叹息。作为一个创作代际的美学进展，这是令人惊喜的。

但是，关于戏剧，我们也许还当有美学之外的关切。这关切不愿只把戏剧看作艺术小花园里一朵娇滴滴的花，还把戏剧当作一个器皿——里面盛满灵性之酒。当观众／读者举起它倾倒口中的时候，这酒进入他们的身体，成就美好的事：自身的恶被觉察，却想趋近善；自身的贫乏被觉察，却想趋近丰饶；自身的怯懦被觉察，却想趋近勇敢；自身的刚硬被觉察，却想趋近温柔；自身的奴性被觉察，却想趋近自由；自身的冷酷被觉察，却想趋近爱……

这种貌似对立的心灵运动，来自创作者隐于作品背后的东西——他／她的愿力。那是对一个更好世界的想象。这想象则来自他／她对意义和自由的体认，对绝对之物与相对之物的判明。是否承认和面对那个"绝对"，决定了创作者能否获得"世界之外的一个点"，分得这个"点"的视野和洞察力。若不能，则我们既无从审视和表现那黑暗败坏绝望否定的一极，亦无从审视和表现那光亮美善信心肯定的一极，更无从观照这两极的中间地带。我们可能只会不好不坏不冷不热地表现人性和世界。这不是说，我们获得了表现这不好不坏不冷不热的人性与世界的能力，而是相反，我们会失去这丰富真切的表现力，只让习焉不察的灰色地带显得相似。因为我们自己与这不好不坏不冷不热的灰色地带相似。我们不承认高悬于我们之上的超越性的绝对，因此也就不能陌生而特异地表现这不好不坏不冷不热的相对。我们轻车熟路地生活在道德相对主义的世界中，相信得救之不可能。一种后现代的懒洋洋的绝望。和现代主义的彻骨的绝望都相去甚远。但出于同一个母亲：成熟于20世纪的"绝望的形而上学"。

对于戏剧和任何艺术创作来说，表达绝望和接受沉沦都不是目的，相反，肯定的道德动机和拯救的意愿是第一要紧的。若无此，则艺术创作只能如鸣的锣、响的钹一般，成为顾影自怜的薄情之物。何为"肯定的道德动机"？我实在喜欢别尔嘉耶夫的这句话："无私的和牺牲的爱才应该被认为是肯定的道德动机，这爱是对上帝的爱，对生命中神圣事物的爱，对真理和完善的爱，对肯定价值的爱。这就是创造伦理学赖以建立的基础。"

当此时代，关于何为"上帝"，何为"生命中的神圣事物"，何为"真理和完善"，何为"肯定价值"，都充满了争议，遑论"爱"她们。

但真正的创造者，自有确信，自有选择，自有赞美——对那当受赞美的。

7

写下这些字的时候，国内新冠疫情正隐隐重新发动攻势。中国之外，肆虐日甚。人类被迫中止全球化的极速跨越，按下暂停键，重新面对自身。对艺术家来说，这是最容易绝望的时刻，也是最该反思"绝望的形而上学"的时刻。因为它夸大恶的力量，击打人仰望上帝的头颅，嘲笑信心，制止赞美。

现在，到了用"信心的形而上学"取代"绝望的形而上学"的时候。

这时，会有意义与自由的源泉涌流，赞美与得胜的歌声响起。

这绝非不可能。

谨以此语，赠予年轻的戏剧创作同行。

2021年1月8日 于北京

在最高的意义上,"信"比"疑"往往更难。

乙辑

情热

陈丹青的《局部》

《局部》播完了。在最后的第十六集,陈丹青感谢大家原谅他一路念稿子,他要回去画画了。

去吧。去画画吧。我这不愿离席的观众,蓦地想起塞尚写给左拉的信:"我跟毕沙罗学习观看大自然时,已经太迟。但我对大自然的兴趣依然不减。"

在陈丹青的目光开启下看画,对我亦已太迟。但是被他点燃的观看热情,却不会稍减。倘问《局部》系列对公众有何意义,这感受或可作一注脚。

这是画家陈丹青第一次通过视听媒介,连续谈他的"观看之道",从中表明他放弃整体叙述、独陈一己所见的当代立场。视频节目的好处是，它能让我们观看陈丹青的"观看"。每一幅被他谈论的画，我们都可尽情看其"局部"——中景，近景，细节特写……（啊，可惜不是原作）没看清，就暂停，想看多久看多久，兼以配乐，兼以他手拿稿子，有时照念，有时笑嘻嘻对着镜头闲聊——那是一个老辣纯真的耽溺者一边摩挲爱物，一边分享他的迷醉。那爱物，便是他在谈的画。

而他又不仅仅谈画。若不借题发挥，弦外有音，那就不是陈丹青了。若刻意如此，也不是他。一切皆出于天性——那慷慨而专注的情热。

于是有了他的目光，他的关切，他的取舍。略过艺术史上被过度瞻拜的名胜，他的目光停在"次要画家"的精妙作品或著名画家的"次要作品"上。十六集下来，我们看到了一张与正统艺术史截然不同的版图：王希孟的《千里江山图》，布法马可的《死亡的胜利》，蒋兆和的《流民图》，巴齐耶的画，瓦拉东母子，民国女画家关紫兰、丘堤，康乾《南巡图》的宫廷作者徐扬，威尼斯的卡帕齐奥，俄罗斯的苏里科夫，佛罗伦萨的安吉利科，古希腊的派格蒙群雕——几乎都是冷僻的面孔。对每副面孔的解读，都融合了这位画家独自的心得，他的热血、澄明、欢欣和痛楚。只有两个"名人"做了单集——梵高和杜尚。对梵高，陈丹青拿他早年的一幅无名小画做由头,通篇聊他的"憨",聊现代绘画的"未完成"特质;对杜尚,则只讲他那划时代的决定——放弃画画,并以此终结自己在《局部》的谈画。

"他总是越过故事主角的肩头,张望远处正在走动的人。"这是他评说卡帕齐奥画作的"景别",也是他自己的艺术史方法论:偏离中心,"张望远处正在走动的人"——那些不抱入史意图的素心天才,被历史聚光灯忽略或灼伤的寂寞高手,时代漩涡之外的美妙浪花,艺术史上别有洞天的"次要讯息"。

他爱这些"次要讯息"。谈论ta们的时候,他的歆享同命之情溢于言表。只有发自深心的爱才能产生如此神情。在视频时代,"神情"是艺术批评的真实维度,也是感召力的源泉,超越语言。

陈丹青喜欢"离题"。这是过于活跃热烈的心智难以安于一点的表征。他的思维因此不是纵深掘进的,而是平面跳跃的。这可能会是他的弱点,却被他发展成一项风格,一种陈丹青式的"复调批评"——谈艺术、谈画道的同时,也谈别的。那"别的"是什么呢?——个体,社会、制度,文明,总之,常识之中"人"的境遇。犹如一部音乐中的两股旋律,并行不悖,相互交织。不仅品评艺术,更要动乱生命。这是对鲁迅谈艺方式的延续——既庞杂,又纯粹;既辛辣,又优雅;既热肠,又冷静;既粗暴，又柔情。

在这样的复调里，他以"次要讯息"的方式，传递他至为看重的观念。比如：

与一个艺术阶段的全盛时期相比，他更关注早期，因早期作品一定面对两个历史任务——开发新主题，使用新工具，因此最有原创力。

他很少孤立地谈一个现象、一位画家、一幅作品，而是将其作为活泼错综的生命体，置入最初发生的土壤中观照品评，并从这土壤跳出，作古今中西的纵横比较——既还原观照对象的存在景深，又提醒公众反省自身的文明、制度境况。因此，在批评奥赛美术馆的"不舒服"时，他谈到欧美一流展馆如何不惜重金，布置接近作品原生环境的展出环境；他以西方艺术中直面死亡的主题，对照中国讳言死亡的传统；他分析西方的透视法可能启示了摄影，接着，困惑于我们的"旷观"传统，为何止步于长卷。

最有趣的是，陈丹青时常使谈论对象与我们的当下语境相互"穿越"：十八岁就画出《千里江山图》的王希孟，看到跟他同龄的孩子循规蹈矩读高二，会作何想？梵高若拿出他憨拙的素描参加艺考，百分之百考不上；安吉利科的资格可作佛罗伦萨的市委书记，可他宁愿关在小禅房里，安静地画画……

一个撩拨人心而点到即止的行家。他明明在召唤不安和不满,热血与热诚,却像在跟观众谈恋爱。待他谈罢,不知会有哪些被击中的灵魂,默默出发。

艺术终归是他的至爱。他曾以为画道只是二三知己轻声交流之事,这回,他要对着观众略略公开。他拒绝提供放之四海而皆准的观点,而坚持艺术,乃至欣赏艺术,是种种未知的个体经验。

贡布里希早就警告那些以阅读展品目录代替看画的欣赏者:"必须具有一颗赤子之心,敏于捕捉每一个暗示,感受每一种内在的和谐,特别是要排除冗长的浮华辞令和现成套语的干扰。由于一知半解而引起自命不凡,那就远远不如对艺术一无所知。"

陈丹青则从创造者的角度更进一步:"艺术顶顶要紧的,不是知识,不是熟练,而是直觉,是本能,是骚动,是崭新的感受力,直白地说,其实,是可贵的无知。"他对安吉利科简朴、刚正、"愚忠"的神性五体投地,对梵高的"诚恳、狂热、憨,无可企及的内秀"垂涎三尺,对瓦拉东"茁壮的雌性"激赏有加……他与中国的艺考制度和性灵枷锁是如此势不两立,以至于时刻标举那些与生俱来、不可学习之物,不惜让自己所有的讲述沦为废话。

同时,他尊崇理智与均衡。他称赞巴齐耶组织场景、群像构图的才华,喜欢杜尚置身事外、独往独来的艺术态度。没有这冲淡明哲的一面,陈丹青的批评风格,恐怕会烧得一塌糊涂。

或许这就是艺术家的自由本能和均衡本能——摆脱任何应然观念和先在意愿,唯以纯真之眼,观照创造者和创造物的"自相",并以那"自相"本身的生命规则和可能性,判断创造的成就。这是艺术自身的复杂微妙之处——社会批评家陈丹青绝不僭越艺术家陈丹青半步,而"圣愚崇拜者"陈丹青,也绝不进犯绘画巧匠陈丹青分毫。

但也未必全无挣扎。

"有一次,列宾看到一幅意大利绘画,赞不绝口,说:艺术之所以是艺术,最最重要的是'美'。不久,他看到一幅俄罗斯无名小画,画着贫苦的女孩,老头子哭了,喃喃地说,哎呀,艺术最最重要的是善良和同情。"(《俄罗斯冤案》)

他说的不是列宾,是他自己。

在六十多岁的年纪,他需要面对跟列宾同样的撕扯:艺术是为了实现美,还是实现爱?是通往智,还是通往仁?是自渡,还是渡人?是要"自己的园地",还是"无穷的远方,无数的人们,都与我有关"?极而言之,是要成为自我完成的艺术家,还是满腔情热的义人?

这是一个问题。

而我忘不了《局部》第三集,他讲蒋兆和的那一刻。

坐在报社的餐厅里，周围人来人往。我看着手机里的他，穿黑衣，老老实实坐在书桌前，讲述蒋先生柔软的心肠，伟大的画作，屈辱的命运和不堪的记忆。

"请诸位看看蒋兆和先生的照片，一脸的慈悲、老实，一脸的苦难、郁结。抗战胜利后，他在自己的祖国当了几十年精神的流民，后半辈子一直低着头过日子。原因无他，就因为他画了《流民图》。"

那一集在这段话中结束。我坐在笑语声喧里痛哭。冲动地写了一条短信："为知道并记住了蒋先生，永远感激你。"还是忍住了，没有发。

（陈丹青《陌生的经验》序）

2015年10月2日完稿

《色，戒》：人性战胜国家

上个月在香港看了全版《色，戒》，走出影院，大脑塞得满满，茫然失措失语。近日内地放映删节版，看到海内外五花八门的评论都汇拢来：有人骂它是民族虚无主义的"汉奸电影"；有人却说它是表现男女因性生情的心理电影；有人看出它表达了一个男人的"中年危机"；有人觉得它的主角不是人，而是旧上海；有人认为电影"背叛"了张爱玲，背叛的效果很好；有的则相反，认为背叛的效果差极，尤其是女主角的选择完全背离了张爱玲的设计；有人认为床戏无助于叙事的深入；有人则说床戏是影片意义得以展开的核心……尽管艾柯有言："艺术品是一种根本上含混的信息,即多种所指共处于一种能指之中",但是一个外表中规中矩的电影却被看出如此风马牛不相及的"所指",还是令人吃惊。忍受不了判断悬空之感,我只好再度钻进影院。这一遍,倒使我得出个斩钉截铁的结论:《色,戒》是一部秉心纯正、微言大义的杰作。

"大义"者何?恐怕和中国传统的"大义"指向截然相反。这是一个只有冷静超越本土语境的宏大阴影、又无时不对这阴影的杀伤力深怀关切的导演,才能领悟和呈现的"大义"。它表面上似乎是以男女情色消解国族大义,其内里,则是既质疑将国族大义无条件置于个体生命之上的道德逻辑(所谓"为达道德之目的可用不道德之手段"),又剖析了任何一种作为最高律令的庞然大物(影片中,"庞然大物"既现身为易先生所寄身的血腥残酷的汪伪特务机关,又体现为王佳芝所投身的以正义为目标却冷酷无情的间谍组织)对"人"的戕害。影片周密从容的叙事、心态迷离的人物、意味深长的细节和幽暗苍凉的色调,都是在此思想底色之下徐徐展开的。它在发出"每个人都是历史之人质"的喟叹同时,也涂抹出"人性救赎"的亮色。如果我们无视影片张扬人性、反整体主义的潜主题,很可能无法完整领会李安的这部电影。

和李安电影里家国政治与男女之情的双向互动不同,张爱玲的小说《色,戒》,家国政治着着实实只是一个隐约的衬景，王佳芝和易先生在此种衬景下本能的"性心理"与"情心理"，才是小说真正的核心。张爱玲天性孤绝，家国变故、意识形态只能从外部影响她，却是一点也进入不了她的内心；她笔下的人性，也是有利害无善恶、不具道德情感维度的灰色地带，《色，戒》就是张爱玲在这灰色地带中，对家国与人性双重的绝望与绝情。电影故事未改，但主题却一变而为"人性的救赎"，却是李安对张爱玲原作的根本背叛。

在影片最后，王佳芝为了那点飘忽不定的"爱"，不惜背叛大义和组织；易先生却是为汉奸政权和自己的生存，不惜背叛自己那点飘忽不定的"爱"。如此残酷结局，何谈"人性救赎"？

恐怕需要影片的点滴细节来证明。在这部有着福楼拜式严谨的电影中，王佳芝一开始就和信念明确的热血青年邝裕民、赖秀金们不同，她被设计成一个敏感真纯（张爱玲的王佳芝却几乎是不带感情的）、身世飘零、被动承受大时代的女子，她因为对邝裕民的爱慕之情，参与了热血青年们的间谍暗杀计划。她对易先生的感觉，从开始的接触就埋下了"动摇"的因子——第一次见面，王佳芝回到公寓，和邝裕民们淡淡地说："他和我想象的不太一样。"（和想象的恶人形象不太一样。）在香港和上海的寂静无人的餐馆，虽然王佳芝只是做戏地说些寂寞女人的家常，易先生只是将信将疑地半吐心曲，但是从二人对视的眼波里,已埋下"大义除奸"的使命和"异性相吸"的天性之间微妙的交战。之后,就是内地观众无缘得见的激情戏。其实,三场激情戏虽足够"劲爆",却并不令人沉迷,它们是表现人物内心之扭曲痛苦的核心段落:窗外是警犬、侍卫与枪林,杀机四伏的寒秋;室内,是两个囚禁在对立使命中的孤独男女,以接近身体极限的交欢,来忘却孤独和恐惧,发泄寒冷和绝望,体会存在的真实。害怕国人看完"学坏"的大人先生们可以放心了:此处的"性"毫无色情撩拨之用,相反,我倒是觉得它太苦痛骇人,如在第三场里稍加暖色,也许能更好地完成二人因"性"生"情"的递进。

在"男特务头子"和"女间谍刺客"的人性触角渐渐舒张之际,各自投身的组织却日见其冷酷非人的气息:街头喋血,刑讯枪杀,是易先生操控的特务组织的"杰作";将牺牲个体的一切(包括王佳芝的贞操和青春,以及邝裕民们的生命与自由)视作必要的代价,却不必对个体负责,是王佳芝投身的间谍组织的"原则"。深爱王佳芝的邝裕民对她保证道:"我不会让你受到伤害的!"但是他的保证,在上级吴先生面前立刻化作虚妄——组织是不会考虑王佳芝的安危的。组织不是王佳芝身心的归宿。

由如此内外因素的交相铺垫,才会有王佳芝在接过易先生温柔赠予的那一枚华丽钻戒时,在看到他温柔的目光、听到他温情的话语时,陡然升起的足以背叛自身使命的"爱"。值得注意的是放走易先生之后的细节:王佳芝跑到街上,坐上三轮车。车夫问她去哪儿,她说"福开森路"——那是易先生给她置办的公寓。车夫问:"回家?"她轻轻地点头:"诶。"——她已把易先生当作自己的家了。她从领口取下一枚药片——那是上级吴先生给她的,以备败事自裁之用——但是她没有吃。她心头还存着"回家"的痴想和好好活下去的希望。至此,人性私情对组织律令的凌越,在王佳芝这里得以完成。

但结局是:王佳芝的情梦,被由她所救的易先生破碎了。她被他判了枪决。她后悔了对组织的背叛吗?答案是:没有。在她临刑之前,在与她一同赴刑的邝裕民身边,她脑海里回想的是她大学时代初演爱国剧之前的一个瞬间:她不知所措地走在台上,听到身后上方的呼唤——是邝裕民、赖秀金们在远远的二楼召唤她。这一空间间隔,是她和他们从始至终的距离,她终于知道,她从未属于过这个只有信念、没有自由的群体——其实她在香港目睹邝裕民们把想要告密的同乡,一刀刀刺成血葫芦时,就应该知道的。内地版删去了这一段血腥镜头,其实它对揭示缺少自省的"组织信念"所必然包含的暴力性质,对理解王佳芝最后的背叛,十分重要。

易先生呢,他的万劫不复的身份和求取生存的本能,让他以行动背叛了王佳芝最后的爱;但是他的意识却背叛了他的身份和行动：影片结尾，易先生回到家中，坐在王佳芝睡过的床上，听晚十点的行刑钟声敲响，无尽怅恨，不禁潸然。这绝非给一个汉奸戴上人性的面具，而是以意识对行动的背叛，呈现柔软人性对暴力律令的悄然瓦解。至此，可以说：《色，戒》是一部表现"人"被"绝对国家"所挟持的悲剧。在此悲剧的终局，则又以罪恶者的悔恨暗示最后的救赎。在人们的想象中，老道的张爱玲一定会嫌李安的结尾过于天真，迹近媚俗——似乎绝望永远比救赎深刻，无情永远比有情成熟。但是我们应当知道，无论世故还是天真，无论幻灭还是拯救，也无论无情还是有情，都无高下之分，它们仅仅取决于创作者自身在信疑之间的选择。而在最高的意义上，"信"比"疑"往往更难。

可以说，从张爱玲到李安，是文化精神的本质变异。张爱玲还是一个异类但地道的中国人，她走到了中国虚无文化的尽头，那里既无家国祖先的慰藉，又无上帝与人性的拯救，她是因文化性格和身世际遇而丧失天真、无处安放的孤独游魂。李安则是中西合璧的文化产物，西方文化血统使他清醒秉持个人主义，中国血脉则令他离上帝的光辉较远，而离"人性"的暖意更近。

2007年11月

《梅兰芳》的精神分裂

陈凯歌的《梅兰芳》讲述了一个天生胆小的男孩如何通过不断喝汤来克服恐惧、长大成人的故事。这个"人"虽然是举国皆知的京剧大师,但看起来艺术世界并不是他的重心——成年以后,他的心思全被弘扬国粹、保持国格、提高戏子地位等事关大义的事情占据了。电影在表现一个鹤立鸡群的爱国者、道德家的道路上渐行渐远,以至于我不禁感到,梅兰芳周围的那些人实在多余,而他本人也不该唱京剧——他最该从事的职业是圣徒或者政治家,虽然此二者的距离如南北极之远,但南北两极也有最大的相似之处:冷。

电影《梅兰芳》的冷感是创作者精神层面的幽闭与刻奇（"kitsch"，米兰·昆德拉曾对这种情感方式一再嘲讽）的产物。"幽闭"既体现在主人公与他人乃至整个外部世界的精神关系上，也体现在这部作品的精神气质上，典型意象就是那个"纸枷锁"；而"刻奇"，在影片中则表现为一种自我崇高、自我感动、自我怜惜、自我膨胀的精神形态，它看起来像是梅兰芳人格的自我完善，实际上却是创作者通过技巧性的粉饰煽情，来助长潜伏于观众无意识深处的偶像崇拜欲与群体自大狂。它的精神后果是观影之后的廉价激情与狂欢效应，而这或许正是主创者所期待的——因为设若如此的话，影片精神之核的苍白贫乏就可以瞒天过海了。

看起来，这部受到梅家人干预的传记故事片，其核心动力是把这位京剧大师送上道德的宝座。虽然一个携带了真实的时代气息、富有人格杂质和精神矛盾的艺术家形象更具魅力，但在利害攸关方和主创者看来，道德的保险系数无疑更有诱惑力——这种回避真实的"圣贤主义"价值观的直接后果，就是影片《梅兰芳》"精神"与"肉体"的分裂。具体地说，就是该片的"三突出""高大全"的精神主旨，与其作为电影艺术的活色生香的"肉体要求"之间的分裂。

为了在表面上弥合这一分裂，就需要一些制造波澜的手段。大体说来，手段如下：一是给伟大的主人公寻个无伤大雅的小毛病——比如软弱胆小、想当"凡人",但这毛病最终还是通过喝汤、静坐、回忆孟小冬母亲般的叮咛等功课,给克服了,主人公是"想做凡人而不得";二是敷衍出一些炫人眼目的"传奇",以增添影片的"中华文化神秘性",并突出主人公"神乎其技"的超人才能——比如已被戏曲专家证伪过的"梅兰芳PK十三燕"一幕;三是以不露声色的"反衬法"垫高主人公的道德基座,这方面的技巧就多了——比如让主人公的困境更艰难(赴美演出居然需要他抵押十万家产)、敌人更凶狠(想想日军的杀人不眨眼)、朋友更背信(好友邱如白劝他置民族大义于不顾,为完成"艺术"而为日寇演出)来提高主人公的道德难度;以渲染主人公的文化重要性(他是否为日军演出已成为中华民族是否降伏的象征)来佐证日军对他的极度重视和威吓的必要性,并以此种雷霆万钧的威吓之举,来突出主人公"大无畏"的民族气节……总之,无论外部世界如何地动山摇,主人公总是适度被动、以静制动,这样,他高尚的道德形象虽然看起来过于封闭、静止和缺少发展,但由于总是以低调出之,尚能显得既优雅又"自然",从而表面上避免了以往"高大全"叙事中,因主人公过于高亢直露的道德表现反使其显得更加虚伪的毛病。因此,说电影《梅兰芳》为完善"三突出""高大全"的宣传艺术做出了巨大贡献,当不为过;但它是否能算一部成熟精到的艺术作品,则另当别论。因为成熟的艺术使人直面真实，而《梅兰芳》却走向个人与民族的自我神化。

如果一部影片号称传记故事片，那么不管它的虚构空间多么大，总得"是"这个人，"是"他的时代，在这个基本前提下，编剧、导演才好去提炼主题，塑造人物，不能因为用了一些属于主人公的似是而非的佚事，就说这就是主人公了。翻齐如山（影片邱如白的大大走样的原型）《梅兰芳游美记》，才知梅氏访美乃银行家冯耿光、学者齐如山等"梅党"士绅、司徒雷登等美国友人以及许多中外文化人义务襄助、捐资促成，张罗耗时七八年，其目的除了让美国人认识中国剧，更是真正去学习考察西洋艺术，此事确能体现民国人物开放的文化襟怀和时代风气。一代名伶在中西文化艺术的碰撞中，会遭遇何种精神地震，会如何审视自我与他者，一定会上演十分有趣的剧情。

但影片显然无力呈现如此复杂的精神主题，相反，它的价值取向不是开放而是封闭的：梅兰芳被塑造为一个孤胆英雄，他去美国演出是为了向美国人扬我国粹，从而提高梨园艺人的道德地位。为了这个"崇高的目的"，他一拍脑门，痛下决心，抵押家产，背水一战。一代民国文化人主体性丰盈的精神寻路之旅，在影片中被廉价降格为梅兰芳一人的道德功劳簿。这种安排，是由影片的"三突出"创作原则所决定的：一个英雄不可有与他平等的其他主体，他不可开放和学习，他只需放射光芒、拯救人世就够。所有其他人物，都为了陪衬他的道德、技艺和魅力而存在。但这一创作原则的结果，只能使主人公在精神上处于幽闭的"原子"状态，人物关系也只能在一种低级夸张的戏剧性中展开，它最终所收获的，也只能是一些莫名所以的观众的莫名所以的群体性自大而已。

九十年前，鲁迅先生曾经说过："中国人向来有点自大。——只可惜没有'个人的自大'，都是'合群的爱国的自大'。这便是文化竞争失败之后，不能再见振拔改进的原因。"不幸的是，鲁夫子在九十年前痛加挞伐的毛病，至今依然发作在中国艺术家的作品里。

2008年12月

《五加五》的轻与重

他是司机，也是侃爷。警察认为他开的是黑车，扣了车要罚他万把块钱。他认为自己做的是堂堂正正的事业——"为艺术家服务，让世界了解宋庄"——写在夏利车发动机盖上的这句"主旋律"，看来并不能作护身符之用。谁让他的服务对象，恰恰是让人感到最不"安全"和"放心"的群体呢？车上签满了艺术家的大名。这小车因此被他认为是一道门槛——他看不上的，才不让签呢；他看得上的，别人不许说他坏话。他风雨无阻随叫随到，艺术家喝醉了，下飞机了，半夜三更一个电话他就出现。他看起来热爱艺术。他有时被画家要求评论几句。他的最高评价是"有个性",偶尔也用些专业语汇——"具象""抽象"。当民工兄弟惊诧于眼前这些光屁股、出怪相的家伙时,他热情洋溢而讳莫如深地解释道:"他们在搞'行为'。""什么?""行为!"兄弟们更糊涂了。

他和宋庄有头有脸的艺术家很熟,熟到了好意思开口要画的地步——画家觉得不太好的画可以送他,他不嫌弃。有一次为了让画家彭渊认识到送画给他是一件多么双赢的事情,就即兴描绘了一幅光芒万丈的前景:办一个"老金当代艺术不花钱大展",把所有送他画的大腕都请来,栗宪庭当主持,大家伙儿要红红火火地互动起来,热闹得"像舞厅一样";谁敢不来,他车上的签名就打一黑框,表明这人"已经死了"。话音刚落,我们发现他遭遇了车祸。人没事,车的前脸撞瘪了,那些签名和警句只好成了收藏品。换好新发动机盖的那天,不少艺术家跑来重新签名题字。有一位语重心长地写道,"1+1=老金"。说老金是个二货,这可有点没面子,他急中生智,把"1+1"改成"5+5"——这就十全十美了。老金露出了满足的笑容。

纪录片《五加五》最近慢火于江湖,诙谐风趣的"宋庄老金"也几乎成了媒体红人。这是作品魅力的一个证明。该片导演徐星、老安,摄影和剪辑老安。这两个名字注定了作品成熟的另类气质。徐星1980年代蜚声文坛,后低调如隐士,写作的同时拍摄纪录片,最著名的片子是

《我的文革编年史》，可惜很少有人看到。意大利艺术家老安，本名Andrea Cavazzuti，旅居中国三十年，作品很多，技艺精湛，擅用摄像机譬喻象征、揭示心灵，但不少人知道他，是因为他乃唯一一位访问并拍摄了自由作家王小波的纪录片导演——镜头里的王二不修边幅，妙语如珠，不知多少波粉会感激他。

宋庄是纪录片工作者的富矿，也是难题——这个居住着五千多个艺术家的村落，正是泥沙俱下的转型时期充满激情、浮躁、妄想和幻灭的中国心灵的缩影，猎奇的素材和庸常的表象比比皆是。但《五加五》避免了这两个面相，而表现出一种无可救药的趣味主义——节奏轻快，高度浓缩，富于悬念，风格幽默，并贡献出了荒诞得令人愉快的主人公和宋庄片段。一般而言，"令人愉快"是中国独立纪录片的大忌，至少它意味着"分量轻""不严肃"。但我以为此片包含着最大的严肃性，无论是它揭示的现实，还是艺术性本身。

实际上，诙谐的"老金"不仅是主人公，也是线索和视角，借着他的行迹和目光，创作者自然而内在地呈现宋庄各阶层艺术家或风光或屌丝的生存与精神状态，他们饱受羁绊的文化和社会环境，以及普通民众艰困挣扎的生存及其对当代艺术懵懂困惑的态度，等等。这一层分量更厚重，线索也更复杂，但它们含蓄地包裹在老金的笑容之下。

据创作者自述,这部八十八分钟的片子成品和素材使用比例是1∶80,拍了一年,拍摄时不做任何预设,任何偶然的事件和人物都可能进入镜头,其中有不少艺术家汪洋恣肆地宣讲了自己的艺术观。但在剪辑时,任何的宣讲、说教以及交代性的镜头都被放弃,一切只用行动和暗示去呈现。小川绅介曾说:"从一个镜头跳跃到另一个镜头如果不能激发人的想象力的话,就是失败。"《五加五》的剪辑坚决杜绝了这一失败。

2012年10月

把药裹在糖里

我不知道日本青年导演SABU标榜《倒霉的猴子》为"不合逻辑娱乐片"是什么意思,可能就是不太光滑,且由偶然和超现实因素来推动情节的娱乐片吧?因为标准娱乐片是逻辑光滑而必然的,合乎人们表面的理解力和想象力的,没有精神难度的。而SABU的《倒霉的猴子》却挣脱了这种娱乐片模式。

影片的情节是这样的:青年人山崎打算和朋友抢银行。他们戴上面罩下车的时候,恰巧另一个和他们戴着同样面罩的抢劫犯已抢了8000万日元出来。此人和山崎的朋友都被车撞死,装着钞票的皮包被撞飞,最后落入山崎的怀中。山崎戴着面罩抱着包拎着刀狂奔而逃,恰巧在拐弯的时候撞到一个女人,刀也非其所愿地插入她的腹中。情急之中山崎撇下女人拔刀逃跑,途中把面罩扔进了路边的垃圾筒。夜晚,山崎来到郊外,从皮包里掏出一摞纸币,然后把包深埋地下。他做完这一切,沉浸在巨大的恐惧和自责中。

花开两朵各表一枝。失去组长后势力削弱的暴力团"村田组"的两名成员找到另一个派系的头头立花商谈生意,这时候第三名"村田组"成员头戴从垃圾筒里捡来的面罩,举枪推门而入。他本想开个玩笑吓吓大伙,不巧立花却头磕桌上,被吓身亡。三人只好深夜驱车郊外,把面罩套在立花头上,埋掉灭口,其位置恰好在山崎埋钱的地方。

犯了案的山崎四处躲藏游荡,心中祈愿那个受伤的女人不死。他看到警察堵在路口,便躲在一伙愤怒的社区人群中,被挟裹到一个会场里。一场极富政治隐喻和讽刺色彩的话语战争/游戏在此展开。对阵双方是社区居民和一家排放污水的大公司。居民指责公司不处理污水,导致空气污染。公司的一位技术人员便宣读一份晦涩难懂、术语泛滥的技术报告,试图以其莫测高深蒙混过关。这种话语策略被居民识破,受到了大家的激烈抗议和咒骂。公司发言人这时背水一战,反守为攻,转而指责每一个居民也都是从不净化废水的废水污染制造者,这样的人还有什么道德优势指责公司不处理污水呢？凭什么他们可以不净化污水而公司却必须净化污水呢？他越说越理直气壮，越说越俨然正义的化身，他在会场里踱来踱去逼视着每一个人，而全体居民则被问得哑口无言。他嚣张地揪起山崎的衣领，让他回答自己说得对不对。山崎起初还嗫嚅不已，但是随着语流的打开，他变得雄辩滔滔——从工业文明对自然的掠夺，说到环境被破坏后各类污染的后果，从大气层的酸雨说到非洲的饥民，从个别现象升华到普遍真理，从普遍真理中又得出对个别现象的义正词严的批判，直把这个公司的所有代表说得都目瞪口呆，威风扫地，而社区居民则山呼海应，占尽上风。在这段辩论中，双方似乎都有"正义"的话语根据，双方也都将"正义话语"作为打击对方的致命武器来使用，而"正义"本身除了作为每个人为自己谋利益的借口之外，并没有人真正关心它。最后社区胜利了，或者说，社区的话语策略和话语力量胜利了，山崎被大大地夸赞了一番。在狂欢晚会上，山崎看到桌上的一张报纸，报道了被他刺伤的美容店女服务员已经死亡的消息。山崎陷入自我辩护和犯罪感的交互撕扯之中。这个过程体现为这位主人公的陀思妥耶夫斯基式的灵魂搏斗，以及导演对恐怖效果的创造性运用之中。关于灵魂搏斗，SABU用山崎的一长段战栗的独白来表现，而这段独白是他为了战胜恐惧和负疚而作的。创造性运用恐怖效果的例子则更多。比如山崎晕倒在夜雨中的山路上，被好心人抱进汽车里，醒来以后，他发现旁边的老妇人抱着一个骨灰盒，坐在前面的人抱着一个相框。在寂静无声的车里他细细端详，发现那相框里的照片正是被他杀死的那个女人。山崎毛骨悚然，大叫停车。下车以后，他看见身边经过的另一辆汽车里也坐着那个女人。女人的脸孔无处不在⋯⋯在这里，"恐怖"不仅是作为感官刺激的手段而存在，同时它还揭示了一种深层的心理机制：一个杀人者会为杀人而负疚，而"负疚"这种良知的残留物较间接（或曰较少）地源于道德，较直接（或曰较多）地源于一个人内心深处的本能恐惧。在最后的时刻，本能恐惧和道德的界限模糊不清，或者说，也许道德本身就是一种本能恐惧的产物。山崎几经流转和思量，终于精神崩溃，割开了手腕寻求解脱，但终是无法死去。

与此同时，"村田组"被立花同伙派人追杀。追杀者也是一个颇为有趣的荒谬家伙，他见人就问："你是杀人犯吗？⋯⋯哲学家说杀人者和没杀过人的人生活在两个不同的世界里，你觉得是这样的吗？"他没有杀死"村田组"，结果却被"村田组"所杀。"村田组"在酒吧的门口将要上车逃跑之际，发现了倒地的山崎和他的一摞纸币，于是两个人争夺起来（第三个人已被追杀者射伤喉管，一直坐在车里发出滑稽的"喉——喉——"的喘息声）。山崎说他可以带他们找到8000万日元，但有一个条件：杀了他。"村田组"答应了，于是他们来到郊外埋钱的地方，挖坑找寻。这时立花的一大群同伙赶到，断定"村田组"是在埋尸灭迹。"村田组"说不对，我们是在找钱，不信我挖给你们看看！这时精彩的奇迹发生了——这是导演兼编剧SABU创造的灵感奇迹——他们挖开土，拽呀拽呀，拽出来的却是死死攥着装钱皮包和一把手枪、头戴面罩的立花！立花直挺挺地立着，摘掉面罩，"复活"为名副其实的行尸走肉和杀人机器。他举起手枪，见人就杀，打死了"村田组"和自己从前的同伙。山崎无比渴望地把立花的枪口对准自己的脑袋，以求速死。但是，立花扣动扳机，却没有子弹射出。而他转向别人，手枪立刻又能继续开火。

求死不得的山崎来到警察局门口准备自首。这时他看见警察们已拘捕了人赃俱在的"罪犯"——攥着手枪和装钱皮包的"行尸走肉"立花。最后的赎罪通道都已堵死，山崎感到荒谬异常，万念俱灰，他跌跌撞撞，横穿着车来车往的公路，但是没有一辆汽车撞倒他。

这部影片提示了这样一种卓有成效的创作手段：一定要把观念变成人物的行为、事件和命运，节奏和类型越参差多态越好，外在化的信息发散得越紧凑越好。它使我们相信：把严肃的社会批判和自我审视思想拍成娱乐形态的电影是完全可能的，关键在于创作者是否有充足的机智、想象力、幽默感以及综合的创造能力。现在，人们对电影（其他艺术，比如小说，恐怕也是如此）的首要期许是"娱乐",想要领略轻松、悬念、趣味的世界以忘我;至于"教育性"——其中包含一切想要唤起欣赏者之道德紧张感的企图——只能算创作者暗中夹带的"私货",这种"私货"能否夹带成功,完全取决于欣赏者是否愿意看下去。这样,"私货"和"娱人"目标之间便必然存在强烈的紧张关系。在许多人那里,这种紧张最后变得水火不容,分道扬镳。秉持"教育性"("道德性""艺术性")人文立场者可能会摒弃一切重要的娱乐手法,而变成紧绷、枯燥的说教者;秉持"娱人"立场者可能会彻底摒弃一切人文蕴含,而变成油滑、冷漠的艺术商人。《倒霉的猴子》却成功地以"娱人"的面目夹带了SABU的"私货"——用王小波的话说,就是成功地在貌似"熵增"的过程中实现了"反熵"。所谓"熵",就是狼吃兔子、兔子吃草、水往低处流、苹果落在地上这种自然的消耗过程,用在人身上,就是人天生喜欢搞笑、刺激、不费力的好故事,而不喜欢社会批判、灵魂拷问、忧国忧民之类跟自己过不去的道德紧张。"让自己省力"是人的自然要求,是为"增熵";"跟自己过不去"是人在充分文明化以后才会产生的超越之想,是为"反熵"。三流的艺术家往往是在"反熵"中"反熵",或在"增熵"中"增熵",结果是把深刻的主题搞得乏味,或者把有趣的娱乐变得无聊。而电影作为工业艺术是拍给大众看的,创作者不能要求他的观众都能作"反熵"的超越之想,他只有在承认和迎合了人们的自然要求——比如快乐、刺激、好故事——之后，才能有机会让人们不设防地、心甘情愿地接受快乐、刺激、好故事下面暗藏的思想。

其实，这些所谓"暗藏的思想"表述起来非常简单枯燥，具体到《倒霉的猴子》，可以说它是在探讨"罪"意识：犯罪（虽然主人公是无意间犯罪的）——试图洗脱罪责——洗脱不成，谋求赎罪——已有替身，无法赎罪。影片虽然是一个极其个人化的故事，但是这种"罪"的主题却有着深厚的历史蕴含和广阔的能指。谁是罪犯？谁来赎罪？能否赎罪？这些严肃的思想融汇在警匪、搞笑、恐怖的娱乐手段中，便于被人愉快地接受和体验。

现在已经是这样一个时代：任何艺术作品如果直接逼迫人去"冥思苦想"，都会失去自己的立锥之地。"快乐原则"从未像今天这样被人类忠实地遵守，以致太多被制造出来的"快乐"只能反证人间的冷酷。富有良知的艺术家现在必须具备这种才华：把苦涩裹在大笑里面，正如把药裹在糖里面，这样，"笑"不仅会成为人类最贪恋的本能，而且也会变成对邪恶最具杀伤性的力量。

2001年5月

伯格曼二题

旁观

英格玛·伯格曼的《第七封印》里，倾力自省的主人公瘦骑士是个冷眼旁观的角色，这一设计绝非出自伯格曼的下意识。

骑士想求证上帝之有无，关心灵魂的得救，但是面对"巫女"的无故受刑，他还是"顺从地点点头，走开了"，因为修道士对于他们之所以这样做给了一个似是而非的理由："人们相信使我们深受其苦的这场瘟疫是她引起的。"

在巫女的火刑堆旁边，他一面平静地观看她受难，一面沉思她灵魂的归属。

在这些场景之前,他已经告诉死神他对自己的看法:"我想开诚布公地和你谈谈,但我的心灵是空虚的。""这种空虚是一面镜子,它正对着我的脸。我看见镜中的自己,我感到恐惧和憎恶。""由于我对待我的伙伴们冷漠无情,所以他们都离开了我。现在我生活在一个幽灵世界里。我被禁闭在我的梦和幻想里。"

这种"冷眼旁观",既源于消极自由的冷漠,也源于求知欲,"知"之所以带有罪孽的性质,便是为此。同理,创造与道德的自我完善不能两全,也是为此。这是伯格曼最高尚的真实。他从未给创造者营造无辜的假象。创造者是有罪的,因为他是一个对他人的痛苦冷眼旁观的人;惟其在对罪孽的辨清和承认中继续自己的创造,才能最终把自己有罪的灵魂交给上帝,将它洗净。

微光

《第七封印》和《野草莓》一样,是个漫游的结构。人物在瘦骑士的漫游中随时加入、离开、复现,最后汇合,如同音乐动机的回旋往复。

人物象征着现实世界的不同角色:

瘦骑士:怀疑论知识分子;

随从延斯:有行动能力的唯物论者;

杂耍演员约夫和他的妻子米娅、儿子迈克尔：纯朴的信仰者和得救者；

教士和窃贼雷维尔：信仰体制的寄生虫，代表伯格曼对宗教体制的嘲弄；

形形色色的群众。

四处都是饥荒和死亡，但瘦骑士受到了贫穷美丽的米娅的热情接待——一碗野草莓，牛奶。喝了口牛奶，望着笼罩在美丽晚霞中的一家人，以及爽直的延斯，曾经冷漠无情的骑士对米娅说道：

"我将记住这一刻。这寂静，这暮色，这一碗草莓和牛奶，晚霞映照下的你的表情。迈克尔的安睡，约夫和他的里拉琴。我要努力记住我们的谈话。我要小心翼翼地用双手捧着这记忆，就像捧着满满一碗鲜牛奶一样。（他转过脸去，望着大海和灰暗的天空）这将是一个好兆头——对我来说，这就够了。"

瘦骑士通过和死神对弈，使约夫一家逃脱了死亡。

上帝是否存在？伯格曼始终没有找到答案，但是愿意给这问题一道微光。在他的《第七封印》和《野草莓》中，"野草莓"是纯朴的虔信者无需心机和劳作即可得到的自然的馈赠。耶稣说："不要为生命忧虑吃什么，喝什么，为身体忧虑穿什么。生命不胜于饮食吗？身体不胜于衣裳吗？""你们需用的这一切东西，你们的天父是知道的。你们要先求他的国和他的义，这些东西都要加给你们了。""野草莓"象征着伯格曼对此福音的理解——那是耶稣基督的诺言及其无言的兑现。

因此,把伯格曼定义为个人主义导演是不准确的,他只是真实地描述了个人主义者灵魂的困境而已。

这是一段他的自白:

> 有一个古老的故事,说卡尔特大教堂怎样遭到雷劈而被烧成平地。好几千人从四面八方赶来,像蚁群般汇合在一起,在原地重建大教堂。他们一直干到把教堂最后建成。这些人中有建筑师、艺术家、工人、乡下人、贵族、教士和自由民,但他们的姓名都无人知晓,至今没人知道是谁建造了卡尔特大教堂。
>
> 抛开我个人的信仰和怀疑不谈,因为这是无关紧要的,我认为一旦艺术和信仰分离,它就失去了根本的创作动力。它切断了自己的命脉,不能传宗接代,而是自生自灭。在从前,艺术家把作品奉献给神的光辉,自己却默默无闻。艺术家无论在生前还是死后,都不会比其他匠人更为重要;"永恒的价值""不朽性"和"名著"这些词句,对他们是不适用的。创造的才能是天赋的。在这样的世界里充溢着坚定的信念和自然的谦卑。
>
> 今天,个人已经成为艺术创造的最高形式和最

大毒害。自我受到的最微小的创伤或痛苦，也会被放在显微镜下仔细琢磨，好像它的重要性是永恒的。艺术家视自己的主观、孤独和个性为神圣。于是我们最后都聚集到一个牢笼里，站在一起为自己的孤独哀鸣，既不互相倾听，也意识不到我们正在相互窒息。每一个人都盯着对方的眼睛，却否认对方的存在。我们在原地打转，如此地陷入自己的愁苦之中，以致不再能分辨真与伪，分辨暴徒的狂想和纯洁的理想。

因此，如果让我回答我拍片的总目的，我要说，我希望成为建造那矗立在广阔平原上的教堂的艺术家中的一员。我想用石头雕出一个龙头、一个仙子、一个魔鬼或一个圣人。做什么东西并不重要，重要的是我从中获得的满足。不管我是否有信仰，不管我是否是一个基督徒，我愿在建筑教堂的集体劳动中贡献自己的一份力量。

充分发育过的"个人"的自我超越，和从未深刻认知过"个人"的集体主义，词句的表面多相似！其意义却完全相反。

2009年4月29日

当文学拒绝表达任何内在与外在的"意见",
文学就会成为自身的杀手,而沦为平安的无聊。

丙辑

幽默与药

1

现代汉语的"幽默",是林语堂先生以现成的古词,对英文"humour"所作的音译,有"风趣""谐趣""诙谐风格"等意。古词"幽默"大概最早见于屈原的《九章·怀沙》:"眴兮杳杳,孔静幽默",系"寂静无声"之意。屈子创作《怀沙》时,正当悲伤绝望、"怀抱沙石以自沉"的前夕,那心情是与humour毫不沾边的。假设屈子有一点点humour的话,我们今天就不会过端午节,我们所读到的他的作品,也完全不会是《离骚》《九歌》和

《九章》了。但林语堂仍以"幽默"译"humour",他的理由是:"凡善于幽默的人,其谐趣必愈幽隐,而善于鉴赏幽默的人,其欣赏尤在于内心静默的理会,大有不可与外人道之滋味,与粗鄙显露的笑话不同。"(《幽默杂话》,载1924年6月9日《晨报》副刊)因此,逗笑而婉曲,是幽默最起码的条件。

"humour"的古拉丁语原型humeurs一词,系医学用语,意思是"体液、情绪"。体液理论乃由古希腊的希波克拉底医生所创立,认为人类有四种体液,分属于四种"本原":黄胆属火(热),黑胆属土(冷),血液属风(干),黏液属水(湿)。人也基本分为四种体质,谁究竟属于何种体质,取决于他/她体内四种体液中占优势的那种。

正如法国文学社会学家埃斯卡皮先生所介绍:体液理论经2世纪古罗马的盖仑医生推进,到16世纪为法国的让-费尔纳尔医生(他与拉伯雷处于同一世纪)所修正,后被英国伊丽莎白一世王宫中的重要人物、与喜剧作家本·琼森(1572—1637)生死同年的罗伯特·弗拉德医生所接受,他在欧洲思想界掀起了一场有关"体液"的论战。在16世纪末的整个欧洲,"体液"这个词是颇为时髦且语义含混的,人们在日常使用时,多强调体液混合物的不稳定和不规则因素。在英国,"humour"则获得了古怪、怪癖、举止乖张之意。琼森是首位把"滑稽"怪癖与

"幽默"进行语义联姻的剧作家,并借用"humour"一词创立了自己的"癖性喜剧"。这一幽默与笑的联姻,开辟了"幽默"的新时代。如今我们所领略的幽默艺术,其引人发笑的成分中仍活跃着怪癖、夸张、不规则、不稳定的意味,正表明了"幽默"的"体液说"血统。

琼森的癖性喜剧揭示了人具有双重性格这一事实。18世纪,"幽默"——伤感的乐观主义和快乐的悲观主义,这双面的雅努斯神——被认可为英国的一种民族特质,一种源于英格兰灵魂深处的传统。这一传统的伟大之处,在于它能将绝对化的仇恨悲哀转移至相对地带,而报之以悲天悯人的宽宥和戏谑自嘲的轻逸。我最叹服埃斯卡皮对幽默之于阶级暴力的解毒作用的分析。他指出,在中世纪末的英国,小资产者和农民联合起禁欲主义改革者罗拉德派,共同反对亲法国的金雀花王朝的最后几位统治者,可怕的阶级矛盾酝酿着流血的激情。但是代代相沿的"英国灵魂",能够辩证地包容各个矛盾倾向,人们渐渐演化出对立互补的政治集团及其各自的性格基调:中世纪"快乐"的保皇派和天主教骑士与"忧郁"的平民阶层,到18世纪演变为英格兰教绅士的完美乐观主义与卫斯理的热情庄严。时至今日,工党政策仍带有忧郁的卫理公会教义色彩,而保守派则继续"快乐英国"的古老神话。诚如埃斯卡皮所言:

"相互矛盾的力量在英国却体现为琼森式的幽默,体现为这样一些人：他们颇具象征意义地集政治道德态度的全部怪异性于一身，并以某种礼仪喜剧式的礼节替代历史斗争的尖锐激烈。这些人若担任政府首脑，便成为英国政治中的出色配对，例如：以冷漠的格莱斯顿抗衡易怒的迪斯累里，以斯代福·克利普斯先生的严肃伤感抗衡温斯顿·丘吉尔先生的固执血性。

"在这个民族中，暴力的酝酿或许甚于任何一处地方，而对于幽默这一循环游戏的喜剧性意识，正是针对这种暴力的一帖最佳解药。

"由此，sense of humour作为文艺复兴以来的英国教养所传授的一笔弥足珍贵的财富，便演化为一种折衷的基本条件，而英国人民的整个生活也正是建立在折衷的基础之上。一个出色的误解（指本·琼森对'幽默'一词的误解。——李注），促成了一个是非难定的领域，那里有如一处迷阵，循规蹈矩与奋起反抗共存，微笑与苦涩共存，认真与猜疑共存，同样，怪异情态也与正常心理共存。"

2

加拿大幽默作家里科克有言：马克·吐温的《哈克贝利·费恩历险记》是一部比康德的《纯粹理性批判》更伟大的著作，而查尔斯·狄更斯笔下的匹克威克先生在提高人类素质方面，要比纽曼主教作的颂诗《慈祥的光辉引导我们走出黑暗》贡献更大——纽曼只是在悲惨世界的阴暗中召唤光明，而狄更斯却把光明给予了我们。

同样，一部伟大的幽默作品也胜过一千本幽默理论，因为幽默理论只是在解释幽默，而幽默作品则把幽默直接给予了我们。正如E. B. 怀特所说："幽默固然可以像青蛙一样被解剖，但其妙趣却会在解剖过程中丧失殆尽。"因此之故，若要编一本理解和领会"幽默"的书，对幽默作品的择取一定会多过幽默理论。

如前所述，幽默是一种被文学所孕育的智慧。西方的幽默文学传统始于古希腊喜剧。喜剧出身低微，用亚里士多德的话说，它起源于宴乐游行之类"下等表演"的序曲，因此除了在极少数"爱笑之士"那里，喜剧从未获得过和悲剧同等重要的地位。直至今日，幽默文学仍居于文学传统的边缘，其原因仍在于，它看起来不够严肃和深刻。另一个原因却是隐而不彰的：幽默乃是一种极少数人才能拥有的天才——最宝贵的事物总是数量最少，因此声音最弱。这才是人类的不幸。

在幽默的历史中，古希腊的阿里斯托芬创造了一个灿烂的开端，他辛辣的讽刺笑谑检验着一个城邦对自由的理解，《鸟》的奇思至今令人惊绝。自由和智慧使人在笑中反省，继古希腊喜剧诗人之后，古罗马的卢奇安、奥维德、阿普列尤斯、普罗图斯也纷纷加入笑者的行列。中世纪似乎是禁止笑的，但研究表明，民间狂欢节释放了被禁止的能量。文艺复兴时期若干文化精英的涌现，把中世纪的民间诙谐修成了正果，"笑"变得意味深长：薄伽丘编织《十日谈》，以"人"的解除禁忌的身体驱逐不会笑的神；伊拉斯谟疾书《愚人颂》，为人类的非理性狂欢和泛滥的热情正名；拉伯雷用《巨人传》跟教会捣乱，拿人类的片面严肃性开涮；塞万提斯在《堂吉诃德》里假装被劣质骑士文学所激怒，实则对脱离现实的僵硬理想性做了绵长的反讽……这一时期的喜剧顶峰是法国的莫里哀，《伪君子》和《愤世嫉俗者》最被尊重，但是要在极短篇幅里领略他的幽默天才，《强迫的婚姻》已足够。幽默在英国文学里的流淌自然最是浩荡：莎士比亚的幽默不但活跃于他的喜剧中，也渗透在他的悲剧和历史剧里；至于乔叟、本·琼森、康格里夫、斯特恩、菲尔丁，直至近世的狄更斯、萧伯纳……无不是制造各式笑声的里手，含笑的泪与带泪的笑、言语的尖酸与内心之温软的二重奏，萦回后世，不绝如缕。19世纪后半叶，马克·吐温之名响彻美国和世界，标志着"幽默"这一"英国灵魂"产生了更茁壮的变体。20世纪，两次世界大战摧毁了西方人的理性信念和上帝信仰，现代主义的绝望幽灵与产生于智慧之自信的"笑"，发生了化合反应：荒诞派戏剧应运而生，贝克特托起一轮"喜剧世界的黑太阳"，尤奈斯库可笑的废话散发着不安的气息。"黑色幽默"虽然由法国人布勒东和艾吕雅率先命名，但是它的成熟却在美国——

约瑟夫·海勒、库尔特·冯内古特、品钦的作品让笑容变得沉重。好在还有伍迪·艾伦,电影大师的游戏之笔反倒带来了纯粹的智慧之乐。

对饱受专制之苦的民族而言,幽默则呈现出别样的色彩和力量。它不只是一种轻逸的趣味,更意味着精神的解放。19世纪开始,感情深挚的俄罗斯民族被幽默之光所照耀——果戈理的辣手,契诃夫的温情,布尔加科夫的怪诞……让这个民族在悲伤的泪水中逐渐感知笑,以及笑带来的勇气与理智。在中欧与东欧,悖谬的现实孕育了哈谢克、贡布罗维奇、赫拉巴尔、哈维尔、克里玛们的幽默。捷克人把藐视荒谬、以幽默面对暴力、用装傻来消极抵抗的方式,称作"哈谢克式的"。这一传统滋润下的捷克人,其"十一月革命"的手段是和平而非流血,其主要武器是巨大标语上的轻快讽刺。正如作家伊凡·克里玛所说:"布拉格居民给他们所鄙视的统治者的最后一击不是一刀,而是一个笑话。"

可以看到,幽默文学传统在外向的想象力中,始终对禁锢和荒谬施以笑刑,而对自由与仁慈虔诚守望。幽默理论对此种本质进行了多重探讨。这种探讨还涉及幽默的诸种外延——喜剧,滑稽,诙谐,反讽,笑……克尔凯郭尔之于反讽,康格里夫、里普斯之于喜剧与幽默,柏格森之于笑与滑稽,弗洛伊德之于幽默的心理机制,巴赫金之于诙谐和自由的关系,昆德拉之于幽默与欧洲文明的关联,以及埃斯卡皮和克里奇利之于幽默的历史与哲学的研究……在幽默理论的历史中皆占有重要席位。解剖幽默固然缺少妙趣,但是它能让我们了解幽默与人类的精神根基之间的血肉关联;没有对幽默的解剖,我们很可能把它当作人类智慧无足轻重的小小饰品,从而犯下忽略的"罪行"。

3

20世纪以来,"幽默"开始成为中国人的哲学问题。五四先贤因饱受皇权礼教的窒息,所以十分明了:幽默乃是人类智慧、自由和仁慈皆有余裕的产物,同时它也孵育和反哺它们。一个美妙的双向循环。正因如此,他们才要输入幽默的空气,以图改变这个民族专制蒙昧的精神结构。林语堂先生说得恳切:幽默的机能"与其说是物质上的,还不如说是化学上的。它改变了我们的思想和经验的根本组织。我们须默认它在民族生活上的重要。德皇威廉缺乏笑的能力,因此丧失了一个帝国……独裁者如果非装做愤怒或自负的样子不可,那么独裁制度里一定有什么别扭的地方,整个心性必都有错误……当我们的统治者没有笑容时,这是非常严重的事,他们有的是枪炮啊……""幽默的人生观是真实的、宽容的、同情的人生观。幽默看见人家假冒就笑。所以不管你三千条的曲礼,十三部的经书,及全营的板面孔皇帝忠臣,板面孔严父孝子,板面孔贤师弟子一大堆人的袒护、推护、掩护、维护礼教,也敌不过幽默之哈哈一笑。"

西式的幽默便是这样被作为礼教的敌人而引进国门的。于是现代中国有了鲁迅式的幽默,然而它沉郁有余,轻逸不足;有了老舍式的幽默,然而它失之油滑,不够质朴;有了张天翼式的幽默,然而它太过单调,缺少色彩;有了钱锺书式的幽默,然而它流于尖刻,不见暖意……幽默的内在双重性还未被现代中国作家所领会,他们能够做到的只是单面的讽刺、逗笑与滑稽。幽默在中国真正的成熟,是在当代作家王小波身上——他把笑与绝望、智慧与荒谬的对立共存表现得如此酣畅,堪为马克·吐温的精神嫡裔。

幽默是假正经的天敌。当一个民族的僵硬礼教在笑声中消亡,寄身于它的假正经却仍可能金蝉脱壳,以其他形象从事更别致的统治——套话、决议、号召、禁令、欢呼表态、苦情感恩、道德典型、媒体明星……随着传媒时代的来临,假正经更要尽可能占据公共的和私人的、官方与民间的一切空间,强化人的童稚状态,压抑人的怀疑精神,维系禁忌与恐惧的威力,由一群不会笑的人操纵和塑造另一群不会笑的人。

后人须得感谢拉伯雷在《巨人传》中创造了"agélaste"这个词——"仇恨笑、不会笑的人"。这是西方赐予"假正经"的不朽称谓。神权时代,"假正经"体现为神权和教会的绝对权威性,但在受到法律保护的民间狂欢节上,民众却拥有肆意嘲笑教会权威的神圣权利。这就是西方的智慧——统治者懂得"笑"与"假正经"的能量守恒定律,也懂得对威权的屈从若不释放为周期性的公开嘲谑,便会转化为不定期的暴力流血。《巨人传》是纸上的狂欢节。拉伯雷用高康大、庞大固埃、巴努日们变幻的身体、荒诞的经历、放肆的言笑和佯谬的探讨,消解神权和教会的假正经。这是一种受到准许的放肆权,然而自由的魔瓶虽以臣属的礼节打开,却再也无法以臣属的礼节封闭。自由的笑声一如空气,弥漫于整个欧洲,弥漫于后来的一切世代,弥漫于东西方智者的强大肺叶里,并经由他们,启示那些不安的民族之魂。这是幽默诙谐的拉伯雷所散发的无力之力。

巴赫金曾如此评价诙谐的伟力:诙谐不仅把人从外部的书刊检查制度中解放出来,而且首先从正宗的内部书刊检查制度中,从数千年来人们所养成的对神圣的事物、对专横的禁令、对过去、对权力的恐惧心理中解放出来。诙谐是对恐惧的胜利,使人的意识清醒,并为他揭示了一个新世界。

其实,不自由的人们原本知道,诙谐,幽默,喜剧,笑……并非专为捍卫自由而生,它们不过是自由意志的自然产物而已。不自由者将其视作武器和良药,或者相反——将其视作虚饰和麻药，均有乖离之处。如果"幽默"能够说话，我猜她宁愿声称自己是一种哲学或美学，一种艺术和人生的态度与趣味。她敏感于世界的无可解救的对立、不谐与荒谬，却超然地报以谑笑与同情的双重感情。幽默家的超然绝非由于他／她不在此境遇之中，相反，他／她深陷其中且深味其苦，但却仍能冷眼旁观，跳出局外，诱使他人发出忧郁而开怀的微笑。这种哲学式的超脱正是幽默的高超之处——她既浓烈又无力，既严肃又滑稽，既深植于个人意识之中又超越于个人哀乐之上。我毫不怀疑她是人类智慧的最高成就。她不可被我们指望去直接改变人类的处境，却能够在人类意识的漫长的化学反应中，发生难以觉察的效能，化解愚蠢的暴行。

当一个国家被无可救药的愚蠢所统治，它的国民最应当做的也许不是愤怒，而是学会热血和冷静、微笑与泪水相交织的幽默。幽默使人们看透荒谬，皈依智慧，不自觉地结成自由而自省的精神共同体。当所有人都步入这一共同体之中，那个禁锢而专断的外壳也就形同虚设了。

2007年9月10日

关于"幽默"的随感录

梦醒之后幽默亡

人得一半梦,一半醒,一半希望,一半幻灭,一半温情,一半冷峻,一半酸楚,一半欢快,一半怪诞,一半真实……才会有幽默。幽默产生于智慧的盛年,其时人对丑恶深有认知,然对拯救尚怀期待。一旦拯救之梦完全破灭,幽默也必随之沦亡。马克·吐温和冯内古特都在晚年目睹现实社会无可挽救的堕落之后,成为完全的悲观主义者,再也幽默不起来了。

唉,笑,真是人世间最脆弱珍贵的花朵。

命运幽默

里普斯区分了命运悲剧与性格悲剧、命运喜剧与性格喜剧、命运幽默与性格幽默。"其一,悲剧主人公所遭遇的灾难是无辜的、为命运所施加的祸殃;其二,灾难是由主人公本身的邪恶招惹出来的。我们称前一种为命运悲剧,后一种为性格悲剧。这种对立,我们可以推及一般。一切'不应有',或者是附着于一人一物本身的'不应有',即此人此物的属性或者规定,或者是此人此物所遭受的损害或者否定。前一种情况是性格问题,后一种情况是命运问题。喜剧性也是一种'不应有'或者否定;它在我们看来是一种化为乌有。同样,这种否定也能存在于一人一物本身中,或者也能为命运施加于此人此物身上……前一种可以称为性格喜剧,后一种可以称为命运喜剧。"(里普斯:《喜剧性与幽默》,刘半九译,《古典文艺理论译丛》第7辑,人民文学出版社1964年,89页)

"假如在一个人遭遇的命运的喜剧性中,这个人身上的一种人的重要性或者相对的崇高性得以显现,并且通过喜剧性提高了它的感人力,那么这时候,可以谈到命运幽默。另一方面,假如和一个人的品质有关的喜剧性或者可笑性,显豁地说明了这种品质的人的重要性,或者使一种人的重要性正在它本身中显现出来,那么这时候,就可以谈到性格幽默。"(94页)

"命运幽默、即讽刺性命运幽默的特点是这样的：幽默的承受者遭到喜剧的命运，他被嘲笑了，所以从表面看来，是被喜剧地否定了。但是，他以他对于善良与理性的意识、以他的正直与能干和喜剧命运相对立。他仍然保存他的本色，坚持凭借自己的正确和嘲笑相抗衡，并在内心显得比喜剧命运更强大；在他被嘲笑的时候，我们反而更爱他了。"（95页）

王小波小说的主人公王二、李卫公诸人呈现出来的幽默，即为命运幽默。其含义比里普斯所言更为复杂，同时含有"隐嘲性幽默"的成分。

萧翁的肉麻处

不知是因为看的时候太困，还是确实如此——萧伯纳《巴巴娜少校》第三幕结尾处巴巴娜（又译巴巴拉）和她男友柯森斯的对话，让我感觉有点肉麻。

彼时巴巴娜对"救灵魂"的事业和解脱生存困窘的罪恶事业之间的悖论恍然大悟，支持柯森斯继承自己父亲的军火生意，而她将不再"一手捧着《圣经》，一手举着面包"去救穷人的灵魂——穷人在承认得救时也许只是为了面包而已——而是要到她父亲治下的那个丰衣足食、灵魂饥渴的人们中间，继续她真正救灵魂的事业。

巴巴娜和柯森斯的这段思辨看来是萧翁自己的真实想

法，被二主人公和盘托出。最后军火大王找到了继承人，巴巴娜和柯森斯找到了世俗与灵魂的救赎之路。大团圆结尾。真叫人受不了。萧翁的刁钻挖苦迷人至极，一旦他把解决之道善良地裸给观众，就难免让人难为情。

萧伯纳和迪伦马特都是行动派作家，认真要为人类社会寻求拯救之道，且对自身之道颇有自信。艺术和行动的誓不两立便在这里：作家愈把自己的"办法"端出来画上一个确信的句号，他的艺术愈让人遗憾。

迪伦马特好得多。他也探究解决之道，但他的作品在悖论面前敬畏地止了步。萧翁相比之下哲学头脑差强人意，也天真些，所以他长寿到了九十四岁。

幽默作家的科学嗜好

"谁敢说在数学和理智的运用当中就没有激情？了解数学是人类最高贵的才能！说数学没有灵魂，说它是死的、无人性的机械东西之类的胡诌完全违反了人生和历史的最基本的事实！试问有什么曾比数学的预见力把人的思想推进得更远？……"（萧伯纳：《波扬家的亿万财产》，转引自王佐良《萧伯纳戏剧三种·译本序》，人民文学出版社，1963年）

可惜我此生恐怕没有时间学习数学了，只能对数学和科学表示景仰而已。

近日乱翻幽默作家的生平作品，发现他们对科学技术或发明创造有着共同的嗜好。萧伯纳如此礼赞数学，间接回应了人们对他"只有智慧的头脑，没有火热的心肠"的批评。马克·吐温穷小子时期发明过背心上用的自动纽扣、设计过获得专利权的剪报夹，有钱之后又投资到蒸汽发生器、新式海上电报、表厂之类，还资助一个发明家研究自动排字机，结果血本无归。拉伯雷是个医生。斯特恩胃口庞大地扩展他的土地面积和耕种品种，不过他的收入总是抵不上投入。罗素算不上幽默作家，可是他对尼采的评述算是幽默的经典——他的数学和逻辑哲学造诣至今难有人及。冯内古特学生物学出身。王小波工科毕业，写作之余发明书写软件，之所以没被软件公司购买版权，据说是因为它的使用难度有点大……

这现象真有趣。幽默是人类的高级心智，只有自由往还于主观世界和外部世界之间的人，对宇宙和人类永存好奇之心的人，才可能具备此种心智。对外部世界无能为力、一无所知也无探索兴趣者，是不可能理解幽默的。若要医治这种虚空感，罗素建议去学习"客观的知识"。他自己就是从学习数学开始，遏制了自杀冲动的。

人们都喜欢幽默，但是又贱视幽默，以为它是人类智慧的小小饰品。我却以为它是人类的高尚智慧登峰造极之时，溢出的含蓄的讯息。

《万世魔星》里的喜剧段落

看了一个好碟——英国喜剧电影《万世魔星》，拿宗教搞笑的片子，讲了一个普通男人因为偶然参加反罗马的地下组织而被犹太人误认为弥赛亚、最后被施以绞刑的故事。嘲弄一切假模假式的政治狂热（现在流行说"kitsch"，现译"刻奇"）、大众盲从、自我圣化的统治术。颇多好笑细节。

譬如，一个前麻风病人追在男主角身后要钱，向他抱怨耶稣给他造成的损失："我本来是个麻风病人，每天乞讨可得稳定收入。耶稣来了，未征得我的允许，就摸我一下治好了我，从此我却失去了饭碗……请你给我这个前麻风病人一块钱吧。"

一个四人组织总是在密室里开会，批评大众没有行动能力，缺少反抗精神。官兵来了，他们立刻分别藏在布单底下，变成衣架、椅子、雕像之类。官兵一走，他们继续开会，继续批评大众没有行动能力，缺少反抗精神。

诸如此类，不一而足。英国喜剧实在是很迷人的。对一切有可能将人煽呼为"蠢货"的意识形态，它的理性和幽默是很好的解毒剂。它本身衍生的想象力，能给人出乎意料的清新和惊喜。

马格利特打趣上帝

看见雷尼·马格利特的这幅画忍俊不禁,画名:上帝不是圣人。画的是:一只鸽子(圣灵)落在一只高跟鞋上。

2007年8月4日

浩瀚的灵魂

不言而喻,中国诗人对波兰同行切斯瓦夫·米沃什的关注和热爱里暗含着某种境遇的自况——同样拥有复杂而痛苦的生活经验,同样写诗,这位诗人在诗歌中处理自身经验时所运用的技巧与方法,所呈现的道德勇气、艺术智慧与难以捉摸的不确定性,为他们提供了可堪追索的范本。因此,在米沃什于波兰时间2004年8月14日中午逝世于克拉科夫的家中之后,中国媒体对他的缅怀与致敬声浪甚高,米沃什自撰的回忆录《米沃什词典》(西川、北塔译,三联书店2004年6月出版)一时之间也备受瞩目,并在年底成为《新京报》"华语图书传媒大奖"的初选图书之一。这一切都是值得和恰如其分的，阅读这本译笔庄雅的《米沃什词典》，使我们更直接地理解和走近了这位卓越的诗人。

此书英文书名为 *Milosz's ABC's*（米沃什ABC），"某某ABC"是入门书的叫法，译者北塔认为米沃什对该书如此自称是谦逊的表现，我却暗自觉得这是他骄傲的标志——一本如此浓缩、庞杂和深邃的书却仅仅是他米沃什的"ABC"而已，意味着还有更茫无际涯妙不可言的世界未曾展现，你说这是他的骄傲还是谦虚？但无论如何，这本词典还是泄露了米沃什足够多的生命密码，既网状地勾勒了他漫长浩瀚的生命历程，又对他曾经历和沉思过的人与事、时与地、文明与历史进行了独有的命名。

整合一下该书与他身世有关的词条，我们知道：米沃什1911年生于立陶宛首府维尔诺郊区的塞特依涅（Szetejnie）地区，是个庄园少爷，少儿时代生活优裕，这是他一生心智健康自由的基础。青年时代他留学过巴黎，后毕业于波兰维尔诺大学。1940年开始，他在华沙参与反对纳粹的地下活动。由于懂俄语，曾差点被纳粹当作间谍枪毙。"二战"期间米沃什写了大量痛苦的诗歌，后来结集为《拯救》。自1945年起，他从事了几年外交工作。1951年，他在波兰驻巴黎文化外交官任上突然出走，从此生活困窘。期间他写出了主要的散文体作品：《被禁锢的头脑》《故国》《伊萨谷》。《被禁锢的头脑》使他在西方世界声名鹊起，却惹恼了他的祖国人民，他被剥夺了国籍，无法回国。经过对美国签证的漫长等待，1960年，他得以去美国加州大学伯克利分校教书，并且一直在那担任教职。在美国的波兰同胞中间他一直是个备受争议的人，在"词典"中看得出他对此十分介怀。

在美国，米沃什坚持用波兰语写诗，但他的诗歌既无法在祖国出版，也无法引起西方世界的注意，椎心的孤寂几乎令他绝望自尽。直到1973年，他与美国的诗人和翻译家合作，把自己的部分诗作译成英语，其诗才为人所知。1978年，他荣获诺斯达特国际文学奖（Neustadt International Prize for Literature，有小诺贝尔奖之称）。1980年，"由于他以不妥协的、敏锐的洞察力，淋漓尽致地描述了人类在激烈冲突的世界中所暴露的种种现象，以及他的著作的丰富多样、引人入胜和富有戏剧性"（获奖评语），米沃什直取诺贝尔文学奖。1989年冷战结束，米沃什也才结束了他在法国和美国接近三十年的流亡生活，回到波兰，定居在古都克拉科夫，直到他去世。

在中国，米沃什常被读解为一位反抗专制的异端诗人。是的，这一点有其诗为证："在畏惧和战栗中，我想我会完成我的生命，／只当我促使自己提出公开的自白书，／揭示我自己和我这时代的羞耻：／我们被允许以侏儒和恶魔的口舌尖叫，／而真纯和宽宏的话却被禁止；／在如此严峻的惩罚下，谁敢说出一个字，／谁就自认为是个失踪的人。"(诗：《使命》)但是人们往往忽略，这一身份只是他生命的一部分，一个他宁愿其暗自存在而并非如标签般时刻示人的部分。我猜想真相也许是这样：米沃什的生命是用来追寻一种包罗万象的自由、多致、智慧与美，以及在此之上的神性之光——一种终极存在。当其中的一项美好之物遭遇剥夺和损害时，他都会出于人的本然尊严前去反抗。这时的他，从顺民的角度看是一个坚硬、黑色、狭隘、虚无的否定性的道德家，从统治者的角度看是一个不守秩序的捣蛋分子，从同志的角度看则是一个政治正确富于良知的反抗者，他应当永远如此就像一面旗帜，他应当永远发出批判和斗争的声音就像一部反复播放同一支进行曲的留声机。但他自己不这样看，他知道这只是他一丝不苟的一个阶段："我用几本书履行了我的义务，但随后我告诫自己：'够了'，便再未继续往前走……如果我变成了一个政治作家，我就会使自己的可能性变窄，变枯竭。"(《基谢尔日记，1968—1980》，第148页) 他知道将人类的丑行钉在历史的耻辱柱上不是人类的最终目的，人类的最终目的是灵魂的无限丰富、自由与生长，以及与最高之美的汇合。这是他一生的使命，也是他心中的正义。

因此，你就不难理解为何这部"词典"的词条是如此发散，其视角又如此多变：六岁的初恋对象，某个贵族的毫无自我保护能力最后悲惨死去的女儿，某个预言了苏联解体、生活潦倒藉藉无名的历史学家，加缪，弗罗斯特，库斯勒，波伏娃，天使性态，美国，教堂，生物学，好奇心，红杉林，不确定性……各种事物、各种不同词性派生的名词，漫无边际地都成了这本"词典"的词条。由此，米沃什表达了他对这个世界既变动不拘又始终如一的态度——否定那使世界趋向于否定和死亡的意志，对人类的美德怀抱感恩之情。因此，他在"生物学"词条中称此学问为"科学之中最邪恶的一门。它削弱了我们对于人类的信念，妨碍人类去追寻那更高的召唤……正是他（达尔文）拆毁了人与兽之间的栅栏……从这时开始，相信一个不朽的灵魂，好像就变成了一种僭越之举"。

在"好奇"一条中，米沃什对人类的这一趋向永恒探索的伟大天性奉献了全部的赞美，我宁可把它认作是全书的主题："我们独自上路，但同时也是参与了全人类共同的事业，参与了各种神话、宗教、哲学、艺术的发展，以及科学的完整。驱策我们的好奇心不会满足。既然它不会随着时间的流逝而稍减，它便是对于死亡趋向的有力的抗拒。不过，说实话，我们中的许多人在步入死亡大门时同样是怀着巨大的好奇期待，急切地想去了解生命的另一面究竟是怎样一个世界。"在此条的末尾，他说："七十岁的威廉·布莱克去世时唱着赞美诗，他坚信——不只是相信，而且还知道——他将被载向永恒的智力猎区，再不会浪费能量或想象力。"而我则坚信，九十三岁的米沃什在离开人世之时,也将奔赴布莱克的灵魂前往之地,那个"永恒的智力猎区"。想到这一点,艳羡之情不禁油然而生。

2004年12月

精神的自由与地上的面包

在《陀思妥耶夫斯基的世界观》里，别尔嘉耶夫探讨了精神自由的问题。

他认为，基督教思想是关于精神自由的思想。也就是说，人的精神自由包括选择善的自由，也包括选择恶的自由。有理性的自由，也有非理性的自由。要理解这世界既然是上帝创造的，为何还存在罪恶，只能从"非理性自由"这一点来理解。上帝需要人自由地选择。人不能被强制从善。人只有经过自己的自由选择，才能走向真实的善。陀思妥耶夫斯基反对通过剥夺人选择罪恶的自由，而获得世界整体的和谐。但自由因此有一个悖论：自由地选择恶，必然会导致取消自由本身；只有自由地选择了善，自由才可能真正存在。因此自由可能因为自身的特性而吞噬自己。

但即便如此，人类也唯有通过这种极其危险的方式获得自由。而自由地选择了善和爱，就意味着承担一切自由的责任与苦难，这责任与苦难以被钉在十字架上的耶稣形象获得隐喻。黑暗中找到的光明，才是真正的天堂。因此自由之路是苦难之路。因此，基督的本质是爱与自由的思想。他拒绝任何强制性的尘世权力——这种权力能带来威压和诱惑，以迫使人们跟从他的善。但是这种可能性受到他最彻底的拒绝。人类凭借耶稣基督被钉在十字架上的形象，而确认精神自由以及自由的责任。"信仰精神自由的人，看到的是为了圣名的蒙难者的复活；不信的人——因看得见的世界而惊讶或沮丧的人，只能看到木匠耶稣可耻的死刑，只能看到自以为代表上帝真理者的失败和死亡。基督教全部的秘密就隐藏于此。"

但是别尔嘉耶夫完全否定了那种把"恶"看作丰富个性、获取智慧的必要手段的想法。他认为这是一种浅薄的奴隶才具有的乐观主义。恶就是恶。它是一种精神的贫乏，它只能毁灭人的存在根基。选择它的人需要经历地狱之火的淬炼，经历人的内在良心的惩罚，才能摆脱恶，而走向善的自由。那种一边作恶一边沾沾自喜地认为自己在体验成长和求知的人，不会得到救赎，也不懂得自由。恶与痛苦和良心的挣扎联系在一起。人需要为自己的这一选择付出代价。这是自由的代价。

人类的劣根性在于：人会为了地上的面包而舍弃精神自由。包括以所谓精神事业为职志的"知识分子"，包括作家们。我这样说绝不将自己排除在外。国人对当代作家普遍持谴责态度，不是因为他们技艺不好，而是因为他们不能在精神上影响自己。他们自安于工匠的身份，丧失精神生活的渴望和精神自由的意识。有自由意识的作家是决不会满足于当一个工匠的。工匠的技艺只是作家素质之一——作家需要将内在精神塑形而成为作品，当然需要工匠的形式能力，但一个全然的工匠绝不可能成为好作家。从这一角度上看，中国作家总是自称工匠绝非谦虚，而是对自身的恰切认识。但自满于成为工匠，则无疑是作家精神的真正丧失。

因此可以得出一个结论：精神先于艺术。艺术不应成为最高的宗教。艺术只有用于探索精神自由时，才有意义。而人的这一行为，只有和上帝之爱结合在一起时，才是真正的自由。否则"自由"就会走向奴役和贫乏，顶好的结果，就是走向一个和谐的、只为地上面包而奔忙的蚂蚁窝。

现下的艺术主流，就是关于地上的面包和蚂蚁窝的艺术。

2008年7月

法国小说札记二则

杜拉斯的《情人》

杜拉斯,这个不可一世又自嘲自讽的女王,如你所知,她的《情人》性感至极。这种销魂的性感,是以冷酷而灼人的态度完成的。然而高妙的是,一切远不止此。

小说并非如电影所展现的,单单是20世纪30年代,一个贫穷的白种少女和一个有钱的中国男人之间欲望的故事。它极其广大,敞开了重重难以言喻的空间,罗织如许暧昧纠缠的关系:有关自由放任而无师自通地获得了个性意识的人,与个性意识被囚禁于秩序规定性的不自由的人之间的关系；有关一个已被贫穷、厌倦、仇恨与绝望浸透的残酷灵魂，与她所经历和打量的人世情感之间的关系；有关主宰与被主宰、统治与被统治的关系；有关爱与欲望、爱与不爱、爱与恨的关系；有关兄妹之间隐约可见的不伦之恋及其与自由、死亡和永恒的关系……两个天悬地隔的文明世界作用于几个绞缠不清的个体身上，其间诞生的痛入骨髓的人间悲剧，《情人》悉数写出。

杜拉斯因自由而黑暗，因伤痛而残酷，她耻笑"温情是最平庸的东西"。"爱"在她那里，绝非温情的抚慰，而是强烈的暴力。这个远离上帝的女人，她超越了人间的道德律，以她独特的文学，抵达了不朽的荒蛮。

纪德的《伪币制造者》

每读安德烈·纪德的《伪币制造者》（盛澄华译），都惊叹不已。技术上的匠心是好领会到的——众多的人物由预设的各种关系所连接，一个作家往还穿梭其间，观察他们，参与他们的生活，并感受他们各自的疼痛、没落或邪恶。拉贝鲁斯老人是这里面最痛苦的角色。小说透露着这个时代及其文化的变迁的气息，这是一个破坏者（巴萨房伯爵，斯托洛维鲁，日里大尼索，乔治·莫里尼哀……拉贝鲁斯称之为"魔鬼"）逐渐渗透和主宰世界的时代，往日的优雅和谐的文明、人心中优美肯定、虔信上帝的气质遭到破坏者的围剿和戕贼，已无立锥之地，拉贝鲁斯和他死于非命的孙子小波利就是这往日文明的承载者，是这强大的破坏者的牺牲品。

当这虔信者按着他所领会的上帝的旨意生活和教导他人时，他所得到的只是嘲笑、落寞、隔绝与欺蒙。他已无法再进入和跟上这个时代，他觉得这个时代粗陋、野蛮、肮脏、不可理喻，他已彻底地落魄和失败。

纪德借拉贝鲁斯老人谈论音乐来揭示一种新的时代精神和旧的时代精神之间的差异，并在他感觉着旧的事物的柔弱和易毁的同时，也暗示着这新时代精神之令人可怕和可厌之处，它极有可能像打开的潘多拉之匣，魔鬼和精灵一同放出，在给人类带来新鲜的认识和智力的空间的同时，也会摧毁已有的美丽、柔弱、高贵和极有价值的文明与人性。纪德在感慨那旧事物的无力的同时，也怜惜和叹赏她的不可取代的价值。在所谓的强大的新事物—破坏者面前，他竟然是更寄同情和爱于前者。而在后者面前，他也有力量和自信不败给他们。他觉得破坏者的滚滚向前只会给这世界带来无尽的垃圾，如同那种描写夜壶的诗篇。他鄙弃这些貌似强大的"前卫"群体。他甚至觉得如果世界是由他们来主宰，只能是一幅更令人绝望的前景。因此拉贝鲁斯老人的悲哀被他描写出来时，就如同他的感同身受。

拉贝鲁斯老人与爱德华谈音乐：

"您可注意到近代音乐最大的努力,即在使往日我们认为不调和的谐音听来可以忍受,或者竟使人感到某种愉快?"

"对呀!"我说,"最终一切都应转入和谐。"

"和谐!"他耸耸肩重复我的话,"在我看,这只是使人习惯作恶。以后感觉也迟钝了,纯洁也不要了,反应也差了,一切都容忍,接受……"

…………

"我想至少您并不主张把音乐减作唯一表现沉静的工具?如果这样的话,一个谐音就成,一个连续的纯谐音。"

他握住我的双手,出神地,目光消失在礼赞中,几次重复地说:

"一个连续的纯谐音,是的,正对,一个连续的纯谐音……"可是又黯然加上说,"但我们整个宇宙却正在不谐和的淫威之下。"

当拉贝鲁斯的孙子被日里大尼索捉弄,开枪打死了自己以后,他绝望地对作家爱德华说:

"您有否注意到,在这世间,上帝总是默然无言?说话的惟有魔鬼。或者至少,或者至少……"他又说,"……不拘我们如何专心,我们所能听到的永远只是魔鬼的声音,我们的耳朵不配听到上帝的语声。上帝之道,您曾否问过自己这究竟能是什么?……啊!自然我不是指常人言语中的'道'……您记得《福音书》上那第一句:'太初有道。'我常想'上帝之道',即是指整个创造。但魔鬼霸占了去。如今他的喧嚣淹没了上帝的语声。啊!告诉我:您不相信最后一个字仍须归于上帝?……而如果人死后'时间'已不存在,如果从此我们立刻踏进'永恒',您以为到那时我们能听到上帝吗……直接地?"

……

"不!不!"他慌乱地叫喊说,"魔鬼与上帝原是一样东西;他们狼狈为奸。我们竭力想把世间一切的丑恶信为是由于魔鬼,因为不然我们如何能再有力量去原谅上帝。上帝捉弄我们,正像一头猫捉弄着老鼠一样。……而这以后他还希望我们感谢他。试问可感谢的是什么?是什么?……"

然后又靠近我说:

"而您知道他做得最狠的是什么?那就是牺牲了他自己的儿子来拯救我们。他自己的儿子!他自己的儿子!……残忍!这是上帝的第一种面目。"

纪德语录:"影响通过相同点而发生作用。影响可比

作镜子,它照出的并非是我们的真模样,而是我们潜在的形象。"(纪德:《感想集》,《论文学中的影响》)

张若名在《纪德的态度》里论纪德,说得极清晰深入,摘引如下:

> 纪德不甘忍受非常确定的存在,他的生命消沉在了解他人的生活之中。但了解也是一种占有形式,在占有中消沉意味着重获新生,耶稣教义的一条箴言这么解释:凡要保存性命的反要失掉它,要失掉性命的反要得着它。从他对陀思妥耶夫斯基的研究中,也可看出纪德像陀思妥耶夫斯基一样,深受耶稣教义的影响:基督教的谦逊以及放弃自我深入他的灵魂,打下了不可磨灭的烙印。他远非把基督教的这种态度视为弱点,而是从中发现了战胜个人主义的秘诀。在他看来,放弃个性,自我才完善。真正的个人主义包括生命的个体性和宇宙性。一方面,表现出某种人格的个人的存在构成了个人的价值,另一方面,这种存在是按逻辑序列组合起来的,因而也具有宇宙价值。包含个体性和宇宙性之个人主义人格的形成与小我(moi)和大我(je)的分离相一致,因为小我与大我在行动中一开始就交织在一起。大我表现为行动的小我的一种内在的思想。但

随着大我变为一种沉思,小我与大我之间也就产生了矛盾;然后这样的沉思不断变化,变得公正起来,它抨击小我,最后发现了支配小我以及小我的同类的规则;而后这种主宰了自私之我的沉思把小我作为人类的一面镜子,使小我变得高大起来。它逐步以牺牲小我取胜;与拒不服从它的惩戒的那个任性反抗的小我斗争。当这种公正的沉思权力至高无上时,服从它的小我远非失去自身,反而充实强大起来。纪德解释道:"个人主义的胜利在于个性的放弃之中。"这也是基督教的态度:"要失掉性命的反要得着它。"他把这种深入他灵魂的态度推向极端,创作了《伪币制造者》。在这部作品中,他消沉在对社会生活的了解中。并且消散在被他创造的人物里。他既是一也是多,作为思维主体他是一,作为那些行动的人物他又是多,因此他的人格高大无比,绚丽多姿。

2003年5月

艺术家还是哲学家？
由黑塞的《纳尔齐斯与歌尔德蒙》说开去

十年前我上大学二年级，我和我的同学们总对一个问题若有所思：是当个哲学家呢还是当个艺术家？万一是块艺术家的料，一朝选择不慎，却掉进了哲学家的泥坑，岂不冤枉？反之亦然。总之，我们很怕自己被浪费了。当然这种想法只能憋在肚子里，在外面，大家一直是没有声响的老实人。正当此时，赫尔曼·黑塞的《纳尔齐斯与歌尔德蒙》从别的宿舍传到了我的宿舍，看完之后我认为，自己的人生有了一个答案。

十年之后，我并没有一往无前地沿着那个答案走下去，但是我仍然觉得，当年的那个答案没有错，只是自己错了。所以我认为,把对《纳尔齐斯与歌尔德蒙》的印象写下来,也许有点意思。

情节

《纳尔齐斯与歌尔德蒙》把故事和人物安排在中世纪:自幼失去母亲的修道院学生歌尔德蒙立志侍奉上帝,他的老师和朋友纳尔齐斯却劝说他放弃苦修和戒条的束缚,回归母亲赋予他的本性之中,成为灵感充沛的人。于是歌尔德蒙听从了他的劝告,开始流浪的生涯。自从爱欲被一位吉卜赛女郎所唤醒,歌尔德蒙的身体和灵魂就经历了无数次爱情与背叛,争夺与死亡,浸透了红尘的气味,也烙下了许多细微、优美而沧桑的感触。直到有一天,他被一座圣母像的美所震撼,激起了他创造的欲望。于是歌尔德蒙师从雕刻家,沉潜到雕塑艺术中。历经千回百折,他又回到自己的挚友和师长纳尔齐斯的身边,两人分别以灵感和理性启发对方,终于使歌尔德蒙掌握了化瞬间为永恒的艺术法则,雕出了以他的恋人丽迪亚为原型的完美塑像圣母马利亚。在艺术创造的过程中,不羁的天性仍然驱使他远离静态的生活,去追逐"不道德"的艳遇,去放逐自己的躯体,直到它衰老、死亡,直到它已穷尽世间的所有奇遇,直到自己不再渴求任何幸福。歌尔德蒙死在理性的兄长纳尔齐斯身旁,死在对"母亲"和"死亡"的大彻大悟中，虽然他没有完成对夏娃母亲的雕塑，但是他没有任何遗憾。

主题

文学有很多"永恒的"主题，不只是"爱"与"死"。比如这部小说，它讨论的主题是：一个人如何完成和实现自己？如何无限接近上帝（即完美）？如何拥有一个没有限度的人生？如何让瞬间的生命与永恒结合？这些主题有足够的力量令人躁动，因此也足够永恒。

选择之难

纳尔齐斯和歌尔德蒙是两个人，也是人的两种天性——理性和感性；也是人的两种生活方式——书斋的和浪游的；也是人的两种把握世界的方式——知识的和艺术的；也是人的两种矛盾和极限，两种不完整——那以智性与永恒作伴的人感到生命的干枯，那经历丰富多彩的人却怅惘于生命的速朽。人的两种欲望——拥有至高的永恒和拥有丰饶的生命——永远都是不可能同时满足的。我相信黑塞之所以写这部小说，是因为他被这个"不可能"所深深地灼痛。

但是那灼痛毕竟是一种高级的疼痛了。对于那尚未成形的个人而言，更痛苦的是拿不定主意当青灯作伴冥思苦想的纳尔齐斯，还是作游荡四方破破烂烂的歌尔德蒙；是选择抽象的思维生活，还是选择灵感的艺术生活；是要沉静，还是要放浪。

这就不是文本问题，而是人生问题了。对一个一无所长却无比贪婪的人来说，这个选择的难题，无异于让一个优柔寡断的人面对满桌珍馐——他简直不知从何下箸，结果你知道：他被饿死了。许多人就是在这种犹豫中，既没有弄哲学，也没有搞艺术，既没有坐进书斋，也没有四处游荡。他（她）只是空着大脑和四肢，多年以来呆若木鸡，就像我。

那是因为纳尔齐斯和歌尔德蒙在体内撕扯，早一天决出胜负对这人是无上的解脱。

歌尔德蒙之快乐与纳尔齐斯之痛苦

歌尔德蒙的动荡生活对于修道院院长纳尔齐斯永远是刺激、启示和反观自身的一面镜子，因此在歌尔德蒙和他再度重逢、又再度分手的日子里，他想道："像歌尔德蒙式的生活也许不仅要纯真一些，合乎人性一些，而且，不是清清白白地过一种超尘出世的生活，营建一座充满和谐的思想之园，在它的精心栽培的花圃之间毫无罪孽地踱来踱去，而是投身到残酷的生活洪流和一片混沌中去造孽，并承担其可怕的后果，归根到底恐怕是更需要勇气和更伟大的吧。也许穿着破鞋在森林和大道上流浪，日晒雨打，忍饥挨冻，享受声色之娱，然后又以吃苦作为代价，可能是更艰难、更勇敢和更高尚的吧。"

"造孽并承担其可怕后果"是歌尔德蒙的生活方式，也是最令纳尔齐斯向往的。他向往，因为他不敢。对于歌尔德蒙来说不需要思索和犹豫的事情，对纳尔齐斯却在极限之外——他已经习惯于仅仅透过思维的屏障去认识和接触这个世界，他失去了不通过任何中介直接进入世界的能力。纳尔齐斯的肉体是用来隔离思维与外部世界的，歌尔德蒙的肉体却是用来了解和介入外部世界的；纳尔齐斯的肉体只是承载他思维的工具，歌尔德蒙的肉体却是他思考的源泉；纳尔齐斯的肉体用以苦行，歌尔德蒙的肉体用以享乐；纳尔齐斯的肉体逃避行动，歌尔德蒙的肉体却永远在行动。

因此，歌尔德蒙的快乐在于他一生顺从了肉体和血液的呼啸，纳尔齐斯的痛苦在于他从初始就扼杀了它们，并对这种扼杀怀抱惋惜之情。

但是当歌尔德蒙游荡于远方时，痛饮爱之甘醪时，举起尖刀犯下杀人的罪孽时，将自己毕生的体验都融进雕塑作品中时，最后身心俱疲、回到纳尔齐斯身边安息时，纳尔齐斯终于知道，人生在世仅仅献身于灵智是不够的，仅仅徜徉于书斋是不够的，仅仅默对上帝的训条、沉湎于抽象的思考是不够的，那残缺、枯寂、苦行的一生，比放浪但丰饶的生命距离上帝更远。这是因为，"完满的存在即为上帝……当我们从潜力变成行动，从可能走向实现的时候，我们也就参加了真实的存在，也就进一步接近了完满与神性"。纳尔齐斯深深知道这一点。

歌尔德蒙临终前问道："可你将来想怎样死呢，纳尔齐斯，你没有母亲？人没有母亲就不能爱，没有母亲也不能死啊。"可以想象，这个问题将使纳尔齐斯的后半生无法平静。他不会再听任自己的一生继续分裂和残缺下去。

纳尔齐斯之快乐与歌尔德蒙之痛苦

纳尔齐斯基本上是不快乐的，因为他对世界和自身一直用着一双火眼金睛。这种冷静的智慧总是妨碍他感受"快乐"这种酒神（用尼采的话说）才有的沉醉情绪，他属于日神，他的存在方式是"冷静旁观"的。

歌尔德蒙不具备这种预见和自我分析的能力，无法自觉地为生命找到方向，所以最初他为自己身心的分裂感到痛苦。此时纳尔齐斯为他指点迷津，将他和自己的生命类型比较一番："你们的出身是母系的……你们的故乡是大地，我们的故乡是思维。你们的危险是沉溺在感官世界中，我们的危险是窒息在没有空气的太空里。你是艺术家，我是思想家。你酣眠在母亲的怀抱中，我清醒在沙漠里。照耀着我的是太阳,照耀着你的是月亮和星斗。你的梦中人是少女,我的梦中人是少年男子……"

与梦中人相遇,是纳尔齐斯唯一的快乐。这梦中人当然就是美少年歌尔德蒙。他不只是美少年,他代表的是纳尔齐斯失去的另一半天性,另一个无法实现的自己。当歌尔德蒙不再年少,带着满身风尘重回纳尔齐斯的身边时,他又意味着整个外面的世界,整个人类的完整生活,整个世间缤纷的色系和光谱。他活生生地出现在自己的面前,使纳尔齐斯停滞多年的血液开始震荡和流淌。

而快乐的歌尔德蒙,他最后的痛苦是没能完成慈母夏娃的雕塑。夏娃意味着这个世界展现给他的所有秘密——生活,爱,恐惧,欢娱,疼痛,宇宙深处的声音……不完成是注定的,因为完成是留给死亡降临的那一刻的。这是人类共同的命运。

活着的使命与获得知识的方式

《纳尔齐斯与歌尔德蒙》使人想这个问题:怎样活着?也给了这样一个答案:无限度地打开生命,让世间声色和思想全部进入自己的身体和灵魂。穷尽表象,穷尽智慧,是人生在世的唯一使命。

这无疑是一个妄念。但这无疑是生命最有力的发动器。它的另一个解释是"超越极限",超越自身固有的恐惧和自认的宿命——以行动，以身体。对于行动者来说，只需要解决"我想要什么"这个问题。于是世界对他就不复存在一个客观的知识系统，没有什么是可以被外界强迫他"必须"知道的，没有一个他必须掌握的"知识的秩序"——就像所有书斋里的纳尔齐斯们所认定的那样。这是歌尔德蒙获得知识的方式——顺从着生命自身的冲动和疑惑去获取知识，而知识一旦为这生命所获得，便化作那血与肉的创造，无须说教、规范和条条框框的、从自己的身体里生长出来的创造，通向自由、飞翔和永恒的创造。

除了这种创造，人不会更希望别的什么东西了。

2000年5月17日

没有一个人是一座孤岛

《柠檬图书馆》是英国女作家乔·科特里尔的一部儿童长篇小说（静博、张兴军译），讲了一个女孩如何经受创伤，又如何得到疗愈的故事。这一故事类型的作品很不少，今年热映的电影《奇迹男孩》就是一例。不同的是：在《奇迹男孩》中，小主人公的痛苦来自外界——同学们对他外表的歧视和欺侮，疗愈他的是睿智的母亲和温暖的家庭；《柠檬图书馆》则相反——小主人公的痛苦来自家庭，疗愈她的是朋友的友爱和外部的世界。《奇迹男孩》彰显了家庭之爱的力量，《柠檬图书馆》则揭示了与家庭之外的"他人"建立爱与联结的拯救性价值。对孩子们来说,这种价值的建立,也许是更需要习得的一课。对大人们来说,这本书给予的启发则更多。

故事听起来不复杂:十岁的小女孩卡吕普索和爸爸相依为命,过着一种早熟而独立、大人孩子关系颠倒的生活——因为妈妈在她五岁时就病逝了。她照顾自己,也照顾爸爸——做饭啦,购物啦,收拾家里啦,都是她的事儿。家里一贫如洗——汽车是破旧嗡嗡响的,衣服是几年前小得快穿不下的,没有地毯,没有充足的食物。她老要提醒爸爸家里没吃的了,他也答应买了可到时候就是忘了,因为他在忙一件人生大事,这件事看起来比照顾女儿重要得多——他在写一本关于柠檬历史的书。他给女儿一个酷酷的人生指导:你不需要交朋友,你要成为自己的朋友,不要害怕孤独,内心强大的人不需要任何人。女儿喜欢读书,遵循爸爸的人生指导行事,与书为友,不交朋友。但是有一天,一个同样爱看书的女孩梅走进了她的世界,于是慢慢地,一切从此又颠倒过来:卡吕普索发现,自己从前所不屑的爱、友情、分担、人与人的精神联结……其实竟是她无比渴望的;从前深信并深爱的爸爸,竟如此陌生,难以理解……

《柠檬图书馆》触及这样一个问题:如果一个孩子的原生家庭不能给她应有的呵护和力量,那么她的获救之路在哪里?

儿童文学不同于成人文学的根本点是:好的成人文

学提出的问题,是一种没有答案的终极困惑,如有答案,那么这种作品必是肤浅的;儿童文学则不同。它除了提出问题,还要给出回答——诚然不是标准答案式的回答,但却一定是在某种理想主义价值观之下的治愈性回答,或者更准确地说,是充满温柔爱意的拥抱式回应。因为儿童读者的心智柔脆易感,尚未成熟,正在寻求生命的光源和道路,还没有强大到可以荒野寻路,直面否定、怀疑、黑暗和死亡的强刺激。正如德国心理学家阿尔诺·格鲁恩指出的,家长应避免孩子受到过强过多的刺激,"以支持孩子发现内心和外部新事物的愿望"。因此,孩子的理想读物应是温柔美好不狰狞的作品。

于是在这里,创作者产生了困惑:既然儿童文学要有治愈性,既然儿童不能受到强刺激,那么我们为了避免失手,是不是应该从源头就断掉所有的刺激——哪怕是温和的刺激?我们是否不要置小主人公于某种真实的痛苦、困境和考验之中?是不是制造一些虚假不走心的波澜比较妥?是不是应该只写轻松、甜蜜、天真、道德的人物和故事,不要出现有真实弱点和阴影的人——即使这种故事怎么编都不好看,也豁出去了?总之,为了亿万儿童的健康快乐幸福成长,我们是否无论如何都不要刺痛他们柔弱的小心灵?

让我们看看《柠檬图书馆》的做法。显然,它的作者不这么想。作家忠实于生活的本来面目,让十岁的卡吕普索经历她那走入迷途的爸爸能带给她的所有痛苦。只是作者不让痛苦狂暴地倾泻，而是运用心理学和故事悬念，将痛苦呈现为可承受的涓涓细流——那种"温和的刺激"。"所有生命都具有面对温和刺激的能力"，"决定生命进化的恰恰是温和的刺激和接受这些刺激，而不是回避具有干扰性的刺激"。（阿尔诺·格鲁恩：《同情心的丧失》）也许对儿童文学来说，这一心理学原理是十分重要的。

全书最大的悬念在于：卡吕普索的父亲究竟是怎样一个人？他为什么是这样的人？他最终对卡吕普索会造成怎样的影响？这些问题的揭谜过程，也是卡吕普索在痛苦中跌宕沉浮直至最终"获救"的过程。故事是用卡吕普索的第一人称叙述的，从孩子的视角和心理，步步惊心地揭示了这位神秘的父亲：从最初那个特立独行、埋头写书、不太照顾女儿生活的可爱爸爸，到开始对女儿的交友和创作不予支持的奇怪爸爸，到居然用自己种的柠檬取代了书架上妈妈的书的可怕爸爸，到因出版社退稿而精神崩溃的可怜爸爸，直到最后，在女儿的不离不弃中反思了自己孤立隔绝的人生观的"重生"爸爸。

在主人公一步步走向痛苦低谷的过程中，爱与善意时时到来，创造心理的平衡——这是儿童文学理想主义原则的体现。作家给卡吕普索安排了一个受她吸引、善解人意的好朋友梅，和她爱心满满的妈妈爸爸——我们知道，在现实世界中，这样天使般的一家人是很难遇到的。现实和理想的平衡，使这部小说既为孩子揭开了生活真实面目的一角，同时，也让理想和爱的光辉照耀了进来。这种光辉并不虚伪苍白，而是体现为人与人之间真诚质朴的相爱相依的关系：不只是卡吕普索需要梅的安慰和梅妈妈的援手，梅也只有和卡吕普索在一起时，才能一起创作故事，享受心灵的共鸣和激情；不只是卡吕普索的爸爸需要梅一家的温暖照应，梅的全家也需要他渊博的知识和美味的柠檬……梅的一家没有同情怜悯的居高临下，卡吕普索父女也没有自怜自卑的被动求援。在故事的终点，每个人都既是给予者也是接受者，既爱着也被爱着，每个人都对他人张开热情的怀抱：来吧，我需要你。这是每个人的"获救之路"。《柠檬图书馆》暗示了人与人相处的健康关系与姿态，也自然而然地传递了一种爱与联结的价值观，它是一个人走向成熟的标志，也是公共精神的基础。正如故事的结尾，卡吕普索所悟到的："一直以来，我总以为内心的力量是需要自己去寻找。现在我明白了，那些内心坚强的人都是懂得爱别人，又得到了别人的爱。有一句话是这样写的，'没有一个人是一座孤岛。'我想我完全理解了其中的含义。如果你拥有了强大的内心力量，可没有人去爱，又有什么用呢？"

而我们呢？我们周围的孩子们呢？他们被灌输的是："你有的，我也要有""你强，我比你还强"。争强好胜已是成年人和孩子们共同的价值观。很少有人允许孩子去体会、直面和接纳自己的痛苦，因为这会损害父母的成功感。也很少有人认为共情、分享、爱、与他人建立真诚温暖的精神联结是重要的，因为他们怕自己的孩子会"吃亏"。因此，去问问孩子们：你们幸福吗？你们快乐吗？如果他们沉默，那么请反思一下：我们是否早已走进了卡吕普索爸爸的误区，而且错得更远。

2018年8月

阳光下的羞惭

一位穷画家住进旅店以后,先在庭院里洗了个冷水澡,然后给老板娘画了幅素描,递到她跟前,谦卑地说:这幅画略表我们卑微的敬意,同时也证明您那毫不吝啬的好客之心。这就是说,他和他的同伴——一位拉手风琴的盲乐师,将凭着这幅一文不值的画儿,在这家旅店白吃白住。旅店老板看见了这幅素描,大喊一声:我的钱哪!抄起一根棍子就朝两位艺术家追去。但是在半路上,他想起青年那被水冲洗过的粉红色的身体、自己小院子里的阳光和悠扬的手风琴声,不由得一阵惭愧,就丢下手中的棍子,回家去了。

这是苏联伟大作家伊·埃·巴别尔（其作品被禁二十年）的不朽之作《骑兵军》里的一个细节。很多故事都忘掉了，但老板在阳光下的那一阵羞惭，那只扔下棍子的结满老茧的手，我却时时记起。

现在，我在灯下玩味着它。这时我已经和所有真正的成年人一样，步入生存的挣扎之中。我心甘情愿地抛弃自己无用的爱好，绞尽脑汁赚几个额外的小钱。我也学会了漠然地听人讲述一个老人的病与死，目睹一些人的危难，旁听一个孩子无助的哭泣。我还能聪明地追究一件善行背后的私欲。我学会了做这一切事情而毫不动情。我手里攥着几张钞票，对这个世界说：我终于看清你啦，从今天开始，咱谁也甭涮谁！

然而，有一天，我从一个宽阔的地下通道走过，被一个倚在墙角的老乞丐拦住了。他递给我一只脏兮兮的小兔子，对我说："这是我唯一放不下心的，我活不了多久了，你看起来面善，麻烦你替我照看它吧。"这时候，我哭了，却没有信心接过兔子，只掏出身上的钱，塞进他肮脏的棉袄里。等我转身回望时，我发现很多人停留在那，送给乞丐食物和钱。

现在，我想着老乞丐和他的小兔子，也想着巴别尔捕捉住的那只扔掉棍子的手和那个人在阳光下的羞惭，我终于能把它们合而为一，并说出感动我的东西是什么了：在艰苦而无情的生活里，能够让坚硬的心灵屈服于美好而轻柔的事物。是的，感动我的，正是这种屈服的力量。因为她，我们才至今仍能作为人，不失光亮地生活在世界上。

1997年8月

《非攻》的动词及其他

我敢打保票：鲁迅先生的《非攻》是世界上动词最多的小说——我是指用于描述主人公的动词字数与全文字数的百分比。我从来没有见过这样的人物，他从一出场就一直处于匆匆忙忙的行动中，直到全文结束，一刻也没有歇息。为什么会这样？下面我将在引文的时候给有意味的词句下面画线，还会在括号里做些算不上恰当的解析。我以为非如此便不足以贴近鲁迅的这篇充满温暖的爱与笑的作品。

当然，任何对鲁迅的言说，都不如将自己还原为赤子状态，开放着，静默地阅读他的文字更能达成对他的理解。而对他的理解，与其说需要诉诸理性的头脑，不如说更需要诉诸敏感而热烈的心灵。鲁迅先生的挚友许寿裳曾说，鲁迅之为鲁迅，"就在他的冷静和热烈双方都彻底。冷静则气宇深稳，明察万物；热烈则中心博爱，自任以天下之重……鲁迅是仁智双修的人。唯其智，所以顾视清高，观察深刻，能够揭破社会的黑暗，揭发民族的劣根性，这非有真冷静不能办到的；唯其仁，所以他的用心，全部照顾到那愁苦可怜的大众社会的生活，描写得极其逼真，而且灵动有力。他的一支笔，从表面看，有时好像是冷冰冰的，而其实是藏着极大的同情，字中有泪的。这非有真热烈不能办到的"。

"仁智双修""中心博爱，自任以天下之重""全部照顾到那愁苦可怜的大众社会的生活"这些话如果当面送给鲁迅先生，也许他不会表示同意，但是如果送给他笔下的《非攻》里的墨子，我猜想他一定是没有意见的。也许他还会说："对的，这就是我想要的墨子了，这就是我想要看到的行动者了。"这位在鲁迅笔下诞生于1934年8月的"行动者"墨翟先生，与鲁迅以往的小说里孤独、彷徨、忧愤、绝望的"先觉者"不同——全无感伤的性格，只是一味地做事。这个"行动者"不是一个深陷于麻木不仁的冥顽大众、冷漠傲慢的"体面人"的冷眼和冷焰灼人的黑暗虚空之间痛苦而怀疑的虚无主义者，而是一个纵身跃入"强凌弱、众暴寡"的不公正世界，竭尽自身的仁与智去制止和减轻其野蛮、残酷、相交煎、相离散对于弱者之伤害的大爱者。这位"行动者"脱尽了"先觉者"由于智力和道德上无可争议的优越而产生的合乎自然的知识者的孤高，彻底地低下去，让他的不暇更换的破衣衫和烂草鞋裹着的身影，融入到黄土弥漫、苦人遍地的世间，沉默地尽力，"不以圣人自居而做圣人之事"地做事。这时候，主人公和世界之间的关系也发生了微妙的变化：世界不再意味着不可改变、不可交流的隔绝的高墙，而是可以通过赤诚的努力得以改善、得以交流的人间。与此同时，这位"行动者"也并没有"向劳苦大众学习，彻底改造自我"的"知识分子式的原罪感"，虽然完全平民地生活着，行动却只依循来自智慧和道德本身的理性的律令。这样一个单纯透明、有建设性的人物，在鲁迅先生其他的作品里是从未出现过的；而用来描绘他和他的世界的那种明亮诙谐、充满信心的笔调，也是在他的所有作品里独一无二的。更明显的是，作者一反以往小说里大段的内心独白，很少赋予主人公以心理活动，只去描述着他的行与言。在一个个滚滚而来的动词的运动之中，"行动者"墨子就这样站立和奔走起来了。

"子夏的徒弟公孙高来找墨子，已经好几回了，总是不在家……"小说是这样开头的，一个"忙"的印象便给予了我们。找了四五回终于在门口遇见，他们便就战争与和平的问题进行了讨论。公孙高对墨子的主张"非攻"很不以为然,指出"猪、狗尚且要斗,何况人……"

"'唉唉,你们儒者,说话称着尧、舜,做事却要学猪、狗,可怜,可怜!'(一句话,便把儒家的'伪'与'恶'点破。)墨子说着,站了起来,匆匆地跑到厨下去了,一面说:'你不懂我的意思……'

"……到得门外的井边,绞着辘轳,汲起半瓶井水来,捧着吸了十多口,于是放下瓦瓶,抹一抹嘴,忽然望着园角叫了起来道……"原来是他的出去找工作的学生阿廉。他温和地责备了阿廉因为报酬不合意而放弃了做有益之事。

"一面说,一面又跑进厨房里,叫道:

"'耕柱子!给我和起玉米粉来!'

……

"'先生,是做十多天的干粮罢?'他问。

"'对咧。'墨子说。'公孙高走了罢?'(可见墨子没与公孙高多费口舌,也可见他不太讲'待客之道'。因为一是他知道他与自己价值观根本两样,无法说通,二是他实在没有时间浪费在虚与委蛇上,他还有许多事要做。)

"'走了,'耕柱子笑道。'他很生气,说我们兼爱无父,像禽兽一样。'(儒家是通过等级的区分来确立人们之间的伦理关系和情感关系的,与墨子'平等地爱'相反。)

"墨子也笑了一笑。(对于一切误解,'行动者'只是一笑置之,继续做事。大概是他把人们之间观念的差异看作自然之事,所以不会因为自己的'话语权威性'遭到否定就暴跳如雷了。)

"'先生到楚国去?'

"'是的。你也知道了?'墨子让耕柱子用水和着玉米粉,自己却取火石和艾绒打了火,点起枯枝来沸水,眼睛看火焰,慢慢的说道:'我们的老乡公输般,他总是倚恃着自己的一点小聪明,兴风作浪的,造了钩拒,教楚王和越人打仗还不够,这回是又想出了什么云梯,要怂恿楚王攻宋去了。宋是小国,怎禁得这么一攻。我去按他一下罢。'"(要长途跋涉去说服公输般,是因为对弱小宋国之百姓的怜惜之情烧灼着他。在一般道德家看来,公输般唆使强凌弱,实在是罪大恶极,但墨子批评"老乡公输般"的话却平平淡淡,只把他看成个有毛病的常人,绝无慷慨之士任何时候都丢不下的那股大山临盆般的"浩然之气"。轻轻一句"我去按他一下罢",就指代了自己的意欲给宋人带去拯救与福祉的重大行动。我们应该注意到,鲁迅在文章的每一个字里行间,都在极力地消去一位道德实践者所可能散发出来的任何一点"道德高调"的颤音,以免主人公变成他最讨厌的"道德家"。所以,他笔下的墨子便是一个有常情、重常识、做实事的"经验的理想主义者",他恪守着行动与道德的高贵和生活与言语的低调,或者说,他根本没有考虑过这个"高"与"低"的问题,他只是为了方便做有益于人的事。)

接着墨子就回到自己的房里,"摸出一把盐渍藜菜干"和一柄"破铜刀","找"了一张"破包袱",把蒸好的窝头"打成一个包裹","衣服却不打点","只把皮带紧了一紧,走到堂下,穿好草鞋,背上包裹,头也不回的走了。从包裹里,还一阵一阵的冒着热蒸气"。(想象墨子后背的包裹"一阵一阵的冒着热蒸气",是一个有着巨大喜感的情景,而它的原因只在于墨子先生实在使自己太忙了,连等窝头凉下去的时间都没有。这一段描写让我想起许广平回忆鲁迅先生给她的最初印象:"当鲁迅先生上课的瞬间……在钟声还没有收住余音,同学照往常积习还没有就案坐定之际,突然一个黑影子投进教室来了……褪色的暗绿夹袍,褪色的黑马褂,差不多打成一片。手臂上衣身上的许多补丁,则炫着异样的新鲜色彩,好似特制的花纹。皮鞋的四周也满是补丁。人又鹘落,常从讲坛跳上跳下,因此,两膝盖的大补丁,也掩盖不住了。一句话说完,一团的黑。那补丁呢,就是黑夜的星星,特别熠耀人眼。小姐们哗笑了:'怪物,有似出丧时那乞丐的头儿。'他讲授功课,在迅速的进行。当那笑声没有停止的一刹那,人们不知为什么全都肃然了……钟声刚止,大家还来不及包围着请教,人不见了。那真是'神龙见首不见尾'。"这墨子行动迅速的作风,以及衣着上的过于粗放,看来很有鲁迅先生自己的影子。)

当耕柱子问他几时回来时，"'总得二十来天罢。'墨子答道，只是走"。(鲁迅先生简洁传神的功夫，"只是走"三个字便让我们领教了。一个劳形苦心、扶危济急、"愚鲁迅速"、仁爱素朴的行动者就是这样的——无暇说，"只是走"。)

这是小说的第一小节，共千来字，时间是从墨子回到家到蒸完一笼窝头的工夫，一切都在迅速地进行——争论"非攻"、喝水、开导学生、说明去楚国找公输般的原因、蒸窝头打包裹、出门。每个以墨子为主语的句子里都有若干谓语动词，动词的宾语表明这位墨子先生一直过着清苦的平民生活——因为动作的对象不是厨房、水井、瓦瓶，便是火石、艾绒、枯枝、火，以及盐渍藜菜干、破铜刀、破包袱、窝头、草鞋，等等，总之是"破"字当头。

后来的行程中动词仍是密集，仍是辛苦。比如他刚找到公输般，以"义"说服了他之后，便要去说服楚王。般劝他吃饭，他"不肯听，欠着身子，总想站起来，他是向来坐不住的"。般只好答应引他去见楚王，拿出一套自己的衣裳和鞋子诚恳地请他换上，"'可以可以，'墨子也诚恳地说，'我其实也并非爱穿破衣服的……只因为实在没有工夫换……'"从见到公输般，到说服楚王放弃攻宋，到最后从公输般家告辞出来，这些"大事"都做完也只是吃了一顿饭，他便又"走"了。而归途虽是走得较慢，但

"比来时更晦气:一进宋国界,就被搜检了两回;走近都城,又遇到募捐救国队,募去了破包袱;到得南关外,又遭着大雨,到城门下想避避雨,被两个执戈的巡兵赶开了,淋得一身湿,从此鼻子塞了十多天"。这些大半是被动语态的动词表明:这位默默给人带去好处的无名英雄,既承担着为弱者做事的义务,也承受着那不知自己曾被他帮助过的弱者的推搡,却并未得着一点尊崇。这虽然荒谬,却也是情愿——毕竟由于他的尽力,他们已经脱离了即将临头的苦难,相比之下,算是过上了比以前较好的生活,而这是他唯一希望的。

因此,我以为《非攻》里接连不断地出现的动词,乃是鲁迅先生塑造一个"实干、苦干、硬干"的"行动者"形象所使用的有力的艺术手段,同时它们也是这位"行动者"的生命态度的含蓄象征:虽然他的道德近乎完美,他的智慧难有匹敌,但是他从未因自身的美而作纳喀索斯式的临水自照,也从不因自己的智而作公输般式的效命王侯;他的胸怀里是广大世间的贫瘠、号寒、无言的饥饿,以及无辜的人们牺牲的血,胸中总盛放着这些,以及对这些的无条件的悲悯之爱,他就只能"总是匆匆地走"。因此,这个意志坚决的老好人,其实就是鲁迅在其他场合描述过的一种理想的知识者:"这些知识者,却必须有研究,能思索,有决断,而且有毅力。他也用权,却不是骗人,他利导,却并非迎合。他不看轻自己,以为是大家的戏子，也不看轻别人，当作自己的喽罗。他只是大众中的一个人，我想，这才可以做大众的事业。"毫无疑问，这位墨子先生，就是鲁迅心中"做大众的事业"的人物模型。

这样的分析下来竟使我相信：鲁迅先生在晚年所认同的价值和所期待的理想人物，由《非攻》里的墨子——这时刻也不停歇的"行动者"形象——完全地表现出来了。或者也可以说，在《非攻》里，鲁迅先生给自己作了一幅幽默的自画像。或者还可以说，鲁迅先生在这小说里给自己创造了一个同路的友伴，以他的辛劳、热情和爱，鼓舞着自己奉献与爱的生涯。但是我这么说却没有"鲁迅先生是个自恋狂"的意思，我只是顺便表明了这样一个观点：一个人的实际存在，或多或少都是他自身理想的产物。如此而已。

附记：但是《非攻》里墨子做的一件事让我不能释然：公输般拿出一只木头和竹片做成的喜鹊给他看，说它可以飞三天而不落。墨子瞧了瞧，便说："可是还不及木匠的做车轮……他削三寸的木头，就可以载重五十石。有利于人的，就是巧，就是好，不利于人的，就是拙，就是坏的。"谈完天，送墨子走后，公输般想了一想，"便将云梯的模型和木鹊都塞在后房的箱子里"。把云梯收起来我没有意见，可是那消失的木鹊呢？"不利于人的，就是拙，就是坏"吗？无益于多数人的生存，但是有益于少数人的愉悦的优雅无害的事物，对于温饱尚未解决的多数人而言，其存在在伦理上似乎是有问题的。但有多少美丽的事物，是消失于这样一种伦理之下呢？这消失，又使人类的文明已经和正在减少了多少丰富性呢？在终极的意义上，这对人类的全体也是不利。怎样解决"关怀弱势群体的伦理"与"文明丰富性的伦理"之间的紧张关系呢？当这种选择落在一个人的身上的时候，他怎样才能既不违背自己的良心，又不折断文明的链条呢？或者，文化在发生学的意义上根本就是"阶级的产物"？有些文化必然地会随着一种阶级的消亡而消亡，不能将它"纯化"，脱离历史地单独保存？如果一种文化的存活必须仰赖一种历史，而这历史又有违平等和人道的原则，那就应该毫不留情地让那文化与那历史一道消亡？也就是说，古老的"阶级论"在今天并未过时？若如此，那又如何才能让人类的文明向着更卓异的方向迈进呢？……恐怕鲁迅先生的墨子也难以解答这些问题罢？

2001年9月17日

《倾城之恋》的底牌

港人真是单纯,张爱玲的《倾城之恋》何其灰涩,愣是被他们改成一部深情款款的爱情剧搬上舞台。可内地人也太厚黑,非要把小说读作一个精刮世故的迟暮美人卖得一笔好价钱的故事才算完。其实这并不奇怪。这部小说恰如庐山面目,从哪边看都会得出各自不同的结论。博雅如傅雷先生,在他1944年写的那篇著名的《论张爱玲的小说》里,对《倾城之恋》的评价也难说到位——"尽管那么机巧,文雅,风趣,终究是精练到近乎病态的社会的产物。好似六朝的骈体,虽然珠光宝气,内里却空空洞洞,既没有真正的欢畅,也没有刻骨的悲哀……仿佛是一座雕刻精工的翡翠宝塔，而非莪特式大寺的一角"。傅先生是热烈而沉重的人，能理解壮丽宏深的悲剧，而对"几乎无事的悲剧"，说到底缺乏感应。他只把范柳原看成"饱经世故，狡猾精刮的老留学生"，把小说本身当作"笼统的感慨，不彻底的反省"，在他期待张爱玲深入和用力的地方，张偏偏蜻蜓点水般掠过，他为此而不满足。

这只能怪傅先生和张小姐的思维本在两股道上。前者对待事物的态度是单向、端严、不食人间烟火的，后者则复合、游离、胃口大开。张爱玲乃凡俗中人，因此对尘世中的白流苏和范柳原持有一份同情与爱怜，并不单把他们当作批判和解剖的对象；同时她又是跳出三界、俯瞰人间的"非人"，因此能无情裸裎他们源自人性局限本身的诗意和劣根，对其不抱脱胎换骨、进为天使的希望（她对谁都不）。正是这"人"与"非人"的双重目光，造就了《倾城之恋》的双声部世界。所以照我看，其实张爱玲是站在高处写的这个故事，我非常赞成止庵先生的观点——张爱玲写出了鲁迅用曲笔没有写的东西。是的，她用繁复的工笔铺排尘网中的人事，这是鲁迅所不做的；但他们最后的指向却同一——即真实深切的文明反省与人性质疑。

这是"过度阐释"张爱玲吗？我不以为。她的这些命意，都已丝丝入扣地藏在白流苏和范柳原这两个形象里。对白流苏，作者用从外到内的心理透视法，对范柳原则一直从外部和侧面描写他。

白流苏在黯淡破落、七嘴八舌的白公馆出场，暗示着她即是这种窒息人之真性与创造力的老大文明的被动产物——她有梦一般美丽诗意的外形，以及在内外交煎的环境中磨炼出来的、对世界的理解止于利害算计的干燥灵魂，孤苦，无辜，人情练达，技巧性的风情。她的全部世界，她的价值观，都是不自觉地实用和形而下的，她的终极目标，即是要找到一个可以栖身的丈夫。她的表象和内里的歧义，才造就了范柳原对她美丽的误解，以及日后越来越有趣的剧情。在英国长大的范柳原是西方文明的乳儿，这个看上去玩世不恭的花花公子本质上是个"诗人""赤子"，对于人世，他采取双重的态度——既谙熟功利和形而下的生存之道，又持着审美而形上的观照："你是什么样的人，我就拿你当什么样的人看待，准没错。"这话，我相信他不仅用于白流苏。他魂牵梦萦于想象的故国之美，他的目标，就是要寻找一个"真正的中国女人"。两个灵魂不同、目标不同的人相遇，猛然发现对方即可能是己之所求，于是开始追逐，开始交流，开始错位。《倾城之恋》最精彩处，即是对这种"错位交流"形神毕肖的呈现。

怎样的错位呢？一个是诗人在随时发作他的胸臆——谈着关于"爱"，关于"中国之美"，关于孤独渺小的个体面对终极命运时苍茫的不能自主……说这些的时候，他是在吁求着另一个诗人从终极之端伸来一双温暖而慰藉的手，然而她没能；一个是急于栖身的女人煞费苦心地算计着——如何既提防自己的肉体被占了便宜，又要刻刻施展魅力维持他对自己的兴趣，在这有苦难言的焦灼时刻，她是在渴望一个安顿肉体的生活归宿，然而他不给。由白流苏这一形象，张爱玲含蓄地揭开了我们的文明那种绰约其表、无趣其里的实质：只知道生存，只盘算利害，只执迷物质，自然奔放的真情，被死气沉沉的宗法秩序异化打磨成了为人处世的技巧。面对"西化诗人范柳原"的精神放电，"中华文明者白流苏"时时"短路"，因为她的词典里虽有范柳原的那些词汇，却没有他的那些义项。于是，二人之间经常发生同一词语在词意上的针锋相对、南辕北辙，这种参差，犹如没有音阶交叉的双声部合唱，散发出了不动声色的喜剧效果。

他俩只有那么一瞬间的交融——那是在劫后的香港，夜晚的屋中，白流苏听着窗外的悲风，想起了"地老天荒"的那面墙，她突然悟到，"在这动荡的世界里，钱财，地产，天长地久的一切，全不可靠了。靠得住的只有她腔子里的这口气，还有睡在她身边的这个人。她突然爬到柳原身边，隔着他的棉被，拥抱着他"。只有这一刻，白流苏被生存烦恼所占满的心，才迸发出了一丝"交出自己"的朴素真情。这一刻被范柳原等到了，抓住了，珍惜了，于是，他们结婚了。

范柳原的形象显然是超现实的，却有股勃勃生气，承担着两种对立的功能：他既是一种超人间的纯精神视角，审视着白流苏式的生存逻辑，又是一个秉承了人性弱点的凡俗中人，怀疑着那个"超人间的纯精神"。"柳原现在从来不跟她闹着玩了。他把他的俏皮话省下来说给旁的女人听"。一句话，解构了那个曾经如此神秘高贵的情圣——虽然他有一腔的爱，满心的诗，虽然他是赤子、诗人，什么都能看透，然而诗意的花朵总会此开彼谢，一如爱的热度不能永恒。人性本来如此。

这就是张爱玲式的审视与怀疑：她能看透人类一时一地的错谬，她也站在绝对的高度批评那错谬；但她也调转头来，用人间的目光打量那绝对，于是"绝对"也露出僵硬不实的惨象。但她不是相对主义者，不会混淆"人间"和"绝对"各自的好处与糟处，她也知道，它们的确是各有各的好处与糟处的——整个世界就是这样一个缺陷的存在，既奥妙无穷，又如此而已。这一切，她全部知晓，全然领受，孤独无援，徒呼奈何！

2006年5月8日

红楼解梦人

舒芜先生的《红楼说梦》属于那些以平常心和赤子心喜爱《红楼梦》的人。这本2004年得以再版的书初版于1982年,之所以今日读来仍让人兴味盎然,大概正因此点。这与舒芜先生的"读者观"有关。他认为无论写小说还是研究小说,都必须诉诸"普通读者"的自然体验:"试想,当日曹雪芹于悼红轩中,披阅十载,增删五次,呕心沥血写出这部《红楼梦》,是为谁写?写给谁看的呢?难道他预知或者期望将来有一门'红学',特地写出来以供专家钻研的吗?""最广大的普通读者对作品的正常理解和健康感受,永远应该是任何专门的小说研究的出发点，又是归宿点……一切专门的小说研究，凡是或多或少能够昭阐文心、裨益读者的，必然都是没有离开这个出发点和归宿点的；反之，凡是歪曲原意、贻误读者的，究其原因，不是没有从普通读者的正常理解和健康感受出发，就是没有归宿到那里去……对一切小说研究来说是这样，对'红学'来说也是这样，不管它多复杂多深奥也没有什么特殊的地方。"所以他说这本书"只想记录一点《红楼梦》普通读者的谈论，又怕记不好"。

与他息息相通，英国女作家弗吉尼亚·伍尔夫有一本书就叫《普通读者》，说的是她自己对一些文学作品的批评与感受。我们总把这个标题理解为作家的自谦，现在想来，其实它未尝不在表明作家的一种"读者观"与"写作观"。写作者究竟应把"普通读者"视作与自己在心智和经验上平等交流的对象，还是把他们看作根本不可能理解和感应自己的庸众与"刍狗"？随着现代主义的滥觞，许多严肃作家选择后种立场。究其因，盖与精英文化传统的单向发展直至自我封闭有关，于是"精英文学"日益成为"独白式的"，文学的对话精神随着对"庸众"的唾弃而日渐丧失。好在曹雪芹写《红楼梦》的时候，"小说"还未变味成一个炫耀智力优越感的场所——他既不必担心自己的高致才情被愚蠢的大众所误解和玷污，而把自己的作品弄得只有他一人能懂；也不想迎合所谓村野百姓的

"低级趣味"或担心书不好卖，而把小说写得滥俗弱智。在这一点上，舒芜先生和曹雪芹先生的立场接近——归根到底，他们都是把读者（不论多寡）和自己同等看待，与自己同情共契，趣味相投，既不过高，也不过低，而是为某种共通的体验喜怒歌哭。相反，那种关闭沟通之门的写作，在本质上与"迎合读者低级趣味"的弱智滥俗写作有一点是相同的，那就是对"普通读者"的经验、智力和感受力的蔑视与怀疑，就是"不爱"。一个心中无爱的写作者的作品恐怕是可疑的。

因了这个"普通读者"的出发点，作为普通读者的你对《红楼梦》的诸多疑问，就可以期待从这本《红楼说梦》里找到他特有的答案。比如，《红楼梦》里的主要人物都是怎样出场的？为什么他们中有的人刚刚出场，我们就好像已经很熟悉了，这种感觉是怎么来的？贾宝玉到底是个怎样的人？他的"玉"到底有何玄机？为什么黛玉和宝玉老是吵架，吵了多少次架？黛玉什么时候开始不和宝玉吵架了？为什么和宝玉"同领警幻仙姑所训之事"的女子是"可卿"和袭人，而不是他所爱的黛玉和所敬的晴雯？为什么宝玉不爱读书？他真的什么书都不读吗？在礼教森严的宗法社会，男孩子贾宝玉和众女孩居然能在一个大观园里无拘无束地生活了一两个年头，如此超现实的事情，怎么会发生？而且让人感觉发生得如此自然？《红楼梦》后四十回的艺术成就到底怎么样？难道真是完全由高鹗续作吗？怎么看最终的宝玉出家、兰桂齐芳的所谓"大团圆"结局？它真的那么违背曹雪芹的原意吗？……

这都是些有趣味的问题，《红楼说梦》里的回答都十分精妙。它说，林黛玉的出场最早，不是一下子站到舞台的中心，而是从远远一个角落，一步一步移近，最后亮相在贾宝玉痴迷的打量中，她的出场，"由于'木石前盟'的神话，由于冷子兴和贾雨村的谈论，先已形成了一种诗意、哲理和神话式的气氛"；宝玉是在一片惊奇、误解、嫌憎、议论所造成的"悬念"中出场的；薛宝钗是在没有任何"悬念"的情况下，极平凡极现实地出场的，作为花花太岁薛蟠的妹妹、溺爱不明的薛姨妈的女儿、皇商家庭的小姐，她的出场"没有美，没有诗，只有封建主义的最粗恶最鄙陋的一面"；凤姐的出场则是"先声夺人"式的；湘云的出场太迟，为了弥补这一缺陷，小说在后来的回目中"经常用追忆补叙的方法，来丰富她的形象"；赦、政、珍、琏出场皆迟，但读者之所以似早已熟知其人，是因为他们此前"都曾在抽象笼统的叙述中，在陪衬的地位上，在别人的对话里出现过，少的两次以上，多的十多次……作者于此，是苦心经营过的"，并且精确列举了他们分别是在哪一回因何事被人提起，或他让下人带了句什么话，等等，破了解弢的"文章化工，不易效法者也"的神秘化解释……这些拆解的段落，真是庖丁解牛，若不把《红楼梦》倒背如流,从整体到局部到毫发完全了然于胸,断不能剖析得如此细致入微,出神入化。读者看了这些,不但加深对《红楼梦》的了解,对于小说的写作艺术,也会有不少领悟。

给我印象特深的还有几处。在《晴雯为什么"枉担了虚名"?》一节,作者问:贾宝玉有着与封建道德截然不同的恋爱观婚姻观女性观,他尊敬女性,为什么却会在第五回和第六回里先同"可卿"后同袭人"同领警幻仙姑所训之事"?而且此事"不能理解为一般的男女之间的性的关系,它是有着明显的社会意义,专指那种相互玩弄(主要是玩弄女性)的淫乱关系"。他的分析是:宝玉是个封建末世的"新人",同时也是个贵族公子,男女关系上也有庸俗的一面,他"虽是笼统地认为'女儿是水做的骨肉',但实际上女儿当然决不是一律的,其中也尽有'泥做的骨肉'的。当他遇着'泥做的骨肉'的女性时,'肉'的诱惑也就在他身上起作用"。作者分析道:秦可卿和花袭人都是"泥做的骨肉"者——袭人直接劝宝玉读书上进,秦可卿则通过一系列的细节暗示她也是讲究"世事人情"的"学问文章"的人,和袭人是同调,她卧房里的对联"嫩寒锁梦因春冷,芳气袭人是酒香",已暗暗将此二人连接起来。她们是封建基业和封建道德的维护者,而"封建道德的理想,当然是禁欲主义……在禁欲之先、之后或者更多的是同时,总要有纵欲来相随伴……转移的关键,在于情欲极端放纵之后的必然衰退,又在于极端玩弄女性之后必然归于彻底憎恶女性。这就是所谓'由色悟空',所谓'红粉骷髅'。封建贵族子弟年轻时沉湎酒色,成年后收拾心神,立德立功,齐家治国,这就叫作'浪子回头金不换'。宁荣二公委托警幻仙姑对宝玉进行的教育,就是'由色悟空'的教育,先做彻底的浪子然后彻底回头的教育"。由"可卿"和袭人对宝玉进行这样的教育,当然最恰当不过。"而对于真正是'水做的骨肉'的女儿,他始终是爱惜尊重,所以才能够同晴雯'亲昵狎亵'而终于保持了'各不相扰'的关系。"然而正是这种魂梦系之的真情和个性觉醒的意志——而非物质结合的肉欲满足——才是对"封建主义秩序"的真正背叛与瓦解,才为贾母王夫人所不容,这就是宝黛爱情之所以成为悲剧的原因。这样的剖析,需要发现者的火眼金睛与学问家的合理联想。

此书对于《红楼梦》后四十回的评价,与胡适以来的红学观点大相径庭。作者"甚至相信程伟元、高鹗确实是得到八十回以后的曹雪芹原作的残稿,他们又作了不少连缀补充,由于他们的思想和才力与曹雪芹的差殊,所以今本后四十回才会这么不统一,好的地方太好,坏的地方又太坏,不可能是出自同一人之手笔"。在《冲破瞒和骗的罗网》里,作者又以种种例子,申说他的这个观点。因了这个缘故,我耐下心来把后四十回读完,愈往后愈觉得"雪芹残稿"论大为有理。我没有作者的功力去逐一考证，只凭阅读直觉，深感从第105回"锦衣军查抄宁国府，骢马使弹劾平安州"开始，已接上前八十回气脉。有几处只有曹雪芹才会有此奇笔：比如第115回"惑偏私惜春矢素志，证同类宝玉失相知"里，贾宝玉和甄宝玉各以己心为对方之心，相互揣摩、试探、错位直至鄙弃而散一节，写得真令人忍俊不禁，奇趣横生；第119回"中乡魁宝玉却尘缘，沐皇恩贾家延世泽"里宝玉告别一节，肃杀悲凉，百感交集；第120回"甄士隐详说太虚情，贾雨村归结红楼梦"里，宝玉身披大红猩猩毡斗篷在茫茫雪地里向父亲遥拜告别一节，袭人出嫁一节，以及最后余下人等的去处各做交代，以雪芹和空空道人对白收场，以"说到辛酸处，荒唐愈可悲。由来同一梦，休笑世人痴！"作结，若非雪芹之笔，断不能写得如此从容不迫，力透纸背。历来学者以结局的大团圆"殊不类茫茫白地，真成干净者矣"，作为后四十回不是曹雪芹所写的依据，但若以了却尘缘的贾宝玉眼光来看，"兰桂齐芳"于他有什么价值和意义呢？他既已蓬头赤脚跟了一僧一道走向茫茫雪地，回归大荒，贾家的"天恩祖德"就和他没有关系了，那个世界，也是一个毫无价值和意义的死去的世界了。因此舒芜先生说"他在'家业复振'之时毅然出家，这样的安排，真正写出了他的最大的决绝"。这是深有体会的说法。

然而,世界死去又能怎样呢?人解脱于爱恨情愁,因无情而自由,又能怎样呢?可见《红楼梦》的最后,终于导向了一个没有意义和价值的世界,导向了寂灭与空无,这是曹雪芹最大的彻底,最大的残酷。而这些,是舒芜先生最后也没有忍心道破的,空余我们这些尘网中人,遍尝爱与痛、甘与苦,在悟与执迷不悟之间,辗转挣扎,妄揣想。

2004年8月

别样的民国文学地图

文学史是一项不折不扣的地图绘制工作。不同的旅行者手持不同的地图,沿着不同的路线走去,会经过不同的风景,遇到不同的人,攀谈不同的话语,抵达不同的终点,最后,因这不同的旅程,而长成了不同的心灵。

由于最后的结果是如此重大,我一直视文学史的书写者为特权人物。出于对此种人物敬而远之的习惯,自从大学毕业,就很少看各种内地版本的中国现代文学史——之所以单提内地的中国现代文学史,是因为我并非无端地觉得,这一时空的文学史书写乃是特权中的特权。

但《民国文学十五讲》(以下简称《十五讲》)这本

书，我却好好地读了一遍。原因无他，只因它是讲谈而非宣教的，是片段而非体系的，是"民国文学"而非"中国现代文学"的，更重要的，它是孙郁先生的作品。这位以《鲁迅与周作人》《鲁迅与胡适》《鲁迅与陈独秀》《鲁迅忧思录》《周作人和他的苦雨斋》等著作反复打量周氏兄弟的学者，会怎样勾勒整个民国文学的轮廓呢？这是我好奇的。

读罢，明白了这是一本手绘的文学地图集，并不依循统一的意识形态度量衡，比例关系随作者的文化价值观而定，因此画得莺飞草长，很不规则，以呈显丰盛多姿的民国文学生态为务——深渊，峻岭，小丘，溪流，树木花草，鸟虫走兽，希腊小庙，草根军营……一应景物都带了绘图者的诚恳，一种耐人寻味的文学观贯穿始终。

什么文学观呢？艺术本位，多元主义，智慧，自由，个性，宽容，拒绝强制和单一，态度却是温和的——对所有文学现象和作家作品，都报以同情的理解。以此为圭臬，作者还原民国文学的源头和发展，做出发乎本心的选择、叙述和评说。

因此，《十五讲》做了件重要的事，就是突破内地现代文学史叙事一贯遵循的唯"新"（革命）是从、泛道德化和"小说独大"框架，对当年新文化运动主将出于策略考量而宣判"死刑"的旧体诗词、旧派小说、旧戏曲、"旧"文化，以及因"不正确"的政治履历而难以"翻身"的诗人、作家，进行意识形态祛魅和文学价值重估；对所有文学体裁一视同仁，尤重"文章"对读者意识的影响力，并引入"文章学"视角衡量广义的写作。诚然，从夏济安、夏志清一辈开始，海外学人早已超越新／旧、左／右等二元对立，而从文学本体和哲学本体层面进行文学史探讨，但考虑到纠缠而单一的内地文化语境，这种突破仍意味着某种冒险。况且在文学史框架内，该书对有些论题确属首次触及。

作者把民国文学视为一个有机生命体，对其萌芽、发生和发展，做渐进而非激进的解读。因此开篇即谈"清末民初的文学生态"，将数千年的文言文学和新时代白话文学之间的过渡图景勾勒出来，指出：白话文学时代并不单是靠几位文学革命家"革"出来的，而是经由魏源、黄遵宪、梁启超、章太炎、王国维、陈季同、辜鸿铭等几代文人的文章观念的变化，以及《圣经》的翻译和严复、林纾、鲁迅、周作人、苏曼殊、钱稻孙诸人的科学和文学译介，而打开视野、更新观念、培植新式文化土壤并开花结果的。在探讨"新文学的起点"时，作者抓住了最重要的语言问题，对新文化运动彻底否定文言文学、婴儿脏水一同倒掉的一元论思维，提出异议："白话文被单纯化时，汉语内在审美的机制被抑制了……胡适在提倡白话文的时候，还没意识到白话文自身的限度。"通过梳理从清末韩邦庆的《海上花列传》到民国周瘦鹃等人的鸳鸯蝴蝶派小说，作者强调："鸳鸯蝴蝶派不是不关心社会，他们只是视角不同，不用道德的话语讲话而已。""他们将古文和大众口语结合起来，形成了新的白话体。""新文人……把旧派小说的价值低估了。"该书还辟专章评述旧体诗词，对陈三立、林纾、郑孝胥、王国维、鲁迅、郁达夫、黄兴、汪精卫、柳亚子、苏曼殊、陈寅恪、吴宓、秋瑾、沈祖棻等各路诗家的诗词成就，作为民国文学的有机构成，予以尊重的评价。对周作人（作者称其随笔为"学林中的妙品"）、梁实秋（既赞其温润，又不满其"布尔乔亚式的安宁"）、朱光潜（推崇其"文学上只有好坏之别，没有什么新旧左右之别"的观点）、钱锺书（赞其不事体系）、谢无量（赞其"从中国文化特点理解文学，有文章家见识"）的学人随笔，以及齐如山和翁偶虹的旧戏写作，亦分别有专章论述，且后者恐怕是各版本中国现代文学史的独有之举——这是因为作者看到："齐如山的写作有文艺复兴的野心""京剧的改良最为得体，固有之精神未能失去，又不后于世界的审美思潮"，由此，出现了"话剧民族化和旧剧现代化"的良性艺术结果。

《十五讲》在评述作家作品和文学现象的比例分配上，与正统版本的中国现代文学史完全不同。专章论述的单个作家是鲁迅、老舍、曹禺、沈从文、萧红和张爱玲，而非以往的"鲁郭茅巴老曹"，体现出作者追求参差多态、文学本位的史家立场。而对鲁迅这位受到既过多又不当的解读的文学家，作者从"鲁迅的暗功夫"这一旁逸斜出的视角，引领读者探寻"鲁迅之所以为鲁迅"的文化构成，并得出深具启示性的结论："懂西学的人才能真正了解中国文化传统。"

通读全书，感到作者的写作，有一种对于当下时代的营养学目的，这是一位温和人文主义者沉默的道义选择。文学史书写说到底是一种文学观、历史观乃至价值观的实践，它不只勾勒已然存在的文学风景，更会参与现在和将来的文学地貌乃至精神地貌的构建。也是在这个意义上，我认为孙郁先生的《民国文学十五讲》是一本值得尊敬的书。

2015年8月

在地铁里读北岛

在地铁书摊见到《北岛诗歌集》时，我惊讶已极。想不到多年的销声匿迹之后，竟会与这位诗人在此相逢——诗集周围层层叠叠着小资白领中产读本，诗集的装帧本身也在尽可能的素朴之中透着纤柔的样貌。它待在那儿，似乎宠辱不惊，似乎等着一位记忆复苏的知音，似乎暗示着平静的能力和勇气，就这样北岛重又走进了我们的生活。

就这样，我在地铁的轰鸣声里断续读完了这本诗集——据说它是1990年代以来北岛在内地印行的第一部诗集。在地铁里我读过几本诗，这个地方几乎帮我建立了判断诗好诗坏的标准：那好的诗总能把我带进暗流汹涌的寂静中，而忘掉身边嘈杂的人群；不好的则相反——觉得地铁吵，诗更吵，情绪会因此变糟。在地铁里读北岛的时候，心情不糟，但是复杂，蜿蜒的铁轨无端地沉重，似是一条时光隧道，带我跨越三十年的时空。

是三十年的时空。不明白诗集为何抹去了每首诗的写作时间，这是个不可原谅的错误。好在我能够大体知道，它收入了北岛从1972年到1998年间的重要诗作。现在读这本诗集，使我突然清晰地意识到，北岛那些在70年代末80年代初震撼了他的同代人的诗，经由他们的传递，也早已在我这个"70后"心里烙下了印痕，尽管我对它们的初次阅读，要等到好几年之后的80年代末。那时狂飙突进的启蒙时代行将结束，人们的心头吹拂着惘然的悲风，历史的层层叠叠的血痕，淤积在年长者的眼中，而我们这些一无所历的后来人，只在缄默无语的空气中抽象地猜测着来路。在沉默的抽象生涯里，我们感到了《回答》《太阳城札记》《一切》《宣告》《结局或开始》的能指与所指。我们听到了其间血液的呼啸。我们体会到它们所言说的热和冷，绳索与自由，爱情与正义，死亡与真理。是的，我们在以审美与传说的方式，读懂北岛，欣赏北岛。这是"70后"一代的宿命：依稀的童年和青春记忆与北岛一代接壤，但是这种蒙童般的旁观经验却很难形成清晰的意识和有形的言语；它们涌动在我们的生命内部，虽无法发声，难以命名，却成全了一种跨时代的理解力。因此，北岛从经验中诞生的早期诗歌，到我们这里则需靠对记忆的参与性想象来达成对它们的理解（并不费力地）。我们自认为能够理解，因这些诗本身清楚易懂，刀锋向外。我们曾痴迷和感喟，为这些诗的血性的质地和铿锵的韵律。但同时，我也知道北岛的语言不属于我们——历史的亲历者和旁观者、先到者与迟来者永远不可能使用同样的语言。"迟来者"与"旁观者"，这就是我所认为的可悲的"70后"。或许只是我自己如此。我对早期的北岛抱有无限的怀念和无尽的诘问，而怀念和诘问的理由却无不堕入经验的虚无中。我不知道，晚生于我的"80后""90后"们，乃至之后的无穷世代，对北岛的早期诗歌会有何种认知。

也许北岛对此早有意识，因此他对自己的早期作品批判得比所有人都严厉。在一篇访谈里，他说："现在如果有人向我提起《回答》，我会觉得惭愧，我对那类的诗基本持否定态度。在某种意义上，它是官方话语的一种回声。那时候我们的写作和革命诗歌关系密切，多是高音调的，用很大的词，带有语言的暴力倾向……这些年来，我一直在写作中反省，设法摆脱那种话语的影响。对于我们这代人来说，这是一辈子的事。"

北岛90年代以后的诗，的确与早期有极大的不同。技艺更圆熟。声音更内敛。是他独自的低语。有时似自己对镜交谈。寂静与孤独时而对他构成威胁和敌意，时而引起他对往昔自我的反讽与自省。这些诗有着佯装的平静和易碎的紧张,随时准备像火山爆发。时有妄念。幻觉焦躁。前生的光荣一直如影随形,干扰着诗人蝉蜕和新生的自我。竭力谛听此岸自我的真实的声响,竭力与昔日的荣耀和惯性的渴求做斗争,竭力沉入现在之中,是这些诗传递给我的朦胧而晦涩的信息。90年代以后的北岛不再易懂,在多年的海外漂泊中,在对母语环境的疏离与反观中,北岛变成了一个更为内在的诗人。他不再是伤痕累累的雕像般的"我们",他只成为了他自己。

但是,如果没有《回答》,没有《一切》,没有《宣告》,没有《结局或开始》,北岛还是北岛吗?即使他现在写了无数更娴熟更完美的《第五街》?无论如何,在喑哑的年代里,那根最深沉的喉管里爆发出的最疼痛的声音,是永远最值得人们追忆和感念的。作为后来者,我对此深怀敬意。

2003年

"在路上"的北岛

北岛的《青灯》写了他记忆里的人和事。十万字的薄薄小书，一张摊开的精神地图，我们能从中看到这位诗人眷恋的故乡，行旅的路线，经停的驿站，途中的侣伴——有的交厚情长，有的擦肩而过，有的在继续书写人生，有的已踏入另一世界……此书多少能满足读者对北岛其人的好奇心，因为这里的他除了严肃、崇高、拘谨，还有幽默、毒辣、家常的一面，这在他的诗歌里是很少流露的。但作者本人恐怕意不在此。这位十九年前去国难回的"国际流浪汉"，此番很想做一次耐心的导游，让读者跟他一起，用"脚"认识这"小小寰球"上的诸多角落、各色人等——无数"他者"的碎片，乃是我们自身的镜子；游动不安的视野，终要指向隐秘的根系。

可以说，北岛的目的达到了。这很得益于他的写法。无论多么事关"私我"的叙述，总有他的"超我"把视点升高再升高，直到视线里同时出现了众多的他人，无边的远景，纵深的历史，驳杂的当下——才算了事。这一戒不掉的习惯，是时代美德的馈赠。也许它与时下自我中心、炫人眼目的"青春主旋律"代沟深深，但总有一日，青年长成，沧桑阅尽，会念及父兄一辈温暖的遗产：除了自我，还有他人；除了门前雪，还有全世界。这种极难极深的爱，绝非自我迷失的廉价情感所能相比。

书中的五篇悼亡之作，是我最喜读的部分。五位逝者，有的名满天下，但其人其心不甚了了；有的籍籍无名，然其个性命运令人唏嘘。早听说诗人蔡其矫是个放浪不羁的性情中人，但从北岛的《远行》里才"亲眼目睹"他有多性情：华侨富商之子，为实现公正投身革命，开蒙于惠特曼，一生爱诗，爱美，爱自由。1962年，当人们放弃自我讴歌时代时，他以《波浪》一诗背对阳光："我英勇的、自由的心啊／谁敢在你上面建立他的统治？……／波浪啊！对水藻是细语／对巨风是抗争……"禁欲主义的革命，却禁不住他对美丽"水藻"的轻柔"细语"——1964年，他因"破坏军婚罪"被开除党籍，坐牢两年。后来艾青问他：你为女人坐牢，后不后悔？他曰：无悔，这里有代价,但也得教益——当面对一个爱你的女人时,你要勇敢……1970年代中期,北岛把他引入北京离经叛道的地下沙龙——除了交流写作,那儿更是聚会郊游酗酒吟唱谈情说爱的所在,漂亮女孩不时出没,蔡老的相机镜头如影随形。"大家当面恭敬,一口一个'蔡老',背后叫他'蔡求蜜'……"如此细节,不胜枚举,不但主人公形象呼之欲出,更顺带呈现了那个贫瘠压抑的年代里,丰饶而冒险的另类生活。这些地下乌托邦的参与者,实是中国前卫艺术家最早的先驱,他们站在路边,挥舞着挂满毛主席像章的手绢,以图贿赂司机,搭车远行;为了捍卫自己三十三转密纹的德国立体声唱片,他们不惜鸡飞狗跳,大打出手,直至被关进局子,痛写检查;痴情诗艺的他们虽乳臭未干,却常和潦倒落难的冯亦代、艾青们平等过从,悄悄啜饮西方文学的甘醴……讲述这些往事的北岛是得趣和生动的,宜于站在"文学正史"的"留白处",为他和同代人的时段复活体温与呼吸。

除了写人,那些记录见闻游历的文章也很有意思。我怀疑它们是北岛根据日记整理而成,初看像流水账,像记者本分如实的报道,可读进去才发现,它们偷偷借用了信息时代"网络点击"的呈现方式行文——每篇文章以时空推移为线索,每经一地、遇一人、听一事,只要有精神浓度,作者即驻足,将那名字"点击"进入,深探其里,端出其今生前世,应和其长歌浩音。文章的信息量是充盈饱涨的，显现出游历四方的诗人在全球化时代的全球性视野。但与时下流行的知识炫卖文风迥然不同的是，北岛的信息给予方式暗含着他对中国与世界历史现实的观照意图，因此选择性强，节制而冷峻。

也因此，《智利笔记》不只让我们知道他去了哪儿见了谁，更让我们了解到帕拉的诗，聂鲁达的人，皮诺切特的军事政变，殉难总统阿连德的高贵从容，以及美国的利益与智利的政治、智利的国运与诗人的命运之间，斩不断理还乱的关系；《革命与雏菊》也不单写尼加拉瓜的诗歌节，它更愿意告诉我们有关桑地诺的反抗，索摩查的独裁，左派组织"桑解"成员的诗歌与革命，革命与腐败；至于《忆柏林》，亦非想要复述他与汉学家顾彬的交谈，而是给我们讲述这座德国都市的沧桑变迁，它与中国命运千丝万缕的隐喻关联，德国"集体户"奇妙的生存方式，以及安放德国人良知与歉疚的柏林大屠杀纪念碑……

《青灯》里的北岛，就这样携一卷汉语的行李，穿越遗忘的藩篱，平静地追忆那些"一年里睡过一百多张床"的往事，如一位永在路上的旅人。

2008年4月

往事的锋刃已刺穿其心

《半生为人》是徐晓的第一本书,一本她写了十年的自叙传性质的书,不,如果从里面写作时间最早的《我的朋友史铁生》(1987年)算起,这本书写了十八年。喜欢徐晓文章的人——其中包括我——望眼欲穿,总算等到她的文章结了集,从中我们也终于能看到,围绕着1970年代末中国最重要的民间刊物《今天》(它是"朦胧诗"真正的发祥地)出现的那一批理想主义者的真实肖像——既有周郿英、赵一凡、李南、刘羽这些不写作只做事的"沉默的极少数",也有北岛、芒克、史铁生这些日后声名赫赫的写作者,更有徐晓自己悲欣交集的片段人生,可说是一部个人化的"《今天》传"。此书出来时，徐晓当真半生已过，多少沧桑埋在这个看似平淡家常的书名里。

当然，她不是"十年磨一剑"地写作此书，而是"两月打鱼，三年晒网"地写。对此，徐晓本人有一番言之凿凿的"终生业余写作观"给自己撑腰，大意是说：写作者只有立志于"终生业余"，才能保证她（他）写作的精神纯粹性，才能排除因作者的名利诉求带来的"注水"可能，才能确保写出来的东西真正是"不能已于言"的产物。在这样的写作观驱使下，徐晓写得是如此之少，又如此苛刻和谦逊，以至于我在她面前都算得上大言不惭的"高产作家"了。

然而谁又敢把自己文章的血液浓度和徐晓的相比？我是不敢。恐怕百分之九十九的写作者都不敢。锥心刺骨的痛楚、永难消退的炽爱、无法弥散的芬芳汇聚于此，令人读罢唯有静默。疼痛的真实如同刀剑的丛林，作者纵身其上，微笑、宁静地婆娑起舞，舞姿优雅轻盈，如风行水面，而我们知道，往事的锋刃已刺穿其心，天空中内心之血凝成的花朵盛开得惊魂动魄。

这花朵令我唏嘘，然更多歆羡。羡慕徐晓和她的爱人与友人曾经如此酣畅地生活过，叛逆过，自由过，痛苦过。羡慕他们拥有如此之深的记忆。羡慕他们能如此之真地体验到自己的存在本身。如同一条塑料管羡慕会受伤、能流血的真血管。如同拒绝长大的孩童奥斯卡忽然羡慕起能成长也会衰老的家人。这是一个生于1970年代的人对生于1950年代的理想主义者的羡慕和爱敬。这是一种真实的审美情感。其中夹有若许矫情和虚伪的成分——虽然羡慕和爱敬,但并不敢亲尝徐晓式的酣畅沉重的人生。

徐晓似乎本能地深谙"沉重"与"轻逸"、"浓烈"与"清淡"、"崇高"与"低调"、"残酷"与"温柔"、"奇特"与"平常"之间的辩证关系,并在这些两极对立关系中穿梭转换自如。或者毋宁说,在这些语义对立的词组里,徐晓的禀赋气质天生地属于后面一组,然而她的际遇、她的命运、她的生活给予她的,却偏偏是前一组。她以自己的天然迎接这一切,不躲闪,亦不逞强;不夸饰,亦不淡忘。她只将自己所历所感娓娓道来,绝不作"惊天地、泣鬼神"之状。回忆青春时代的牢狱之灾,她偏谈其中的"日常生活"——在残酷黑暗的背景里,她喜欢让我们记住的是善良的女狱警"墨绿"温暖动人的微笑,狱友们克服千辛万苦给她做的棉背心,一位童话般美丽的女囚一闪而过的身影,一位始终谨记"上帝爱世人"的坚忍安详的天主教徒……回忆《今天》杂志同人,她极少直接表现北岛、芒克这些尽人皆知的人物,却将刻画的笔触伸向那些沉默付出、不事写作的幕后英雄——比如兼具圣徒意志和史家意识的资料搜集者赵一凡,隐忍宽厚、意志惊人的周郿英,一生助爱他人、淡定超脱的李南,一直在早期的受害阴影中挣扎、手术昏迷中仍大叫"警察来了,不要抓我！"的悒郁而终的刘羽……徐晓的视角是独特的，目光是毒辣的。她的心魂、她的同情、她的立场总在边缘，然而她又无时不与时代的核心保持着自然而密切的感应；她并不回避承担与厄运，然而在书写中，她从未因此自赋一点儿对他人的道德优越感和优先审判权——就像有些道德激进主义者无意中所做的那样。

正是这样的人，当她陷入对逝去的爱人周郿英的痛悼与诘问，陷入几近自虐自戕的自我拷问和自我质疑，陷入逝者和上帝均不接收的孤独、思念、遗憾与忏悔时，那种撕裂的疼痛是连鬼神都要落泪、是我们无法分担亦无法承受的。她至今无法释怀在重病缠身的丈夫离世时，从来恪尽守护之责的她居然不在场，她如同一个上穷碧落下黄泉的痴人，死死追究着这样一个问题：

> 他是否呼唤着我的名字死去？在他弥留之际，是否想亲口对我说出他一生都没来得及说的话……我相信，或者说我宁愿相信，如果我在场，哪怕他已奄奄一息，但只要一息尚存，我一定能如愿以偿。或许他的声音微弱得让别人听不清，但我能听清。

> 几年来，我常把自己幻想成一个沙漠中的旅人，用近乎自我欣赏的目光，自作多情地看着一个落寞、孤独而又自信的女人，在最美好的季节里凋敝。她无时无刻不在破碎，不在七零八落，不在死亡。她

以全部身心期待着，相信总有一天能在共同的自我毁灭中达到完美，在创造自身中得到升华。事实上，这是我仅有的心事，这是我惟一的隐私。

没有人比他更加深谙无言之美好之深刻之高妙，对一个视沉默如金的人来说，什么都不说比说什么都更好。

但那不是沉默。他死了！……

每当我读到《永远的五月》中这样的句子，都禁不住潸然泪下。

陀思妥耶夫斯基说："我不能成为没有别人的自我。我应在他人身上找到自我，在我身上发现别人。"毫无疑问，也可以这样描述徐晓，以及与她同时代的生死与共的友人。正因如此，徐晓所叙述的人和事，便不只是与她一人有关的人和事。那是整整一代的人和事——一代并未因功成名就、俗世浮嚣而退隐其精神光芒的人和事。惟因其闪耀着精神之光芒，那逝去的一切才有理由传递至我辈的手中，成为在这个任何事物都可能瞬间化为乌有的"日新月异"的国里，弥足珍贵的生命记忆。我为分享了这样的记忆而深怀感激。

2005年5月7日

阎连科反对阎连科

十年之间，阎连科有四部长篇小说问世，却朝着两个背道而驰的叙事路向奔跑。《日光流年》《受活》和《丁庄梦》是一个，《坚硬如水》是另一个。前者是诗化的、悲剧的、本质化和绝对性的叙事，后者是杂语的、喜剧的、表面化和相对性的叙事。如果以巴赫金的杂语理论来看，显然《坚硬如水》更切近小说的自然本性，但是阎连科几乎没有沿着这条阳关道走下去；另外三部小说则是"反小说"的，但是阎连科却在这条险路上愈行愈远。小说家阎连科为什么选择了反对自己的道路？这到底是怎样一条路？这条路对于小说本身来说，得失如何？这些问题是很有意思的。

在《日光流年》《受活》和《丁庄梦》里，权力、创伤、遗弃与死亡的主题贯穿始终，小说放弃写实地经营人物和故事，而以大写意的绝对主观性叙事完成长篇建构。这种主观性不仅是一种文体和风格，更是阎连科对他所理解的宇宙、命运和人间本质的极端化概括与呈现。这种写作如果一定要有一个名称，我称之为"绝对叙事"。它有这么几个特点：

1. 空间的绝对封闭与独异。《日光流年》发生在人人活不过四十岁、为世人所遗忘的三姓村，《受活》的故事发生于全村皆是残疾人的受活庄，《丁庄梦》的地点则在艾滋病村丁庄，并主要集中在关满了艾滋病人的一所小学。这些绝对封闭、畸零和特殊的地点所散发出的假定性和象征性，使小说的叙事不必遵循客观世界的常情逻辑，"信口雌黄"因此得到了完全的合法性。

2. 时间的绝对静止和循环。历史的背景或者说时间的向度在这三部长篇里是形同虚设的。人物与环境的苦难性质并不随着历史的变更而稍有改变。苦难与死亡已成超时间的必然之物。因此有了第三个特点：

3. 宿命的无可抗拒。司马蓝和他的前任们带领三姓村人，对夭折命运的抗争是坚韧的，最终归于徒劳。《受活》和《丁庄梦》，命运的面孔也如此。

4. 完全被世界所遗弃的主人公，主人公被塑造和呈现的方式是草芥和棋子式的，受到叙事人的绝对支配。就如同"上帝说要有光，于是有了光"一样。

5. 本质化的情节编织和世相营构。即是说，作品的情节和世相呈现，是作家对世界、命运与人世之本质概括的直接表象化。正是本质的表象化，成为这三部长篇的构造力和叙事法。

三部作品看起来是超政治的，但同时更是政治性的。它是一个作家代替那些卑贱者、被剥夺的人、被遗弃在世界之外的畸零者，所做的不平的呼喊和绝望的复仇。他的起点是伤痛与爱怜，终点却抵达了愤怒与诅咒。诅咒这世界与这些卑贱者一同消亡，什么也不剩。或者，与其说这是诅咒，不如说这就是作家的认识。在他意识的终极之处横亘着死亡和虚无，人类在它们面前必然失败，因为没有人曾将它们战胜。

也正因如此，这三部作品的悲剧性显得怪诞——悲剧的本质，是人类试图以否定命运而肯定自身，然而终归失败；但失败也无改人类无悔地肯定自身的尊严。人与命运的永不和解的张力，构成了悲剧的核心。阎连科的小说则活跃着表里不一的双重声音：从表象上看，是主人公对自身意志之肯定和对不可抗的命运之否定，但作品本质性的叙事基调，却呈现着相反的声音：那是抗争失败的人由于对失败结果的明了，而达成的对自身的否定与放弃，以及对命运的肯定与服从。这是一种源自中国传统精神的顺应与放弃。而这种传统的致命之处在于：它总是把历史性的事物当作永恒的宿命。总是把相对之物当作绝对之物。在这种传统精神中，人与命运的张力趋向于松弛和消失。因此我们这个民族至今仍是一个匮乏悲剧的民族。

由于这个民族的个人生命意志持久不得伸张，历史的正义迟迟不来，民族之魂里蕴蓄着恒久的悲情，愤怒和哀伤吞噬了小说家。这是一种端凝的、无心游戏的、趋向于中心的精神状态；而小说天生是杂芜、游戏、消解和游离中心的思维方式，它的本质是杂语。西方小说和中国古典小说的叙事精神莫不如此。因此我的不成熟的意见是：就叙事生命力而言，也许阎连科《坚硬如水》的道路，才埋藏他更丰富的可能性。因为，小说家只有自己解放自己，才能解放小说。正如我们只有解放自身的精神，才能解放历史。

2007年11月

秘语者董启章

董启章的样子像个理科生,眼镜片后的目光是单纯、中立而思维不停的。但脑后扎起的短辫则暗示,他的职业大概并非在实验室里处理数据。他处理什么呢?那是些无法计算的东西:百感交集的幻想,稍纵即逝的经验,意识的迷宫,可能性的世界……尽管如此,他还是煞有介事地把这些飘忽之物贴上科学史和博物学的标签,以诸如"一个不存在的物种的进化史""地图集""衣鱼简史""自然史三部曲"之类的冰冷名目,让抒情主义者望而却步,让科学爱好者一见如故。而你若看在他是香港小说家的分儿上,买了他的书坐上飞机以图消遣,那么可以想见,你捧起书不到一分钟就会恼羞成怒。

但"香港小说家"的头衔确会让人和商战、科幻、言情联系在一起,少数严肃作家,则让人联想到精致小巧的盆景。可见香港"国际商业都会"的地域身份,对文学家是很不利的。因此,当我被董启章的小说所惊后,就忍不住问他:香港环境于你,到底意味着什么?心里纳罕的是:香港这个忙忙碌碌的大卖场,怎么会产生如此"卡尔维诺"的小说家呢?在一封信里,他好脾气地回答我:"香港的确是个功利的社会,并不重视文化培养,但香港也是一个开放的社会……在香港这样的社会'三语并用'(广东话、汉语书面语、英语),我们较少固执于一种语言一种文化的习性。对于西方文化传统,虽未至于娴熟,但也没有隔膜,能较为自如地视为人类共同文化来领受。另外,香港从来不乏另类的传统。香港文学本身就是一种非商业非主流价值的边缘活动。虽然人数肯定很少,却从来没有断绝过……当然香港并不算一个真正的多元城市,主流价值是十分单一的,占去了大部分的条件资源。可是,人生存不单靠物质,也不单为了物质。拥有精神自由和自主的人总是存在的。也许是由于长期生活在商业社会里,我们反而对金钱产生了免疫力。我有时候想,香港文学作家比内地作家更不顾虑市场,所以在这前提下,创作也更自由,更独立自主。这样做是不是很艰苦呢?我已经不觉得了。能这样下去,是幸福。"

若不了解董启章"职业作家的无业生活"曾经陷入何等困顿，你是不会懂得信中最末那句话的苍凉味道的。而如果你没读过他的小说，也不会知晓他的写作"不顾虑市场"到何种地步。现在，他虽是坊间所称"著名作家"，仍需每年上学期在三所大学教香港文学和写作课（"我从不教自己的作品。"他告诉我）——那点长篇小说版税是不够自己糊口的。

其实董启章出道甚早。1994年他二十七岁，以中篇小说《安卓珍妮：一个不存在的物种的进化史》获台湾"联合文学小说新人奖"，从此步入文坛。这篇作品的复杂样貌是今日内地拒绝长大的青年作家想象不到的。小说是双声部结构：一个绝望于家庭生活的女人在香港深山里的行动与独白为一声部，该女子写作的关于"斑尾毛蜥"的隐喻性学术片断为另一声部。它感同身受、技巧纯熟地探讨了女性的绝望，评委在揭榜之前还以为作者是个女生。董启章超越自我的"复调"才能由此初显。

不过这种罕见的能力在他近年的鸿篇巨制"自然史三部曲"中（第三部《物种源始》尚未完成），方得以酣畅施展。第一部《天工开物·栩栩如真》（台湾麦田出版，2005年）也是双声部小说，第一声部为叙述者虚构的女孩"栩栩"的"人物世界"，这是"当下香港"一个偏僻的精神横切面；第二声部为叙述者不断写给"栩栩"的信，此信以收音机、电报／电话、车床、电视机等日常生活中

"物的更迭史"为线索,讲述董姓家族从祖父至"我"辈的精神情感历程,这是"历史香港"的精神纵切面。此书绝非"再现性史诗"的写法,作家的雄心也不在为"香港"立传,而是以香港场景为触媒,直接切入人物的内在生活,做"可能世界"、自由时空的无限探索。

第二部《时间繁史·哑瓷之光(上下)》(台湾麦田出版,2007年)的此种探索更变本加厉,发展成"三声部小说",每声部标题用不同语种文字标识——在中英文天文学术语作章节标题的"第一声部"里,笔名"独裁者"的作家在采访者维真尼亚、看护兼画家卉茵的促发下,追认与妻子哑瓷的情感历史和新生可能,这是一个当下的时空;在希腊字母作章节标题的第二声部中,药品店售货员恩恩在作家"独裁者"不断的书信"骚扰"之下,渐渐步入了"婴儿宇宙",这是业已过去的时空;在表示时间的拉丁单词作章节标题的第三声部,永远十七岁的少女维真尼亚独守荒凉的图书馆,每天清晨为胸口里的机械心脏上弹簧,等待名字叫"花"的少年穿越五十年的时空来访——她是第一声部的"维真尼亚"死去的同名姐姐,"花"是"独裁者"和哑瓷死去的儿子,这是发生在未来的亡灵的时空。三个声部、三种时空平行而又交叉,人物用广东话袒露自己的精神世界,虽有点语言障碍,却别有一番滋味……

董启章的小说,旨在编织"无限可能性的世界"。在这世界的中央，站着一个滔滔不绝的人，他的自我被无限"分身"，去扮演无数"他者"的心灵，即便如此，他仍幻想通过自我的崩解，而走向无我的"大情感"。恐怕很少有人能明白他为何如此。于是，他成了他所命名的"婴儿宇宙"的秘语者——那是一个任何事物都成"初识之物"的所在，那是诗与惊奇的诞生地。若要听清这秘语者的声音，我们需得和他一样，逃离自我中心的习惯，以及对现实唯一性的信仰。

2008年4月

敞开和幽闭的沉默

寥廓的新疆孕育沉默的人，刘亮程是一个，李娟是另一个。李娟的沉默通往世界和他人，在那里一切都新奇，一切都盈满；刘亮程的沉默则通往幽闭的心门，在那里一切都相似，一切都荒败。

这真是令人惊讶的对比，当李娟的《冬牧场》和刘亮程的《在新疆》摆在一处的时候。两书的作者都以旁观者的身份写新疆兄弟民族的生活侧面，但情貌殊异。李娟用白描，刘亮程玩文字魔术。李娟像鼹鼠，一点点掘进哈萨克人冬牧生活的深处，力求同情地理解；刘亮程像蜻蜓，飞临水面时只照见自己的倒影，飞过之后蜻蜓依旧是蜻蜓，水依旧是水。李娟历尽悲苦而依旧是孩子，刘亮程在孤独之中凝固了心灵的活力。李娟手捧不竭的爱，与天地和众人不歇地对话；刘亮程则带着恒久的哀伤，在陌生的世界中寻索熟悉的事物，于是新的也成了旧的——世界未因探求而扩展，相反，在一颗虚空之心的镜照下，世界也虚空、沉闷，百无聊赖。

李娟的《冬牧场》与之前的作品《我的阿勒泰》《阿勒泰的角落》等不同，它是"体验生活"的命题作文。这种写作最易走马观花，声腔空洞，但竟没有。李娟毕竟是李娟。她随着哈萨克老主顾居麻一家扎进古尔班通古特沙漠的冬窝子，结结实实同吃同住同劳动了三个月。她在被嫌弃中启程，在玩命干活中被接纳，在竭力交流中了解彼此，在隔膜的多余感中伤怀……因此她笔下的冬牧生活，有主人公，有循序渐进的过程，有孤独一人时的轻轻感喟，有难言的遗憾与无奈。这书如沙漠里的植物，虽只浇了三个月的雪水，却已生根。但显然她自己并不满意："这是我第一次写约稿，第一次坐下来有计划地创作。不是很习惯。无论是文字还是心意，都感到粗糙而匆忙。很不安……""冬牧场的荒寒之气渍透了这半年来的喧嚣世事。每到心浮气躁的时候，总算还有磐石镇放胸间，总算不至于迷惘。"空茫大地，浩荡云天，牧人们在酷烈自然中坚韧求存的意志和尊严，艰辛生活里小小的希望花朵，悄然凝成她写作的道德律。她文字的诚实和清澈，情怀的开敞与活力，都有这一精神的核能垫底。

李娟有"新疆的三毛"之称，其实除了面对大漠都有一股谈笑从容的劲头，两位女子没有太多相似之处。三毛的情怀是精英式的，她目光的终点、她的主人公永远是她自己——大漠蓝天，爱人邻居，生活里不时编织的美丽花样……都是表现她"非凡之我"的舞台。她的写作，是变换了各种视角的"我"之恋。李娟相反。她没有精英意识，万物平等，躲避滥情，少有自赏，多有自嘲："我想，是时候了，抱怨一下腰的事情吧。但还没来得及开口，就见嫂子从口袋里掏出一长串东西——塑封的去痛片。她像分糖豆一样，给大家一人分了两粒。大家像嚼糖豆一样嚼嚼吞了。又是一阵沉默。我也沉默了。"

但这沉默的女子绝非没有自我意识，只是这意识更谦逊、辽阔和包容罢了。当一个人的心中有一高于自我的神灵，她便强韧，无边，虚席以待，随时让万物和他人进来，演出他们各自的戏剧。她的舞台与大地齐平，正合适他们的单纯与强烈，而她却是轻轻、清清的，因为她敏感，珍惜，善解人意："有时她绣着绣着，会轻轻地唱起歌来，又甜又糯，像小女孩的嗓音一样。我深深听着，头也不敢抬，怕打扰了这美丽脆弱的声音。"

李娟写人，不靠世故，靠情热。写动物，植物，天地，不靠知识，靠心——最终牵挂的还是人。于是，寥寥几笔，即可传神。比如写精力过剩的男主人居麻，爱臭美，到无人的大漠里放羊，也要穿最漂亮的衣裳——给谁看？"给绵羊看！给山羊看！它们看了都说：'咦，这是谁？不像昨天那个人了嘛？'然后都围过来看，再也不到处乱走了……听话得很，听话得很！"他就是这样靠着自我戏剧化，战胜生活的漫长单调而绝不哭丧着脸；他精力过剩，不放羊的时候把家里的一切都修个遍；自负，逞强，不听劝，生气了就摔猫，却听老婆的话；爱幻想，累了一天回到家，盯着餐桌上的大号油饼愣半天神，忽然双手握起它如握方向盘，左右扭动，嘴里不停打喇叭……他一直梦想有一辆汽车。

写人，她便感同身受着他们的艰辛和病痛，他们的寂寞和茫然。他们寂寞地向往着现代的世界，但这世界又是多么辜负他们啊——当他们热切地看电视的时候！他们整夜地看，饥渴地听着她的翻译，得知着轻率荒唐的剧情，不以为然地嚷嚷"换台换台"，可每个台都是如此，可仍旧要看……这真是一幅寓言性的场景：在屏幕的两侧，并列着两种截然相反的现实，平实稳妥的寒暑岁月，正向轻率荒唐的现代生活轻轻迈进……不这样又能如何呢？

这时，李娟的思考进入了最艰难的阶段："荒野主人"最后的归宿会是怎样？在政府的安置下，哈萨克人即将定居——这样可以减少辗转流徙的辛劳，孩子都能得到稳定的教育，失衡的生态环境也可能恢复。但是——"荒野终将被放弃。牧人不再是这片大地的主人。牛羊不再踩踏这片大地的每一个角落,秋天的草籽轻飘飘地浮在土壤上,使之深入泥土的力量再也没有了,作为它们生长养料的大量牲畜粪便再也没有了,荒野彻底停留在广阔无助的岑寂之中……荒野终将被放弃。""今年是羊群进入冬窝子的最后一年。这些最后的情景正好让我遇见……我不认为这是我的幸运。"可以说,《冬牧场》是作家李娟献给哈萨克游牧生活的一曲挽歌。她的感伤,触摸到哈萨克人"新生活"的悖论——在生存的方便和效率,与哈族传统、人与自然关系的延续之间,何去何从?民族文化的独特性,如果失去独特生活方式的支撑,是否还会存在?或者把问题再翻一个番儿:难道民族文化的独特性,只能靠对自然意志的顺从来维系吗?如果不是,那么人的智慧还能做些什么呢?她没能继续这些追问。这是李娟式的写作注定的——她写的是诗,不是"思"。思需要哲学和知识的工具——比如吉尔伯特·怀特的《塞耳彭自然史》和梭罗的《瓦尔登湖》,它们是诗,也是思,自然被当作客体而认知,而那孜孜求索的主体,由于有了工具而多么丰厚结实。李娟呢,赤手空拳。赤手空拳地颠倒众生。但是美的。

刘亮程也赤手空拳。《在新疆》的主体是对南疆生活的观察,但最好的文章却是与观察无关的《先父》——它从作家的命里长出,它是作家自我的一部分。其余的呢,那些库车的铁匠，剃头匠，古币商，木卡姆艺人，小贩，贼，驴车，坎土曼……它们只是一些名字、身份、工具，过着同样的日子，怀着同样的隔膜，带着同样的悲观厌倦、昏昏欲睡或黯然安命的表情，传递着同样的思想："我们为何改变？"刘亮程的心中有固执的初民情结，恋旧，怜贫，渴望回归母体，没有好奇心。当这情结焕发出本能的诗意和悲悯的道德感时，他能写出最温暖动人的诗篇；当他被未知的世界、未知的人所"压迫"时，他宁可封闭心门，将其强行笼罩在现代主义的绝望和乡土主义的暮霭之中。作为李娟的文学前辈和伯乐，我不认为刘亮程会止步于此。

至于这两位作家究竟会走到哪里去，会走多远，谁也不知道。我们只会在这喧嚣划一的世界里，期待更加幽深而迷人的沉默。

2012年8月

源泉来自内心之中

读完刘春的长篇小说《半边人》,好似大热天站在了强冷风口,直觉得过瘾。联想起前几天看到的一篇著名作家专访,该名家在里面痛心地说:"现在的中国文学在梦游,根本不清醒,不是按照自己的想法和意念去走路。"本人喜欢危言耸听的说法,所以对此深表赞同。那么何以如此呢?他分析道,现在中国处于物欲横流的时代,作家从生活中找不到可能产生思想和精神的素材,在生活中采集不到火种,所以无法燃烧起来。看到这里我就十分绝望——那岂不是说,在无法预计其长度的将来,我们将不可能看到由中国人写出来的好作品了吗?因为"物欲横流的时代"不知道啥时候才能结束呢,这时代不结束,作家同志在生活里就采集不到"思想的火种";采不到火种,那肯定就写不好东西;为了作家同志写好东西,不来个"存天理,灭人欲"我看是不行;可如今这年代,民主潮流浩浩荡荡,顺之者昌,逆之者亡,不经全体人民同意就去"灭人欲",不是冒天下之大不韪吗?思来想去,有生之年我是看不到中国人的好作品了,身为文学青年的我,是多么悲痛啊。

好在刘春的《半边人》把我从悲痛中拯救了出来,我真不知该怎样感谢她才好。获得了精神安慰,再回头去看该名家的说法,忽然觉得他这好像是在给广大作家同志推卸责任——明明是自己没有"思想和精神"了,却说是生活没提供给他。我"不禁要问":生活又给刘春额外提供了什么呢?她却写出了如此奇妙的《半边人》,她却能讲述如此平凡却充满奇思异想的故事!兴奋之下,我忍不住要把这个故事转述一番:

毕业于北大外语系的南昌女孩小白年近三十了,仍是单身。她在北京上班,玩,为了能够结婚,每半年结识二至三个三十岁以上的单身汉。目前的这个叫鲁宾,北大毕业的社会学者,两人用一种社会学研究的方式谈恋爱——录音,做笔记,有时要进行一些和爱情有关的理论探讨。正当这时,小白的父亲生了脑病,她只好回南昌和家人一起照顾他。从此,一切精彩都展开在病房

源泉来自内心之中

里：这位右半边莫名亢奋而左半边瘫痪不起的父亲，由于脑部生病而进入怪诞的谵语状态，他与小白和家人之间以一种超乎现实的语态和逻辑进行交流与纠缠，言语里变形地流露出大量的历史记忆和个人经历。父亲的那些来源于革命暴力时期的话语和思维，以现在进行时状态，混进了他的因患病而失去了理性管束的原欲冲动里。扭曲、赤裸、灵异而无能地，这位父亲横陈在90年代末的一间脑科病房里，横陈在他的女儿、妻子、护理员和医生之间，成就了一道充满幽默、烦闷和深思的奇观。小白一边照顾着父亲，一边和前来探望的鲁宾继续着社会学式的恋爱，继续着大段大段的独白式倾诉。由是，在小说的结尾部分，小白的"审父"与"自审"融为一体，最终使整部作品成为一个孤独的社会女性梳理自己生命之谜的残酷旅程。

《半边人》实际上探讨了"父亲形象式微"给女性带来的生命影响，这是由深刻的个人体验引发出来的非个人化的精神命题，是一种尽人皆知的"生活"，但是只有刘春对此加以表现。她还以举重若轻的灰色幽默手段探讨了父亲是"何以式微"以及"如何式微"的——父亲的那些令人捧腹的胡言乱语，是他的精神已无可救药地遭到暴力革命阉割的表征——革命话语甚至已成为他的潜意识。以反讽性的"笑"来表现这一悲剧性真实，以及这一真实给"女儿"一生造成的性别确认与自我确认障碍（"女儿失去了观照对象,这给她们今后的生活,造成了很大不便,她们只好盲人摸象一样寻找男性偶像。"小白轻描淡写地对鲁宾倾诉道),使《半边人》已远远超出一个女人对个人境遇的探求,而进入到一种具有强烈自我意识的开放的"社会性对话"之中。而长篇小说的"对话性",正是巴赫金所指认的这一文学体裁最可赞美的特性,也正是当前中国文学最稀缺的品性。

那么,这部小说里到底有些什么生活呢?无非是一间病房里的一个胡说八道的病老头子,和一个对自我的存在时时保持着敏感反思的"老姑娘"罢了。题材狭窄,单调,边缘。专门关怀时代大潮的主流作家看不上——太小,反映不出问题;专写酒吧和床的另类作家更看不上——灰秃秃的,不够"炫",到哪表现个性和奇迹呢?然而,这就是杰作的特征:它完全不依赖任何外在的"生活",其光芒只来自作家内在精神的独特与开放。好的作家不是拥有过很多生活的人,甚至也不是"善于从生活中采集火种"的人,而是其内心深邃广大、遍布谜案、对自我和世界的关系有强烈的追问内驱力的人。其作品里的"生活",不过是其内心追问的外在化罢了。如果作家内心疲弱,精神贫乏,作品里的"生活"再花花绿绿充满奇观也是于事无补。(当然,文本必须"生活"细节扎实、不犯常识错误等等,又是另一个话题了。)

源泉来自内心之中

从这一点上来说,《半边人》真是新生代文学值得庆贺的果实，而这一果实，恰恰是作家本人忠于内心且才能卓异的结果。

2002年7月25日

时代无须戴镣而舞,可我愿意

在曾是古宅的一所废弃小学里,有一座保存完好的礼堂;在礼堂的舞台上,垂着苍松野鹤的幕布;在幕布的前方,打下一束顶光;在顶光之下,有一艘搁浅的旧船;在旧船的里面,躺着一位青春将逝、赤身裸体——唯有双脚穿了白线袜——的女艺术家;在女艺术家身体的"关键部位",摆放了月饼和寿桃;这些月饼和寿桃,一小块儿一小块儿地被到场嘉宾陆续吃掉……这是一场名为"美器"的行为艺术,中场休息时,一位男宾对女艺术家发表了评论:"这哪儿是什么'美器',倒像是马王堆的出土文物!知道她为什么穿袜子吗?脚是最能暴露年龄的啦!……"

将《美器》里的一个场景复述于此,当然是因为感到它的隐喻性质。那个投机而山寨的艺术圈,那位几乎输掉所有、奋力最后一搏的女艺术家,那个只做生物性解读的粗率看客,组成一幅喧嚣时代的滑稽缩影。

但我想说的不是这些。我想说:它还隐喻了另外的东西。虽然韩晓征的小说穿了一层又一层精心织造的内衣、衬裙、礼服、外套,但无疑,穿得越精心,内里越赤裸——这是成熟写作的基本特征。但这种趋向成熟、内心赤裸的写作之于这个崇拜年轻、热爱表面的时代,意味着什么呢?它所要遭遇的,会比这具"美器"已经历过的,美妙多少呢?既然如此,那么它的精心,它的虔诚,它的赤裸,它的疼痛,又所为何来呢?

我担心地望着它那注定被辜负的创作者。她是我见过的最怕写小说的小说家。早年小说《夏天的素描》写于1985—1986年,晓征还是个高中生,才华横溢,名满天下,在文气稀薄的辽西小城念初中的我,其时正手捧刊载晓征文章的《作文通讯》,孜孜研习作文秘笈;但此后三十年,她产量稀少。从这少之又少的作品中,她精选出五个中短篇,结成自己第一部小说集。无论如何,此一举动隐含的"对写小说的害怕",也令我害怕。也因此,晓征要我干什么,我就干什么。比如现在,她命我写序,我就乖乖坐在书桌前写序,也不管自己行不行。

依着写作的时间顺序,读完了这些作品。我有点明白晓征"怕"从何来。她所写和想写的,都是难以捕捉之物。稍有粗放不慎,就会不准确,不微妙,失了初衷,因此,需得花费很长的时间和很多的子弹,瞄准,放枪,打偏,再打偏,直到击中——在很远的地上,躺着一只颤动的蜂鸟。

这一摸索过程是漫长的。在《夏天的素描》这部著名的"校园文学"里,她瞄准的还是某种共通的事物——出身各异的少年主人公,带着今日同龄人视为传说的沉重背景,在历史的暗影、家庭的残破、阶层的挤压和未来的召唤之间,奔波、沉思并做出选择。没有青春的娇嗲,只有成人礼式的节制和冷峻。那种对社会—历史—人性—心理含而不露的洞察和描摹,显示出超越年龄和性别的宽广与锐利。此后的写作岁月,晓征则逐渐偏离其宽广,而采取自觉的女性视角,继续锻造她那含而不露的锐利了。这也许与她的阅历有关——走出大学校门不久,她就相夫教子,当起了职业主妇。

写于1992—1994年的《橘子》令我惊讶:它和王小波《革命时期的爱情》写作时间相近,不约而同地触及了"革命时期的虐恋"隐秘。只是晓征潜入女童视角,含蓄低语,点到即止,以"我"对"坏女孩"橘子的追忆怀念为线索,全息而写实地映现"性变态"的时代与"性觉醒"的女孩之间的交互作用,由此揭示时代政治和个体悲剧之间微妙的因果与互振。

晓征曾与我谈及小说家对笔下人物必尽的一种责任,那就是其言动要与其身份相符,关于这一点,她自己是锱铢必较的。《美器》写当代艺术家,《妙色》写一位古典文学教授和他的忘年交少妇,人物生活和穿梭于他们的行当里,并以该行当的语汇来思维和行动,极富质感,而这一切是以晓征自己的当代艺术、古典文学和佛学修养垫底的。由此,女艺术家的尴尬、孤绝和焦躁,老教授的爱欲、情色与悟空,才有了结实可信的依据。而两部作品对人类情性深处的烛照,愈是娴熟优雅,游刃有余,愈见痛楚荒凉,血色淋漓。

但真正吓到我的,却是两万多字的文言小说《换头》。这是戴了百公斤的镣铐跳舞,却舞姿风流,情真意切。小说以蒲松龄《陆判》里书生妻子被换头的情节为生发点,偷天换地,扭转主题,演绎出一场两性之间、女性自身灵与肉之间的婉转战争。在白话文运动百年之后,以如此之长的文言写小说,意欲何为?她曾自答:为了跟蒲松龄做游戏。此话,但凡创造欲强的写作者当然会心,却也不能满足。我宁可理解为:她确有那么一段生命、一汪心境,唯有此种语言与之相契相融。

于是我忽地释然,不再担心她以及跟她同样呕心沥血的写作者,被这薄情的时代所辜负。因为创造本身那花样百出的欢乐报偿,便已足够。

晓征,你说呢?

(韩晓征小说集《美器》序)

2015年5月18日,于北京

情不知所起,一往而深

挚友陈芳,少爱诗,多感怀,敏于文而有洁癖,编辑为业十余年,资历眼界深广,却不自肆其笔,情动于衷方作文章。断续煮字二十年,拣选合乎己意者,集成此书,名之曰《感子故意长》。读者或可从这流转的心迹中,结识一位悄悄特别的陈芳。

人与人的相识,实出于偶然;但若由相识而为友,则冥冥中又有些必然的神秘了。陈芳与我,一个在香港,一个在北京,相识十五载,谋面六七次,即便见面,也常未及深谈便匆匆作别,但那份相互的觉知与默契,却是日见其深的。记得十几年前的初见,不啻是一场噩梦——

虽然已经互通邮件不短的时间,见面仍如两只不知所措的蜂鸟,还未及看清彼此羽毛的颜色,便紧张得各自飞逃、寻一树枝喘息定神去了。二人性格都羞怯内向若此。陈芳是典型的林妹妹,身材娇小,步履轻轻,凝神屏息方能听清她柔弱的声音,稍一鲁莽,这小瓷人儿恐怕就摔碎了。我当时暗想:这女孩哪儿像效率至上的香港人?分明是古书里走出来的。此念一动,便永沦为怜香惜玉的角色,眼看她一日日放下温婉的面具,渐渐示我以尖利、刚率和顽皮的一面。当然啦,这也是"林妹妹"的题中应有之义,不必意外的。更不必意外她那轻蔑世俗、秉持原则的决绝品格。有时,这决绝之刃天真锋锐地迎面劈来,会令我感到,"黛玉陈"对于自己的真理不能抵达的地方,着实缺乏同情的理解。但更多的时候却是钦佩:人世间的扰攘势利之气,竟伤不着她,亦污染不了她。自有一种不可褫夺的尊严静气在她身上,使一切虚荣浮名显得寒伧。

慢慢才知,陈芳的"林妹妹"气质实有深因。其父乃印尼华侨,青年时代受左翼思潮影响,回归故里热血报国,在福州上大学,当教师,娶了妻,生了女,但因革命时期身份"可疑",满腔赤诚却从来不蒙接纳。陈芳十岁时,国门已经开放,这位郁郁不展、满腹华章的书生,遂举家移居香港,最后以看更之职退休。此种童年身世,养成陈芳敏感多思的性格,亦助长她对诗词歌赋的沉湎。台大中文系毕业后,她愈发乐而忘返于古典文学的江湖。古中国诗章，对陈芳而言不只是趣味爱好，更是生命故乡和深情所托——祖辈漂泊南洋，父亲故国受伤，自己谋生香港……放眼望去，实体世界无不动荡无常，安妥灵魂之地，唯有纸上故国的缕缕馨香。因此她的文章有这样的话："只有一种幸福，我深信不疑，那便是'中文人'的幸福。与书为伍，使微不足道的生命丰润圆满。其他一切，无不让人感到矛盾困惑。"

在幸福与困惑的二重奏中，陈芳的写作避开了当代的熟路，而走上古典的僻径。这么说并非因为她喜欢在文章中援引古诗——窃以为有些援引反倒显得稚气了，而是由于她整体性地运用古典文学的思维感受方式，传达一个现代香港人的生命经验。香港／古典。一个是如此纷繁细密的现代空间，一个是如此空灵萧疏的恒在世界，二者之间如何焊接呢？陈芳全然不用焊接，心远地自偏而已。一颗敏感的诗心，时时好奇，时时开敞，时时羞怯却时时勇敢，感应着匆忙城市中一株沉默的树，一本钟爱的书，一个逝去的人，一些孤单惶惑却必须惜取的时光……节奏是轻缓的，心思是厚朴的，意象是结实的，目光、情怀与香港空间的反差，是强烈的。因其强烈，所以得趣；因其得趣，所以是诗人。

顾随先生曾言："诗人有两种：一为情见，二为知解。中国诗人走的不是知解的路，而是情见的路。"又言："诗中最要紧的是情，直觉直感的情，无委曲相。一切有情，若无情便无诗了。"一语道破"情"在古典诗学中至高的位置和价值，亦可以此解释陈芳作品中"情"的分量为何如此之重。对她来说，"情"是生命的意义所在，是心灵的又厚又暖的被子，更是她与世界之间，唯一的联系方式。当她在黄昏雨中得知吴冠中先生过世的消息，心想"难怪下了一整天雨"，翻出先生旧书，救助那椎心的思念；当她清明节走在南丫岛上，见蝴蝶飞上衣襟，想起雷叔叔曾说"蝴蝶是人的魂变的"，深信他此刻就在自己身上；当她仰头望见擦洗玻璃幕墙的男工在吊篮里劳作，暗问"他们做工时聊几句吗？头上的阳光是不是太灼热，吹在汗水淋漓身体上的风从哪里来？"当她发现花槽里又栽下树木，暗念"不大有人计较或估量那是不是从前的树木吧，鸟虫的想法更无关紧要"……涉世深者或会叹道：这些大学女生式的婉转心绪呀！我却觉得，汤显祖写出"情不知所起，一往而深"之句时，触发他的没准儿就是这样的女孩心灵——手捧一掬洁净无目的的深情，孤单站在人世的崖岸边，永远祝福宇宙间一切过往的生命。

这样一颗真挚的诗心，无论怎样书写都是好的。作为她的友人，我只愿陈芳从此愈发大胆和壮健，在生活与文字的旅程中，收获更加辽阔浩瀚的风景。

（陈芳作品《感子故意长》序言）

2013年2月4日于北京

序《千秋关》

当宗匠名叫宗芳斌的时候，他是我北师大研究生时期的师兄。记得初次见面时，研究生复试已结束，我们知道将来就要同门了，三位师姐妹和这位师兄之间，便彼此好生打量了一番。同为外貌协会的积极会员，大家对一个赏心悦目的学习环境还是挺在意的，而眼前这位浪迹江湖的帅哥，似乎很知道自己经得起女生的打量。面对三位本科还未毕业的青涩师妹，他甩了甩乌黑的鬈发，闪了闪迷离的双眸，用苍凉的语调低声说道："我是安徽人，以后你们等着吃我做的徽菜吧。"

嘿，二十年过去了，北京的天都灰了，我们也没等到他做的徽菜，却等来了这本《千秋关》。它们写于1991到1995年，正当作者读研之前和读研期间的二十啷当岁，该算是不折不扣的"校园文学""青春写作"了。同学时他未曾提起，二十年后才给看，可见此君低调的性格。当然啦，或许他觉得师兄妹之间的智商相差二十年也说不定，现在给我看其少作，正当其时哩。

带着偷窥的兴趣，读完了这位"90年代青年"的"青春写作"。但是没看到青春。相反，看到的是衰败，死亡，贫穷，爱欲，道德的两难与枷锁，生存的挣扎与倾轧……句子瘦硬，笔调枯冷，时空不明，只有绝望的乡野和无路的孤魂隐现其间。想想当今这个年纪的男孩女孩在写什么、想什么，对比他们在笔调、色彩和美学上的差异，不禁感到，短短廿年，似乎过去了两世纪，两个时代的青年，真像是两个完全不同的物种。"90年代青年"背负着沉重的历史债务，想象的重心多在乡土；而今的年轻人却好似历史从未存在一般，专注于当下的多维空间，叙述的重心多在都市。一重一轻，判然两分，虽各有胜场，但何以在两个世代的青年之间，"历史"的呈现状况如此天差地殊？其中缘由，颇堪玩味。

宗匠写这些故事的时候，文坛正流行"新历史小说"。当时的一批先锋作家，闯入历史时空而又超越历史逻辑，写出了不少风格化的作品。对历史时空的处理，不求实证的严谨，只是借用过去式语态，将作家对自我、人性、国族、传统的审视和想象，做得更有"包浆感"。显然，宗匠的这些作品承续了新历史小说的余韵，但他更着意的是：将内在自我的痛楚和纠结，投射到寓言化的历史传奇里。因此我常常感到，与其说是在看一部作品，不如说是在看一个人——一个突然陌生起来的熟人。

宗匠生于安徽宁国的乡村，一如整个乡土中国的农家子，是在艰辛困窘的家境中长大。记得读研期间，读过他的一篇海子诗论，其中有个观点记忆犹新，大意是说：海子的诗浸透了他对乡村故土被抽血、被剥夺的痛感，以及一个农家出身的知识分子因物质窘迫、无力反哺而生出的绝望负疚，正是这种负疚，促发了海子的自杀。现在读他的小说，想起他当年的海子诗论，才蓦然发觉，他的青春时代一直在小说和论文的交互书写中，演绎着夫子自道，诉说着共同的主题——秩序的不公，生存的磨难，老爷们气定神闲，底层人相争相杀，而传统逻各斯对凡常人性的压抑与戕害，总是无处不在……这些主题，随着互联网时代的到来，伦理观念的更迭，看起来颇有精神化石之感——它们连结着古老世界的幽灵，剖露着悲伤不忍的心迹，创作者似乎总是想要承担得重些，再重些，而完全忘记了未来，也忘记了自己青春的年纪。

如今，那个曾经困扰于生存之苦的乡村少年，已成国内幼童教育和出版的翘楚。在勤于正业之余，仍不能忘情文学，便把当年的作品付梓，邀我这不成器的师妹作序。

无论如何，这是一个文学人再出发的起始，我这词难达意的短序，就算是献给师兄的祝福吧。

2015年6月28日，于北京

晓宇的功课

晓宇和我做过四年的邻居。她搬走后，我怅惘了好一阵——早知道为邻这么短，就多和她坐坐聊聊啦。她可是个引人入胜的谈伴，头脑风暴的好搭档，不折不扣的一座富矿。她能彻夜不重样地给你讲活色生香的故事和林林总总的人，有时我听进去，会生出一种她替我活过看过的酣畅移情之感。有时我会从脑子里掏出个小本儿来，悄悄存起有趣的人物和细节。虚构者是下意识的小偷——随时偷来他人生命的碎片，准备嵌进自己的诗篇，还美其名曰"用功"。

晓宇的用功是另一种。我有点知道《海胆》这本书里的文章是怎么来的。有一阵子，晓宇常来我家做客，坐上几小时，聊聊她的采访，她的心事，她的经历，她的童年，说到动情处，会哭一鼻子。她跟我聊李安。她经常跟我聊李安。我深信李安作品的内在世界和她的深层自我之间，有一条神秘的通道。他的电影她全看过，而且不止十几遍。他写的书、别人对他的采访，她都读过，说起他来，细节栩栩，就像与生俱来的亲人。她把自己对他的采访录音听上好几遍，打字整理出来，再看上三四遍。然后，她站远，用心理学去分析他，还竭力寻找哲学意味的关键词，想要穿透他。李安的《卧虎藏龙》被她发展成解释自我的模型。不只是她的自我。是所有人的。她问刘若英：你觉得自己身上是玉娇龙多一点还是俞秀莲多一点？她也拿侯孝贤的聂隐娘跟李安的玉娇龙相比，她的结论：是玉娇龙而非聂隐娘，才真的"一个人，没有同类"。她也拿这两个女人分析自己——她的玉娇龙如何让她无法安稳，而她的俞秀莲又如何令她不能恣意。她就是这么投入。

晓宇对李安的爱引起了我的警觉，使我怀疑自己是不是忽略了什么。然后我去影院看了《比利·林恩的中场战事》。看着看着，我也哭了起来。为什么呢。我问自己。为什么李安能把你的心揉皱了呢。为什么他能把主人公孤绝残酷的境遇冷然尽现，还能让你心底柔软，软到化了，并且放心地让自己化了化了，哭死哭死呢。好像有一个恒久温柔的怀抱能接纳你所有的煎熬和痛苦,好像——用晓宇的话说——好像回到了母亲温暖黑暗的子宫,在那儿,一切都真实无比,一切都得到应许和安慰。

看来,通过李安这条管道,晓宇找到了自己的生命密码。她又试图以自己为管道,解开李安的密码。由此她写成充满激情和发现的《和李安一起午餐》。这是一篇"越界"的文章——越了记者的中立之界,想要突入李安生活和创造的深处。文章很长,但是被转疯了。读者的留言又多又长又激动,他们说从未见过有人这么写李安。

后来我注意到,也有读者在晓宇的其他文章下面这么留言:从未见过有人这么写朴树。从未见过有人这么写刘若英。从未见过有人这么写刘晓庆。从未见过有人这么写秦怡……

这是记者雷晓宇的成功——她赢得了读者的心。她的成功在于,她几乎每篇文章都违反了记者应当恪守的"中立"律条,而成为爱的、介入的、拥抱的,或疏离的、审视的、反讽的。在她这里,"疏离"不是中立,而是一种评判态度的表达。你没法在她这儿找到没态度的文章。你也没法不感到她强烈的个性和奔放的心跳。如果你是个高冷的人,可能会嫌她太富侵略性,但你没法否认她的敏锐度和创造力。没办法,天蝎座美女嘛,"要么一切,要么全无"。她的情感和意志无时不在,像不知疲倦的探照灯。她观察采访对象,捕捉转瞬即逝却可能自我出卖的细

308

节，提出击中要害或出其不意的问题，进行棋逢对手或推心置腹的对话。她看起来是主观的，但毋宁说她是明心见性和善于共情的。个性吸引个性。敏感响应敏感。智慧激赏智慧。正是因此，这些久经沙场的人物，愿意跟她平等地说话，尽量地敞开。也因此，你只有在晓宇的文章里，才能看到某人物的某一面。

一些非常出色的人物记者和非虚构作家，致力于人物观点的呈现。雷晓宇不同，她更在乎呈现一个"人"。这个人——不管ta有多少光环与神话，她平视ta，盯住并显现ta的困境，挣扎，矛盾的心态，无能的时刻，尴尬的瞬间，混沌无察的悲剧，破茧而出的畅痛……读读《Hello，朴树先生》，那是又一部爱的样本。读读《秦怡的纸枷锁》，那里有同情和反讽的复调，穿透历史荒谬的阴翳。读她的文章真像看一部戏，涌动着痛快淋漓的张力。剧中人不只是被采访的那个ta，还有她，书写者雷晓宇。

看出来了，晓宇是在通过与他们对话，而与自己对话，与自己生命最深处的情结和欲望对话。她与被书写者的精神关系，先是跋山涉水我注六经，现在，则颇有气定神闲六经注我的味道了。这样的非虚构写作，正在接近写作行为的本质——一种自我探究。作家的终极之地，即是在不断的创造与重构中，时时与自我重逢，并刻画出独一的自我的肖像。

所以,我甚至希望有一天,晓宇写自己,或者,去虚构。因为她人世的功课已做得如此充足,《海胆》便是一例。

(雷晓宇采访集《海胆》序言)

2018年8月13日 于北京

"文学批评"是什么呢?我以为它不折不扣乃是艺术之一种。自由的而非卑从的艺术。

丁辑

文学批评的精神角色

在广受瞩目的"华语文学传媒大奖"整整十岁之时,我站在这里,接受她慷慨馈赠的荣誉,深感惊喜和羞愧。这完全不是谦辞。由于对写作本身难以克服的恐惧,我的若断若续的批评生涯虽说可算严肃其事,但毕竟成绩甚少。由衷感谢提名评委和终审评委,感谢你们注意到这微薄的果实,并以此方式,肯定了一种对文学批评的理解。在这文学的荣耀和重量不再煊赫的时代,将文学作品的"形式真实"和"精神本体"放在"注视"的中心位置,已不是文学批评的流行做法;建基于自由哲学的审美判断,已逐渐被整体性的社会学方法所取代。在学术体制化的道路上,文学正在变成一种知识,一个物,而非一个生命。如果这是一个历史潮流的话,那么此次颁奖即在嘉许一个逆潮流而动的写作者,她曾写出的所有批评文字,都只为回应文学前辈乔治·斯坦纳的一句朴素之言:"文学批评应该出自对文学的回报之情。"我想再也没有什么比这句话,更能确切描述文学热爱者从事批评写作时最本真的动机。从这一动机出发,文学批评家探寻文学之美,也探寻自己的精神角色。

那么,这是一种怎样的角色呢?我至今没有改变曾经表达过的看法:文学批评家"在个人的超功利创造力与人类社会的功利目的之间,应扮演一种至关重要的角色:他/她应以揭示创造力的隐秘,绘制其美景,激发生命力的闪电,投身精神的冒险,来对当代社会的功利偏颇提出异议、发出警告,并'探寻能够超越一时之社会需求及特定成见的某种价值观'(哈罗德·布鲁姆语)。这是文学批评在此功利时代,不可替代的精神使命"。在当今中国文学的卑微处境中,指认这一使命,仿如痴人说梦。但假如文学批评家拒绝思考和承担这一使命,拒绝回应人们在时代生存中发生的普遍困惑,那么文学批评必将沦为一种贫乏狭窄的知识生产,而堕入"赘物"的命运。在此两难中,文学批评者现在所能做的,或许是一项充满张力的工作:一方面,辨认和呼应那些自发的、真实的、富有冒险精神和艺术创造力的文学写作;另一方面,将关于文学作品的审美判断，与对意义和自由的探讨结合在一起。

在这里，我愿意强调一句貌似武断的话：意义和自由乃是衡量一切精神创造的价值标尺，文学创作和文学批评尤为如此。不从这种价值源泉中汲取力量，则文学创作就不能成为"个人真理"的忠实见证，那个"站在墙的一边还是蛋的一边"的选择题，也将只有一个羞耻而怯懦的答案。文学批评虽是关乎"美"的判断，但"美"却诞生于爱与自由的道德；唯有毫不退却地持守和实践这种道德，在对形式真实和精神本体的品尝中浸润这种道德，文学批评才能真正成为创造的助产士和推动力，进而成为创造本身。

1990年代以来，在公众的白眼和嘘声里，中国当代文学几已成为"不冒险"的体制化写作的代名词。经过二十多年自生自发的创作与阅读的淘洗，一种新的文学感受力和创造力正在形成。它翻检着扭曲而负重的良心，书写着疼痛而荒谬的经验，它的沉默茁壮的诗意，在呼唤公正贴切的认知。这是当下文学批评需要清点的财富，在清点之时，批评者将其引向语言、生命与哲学的视野，引向意义、自由与爱的维度。

最后，在这篇感言即将结束时，我要向主办方《南方都市报》表达深挚的敬意——这份报纸践履了新闻人的理想和良知，又以这一独立而公开的奖项，提醒和标举中国文学的自由精神。同时，也向此次同样受到提名的、我深为感佩的同行师友表示敬意，向所有曾经帮助过我的恩师、友人、出版家、编辑和读者表达感激。此刻是文学的嘉年华会，我们每个人都在感受着文学的恩泽与力量。我们都深深相信：能真正影响人的灵魂的，不是权力，不是教条，而是一个故事，一首诗。愿我们的文学批评也能成为真实而自由的诗篇，融汇到增进公众精神成熟的漫漫旅程中。

（第十届"华语文学传媒大奖·2011年度批评家奖"受奖词）

2012年4月13日

文学批评的"不之性质"

"全媒时代的文学批评"这个题目似乎隐含着这一问题:在阅读媒介从纸质扩展到网络、手机、手持阅读器等各种移动终端,阅读行为无时无处不可以发生因而也日趋即时化和功用化的时代,文学批评当如何从事?

对我而言,答案不是文学批评者要调整自己,以一个始终立于不败之地的观念供货商的身份,为此瞬息万变的时代量身定制其所需要的一应货品;而是相反,在如此"意义蒸发"(耿占春语)的时代,文学批评需要强化和发展的恰恰是为她自身所独有、而为此时代所忽略的那部分——即在文本批评的过程中,持续不断地表述对美、真实、意义与自由的体验，对心灵形式和精神生活的个体性与复杂性的探索。意义意识与自由意识是文学批评的前提，它们先于且高于一切知识，在这高度体制化和威权化、生命能量急遽衰减的时代，尤其如此。如果文学批评者放弃这一前提而有所退让，那么我们所有的批评行为终将只是自欺欺人的游戏。

对严肃的中国文学批评者而言，除了精神前提的长久失落，其困境还来自批评对象的价值问题——文学精神的侏儒化和艺术形式的粗陋化是中国当代文学的普遍疾病。到底是贫乏的创作衍生了贫乏的批评，还是贫乏的批评催生了贫乏的创作？二者之间到底是鸡生蛋，还是蛋生鸡？巴赫金曾经这样谈起艺术和生活的关系："艺术和生活不单必须互相负责，还应该互相承担罪谴。诗人必须记着：生活的鄙俗平庸，是他的诗之罪过；日常生活之人则必须知道，艺术的徒劳无功，是由于他不愿意对生活认真和有所要求。"文学创作和文学批评之间，亦应如此地相互负责和承担罪谴——安全低智的世故写作、饭碗写作和趋时写作，是因为得到了发表机制和批评机制旷日持久的庇护鼓励才发展壮大，而文学批评的乏善可陈，则是由于文学创作的才华短缺与精神贫乏。既然文学创作已不能深刻地介入人们的精神生活，那么以此为对象的文学批评当然亦复如是。

为什么会是如此？恐怕与我们的知识阶级顺应时势的

精神遗传有关。没有谁像我们这里的知识分子／文学家这样依赖"时势"。只有在文学家和批评家失去"时势"而依然独立，敢以个体的自由真理去揭示时代的荒谬与热病、以自我的内在光芒去追问生存的罪孽与信仰时，中国文学才能迎来自己的成熟季节。当然，这样的文学、这样的作家和批评家不是没有出现过，而是出现了也得不到接受和拥抱。这才是中国文学的悲哀。

毋庸讳言，当下中国的创作者、批评者和文学传媒还没有形成独立于权力和自身利益的关于意义、自由与创造力的价值共识。我们对自己所置身的生活，对我们已经扮演和能够扮演的角色，对其美与丑、真与假、功与过、罪与罚，都缺少彻底的反观。当然，指出这个问题，现在已是不识时务的多余之举。批判性话语已成为最受批判的话语。价值理性已成为最无价值的理性。"自由"二字已因其没有"知识含量"和"学术价值"而沦为最不自由的空洞词语。如果一个批评者还对牢笼以及牢笼内的生活持有异议——如果他／她竟敢指认自己的生活为一种牢笼，如果他／她竟敢将自己的写作和自己的生活真实地联系在一起，那么他／她就应当被取消批评的权利。这就是弥漫在我们生活中的精神氛围。知识者在此氛围中悠然从事着自足自洽的学术生产，在这一行为之上，是我们对被设置的生活的同意。

文学批评的
"不之性质"

在如此精神背景中，文学批评正经历着一场语言的蜕变。那种批评与作品之间的"我—你"关系在渐渐淡出,而代之以"我—它"关系。文学批评不再是两个主体之间休戚相关的精神对弈,而是主体对客体的单向指称。作品正在沦为"物",沦为他者,沦为一个个概念大厦的零部件,而失去了作为完整生命的存在资格。文学批评与所谓"跨学科研究"相杂交,其分析工具也由个体自由的精神哲学转向不再探究个体价值和创造力的整体性的社会学。单个作家的创造行为和创造结果不再位于注视的中心。批评家不再试图对创作和阅读的感受力层面直接施加影响。关于艺术形式和"真理内容"(本雅明)的探讨,因其不具有学术时尚意义而变得没有意义。这种学院化的文学批评其实是一种为学术体制而非文学生命而存在的批评。它自身是学术体制内之"物",拒绝复活为生命,也不再向自身之外的生命迈出一步。相反,它致力于将"物"外的生命拉进门来,也将其化为"物"。

但是,"正如尼采和海德格尔曾经道破的:'强力意志'的本质是创造,是'有意识地遭受存在之进攻',是故意对抗大于己身之物以求生命能量的提升和转变,是反对生命的自我保存和固守——因为简单固守便意味着衰竭。所以,创造的本质必然包含着对一切压抑生命的朽败能量的摧毁和否定,包含着在正统秩序看来某种行为和意识的不端与挑衅,包含着强劲的'不之性质'(海德格尔)"。(李静:《保存与牺牲——论林白》,有生以来的第一次自我引用,此为记。)——在我看来,人类的任何意志行为都是如此,文学批评也不例外。

2010年10月28日

卑从的艺术与自由的艺术

我一直觉得弗吉尼亚·伍尔夫对阅读的建议挺有道理："当我们阅读时，如果我们能摒弃所有预置的想法，那就算得上很好的开端了。不要对你的作者专横跋扈，而应当尝试着去适应他，成为他的创作伙伴和助手。如果你阅读伊始就畏缩不前，持保留和批评态度，那你实质上就是在阻止你从阅读中获取最有价值的东西。但如果你能敞开心扉，那你一开始就会从跌宕起伏的语句中体味其几乎难以察觉的精妙之处，并将你带到一个卓尔不群的人的面前。"

我想象这位善良温文的女作家以此态度走进了我们的当代文学。我看见她在大量的作品前停了下来，眉头微蹙,羞红了脸庞,喃喃自语:错了,哪里是卓尔不群……

尽管如此,对于我们的当下文学,我还是乐意忠实履行伍尔夫女士的遗嘱。因它确能保障我不辜负真正的杰作,对失败的作品,亦能大致明了其故障所在。而那些入场之前即已在理论上全副武装严阵以待的人,恐怕福分不会有如此之多。

阅读之后,"批评"方始。"文学批评"是什么呢?我以为它不折不扣乃是艺术之一种。自由的而非卑从的艺术。自由的艺术何意?卑从的艺术又何意?凡是为知识之认知目的而提出的艺术,皆可称为自由的艺术;如是经由行动为功利目的而提出的艺术,则称为卑从的艺术。你知道我是在重复亚里士多德的教诲。抱歉,我在如此短文内惊动了两位伟人。可有什么办法呢?他们恰恰说出了我最想说的话。

由于自己那点烧灼难忍的痴心热肠,我曾经赋予文学批评以一种"伟大的功利目的",或者说,我确曾把它视作一种"卑从的艺术"——一件伸张正义、干预社会的言论武器,尽管它过于秀气,不太趁手。好在我不是个勤奋的人,还没来得及在这条路上扔下太多的土制炸弹,就被片面道德主义和政治功利主义的浮嚣僵化倒掉了胃口。封闭独语的文学在"现实关怀"的批评声中走向了"现实关怀",然而又怎样呢?文学依旧无"文"。人心依旧如铁。文学所能给予人类的情感教育,不可以政治和道德的功利主义置换分毫。在极端的失望中，我拾回早先对"自由的艺术"的尊敬。

文学批评作为一种"自由的艺术"，意味着它把文学以及与文学相关的世间万物都当作认知的对象，并从中发现有关创造力或反创造力的精神结构。文学批评家面对的不只是那几个作家，那几位同行，那些前设与后设的知识规范，那些学院评估标准，那些市场买卖行情。不。他/她面对的应当是无边的世界，漂泊的生命，沉思的灵魂，寻寻觅觅的心。他/她与批评对象之间，交流的是对"世界"的精神态度与智慧方式，他/她试图激发对方尚未觉醒的意识，他/她也努力从对方那里获得更辽阔的感知。这样，文学批评就成为批评家和作家之间角逐与砥砺创造力的场所，由此结成的精神果实，消融于增进人类精神成熟的旅途中。

正是通过这种持续不断的超功利认知，文学批评探索着艺术的谛旨，亦寻求着建基于"成熟个人"之上的温暖、微妙而充满智慧的价值观。"置身于这大片成堆的毁灭和分崩离析中，我们必须为生活和成长说话。"（原谅我，D. H. 劳伦斯先生，您是这篇短文所打扰的第三位伟大的人。）对我而言，这才是作为"自由之艺术"的文学批评，最根本和最恒久的道德。

2006年7月27日

"耳朵"与缪斯

有极少的批评家,他的文章你读了就不会忘记。在他的解剖下,作品的轮廓愈发清晰,原来目光未及的地带也一一浮显;你对杰作的感应如难言之痒,却偏偏被他搔中;更重要的是,你发现他的观念不是木乃伊,而是跟作品一样有着摄人魂魄的肉身美感……为何如此?乔治·斯坦纳谈到过"耳朵"问题——批评家是否卓越,取决于他是否拥有能领悟某些"根本调性"的"耳朵"。但如何能将"耳朵"听到的音乐转告他人?库切在评论布罗茨基的批评随笔时,矜持地答道:要写出它们来,"恐怕还得有缪斯授予的灵感"。

读完学者许志强的新书《无边界阅读》（新星出版社2013年8月出版），我对斯坦纳和库切的说法有了更深的体会。这是一本外国文学批评集，品评海明威、凯鲁亚克、茨威格、纳博科夫、毛姆、奈保尔、库切、萨义德、村上春树等作家的各种写作，解析果戈理、陀思妥耶夫斯基、布尔加科夫、卡夫卡、福克纳和马尔克斯的创作线索，也谈他自己对笛福、麦尔维尔、维特根斯坦、阿兰-傅尼埃和拉什迪的翻译心得；同样值得注意的是该书的两部附录——它们由两篇沉思札记、两篇对诗人木心的评论组成。这些文章，我早先从《书城》等杂志上几乎都读到过，而今作为许志强的作品合集重读一遍，感到它们的启示性能量并未衰减：那些对杰作的哲性与诗性肌理的透视，那种对文字音乐的敏感撩拨，完全不是批量制造论文干菜的纯学院路数。看得出，这位批评家有着中年诗人的智性才赋，出于命运的安排，他一边手执教鞭，将他体验到的文学力量和艺术信念传递给青年学子，一边独坐书斋，在诗的生命火焰与学术的规范镣铐之间寻找平衡，沉重起舞。因此，他的文字有着"用脑过度"（他评论奈保尔等人时爱用的词）的智性硬度，细细咀嚼之后，却让人感到蓬勃葱郁的生命回甘。他追迹的不是新批评、新马克思主义、新历史主义、后殖民主义、解构主义和符号学，不是德里达、萨义德和詹明信——他们总试图用自己的解码活动覆盖文学杰作；相反，他追随的是"作家批评""主题批评"和"老式批评",是纳博科夫、哈罗德·布鲁姆和乔治·斯坦纳——他们深信,"文学批评应该出自对文学的回报之情"。

后面列举的三大师,晚年对强势的后现代学问不时冷嘲热讽,为立足于文学价值的"辨味"批评再三辩护,此行为本身已表明文学批评的审美传统在学术界处境危殆。作为风尚,这种危殆当然毫不缩水地在中国的文学研究界蔓延开来——解析杰作早已沦为次级才智,或者说,成了"不学无术的书评人"的事业;学者的伟业在于把文学研究转换到与文学意蕴无关的历史化领域,以满足这个实用主义时代对可见事物与宏观"实学"的渴求。对此,许志强在批评萨义德以粗鲁的政治评判取代精微的文学感知的《批评的抵制》一文中,这样表达自己的观点:"文学包含哲学、宗教和社会学的不同维度,但文学不是哲学、宗教和社会学的信息交易所。批评的职责仍是评断作品的艺术价值,指明其创作特性及风格内涵,包括作家的精神倾向、作品所蕴含的思想启迪及艺术上特殊的愉悦感。"

实际上,对"第三世界"的文学人而言,选择从事文学政治学、文学社会学和文学历史学还有一个不便明言的原因——外国文学的审美批评比上述学科更是一场虚无的精神冒险,因为批评家既要在西方同行的批评积累上有所创见,又要在本土读者的文化盲区中打通隔膜,更要抵御日趋严重的"文学冷漠症"——那种"对精神生活的敌意"。显然许志强无惧这场冒险的虚无性质,这使他的批评写作注定充满高难动作。他像一个机警的侦探,指出布尔加科夫《大师和玛格丽特》中"大师"的人物设置和迟迟出场,与果戈理《死魂灵》遗留的"如何从长篇喜剧过渡到浩瀚史诗"的文学史难题之间,隐秘复杂的因果关系;面对库切宏富的创作,他轻手轻脚,小心翼翼,极力与作家意图合为一体,如同几乎贴于水面的飞行,又似抽丝剥茧的医生——他把库切藏在作品中的那个"本体"尽量一个细胞都不少地剥离出来,捧给读者……如此独具慧眼的文学热情,当然不会错过对本土文学真正原创力的鉴别和标举。他的《论木心》和《木心的文学课》作为这本书里唯一的中国作家论,私意以为,是对诗人木心的文学成就触点最密、最富才情和洞见的评论。

真是这样的吗?当然,我无法向你证明我是对的。说句不好意思的话:就像乔治·斯坦纳无法证明他有一双不凡的"耳朵",库切也无法证明布罗茨基的批评写作得到了"缪斯授予的灵感"一样。

2013年11月17日

媒体批评与学院批评

前一阵,我听到一些记者同行雄心勃勃地宣称:"要用媒体批评取代学院批评!"问他们为什么,他们说:"你没发现吗?学院批评假深沉,不说人话,老百姓谁能看得懂啊?看不懂,就没有存在价值!"这就是"强势群体"的派头:时刻把老百姓挂在心上,还随时准备判定别人的生死。

最近我又听到一拨学院派批评家朋友在发牢骚:现在的读者啊,简直不知道什么是好,什么是坏!没人愿意静下心来好好看看真正的批评家文章,以明白点学理,得到点知识,熏陶些思想,只知惟传媒是听!遥想十七八世纪，欧洲哪一个家庭不是在静夜里，壁炉旁，度过宁静美好的阅读时光！哪一个家庭里的小姐不能够和绅士探讨深邃的艺术和政治！可你瞧瞧现在的小姐，开口就是"你请我去哪儿吃饭呀？"顶不错的，也就是跟你聊聊浅薄无比的美国大片！都是媒体教的！依鄙人之见，媒体批评可以休矣！

以上虽是截然相反的意见，可有一点却是相同的：只要自己有条件，就先把对方灭掉。也就是说，某些"大众传媒从业者"恨不得全世界只有"小报"这一种文化，哪怕你中国人能读懂德语的《存在与时间》，你也得成天到晚只学习他们的版面；而有的"学院派批评家"则暗自希望所有的传媒都是《××学报》或《××评论》，这样老百姓的文化素养想提升也得提升，不想提升，你还得提升。

所以，这种"××该不该取代××？""××该不该存在？"恐怕都是些伪问题。下面这两个问题虽然简单，却有可能是真问题："媒体批评"和"学院批评"的真正区别在哪儿？为什么当下的"媒体批评"和"学院批评"都不能令人满意？

区别是显而易见的：首先，它们的载体有着本质的不同，而这一不同则决定了两者之间所有其他差别的存在。我先后做过一家老牌文学杂志和一家报纸的文艺副刊编辑，并且现正在该报编辑着，对此感触尤深。我不便说出我工作过的那家杂志的发行量,但是按照刊发理论文章的文学杂志的普遍状况,订户两三万该算是极好的业绩,以中国10多亿人口之巨,比例之小,令人嗟叹。不过,据刊物的读者调查显示,这些订户的文化素质相对来说也是精而又精的:他们大约70%具有大专以上文化程度,对于文学艺术有内行的审美眼光,对理论问题有思考、表达的兴趣与能力,相当一部分读者具有专业水准或本身就是专业人士。他们对于自己所阅读的杂志有"理论预期",如果没有有分量的理论文章,他们会觉得这本杂志的文化品位不高,没有"灵魂"。而我如今所在的这家报纸,在北京的发行量就有30万份左右,读者从小学生、退休工人到机关干部、知识分子,范围广阔,趣味各异,文化程度参差不齐,你只要能认1000个左右的汉字,基本就能读懂这张报纸。为了最大限度地争取报纸的发行量(也就是争取"广告份额"),也由于它的周期更迭很快,因此编辑、记者在确定文章难度时就基本采取"向下看齐"、绝不吓跑读者的策略。他们时常要设想:一个弱智能读懂什么样的文章呀?那么他就写或编那样的文章。天长日久,一个完全投入的记者或编辑就多少有些弱智——尤其和"学院派批评家"相比;他们发表的文章——自然包括"媒体批评"在内——就一定具有浅易性和时效性。除此之外,生活、时尚类媒体为了使自己鹤立鸡群炫人眼目,又常会在不威胁自身安全的前提下,在"耸人听闻、触目惊心"上下功夫；而掌握"大局观"的媒体出于稳重之考虑，其批评文章则显现出"真理在手，胜券在握"的特征。

因此，"媒体批评"和"学院批评"的所谓载体不同，实质上就是它们的受众面不同，也就是说，它们各自的"定位"不同。前者的载体是大众传媒，它允许受众对它所发布的信息不具有"专业储备"；后者的载体则是专业媒体——主要包括专业性的报刊、网站等，它要求其受众必须具备进入这种话语空间、知识体系及操作规范的文化储备和思维方式。也就是说，"学院批评"的受众应当是一些专业人士或有专业素养和兴趣的人，这种人在任何一个地方都是少数。由此，就决定了"媒体批评"和"学院批评"在文字风格、深度、功能、知识背景等几个方面的本质不同。如果我非要把说大白话的"媒体批评"发表在专业媒体上，而把严谨规整的"学院批评"搁在大众传媒上，文章恐怕会没人看。同样，如果你这个杂志的总体设计、文章内容、文字风格具有极强的专业性，却预期它能像大众报刊那样一纸风行，或者相反——本来就是一份生活杂志，却期待知识分子像捧着《尤利西斯》一样研读不已，都是不可能的。这时候可不能抱怨：这些知识分子，端什么臭架子！或者：这些老百姓真是不可救药，那么好的东西他们竟然不知道欣赏！当然令人遗憾的是这种现象：有些文章用的是"深入浅出"的法门，虽然比一般"媒体批评"深刻独到,比一般的"学院批评"明白晓畅,可因为它们既不像大喇叭一样大煽其情,也不去掉书袋故作高深,其影响力反倒逊于"大喇叭"和"掉书袋"。不过在此浮躁喧嚣的传媒时代,这样的现实实属正常,何况天长日久,质量稳定的作者终归会拥有质量、数量都很稳定的读者。

说了半天,这些好像都是"媒体批评"和"学院批评"外围的问题。但是许多争论恰恰是由"外围"引起的。比如有学院派批评家认为媒体批评"肤浅片面",因此"容易误导读者,不具备对文化艺术现象发言的资格";以及有大众传媒中人认为学院批评"枯燥温吞",因此"不但老百姓看不懂,而且很无趣"。做出这种判断的原因有二:一是可能发表空间错位,或以自身的价值标准来衡量对方;二是的确有不少很不称职的"媒体批评"和"学院批评",即使完全是从本专业的"质量标准"来衡量,也是如此。这后一种情况,最值得考量。

就说说"很不称职的媒体批评"。一篇"媒体批评"的功能就在于向大众传播某位记者或编辑(他／她往往代表他／她所在的媒体)对某一文化艺术现象的即时性判断与分析,它的风格是直截了当和简明扼要的——如某某话剧最近上演,好,还是不好;好在什么地方,不好在什么地方;有无出新之处,"新"在什么地方;同时还需将该作品在艺术上的"深奥"之处转换成"浅显"的语言,以延伸读者（观众）的理解力。总之，好的"媒体批评"会是一座架在文化和大众之间的有效桥梁，读者走过去，抵达的是真知的所在；而坏的"媒体批评"则是一座纸桥，没有判断力的、奉媒体如圭臬的读者当真走上去，就掉进了谎言的渊薮。更要命的是，这样掉下去的读者不会是少数，也就是说，坏的"媒体批评"将培养出无以数计的"拿珍珠当泡沫，拿泡沫当珍珠"的糟糕观众（读者）。这就是"媒体批评"的威力。

而"媒体批评"能否称职，除了取决于媒体从业者的文化判断力和表达力以外，更取决于他／她的"诚实和忠直"的程度，后者的重要性绝不亚于前者。道理是不言自明的：当下市场化的文化产业与新闻媒体之间是一种"互动与共生"关系，所谓"炒作"就是文化产业与媒体"合作"或曰"交易"的结果，这种"交易"达致产业与媒体的"双赢"：产业给媒体记者付费——当然是用"合理"的名目，媒体记者则在自己的媒体上发表热烈的"媒体批评"以造声势；结果是受众听信了炒作，掏腰包去购买产品，使该产业大赢其利。在这场交易中，受众是真正的付出者。他付出得值不值，就看该产品（不管它是一本书，还是一场话剧，还是别的什么）是否如他所相信的"媒体批评"所说的那么好了。如果没有那么好，如果消费了之后发现它实际上是一堆垃圾，这个受到蒙蔽的读者的损失来源于哪里呢？可以说是来源于媒体记者的唯利是图和诚实的丧失。这种利益驱动下的几乎惯例化、制度化的"产业行贿"与"媒体受贿",恐怕是当下"媒体批评"丧失其公正性与真实性的最重要的原因之一。

当然,还有一现实必须正视:那就是思维禁忌的无处无时不在,致使传媒在有限的空间里会以极其夸张和扭曲的方式经营它的自由。由此可以解释"媒体批评"现在何以泡沫太多。

即便如此,为什么大众宁可看让他们多次上当的"媒体批评",也不愿去阅读看起来相当纯粹的"学院批评"呢?——有时大众媒体上也会刊发一些学院批评家的学院式批评的,可它们的读者就是少。最重要的缘故当然是"文字风格",是受众的惰性。但是还有一个缘故,那就是"批评家也是靠不住的"——他们同样会对一部三流的作品献上一流的谀辞,只不过他们的言说要比"媒体批评"庄严、正经、渊博得多。反正都是假话,为什么不拣容易懂的去听呢?大众们如是想。

2001年3月

我所看到的2004年中国随笔，兼及随笔的条件和赌注

1

编完这本随笔年选，我就暗自打算在序言里好好阐述一下我的随笔观。但是在看过郭宏安先生的文章《随笔再探——文学随笔：一种自由的批评》（原载《外国文学评论》2004年第4期）之后，我忍住了喧哗的冲动，觉得多引用一下他的文字，比我自己在此喋喋不休对读者诸君有益千万倍。下面我就决定这样做，以收事半功倍之效果。

在此篇文章中，郭先生写道："中国的随笔一直以'细、清、真'为主体风格，以'说些不至于头痛的道理'

为正宗。"对于这个根深蒂固的传统，他感到极不满足，认为"如果不破掉'以不至于头痛为度'，我们的随笔难以有光辉的前途"。为了论证随笔的力学价值，他介绍了瑞士文学批评家斯塔罗宾斯基对"随笔"（Essai）一词的语源学考证：

> 随笔（Essai）一词，原意为检验、试验等，出现在12世纪的法国，来源于中世纪的拉丁语Exagium"天平"，有度量平衡之义……蒙田率先将他的著作题为"检验"，是具有深远的含义的。如今"检验"在西方成为一种文体，我们把它译作"随笔"。蒙田在他的徽章上铸有一架天平，同时还镌上那句著名的格言："我知道什么？"斯塔罗宾斯基认为，这种"独特的直觉"表明，"l'essai（随笔）的行为本身乃是对于天平梁的状态的检验"……从语源学上看，最好的哲学是在检验的名目下得到展现的，也就是说，随笔是哲学的最好的表达方式。

那么，究竟什么是现代的随笔呢？郭先生归纳了斯塔罗宾斯基的四种观点：

一、随笔既有主观的一面，又有客观的一面，其工作就是"建立这两方面的不可分割的关系"。随笔既是向内的,注重内心活动的真实的体验;又是向外的,强调对外在世界的具体的感知;更是综合的,始终保持内外之间的联系。

二、随笔"具有试验、证明的力量,判断和观察的功能"。随笔的自省的面貌就是随笔的主观的层面,"其中自我意识作为个人的新情况而觉醒,这种情况判断判断的行为,观察观察者的能力"。因此,随笔具有强烈的主观的色彩和个性的张扬。

三、随笔既有趋向自我的内在空间,更有对外在世界的无限兴趣,例如现实世界的纷乱以及解释这种纷乱的杂乱无章的话语。随笔作者之所以感到常常回到自身,是因为精神、感觉和身体紧密地结合在一起。

四、"话有一半是说者的,有一半是听者的",因此,蒙田的随笔展示了人和世界的三种关系:"被动的依附,独立和再度掌握的意志,认可的相互依存及相互帮助"。所以,斯塔罗宾斯基说:"写作,对于蒙田来说,就是带着永远年轻的力量、在永远新鲜直接的冲动中,击中读者的痛处,促使他思考和更加激烈地感受。有时也是突然地抓住他,让他恼怒,激励他进行反驳。"

所以,斯塔罗宾斯基说:"随笔是最自由的文学体裁。"随笔所遵循的基本原则其实就是蒙田的两句话："我探询，我无知。"斯塔罗宾斯基指出："惟有自由的人或者摆脱了束缚的人，才能够探询和无知……强制的状态企图到处都建立起一种无懈可击、确信无疑的话语的统治，这与随笔无缘。""随笔的条件和赌注乃是精神的自由。"

我引用郭宏安先生，郭宏安先生引用斯塔罗宾斯基，斯塔罗宾斯基引用蒙田，蒙田引用古希腊和古罗马先贤，古希腊和古罗马先贤引用……征引的线索愈来愈通往一个辉煌幽深的去处，好像在告诉我：你除了是在从事一种偷工减料的行为，在借他人之酒杯浇自己之块垒，你还应知道，任何一种阅读和写作，都联结着一个根深叶茂的价值体系。你选择哪种阅读与写作，其实就是对哪一种价值体系的皈依与承诺。

2

所以你就会明白我编的选本怎么是这样的面貌。没有非常光滑的文章。决不"以不至于头痛为度"。那种舒服如精神按摩的文字，那种顺应沾沾自喜的安稳欲望、导致"熵增"的文字，我予以排除。相反，我力求选择那些有着"天平梁"品质的文章。不同的"天平梁"从不同的方面，"检验"着我们所处的真实世界，其真实的程度与智力的难度如果是令人"心痛"和"头痛"的，那也正是我所期待的。

既然是"天平梁"，必然存在度量的砝码，而不会像一些片面的文化相对主义者那样，对一切都取消观察的尺度和判断的依据，结果是最终找到了护短自辩的尺度和依据。这天平的砝码明朗清晰而又难以言说，老生常谈而又时时更新，若说出来就是——"在我之上的星空和居我心中的道德法则"。一个被反复念叨了二百多年的联合词组。它似乎早已陈旧，经历了数代的背叛，以至于今天看起来像是一只不合时宜的恐龙。然而其实它是阳光和水，现时代的荒寒枯干，皆因它的缺席而起。而人类的得救，又未尝不有赖它的重临。

这似乎是些大而无当的话。砝码总是沉默的，不适合被大声诠解。

那么就说眼前。就说这本随笔年选里的文章。请你别怪我东拉西扯，从心脏直接跳跃到毛细血管，应该是被允许的。

3

对"人"的存在境遇的真诚关注是本书选文取舍的第一标准。不自觉地，与真实相应地，"记忆""伤痛"和"诘难"占据了很大的比重。似乎，这不是一个健全选本应有的风貌。就像深邃忧郁的男低音伊凡·里波夫和浪漫明媚的男高音安德烈·波切利是男声魅力的两极一样，在文字表达的领域，伤痛的追问与幸福的陈述、流泪的双眼与含笑的嘴唇、严正的反思与幽默的反讽，只要是好的，就都应有其位。然而这个选本看起来却并非如此，前者的体积几乎已把后者淹没——亲爱的读者，并非我在选择过程中有意"抑笑扬泪"，而是因为说到底，在这个与所多玛城日益相像的世界上，悲悯的泪水远比自得的笑容更真，更美，也更富于道德的勇气；同时你得承认，荒诞幽默的笑的写作，其难度要远胜过庄严肃穆的直抒胸臆；仁智双修的幽默作家，也总是比高尚纯粹的正剧作家更难寻。对于随笔这种用于"检验"的文体来说，若不是由心怀大爱的幽默天才来驾驭，合乎人性的笑一定很难实现。

因此我们只能面对创作的实际状况，说：表达真实复杂的思想认知，远比制作精美自足的语言织体更为重要。如果两者能达到高度的平衡，那就再美妙不过了。如果仅仅是后者，如果后者的灵魂干瘪苍白，宁可不要。

4

历史随笔、回忆随笔、阅读札记、学术随笔、情趣随笔，是这本书的基本构成，带有很强的智性特征。它们流露出写作者"对外在世界的无限兴趣",在对这种兴趣的描述、拆解和沉思中,为阅读者提供一片意想不到的去处,勾勒一个他难以遇到的人,讲述一段他不曾拥有或已经遗忘的历史,展现一种魅力独具而可感可信的品格……这是生命的体验、内心的焦虑、历史的真相和观念的冒险的集合,自我疆域的拓展,精神成熟的增进,与此类事物有关。

一些篇章给我留下了极深的印象:傅国涌的《沈从文的1949》写到了沈从文,这位敏感柔弱的先知,在新纪元尚未开始之际即已预知"旧世界"的命运,他的如同赤裸的婴孩般的恐惧与战栗,挣扎与呼告,绝望与善念,煎熬与屈从,凄怆惨怛令人动容;刘方炜的《理性和良知让人如此美丽》复活了一个已踱进历史深处不为人知的极具魅力的人——洪业;虎头的《永远的白玫瑰》讲述了"二战"时期以高贵的尊严和罕见的勇气面对纳粹屠杀的一对不朽兄妹;丁林的《汉娜的手提箱》则以一个执着得感人的故事娓娓提醒人们,以怎样的方式教育本民族的幼小一代汲取历史的残酷教训,才是智慧和人道的;而高尔泰的《画事琐记》,则满足了热爱其文字的人们对他充满传奇的生命历程的好奇;孙郁的《读读想想》是真挚、谦逊和坦诚的心史;刘建平的《根据知识思考——化解人权与主权之间的紧张》则是以真知驳斥谬见的力作……

随笔的"业余现象"值得关注。就是说,现在好的随笔往往是不以随笔为业的人们写就的——他们或者是某一领域的学者,或者是画家、小说家、诗人,像筱敏这样只写散文随笔而能在思想艺术上一直保持高水准的作家极少。吴冠中、高尔泰是画家,过士行是剧作家,北岛、翟永明、贾晓伟是诗人,王小妮诗歌和小说兼擅,林白、叶兆言和李洱是优秀的小说家,蓝英年、郭宏安、陈众议、程巍、李长声是外国文学专家,王得后、林贤治、孙郁、崔卫平、王彬彬、朱大可是现当代文学研究者,丁林、王怡治法律研究,肖雪慧是伦理学家,雷颐、刘建平是历史学者,徐晓是编辑家……对自身的研究领域和艺术领域的深厚沉浸,使他们写作随笔时举重若轻,左右逢源,因各据独特的视野而言之有物,因着迷于独自的探索而自由无羁。"随笔的条件和赌注乃是精神的自由。"懂得精神的自由者,莫过于从事着独立的精神创造的人。

在众多的随笔作家中,傅国涌和止庵的写作堪称独树一帜。此二人一热一冷,互不搭界,但都弥合了学问家和随笔家的界限。傅国涌的观照对象,往往是中国近现代史上那些身份和心态都高度复杂的知识分子,其在历史转折当口的处境、选择与命运。叙述他们的时候,他总将庞杂的史料钩沉与高度的现实关切水乳交融,平静的史家调子里,暗淌着壮怀激烈的焦灼与隐痛。他使用史料的方式是轻柔自然的,没有学问家的卖弄和僵硬;语言也是节制温暖的，以确切为限但绝不粗陋。止庵则是另一路数：古今中外，杂学旁收；科学艺术，深知三昧。他对经典智慧的钻研和倾心是著名的，他的读书随笔和艺术随笔的致密、思辨、博学、冷涩，堪为一家。

…………

再多说也是饶舌，一切的评判，还是由读者诸君自己做出的好。

(《2004中国随笔年选》序言)

2004年11月29日

关于2005年随笔的随笔

去年编随笔年选,收获到瑞士文论家斯塔罗宾斯基的一句妙论:"随笔的条件和赌注乃是精神的自由。"就为这一句话,我也要恨斯氏一辈子——他剥夺了我的思考权,他使我不用思考,就明白了我们当下随笔写作——乃至所有写作——的整体状况为何如此不尽人意。为了我辈评论者能继续敷衍长篇大论,我看像这样一竿子插到底的文论家,还是越少越好。

现在,我只好顺着这"斯"的话往下说:由于敢下"斯式赌注"的写作者少,因此我们的随笔佳作很是难寻——单把随笔当花来绣的多,单当作载道工具的也多。

前者无魂，后者狰狞。然而也不是一团漆黑。若数落今年随笔的成绩，我们先得把报刊撇开，翻翻这几本书：陈丹青的《退步集》，徐晓的《半生为人》，李零的《花间一壶酒》，林贤治的《午夜的幽光》。它们的印行或许能使随笔爱好者感到"不虚此年"。这些文字的力与美，惟经苛刻的修辞家和严厉的思想者的双重砥炼方能达到。看他们的书，知道这样是好的：直面着现实，同时照着美的虚无之镜——诗与真必得相伴而行。

还有一些散见于报刊和网站的篇什也是好的，我就从自己所见中挑选一些，集在这本书里。待到编完才发觉：此书仍是一个探讨着若干精神主题的声音的集合。

知识分子

鲁迅 陈丹青的《笑谈大先生》，是他在北京鲁迅博物馆的演讲全文，今年影响深广。鲁迅，这个多年以来被塑造成不会笑的、只知批判和斗争的"凶老头"，在陈丹青眼里却是"一百年来中国第一好看好玩的人物"。他先用占全文三分之一的篇幅来形容鲁迅的外表，真应了王尔德的那句话——"惟浅薄之人才不以外表来判断。世界之隐秘是可见之物，而非不可见之物"。然后，他用三分之二的篇幅描述鲁迅的好玩，最后得到这样的结论：鲁迅"激愤，同时好玩；深刻，然而精通游戏；挑衅，却随时自嘲；批判，忽而话又说回来……鲁迅作文，就是这样地在玩自己人格的维度与张力"。潇洒形容出鲁迅精神结构的复调性。陈丹青的语言是一种民国气质的汉语，暗旧的儒雅，辛辣，痛楚，微带暴力。似乎，他要借着这语言的味道，拒绝当代的粗陋、喧哗与无趣。与此同时，他也要挥霍掉他作为画家的过剩的洞察力和思辨力，画布承载不完，只好漫溢到文字里，于是文字也有分外强烈的形象感，伴以一剑封喉的思想。

徐炳昶 孙郁的语言亦有儒雅的民国风，深受周氏兄弟濡染。他在《十月》的"民国人物"专栏，是今年随笔的重要收获。那些湮没在历史深处的民国文人，在他温润感性的笔墨中重获了呼吸：鲁迅、陈独秀、苏曼殊们的狂，《新青年》同人的写作和办杂志，徐炳昶、袁复礼们和斯文·赫定一起的西北考古……披露了许多不为人知的趣人趣事，由此，他复原了民国时期斑斓多致的文化空间，以及自由放诞的文人风貌。尤其是《古道西风》一文，首次触及"民国考古队"这一独特的知识群落，为中国现代文学研究史所无。他走进了刘半农、徐炳昶、袁复礼诸人的精神世界——他们是一群竭力挣脱古中国耽于空谈、混沌封闭的传统沉疴的知识者，他们虔诚追寻着西人重视实践、探索未知的科学理性，热切地以之建构中国新的、健康的精神文化。以此种视点观照中国首批考古学者，孙郁此文尚属首例。他对史料的掌握广泛深细，但却从来以"非史料化"的文学方式用之,且由一以贯之的价值关切所统领,那就是:对自由多元、人文璀璨的精神世界的痴迷与尊重。

左拉 郭宏安先生的《左拉百年祭》作于2002年左拉逝世百年之际,发表于今年。左拉,《我控诉!》的作者,"知识分子"一词因他和他的支持者而生。"左拉是一个小说家,是一个'痛恨政治'的小说家",但是,"他爱公正更甚于爱秩序,而没有公正,则会出现更大的混乱;他爱真理更甚于爱'国家利益',而在国家利益的幌子下掩盖着多少令人发指的悲剧啊"。此文虽然客观勾勒左拉伟大的一生,但作者深隐其中的现实关切,也已完整地传达出来。

自我·他人

底层 我无法不被他们的文章打动。夏榆的《临终的眼:杨家营纪事》《在黑暗中行走的人》和《自由的试金石》把我的视线强行拉到如不亲临便永不会信其有的真实面前。贫穷、剥削和不受制约的权力给最底层者造成的灵魂扭曲与伤害,是比任何极度的物质贫瘠更摧人心肝的怆然图景。然而这图景却是被平静、节制而优美的语言所描述的,作品的震撼力因此而倍增。《南方周末》记者夏榆,作家夏榆,漆黑忧伤的矿井是他曾经的劳作之地,亦是他写作的源头。在患难兄弟们惨酷的生存面前,作家的审美责任感使他遏止了绝望的哭腔,而无力改变的不幸现实,则加重了他良心的歉疚与情感的伤痛。其文字的悲悯热力,皆由这歉疚和伤痛而来;而这歉疚伤痛,实源自超越己身的温柔大爱。与亲历者夏榆的"装作"冷静不同,王小妮对乡村的关注来自旁观者的真的冷静。夏榆的冷调里藏着痛哭,王小妮的冷静里则埋着轻轻的叹息和尖利的警告。这位诗人、小说家用三年的时间,和她的丈夫徐敬亚一起,驱车走访中国东北、西南和中原的广袤乡村,归来写作此文——《安放》:"安放那些孩子/安放那些老人/安放那些女人/安放那些流人/安放那些灵魂吧",深怀"安得广厦千万间"之意。一些信手拈来的细节,暗示出这大地和人群深重的生存与精神危机。

逝者 感时伤生之文以道德力量动人,而痛悼怀人之作则莫不以深情之美将人击垮。高尔泰《没有地址的信》寄给他永别的女儿高林,徐晓《爱一个人能有多久》追怀诘问他去世十年的丈夫周郿英,野夫的《别梦依稀咒逝川》祭奠他的故友李如波。读它们,让我深深沉没在无语的哀伤里,不仅为了被悲悼的主人公,也为吞没了主人公的残酷的时代与世界。不,这么说是不对的。哀伤,其实就是为了这些被悲悼的主人公本身,因为时代和世界可以重来,而高林、周郿英和李如波却永远都不会再有了。这世间还会有多少我们永不知其名的失踪者默默而不该地死去?还会有多少高贵而沉默的生命遗失在风尘浊世里?在我们的世界中,生命的存在和精神的价值何时能获得绝对的尊重?……没有答案,唯有疑问。

自我 在世界的喧嚣中关切他人是高贵的,而能直面"自我之深"者,亦同样地好。作家林白、周晓枫、李浩和电影导演王超都以文章做出此种永不枯竭的探索。"自我"从来都不会是单纯的"私我",而是心魂与世界的对话之处,这是周晓枫《穿过我青春所有说谎的日子》的潜台词。此文闪现的文体的新意、语言的微妙和情怀的真挚,使它如同精致而炽烈的丝质长袍,披在身上,先是凉滑,之后必有烈火焚身。苏联话剧《青春禁忌游戏》的若干台词,连缀着作者关于当下自我和周遭世界的灵魂道白,戏剧情景和现实体悟之间交错对话,双声部探讨着叶莲娜和作者均感困惑的问题:在这个信仰倾颓、物质至上而实用功利的世界上,是否还应该坚持高尚而纯净的生存?对于信仰者,这是一个粗鄙的问题。但是对信仰成为问题的人来说,这却是他/她一生都要面临的选择。叶莲娜以死完成了她的承诺,而周晓枫则在这篇文章中穷尽表达了她对高尚的难以忘情和对世俗的斤斤计较,她受煎于这两者之间,不得平静。恰恰是这种真实的张力,带给她的文字以幽深的绝望、独特的细腻、歹毒的敌意和善感的哭泣。周晓枫此文,可算是提高汉语敏感度的有益试验。

道德困境 自我之搏斗,往往是事关道德困境的搏斗。学者何怀宏的《同一根绳索》和崔卫平的《通过思考追求道德生活》，都以讲故事的方法，让我们思考道德的主题。都是西方人的或虚构或真实的故事，但是如何在生存受到威胁时仍能追求道德生活，却是非常重要的"中国问题"。崔卫平的结论是："通过思考"。"所有人类曾经有过的道德规范突然失灵，数个世纪若干代人们积累起来的道德实践统统被说成错误不堪，诸如不杀人、不说谎、不做伪证这样一望即知的伦理道德已经被轻易越过，正在流行的是对于其他人类同胞的大肆屠杀、遍地告密或者谎言盛行，在这种情况下，个人的思考的努力、由于思考带来的瘫痪就显得尤其可贵和必要。思考将我们一分为二，可以自己观看自己、审视自己。""通过思考追求道德生活"又可叫作"仁智双修"，"仁"（道德）和"智"（思考）如果分别被孤立地强调，可能的结果将会分别是伪道学和真犬儒。

博雅

博雅已是当代国人的精神生活中久违的品质了。很难说，在这片被破坏得七零八落的土地上，还有多少"博雅"遗存。古人已远，五四先贤不再。但断壁残垣之上，只要爱美者存在，对"博雅"的创造和追求就不会消失。总会出现新的博雅的书写者，他们的有趣文字，可作当代人心灵的一片绿洲。这些文字真是养人的。李零《硬道理和软道理》虽语涉宏观，却用笔轻诮，深得四两拨千斤之妙；李长声的《日下散记》散淡悠然，内藏讥刺，非杂学旁收、别有怀抱者不能为；陆建德《烈焰的火舌》有英式随笔的从容优雅举重若轻；殷力欣《旧闻记趣》深得黑色幽默之精髓；李敬泽《问中国之心》造就了一种古今对话的小品文，游刃有余的消刻和羞涩含蓄的正直水乳交融；李大卫《恐龙是这样变酷的》则把他的文化关怀，隐藏在东拉西扯、亦庄亦谐的贫嘴之中……这些文章，学问、怪论、情趣、怀抱无一不有，可让浮躁干渴的当代心灵获得滋养与慰安。应当说，一个文化空间如果没有博雅美文，只有道德文章，壮则壮矣，却不够多元，也不够美好和健康。

纪念日

2005年是个纪念日之年：郑和下西洋六百周年，电影百年，世界反法西斯战争和抗日战争胜利六十周年……纪念往日乃是为思考今日，所以立足此点的纪念文章往往能启人深省。张纯如的《〈南京暴行：被遗忘的大屠杀〉导言》、范泓的《四十年前的一场"中西文化论战"》和王纪潮的《郑和下西洋的正面意义有多大？》即是如此。关于南京大屠杀，关于郑和下西洋的实质意义，关于知识分子在专制制度中，如何以理性、客观和宽容的态度相互合作、影响社会、拓展言论空间，而非以意气用事的论战乃至"诉讼"了结彼此的歧义,终至一损俱损,两败俱伤……都是与今天的我们息息相关的重大问题,实有了解之必要。

以上所列,是我对所看到的好文章的一些观感。而今年随笔写作的问题和缺憾,仍一如既往:缺少汉语之美;匮乏清明的理性和敏锐的直觉,既缺少对世界的整体观照,又没能勘探到自我的深处;理性的自负太过强烈,以致形成了独断的语气和文风;道学气过剩,失去了真诚、自然与节制;"媒体气"和"网络气"过浓,"私人对话"语态常能让人感到旁若无人的自恋,或者硬套近乎的唐突……显然,由于我的目力有限,即便是在我的评判尺度内,也未能将今年随笔的优秀之作"一网打尽",这是需要请读者诸君原谅的地方。

真正理想的随笔是什么样子呢?无疑,它应是一种增进人的精神成熟的文字。世上已经存在过无数篇这样的文字了,但我还是照样期待那样的随笔:它的胃口无限大,什么都能消化,而它的质地又无比精致、无比之美,如同人类在天真烂漫之时,对自己的智慧和身体所期许的那种美。

(《2005中国随笔年选》序言)

2005年11月17日,北京稻香园

随想随写

1

五年前,学者刘建平提着一袋山东老家产的淡黄色小米来到我家。他一边阻止我端出花花绿绿的小食,一边对我和我的丈夫、他的朋友设问道:"你们觉得未来中国的最大危机是什么?"

"是什么?"

"我们这个民族将没有东西可吃。"

我们把感激的目光投向他带来的小米,但对这个形而下的结论还是相当失望,于是只好用中国庞大的粮食储备安慰他。但是他摇头:"我不是说饥荒,我的意思是,如果现状永远是这样的话,不久的将来,中国将因为所有领域的假冒伪劣而导致所有人吃的所有东西都是有毒食品,时间久了,我们必然会吃坏了脑子,沦为一个人人可欺的智障民族。到那时,什么都晚了,什么改革,什么发展,全晚了,因为我们的智力已经瘫痪,不再能进行自我反思了。"

听完他的话,我含蓄地表示,我对他的国际政治学和中国现当代史研究向来钦佩,但是他刚才提出的主题,似乎应由一位科幻小说家来完成。他也不争辩,径从背包里掏出一篇文章塞给我们,标题是——"社会冷战论:在政治史、社会史研究中理解中国"。

读罢文章,我才明白关于有毒食品的忧虑只是他诸多忧虑的末端,是他所命名的"社会冷战"——此系指一种全民性的相互欺瞒坑骗现象——的人人有份的后果之一。至于"社会冷战"从何而来,他未从社会道德维度加以考察,而是在当代中国的政治史和社会史中找到其发生根源和运行逻辑,也探讨了逃离这一陷阱所需的政治条件。

辗转四年多以后,此文得以发表(我替读者谢谢《阴山学刊》了)。五年多以后,中国爆发了举世侧目的"毒奶粉"事件,千万中国孩童为成年人的罪愆承受病苦,人们突然陷入什么都不敢吃的食品恐慌之中。在媒体纷纷叩问事件背后的深层原因之时,再读此文如醍醐灌顶,我被它的理论解释力和预见力所深深震惊。读者可从本书中看到这篇不那么"随笔"的文字（题目已被作者改为《冷战社会的历史与社会冷战的逻辑》），同这位从真实中汲取知识和思想的学者一起，理解更深刻的中国现实。

2

2008年的天空飘荡着太多"深刻的中国现实"——既盛放过"改革开放三十年"、北京奥运会、"神七"发射成功的焰火，亦降下了汶川大地震，"毒奶粉"事件，冰灾，水灾，雪灾，建筑、医疗、医药事故，全球性金融危机的寒霜。历史跌宕的幅度在这一年是如此之大，以至于我们如不想法麻木神经，就无法安顿自己的生命。

麻木的效果是成功的：惊魂甫定，回首刚刚过去的惊天往事，竟然恍如隔世，宛若闲谈。时间是多么无情的雕刻家，遗忘是多么称职的麻醉师！把我们从时间和遗忘中救出的，安慰我们的灵魂、赋予我们以经验、释放我们的道德焦虑的，是诚实记录现实面目和深切观照精神真相的文字。在这本年选中，我们能读到学者秦晖回望"三十年"时的公正立场与逻辑魅力，钱理群剖析孔夫子当代命运时的忧患胸襟与警觉眼神，何光沪反思"毒奶粉"事件时的信仰关怀与制度关切，陶东风批评中国大学之病象时的金刚怒目与赤子情怀……关于汶川大地震的巨大悲剧，我们能看到记者李宗陶摹写"映秀伤痕"时的严冷锐利，胡赳赳疾书"震灾叙事"时的慷慨热肠，以及诗评家徐敬亚对"悲痛中总是饱含激昂，丧事中总是夹带锣鼓"的庸俗诗学的愤怒。这些文章非为"随笔"而作，但却天然地秉有随笔的灵魂——对精神责任的自由担荷。

3

有几位作家的文体意识和精神气质是十分醒目的。这里要先谈谈并未出现在今年年选中的缪哲和薛忆沩（见2007随笔年选）。缪哲治中国美术史，兼译一些妙趣蕴藉的英文随笔，如《瓮葬》《塞耳彭自然史》《钓客清话》等。随笔只是他学术研究的余墨，却无一篇不精，其语言雅涩佻达，充满灵智，味近周作人，而有周氏所无的冷峭、炽情与傲慢。若寻这味道的来源，或可溯至他的反愚谬与求平等的道德意识，这使他的小品亦透辟辽阔。薛忆沩是低调而出色的小说家，近年在《随笔》《读书》等杂志发表了不少人物随笔和阅读随笔。他善于以小说家的敏感，抓住人物命运中脆弱易碎的部分，以之击中读者的良知；亦善于在读解文学作品时，高度精确地捕捉其诗学细节，彰显其哲学意味。他的文字饱蘸体恤慈悲，散发诗之光芒，对柔软灵魂的呵护凝视动人不已。

在今年的年选里，我们亦可看到不少妙笔。批评家周泽雄的文章博雅雄辩，时有古风，其锐利的谈锋来自其思想之忠直，其勃发的文采来自其美感之丰沛。他的文学批评、读书随笔异于常道，宜于品鉴，偶对公共事务发表意见，亦是立足于文化本位的立场，言必有据，剀切内敛。小说家李大卫的随笔则有另一番风光：博识，多闻，幽默，恶作剧，顽童式的反讽中暗藏自由意识的观照，其近年为《财经》杂志开设的专栏是汉语写作中的上乘小品。诗人、乐评家贾晓伟的音乐随笔、电影随笔和美术随笔光华独具，他的诗性判断无时不统领其技术分析，每一论断与犹疑，皆是对上帝之"在"的求告与遥望。学者许志强的外国文学随笔则深入作家精神生活的腹地，游刃有余地揭示其含混幽暗之处，其言语姿态与其说是客观的研究者，不如说是参与和介入的知己。此外，青年学者杨早从容、舒徐、隽厚的文史随笔，青年作家刘春率性、偏至、俏皮的性灵随笔，也是我们在今后的阅读中大可期待的。

4

在今年发表的文章中，刘再复先生的《"五四"理念变动的重新评说》、李零先生的《读〈动物农场〉》和耿占春先生的《话语中的熵》分量厚重，引人深思。

总而言之，一年的汉语文章浩若烟海，编选工作更像一场披沙拣金的战斗。对编者而言，收入本书的每篇文字皆有其不可替代的意义，但因眼界和篇幅所限，遗"金"之罪势所难免，只期待未来的工作能有所进步。

（《2008中国随笔年选》序）

2008年11月21日

文学与意见

1

九年了,常有读者询问这个选本的选文标准。他们疑惑:何以有些文章是酣畅的美文,有些读起来却简直累煞人?

如你所知,随笔是文学体裁中表达意见最直接的一种。"文学"的魔术性与"意见"的直接性构成这一文体最内在的紧张。那些以极大的张力"统一"了此二种对立属性的篇章,便成为随笔中的佳品——它们既是"诗"的,又是"真"的。更多的时候,"文学"与"意见"分道扬镳。"文学"视"意见"为难以背负之物。"意见"视"文学"为虚文多余之物。由于时代问题的迫切性,"意见"常常脱掉诗性的外衣,以更加质直的语言表述出来,并呼吁将其变为行动,且这种意见的表述本身也成为行动之一种。

当文学拒绝表达任何内在与外在的"意见",文学就会成为自身的杀手,而沦为平安的无聊。"观照无聊"的作品或许会有好的,但是无聊本身却不。因此,本书的编选原则是美与真实。这意味着某种危险。而危险是随笔必备的要素。

2

在本书中,作品按题材分为六类:

(1)境遇随笔。这是些言说当下存在与思想境遇的作品。今年有两位诗人的心血之作——任洪渊的《汉语红移》和耿占春的《沙上的卜辞》——引人瞩目。任洪渊《还是那个太阳》(《汉语红移》导言)将一位诗人哲学家的书写野心展露无遗。他与一切对话。从帕斯捷尔纳克的暮霭到戈尔巴乔夫的黄昏,从杜尚的"物与废物的艺术装置"到巴勒斯坦的"人体的死亡装置",从人的"姓、名、氏族的记忆"到克隆人的"型号、序号的记忆"……自然现象与人类事件超越了各自的界属,在他反历史化的生命意识中重聚、重生,化作新的意味与命名。言说者无视宇宙和文化的熵增法则,拒绝人类精神的虚无与衰老,依旧悍然宣布"仅有一身,一生"的"人"必须更新生命,"重新发现人"。这种不灭的童真乃是一个"文艺复兴人"的生命态度,其间涌动的诗与思,极尽意象的联想和跳跃、能指的发散与汇聚,文体独异,不留余地。

耿占春《沙上的卜辞》则是另一番风景。这部十八万字的作品(本书仅节选)以无序断片的形式,呈现了一个诗性主体当下感知的世界悲剧。没有统一而坚固的结构,其随想随写的碎片形貌全息地呼应着外部世界的瞬时样态,同时,与之对立的却是言说者从始至终的精神同一性。可以说,这部作品是一个末代诗人、一个意义信徒、一个无人聆听其预言的预言家在大地根基动摇之际,对世界乱象和根基毁坏者的判词。言说者对自己的悲剧身份早已了然,但始终与言说对象保持着从容的距离,即便在表达金刚怒目的主题时亦是如此。而悲剧的力量恰恰产生在这里——再也没有比诗与意义的信仰者一览无余地目睹和描述意义蒸发与诗意毁灭的过程,更令人痛楚的了。而这是整部作品隐含的唯一场景。

(2)**经验随笔**。此种作品风格化地讲述主人公"我"的亲历经验,余音袅袅之际,读者自能领会文章的言外之意,题外之旨。在《父亲那场永不止息的战争》中,台湾历史学家王明珂以文学家的笔触,描述了眷村父辈在"大历史"阴影下的个体生活史,其苍茫辽阔的人生况味令人动容。今年突然"冒"出地表的旅美作家王昭阳以《新世纪周刊》上的随笔专栏吸引了众多读者的敏感目光——他在系列文章里高浓度地"压榨"自己浪游欧美的日常传奇，貌似漫不经心、玩酷耍帅，实则不说理地说理、反抒情地抒情，从文明批判到个体内省均有触及。

（3）**诗学随笔**。这是些关于文学、音乐、电影等等的艺术探讨，非为学问，只关心灵。台湾小说家张大春的文字总是同时饱含感怀与谑意，如同黛玉眼泪与猴子捣乱的奇妙混合。在随笔《偶然之必要》中，随扫随生的典故和驳杂另类的经验穿插其间，密度与速度齐飞，热闹共冷清一色。在回顾了自己三十余年的创作历程之后，他说出一个凄怆的心得："在这个世界上根本没有原创这回事……一旦透见个人创作只是众多凌乱足迹之一瞬，作者除了置身于荒江野老屋，自成素心人之外，夫复何求？"写作过程的竭虑殚精与写作结果的速朽本质，乃是一个作家必须承受的悖论。

文学评论家敬文东在《夜晚的宣谕》中对"失败的偶像"鲁迅的默契解读，音乐评论家李皖在《过了二十年，无人来相会》里对中国摇滚乐的精神追问，亦是响鼓重锤，令人难忘。

（4）**历史随笔**。如果一个地方不能随便谈论当下，那么品评历史定是一大热门。诗人刀尔登的读史随笔令人拍案叫绝。这些短小专栏以举重若轻的春秋之笔，直刺中国历史的腐朽心脏，并将其翻转为当下自我的认知之镜，从中不难读出历史循环的悲哀，却也默示打破循环的信念。

以"事件史、现象史、问题史"的方式研究中国当代文学史的李洁非，近年推出了两部厚重之作《典型文坛》和《典型文案》。在《告密》一文中，他延续了此种追踪方式，提出这一问题：何以新中国的知识分子纷纷成为"告密者"？他的结论是："'五四'前后中国式的启蒙，存在两大失误：一是单纯引进新知、新学，而忽视引进现代的精神原则、精神立场；二是只讲开启民智、疗救国民心灵，而不开展知识者自我建设，明晰知识者的应有之义，树立和完成对知识者角色、身份、本质的认识。这个工作的匮乏，造成现代中国人文精神的巨大空缺；此后各种弯路、悲剧、迷失乃至堕落，无不植根于此。"他不无悲观地感叹："也许直到今天，我们知识者对于自己将近一个世纪的蹉跎，仍未取得根性的觉悟。"——呜呼，若还不觉悟，我们就没有时间了。

（5）**思想评论**。批判地援引西方资源，为国人的选择提供更多精神参照，乃是这种随笔写作的目的所在。何光沪的《信仰与自由》、金雁的《〈路标〉百年》和徐贲的《人文教育和民主政治》，尤为启人深思之作。

（6）**社会批评**。此种随笔是公民社会自觉发育、知识分子公共参与的产物。它们探讨的焦点多集中于公权力的限制与公民权的伸张，肖雪慧、邓晓芒、于建嵘、周泽雄、田松、张绪山等学者的文章，对此问题多所触及。

一些青年学人／作家的崛起令人刮目。若以年龄段划分，则可看到"70后"女批评家张念锐利奢华的文化批评，女作家刘春坎普老辣的谈艺随笔，"著名教师"罗永浩放诞幽默的经验随笔，电影评论家王小鲁富于行动性的电影批评，文学评论家朱航满知人论世的读书随笔……"80后"学人／作家群亦颇可观：范昀和张定浩融政治批评于文学评论之中，羽戈寓现实关切于历史描述里，杨不风的学术随笔则时时隐含着知识分子的价值选择，韩寒的社会批评以"坏小子"形象嬉戏禁忌于有口难言之中，消解了庞然大物的恐怖威力……

可以说，青年作家的随笔已渐渐呈显出别样的质地——智性更轻盈，语言更放松，视角更个人化，言说者对精神使命的承担更少沉重的严肃性，更多自在和游戏的成分。与其将这一现象解读为新式青年膂力变弱的信号，不如将其视作精神解缚的表征。因为自由与意义的表述在他们的书写中并未消失，而是在以另外的身姿飞舞延续。

（《2010中国随笔年选》序）
2010年10月12日

反熵的精神

1

编定了这部书稿,就上网。一条消息在微博上反复传送:小悦悦凌晨死去。看了看屏幕右下角的日期:2011年10月21日。不知明年此时,是否还会有人记起她的名字,记起这件事,记起我们共同的羞耻。这个刚刚来到世上两年零四个月的小女孩,10月13日下午在广东佛山一个小镇上横过马路时,被汽车撞倒,碾压,肇事司机开车逃逸,陆续经过她身边的三个路人视若无睹;后又有第二辆车从她身上轧过,逃逸,路人依然无视,直至第十九位路过者——拾荒阿婆陈贤妹看见了她，将她救起。但为时已晚。数天抢救之后，死神还是带走了这无辜的小孩。有网友用小悦悦的口吻写了首悲伤的歌："爸爸妈妈，我走啦，以后打工别太辛苦啦，女儿来世再报答；陈阿婆，我走啦，谢谢您没让我被车子第三次碾压；叔叔阿姨们，我走啦，看好你们宝宝吧……我走啦，我走啦，我去帮十三亿人，去寻找，中国的良心，在哪?!"

最惨酷的悲剧，莫过于让孩子成为牺牲。今天是小悦悦，"723"动车事故时则是小伊伊。小伊伊的父母已在天堂，留下这一身伤痛的孩子孤单走过人世。等小伊伊长大，我们将会把一个怎样的世界捧给她？

…………

无数孩子的稚气面孔从眼前飘过，又消失在生命的深渊里，让坐在书房敲打键盘的成年人，坐立不安。九十多年前，一个成年人曾借疯子之口高喊："救救孩子！"这声音传到今天，依然是未能执行的遗嘱。看着堆在面前的书稿，电脑里的文档，那些卓异的人们用心写出的文章，自己将写未写的序言……这个无能为力的写作者，不知在一个怎样的秩序中安放这一切。

2

于是只能回到写作的原点——文字是钉子，钉于意识之墙，固着着那些不愿被遗忘的事物。至于这钉子有多粗、多长，钉于何处，钉得多深，全取决于写作者自己。一本书，是钉子及其固着物的集合，从中我们可以一窥它们形成的图案。那是一个时代小小的精神侧面。

3

从此书中可以看到，诗人、小说家王小妮如何将她学生的点点滴滴记录下来，采撷他们朴质而沉重的诗意，折射出人间的悲辛与生机（《我的学生们》）；音乐学家常罡在革命时代里，怎样演出他爱乐、寻乐的悲喜剧（《依依韶华旧乐》）；批评家吴亮在他的1970年代，又是如何目睹了一对坚忍不拔的基督徒父子的传奇（《仰望星空》）；以《人有病，天知否》一书享誉文坛的作家陈徒手在沉默十年之后，今年厚积薄发，用严谨的档案爬梳和节制的史家笔墨，将若干知识分子在新中国的"改造"历程一一呈现，收入本书的《俞平伯：1954年思想批判运动中的抵制和转弯》和《傅鹰：中右标兵的悲情》可见此工程之一斑；而发展咨询专家徐小平则用一个贫困姑娘的励志故事，指出摆脱了国家崇拜的个体获得自由出路的可能性（《贞楠姑娘》）……

一些思想随笔深具启示性。景凯旋的《向生而在》从鲁迅和胡适政治观的表面分歧中，看到他们同样受制于中国传统的"向生而在"的生死观——即精神世界中都不存在超越现世的彼岸的、绝对的精神维度，其意义源泉只能来自"未来"和"社会群体"这种相对之物，因此他们都未能建立起一个自由的意义世界。这也可以解释，何以鲁迅这样"一个崇尚个人绝对自由的人，最终却主张社会的平等优先，赞同苏联的集体主义体制，这其中蕴含着多少现代知识分子的思想悖论"——因此鲁迅"给我们提供的是自由的美感，不是自由的路径"；同时也可以明白，为何强调个体自由和法治宪政的胡适"反对各种专制，却又力主维持现状；同情革命，却又拒绝任何反政府的行动"——因为他是功利主义自由主义的信徒，但"在一个东方专制社会，首先要解决的是如何建立个人本位，实现自由，这需要一种争取自由的道德决断和勇气，而纯粹的功利原则有时却会出于国家、民族或集体利益，认可对个人自由的限制"，因此"胡适是能维护自由的人，却不是开辟自由的人"。但无论鲁迅还是胡适，"为了寻求自由，他们都尽了各自的最大努力。他们的心路历程值得我们寻味，因为他们的局限，也是我们的局限"。

而耿占春的《沙上的卜辞》、崔卫平的《人在做，天在看》、莫枫的《我们处在爱恰恰可能之处》、金雁的《俄国历史上的"第三种知识分子"及其社会实践》、许志强的《纳博科夫镜中的果戈理》、薛忆沩的《与马可·波罗同行》、王晓渔的《"清纯"的政治学》、刀尔登的《读史六则》、李洁非的《谈谈明末》……或以诗人之眼,或以史家之手,或以哲人之心,各自进行了一次从知识现象到精神本体的穿越。

4

这些文章是由于一种"反熵的精神"而聚在一起的。《辞海》:"熵的大小是自发实现可能性的量度,熵越大的状态,实现的可能性越大。"意即,越容易发生的事情,其熵越大。

比如说,在地球重力之下,"水往低处流"的熵要远远高于高压水枪灭火产生的熵;同理,在一个没有制度保障的社会中,倚强凌弱的"熵"也远远高于"以弱抗强"的"熵";在一个鼓励惰性的知识评价体系中,炮制一部学术时髦、东拼西凑的八股著作的熵,更是远远高于写作一部个性饱满、洞见迭出的灵智之作的熵……这貌似亘古不变的自然世界,终将会因"熵"的累积而走向热寂和消亡;而这个貌似强权无敌的人类社会,也将因每个人都追求最大程度的安全感和胜算率——最大的"熵"——而迎来与自然世界同样的结局。

但人类似乎总会闪现一些得救的希望……中午时分,另一条消息蹦入眼帘——统治利比亚四十余年的独裁者卡扎菲被俘。是呀,独裁者不会长久,这是人类历史已被反复证明的"反熵真理"……但转瞬之间,一缕血腥的空气渗进了欣慰的呼吸中——又一条消息:卡扎菲被一士兵击毙,死相很难看。

(《2011中国随笔年选》序)

2011年10月21日

长篇小说的关切与自由

如今,也许不该再指控"文学脱离现实"了。当下文学已将现实的石头狠狠砸在了自己的胸口。翻阅近年国内的长篇小说,我能感到现实之砸痕深深浅浅,真真假假,时常令人窒息。一方面,某种现实自觉与道德焦虑开始回归,"文学不应自我边缘化""作家应表现出明确的价值立场"的呼声鹊起;另一方面,也有人呼吁作家应停止对"现实"与"历史"的矫枉过正的追逐,回归个人独语才是文学正道。是否文学只能摇摆于公共化的"现实"与个人化的"独语"之间?文学的意义是否只在于给公共领域的认知结论提供一个个感性的注脚——比如"三农"问题，腐败问题，司法问题，环保问题，全球化问题之类，并以此表明作家是正义的好人、社会的良心？或者文学的价值只在于给一个个孤独的个体提供"个性秀"的舞台？我以为这问题的提出，暗示了一种非此即彼的思维习惯。把文学看作改造社会现实、表达价值观念的手段，是一种并无新意的"文学工具论"，带有一厢情愿的色彩。它有存在的权利，但是并无"统一作家思想"的权力。甚至，我以为它也不应成为一种主流的文学观，正如"私人化写作"同样不能成为主流文学观一样。文学与政治相关，但绝不是政治。文学与道德相关，但也绝不是道德。政治的价值尺度是利益，道德的价值尺度是实践，而文学的价值尺度，则是艺术的创造力如何。也许这种创造力来自作家对政治、道德或其他领域的独特洞察，但它必定是一种将洞察力化为"有意味的形式"的艺术能力，而非某种简陋的直抒胸臆。一部文学作品如果没有创造力，则任何道德的高调或行为的标新立异都属白费。因此，我不认为把作家的道德姿态放在首位是文学的福音。同样，我也不认为回归"私人化写作"有助于文学的繁荣。由于我们现在讨论的是长篇小说，那么下面我就把焦点集中在它的上面。

从我有限的阅读来看，不少作家在他们的长篇小说中已体现出直面复杂悖谬之历史现实的真诚与勇气：莫言在《檀香刑》中以可怖的刑罚意象，透视了极权、恐惧、驯服与蒙昧的四边关系,在《四十一炮》中,则以一个精神孩童荒诞不经的讲述,勾勒了没有灵魂、困于物欲的当代国人动物化与残酷化的精神过程;贾平凹的《秦腔》工笔重彩,以他的故乡为摹本,写就了一部中国乡村之传统崩溃与精神离散的寓言;林白在《万物花开》和《妇女闲聊录》中,出人意料地将眼光放在她极少涉足的苦难乡村和无助农人身上,那主人公浑然无觉的狂歌欢吟和悲惨破败的真实生存之间令人心碎的张力,被她挥洒于无形;阎连科的《受活》以异想天开的地点、人群和故事,揭开了"新时期神话"下辽阔的乡村被掠夺和被摧残的不公本相,以及权力对人的诱惑、规驯与异化;格非的《人面桃花》以另类的视角,观照了"暴力革命"及其思维逻辑对世道人心的割裂与损毁;李洱的《石榴树上结樱桃》,试图于纸上建立一个在日常生活中学习民主的"新人"的国;艾伟的《爱人同志》以平淡而正统的叙事,揭示了无形的国家权力是如何入侵和占有普通个体最隐秘的私人生活的……焦灼的现实关切弥散在这些长篇小说中,庞大的主题直接产生于作家与当下现实的正面遭逢。其中的一些作品,表现了权力者给卑微者带来的不容喘息的羞辱。它已成为一些作家既形而下又形而上的存在难题,它是他们哽在咽喉的刺,是既无法下咽又无法吐出的痛苦,是沉默者得以发声后的复仇。复仇的方式,就是在虚构中不厌其烦地羞辱自己的替身——那些卑微的主人公。因此这复仇是自虐性的。我在莫言和阎连科的作品中无数次目睹这样的复仇,从中我能感到这两位乡村之子如此凶猛的力量来源。可以说,"权力的羞辱"作为理解传统中国的钥匙,已经牢牢握在这些中生代作家的手中。

然而问题也随之出现——当然,是就我肤浅的认知而言。对"极权"与"权力"——这种支配世界、人及其生活与行为的异己力量,作家们倾注了极富道德价值的控诉与批判,然而令人遗憾的是,这种批判本质上总是带着绝望的哭腔和宿命的失败感。也许,这是难以避免的。这是一种微小个体必然被庞然大物化为齑粉的恐惧。权力在这里是"恐怖巨兽",而非"滑稽怪物"。"恐怖巨兽"意象流露出创作者挥之不去的内心阴影。这是作家们从生存的体验中积累下来的潜意识。一种真切的"中国经验"。它们得自作家的血肉皮肤。它们显现出作为一种"集体无意识"的精神无力感。对文学来说,这是一种极富价值的观照与呈现对象。但是,要达到有力而有趣地呈现,既需要与观照对象休戚与共,又需要毫不动情地从那对象的绝望困局及其运转逻辑中跳出,从那种困扰着我们整个民族的精神无力感中跳出,以超越"恐怖巨兽"及其运行逻辑的异质精神,作为起飞的地面,创造出别样的世界,发出天外的声音。

正因如此,一部伟大的作品除了是真实困境的呈现,往往还会启示某种崭新的精神可能。这是我们的文学所亟需的新意。但遗憾的是，当下的作家们还未长出与这只"恐怖巨兽"完全异质的精神力量，而是相反，精神无力感与虚无感使他们的作品呈现出精神和语调的单极性，形成了某种"宿命之障"。作家们更多以"万念俱灰的老人"心态完成自己的揭示，而不是以"天马行空的顽童"精神实现对恐怖巨兽的颠覆；习惯于哭着控诉，而不是笑着反讽；沉浸于单声道的思维，对复调的智慧缺少意识。而当下悖谬的现实又是多么需要复调的智慧啊！不同的世界、不同的价值观、不同的生命状态与体验同时并存、彼此颉颃，各说各的理——那个能呈现和探索如此种种混乱的作家在创作之时，必须是一个精神自由、解脱于世俗恐惧的创造者。这个创造者，应集严肃与游戏、哀悯与幽默、圣徒与流氓、成人与顽童于一身，任何的单面性，都会导致其作品的乏味与乏力。

当然，文学不是一种直接探讨意义的创造活动，相反，在作家明了意义之后、进行创作之时，最要紧的是让意义的怪诞部分融进自己的血液之中，然后忘掉和逃离意义的因过于公共和端正而不能融化的部分；在将意义"去重力化"的过程中，让生命呈现自身的沉痛与幽默，而非生造形象，使其成为意义的牵线木偶。然而精神的单面性会不自觉地鼓励作家创造一个个意义裸露的形象世界，于是便会出现意象空疏、意思重复、意图明显的问题，不等看完全书，就能猜到作者要做什么。一个"必然"的世界是不够撩人的。即便一些公认的佳作，也很遗憾地不能幸免于此。

因此可以说，长篇小说由于它的体积特征，对作家所选择的题材、作家观照世界的眼光、想象力和叙事方法，以及作家自身的精神力量等，都有独特的要求。它是一种对枝蔓和驳杂欢欣鼓舞的文体，也是一种对失重和悖谬敞开怀抱的文体；是一种对游戏的狡智和繁复的想象力贪得无厌的文体，也是一种对精神的层次和心灵的质地明辨秋毫的文体。一部长篇小说就是一场文学的马拉松，它不仅考验作家的耐力和体质，更考验他／她创造 个人所未见的奇异世界的能力。这需要作家兼具顽童的游戏智慧和成人的毒辣洞察力。一部作品如果只复制了一个我们耳熟能详的意义世界，或者说一个按照日常逻辑运转无二的现实世界，那么它的艺术价值就大可存疑——无论它是"现实关怀"的，还是"个人独语"的；一部作品如果创造了一个我们不曾见过、但其自身却生机勃勃的世界，那么它的创造性则大可期待——无论它是"现实关怀"的，还是"个人独语"的。这里所谓的"不曾见"，是指摆脱了公共意义的重力和惯性、让生命呈现自身时的那个自由和想象的世界。在作家的独特眼光的魔力下，一切旧有的、习惯化的事物，都变成了陌生的东西，进入了别样的轨道，他／她的文本因此变成了一种由心智所重构的现实。在此我要对林白的《万物花开》表示特别的敬意。此书以诗人之笔，开启了一个人所未见的乡村世界。作品有大悲悯，然而作者好像羞于知道自己有此情怀，她的道德判断始终延期，价值立场永远缺席，叙述人退到了无善无恶但万物有灵、无真无伪但皆大欢喜的混蒙状态中，他对自己的苦难境遇浑然不察，他对万物花开充满欢欣，他的幸福感越充溢，笑容越灿烂，则其无可拯救的生命之痛对我们的撞击越强烈。

当然，写作也可能会出现这样的情况：一部长篇小说，它呈现了一个意象奇异的世界，但是通观全书，却发现在精神内质上，它仍又回到了现成的人性积习或社会结论中去，一切的陌生化，都只是单纯的手段而已，并无精神的新。这无疑是令人遗憾的。因为对这样的作家来说，其天赋的才华极其丰赡，但是超越性的精神准备不足。纯真无惧的精神顽童和沧桑多情的成年人尚未同时生长在他／她的体内，世俗虚无主义的态度和准则主宰着他／她思考和表达的无意识，这阻碍了他／她像一个真正的宇航员一样冲向现实的外太空，实现自由的精神太空行走。为世俗虚无主义所主宰的作家，因为相信恶与无意义将最终胜利，而使自身对黑暗的揭示也同样归于黑暗。这真是十足可惜。

的确，文学产生于心灵与现实的无法和解，因此不满的精神是文学的灵魂。但是我却愿意相信，在文学的不满精神之上，居住着一个我们永远无法对之完整认知的绝对存在。它是一个永不熄灭的光源,它是无拘无束的创造的孩童。当它向人世播撒悲悯与爱意时,也播撒欢笑与自由;当它启示我们对现实世界的否定之心时,也是为了让我们无限接近那最高之美。

2005年10月3日改定于北京稻香园

文学：动荡世界的精神方舟

12月4至8日，香港浸会大学"国际作家工作坊"邀请的九位访问作家——包括七位伊斯兰地区作家以及两位华语作家（中国内地小说家曹乃谦和中国台湾报告文学作家、小说家蓝博洲）——来到北京师范大学文学院，与数位内地作家、评论家和北师大师生作文学交流。工作坊今年的主题是"了解伊斯兰世界及其作家"，从而成就了近年来规模最大的一次伊斯兰作家北京之旅。在此之前，我已应邀到香港浸会大学文学院采访了这七位伊斯兰作家，此行如同一场有关当代伊斯兰文学和现实状况的突击补课，虽浮光掠影，仍震撼非小。

文学的主题

由于中东地区环境动荡,作家极少从事不问世事的象牙塔写作。他们的目光直接投向本民族最迫切的现实与精神困境,从而形成了其独特的题材和主题:

占领与颓败。穆罕默德·舒卡尔是居住在耶路撒冷的巴勒斯坦作家,他的经历曲折,身经战乱、坐牢与流亡,他的小说题材甚广——常常以巴勒斯坦农民、工人、难民为主人公,书写他们为了自己的身份认同而挣扎的故事;他也写过探讨人类情感和两性关系的作品。近五年来,他转向写作黑色幽默风格的讽刺小说,其主题触及两个方面:一个是关于占领,一个是关于颓败。在这些小说中,一些世界性的政治、体育、娱乐明星进入了虚构的巴勒斯坦平民生活,我们会看到拉姆斯菲尔德、安南、迈克尔·杰克逊、罗纳尔多、夏奇拉们以各种方式和巴勒斯坦人发生关系,从而产生种种令人啼笑皆非的荒谬情景。

比如,短篇小说《留给罗纳尔多的座位》就讲了这么一个故事:出租车司机卡特姆·阿里崇拜足球明星罗纳尔多,他周围的人却对足球漠不关心,甚至连罗纳尔多的名字都叫不准。自从阿里和罗纳尔多通上了电子邮件,罗纳尔多说未来一两个月内,将要来看他,阿里就一直把副驾驶的座位留给罗纳尔多,谁也不能坐那儿。于是传来各种风言风语:先说他空着座位是为了勾搭一个女孩,后来见他把罗纳尔多的照片挂在车上,又有人猜他庇护与以色列当局有瓜葛的"嫌犯"。自从以色列兵捣毁了当地的三间民房,还抓走了十四名邻居,他们对此更加深信不疑,甚至成立了一个针对阿里和罗纳尔多的"不要口号只要行动"的组织,该组织称:"得让这个叫波纳尔多的知道,我们决不容许任何人在我们中间挑拨离间,然后撒下不和的种子,再将我们各个击破。"一个深夜,阿里遭到七个蒙面人的毒打。但他仍一如既往地给罗纳尔多空着座位,连全体族人都为此遭到了压力,一起气势汹汹地来到他家,拳打脚踢逼他交代"谁是科纳尔多",阿里仍不理会。第二天,阿里出车,一个本地人想坐在副驾驶位子上,阿里断然阻止:"这是留给罗纳尔多的座位。"

舒卡尔为什么想到把世界名人带入自己的小说中呢?他回答说:这是因为巴勒斯坦人没有自己的私人生活,我们只是艰难地生活在被占领土上,借用这些名人来当作巴勒斯坦的现实,反映出我们渴望过上正常生活的愿望和复杂的耻辱感。因此,这些带给人苦涩微笑的黑色幽默小说,本质上是政治小说,一种严肃的文学种类。

一个如此困窘而痛苦的社会,为什么能产生幽默?舒卡尔说,阿拉伯人有一句谚语:"更糟糕的事情反而让人发笑。"巴勒斯坦社会是严肃和沉重的,暴行、苦难太多,整整百年的痛苦,终于在近二三十年来孕育出了玩笑和幽默。幽默是困境的反映,巴勒斯坦人可以把幽默作为武器，反击统治者的压迫与暴行，以此告诉他们，面对暴行，我们依然能够微笑。

流亡与自我。好像巴勒斯坦作家没几个不曾流亡过的。五十一岁的加桑·察滩四岁即随父离开巴勒斯坦故乡，生活在约旦难民营里。好在父亲是位诗人，流亡途中一定要带上两样东西：书和孩子。因此他从小有书读，潜移默化地写诗。大学毕业后，他曾在约旦、叙利亚、黎巴嫩、也门、塞浦路斯和突尼斯等国流浪和工作，当过教师和记者，参加了巴解组织，直到1994年巴以签署和约，四十岁的他才结束流亡返回祖国，目前他是巴勒斯坦文化部的文学及出版总监。尽管他是官员，也写小说、剧本，拍纪录片，但是他介绍自己时这样强调："我是一个诗人，我不是巴解组织的诗人，我是诗人。"即便他从事其他写作时，他也是作为诗人去完成它们。"对我来说，到底是作为一个政客还是作为一个诗人而存在，二者一直是分裂的。当我是巴勒斯坦难民时，不陷入政治运动是不可能的，因此，我的诗歌主题，就是怎样在流亡生活中寻回我自己，怎样做我自己，以及揭示流亡生活给人造成的心理创伤。"

"盐涩的日子真难以置信——/坏得像种下的坏种，//所以现在都抛掉了/扔在深渊。//当我们又一次爬起来时/（不爬又能做何选择？）//那些日子都溜到后面/沉入忘川//像我们深色的皮肤/像我们彻夜难眠//……可是，我们的名字别号／却都老得那么古远，／／我们的口音露了风／说我们是外人，永远……／／盐涩的日子真难以置信。／可现在连它们也不值得想念。"(《战壕》)几十年来，察滩一直书写着关于流亡与自我的诗歌。"有时我甚至觉得我喜欢上了流亡的生活，"他微笑着自嘲道，"我已回国十年，必须重建我与祖国的关系，因为流亡生涯中关于祖国的想象，多是从上一代人那里继承而来，它和现实的祖国是不同的。"

国家与战争。哈桑·达欧德希望他能生活在1975年以前的黎巴嫩，因为那时它还是一个美丽宁静的国家。但是从1975年开始，长达十五年的内战使这里的人民彻底丧失了安全感，他们至今仍生活在战争的阴影中，恐惧着它的重临。"当你处于漫长的十五年的战争环境下，你一定会产生这种愿望：非得写一部关于这场战争的伟大的书不可。"达欧德说。他的第一部长篇小说《玛蒂尔德的房子》即是以内战时期贝鲁特的一座公寓为背景的。两年前，他又出版了一本小说，写的是在一场导致许多人死亡的爆炸事件中，一个幸存下来的、从脖颈到胸口留下许多伤疤的黎巴嫩女人的生活。在宏大的战争背景中关注普通人和边缘人的生活与精神状态，是他作品的特点。

达欧德说，在上世纪七八十年代，黎巴嫩每三年有一本小说出版，90年代以来，各种小说层出不穷，因为男女老少都有关于战争的想法和故事，于是纷纷形诸笔端。过去黎巴嫩文学并不为人所知,但是现在,由于战争文学与日俱增,黎巴嫩的文学以及那场战争本身都越来越受到关注。在小说中,每个作家都必须思考这样的问题:国家对我们而言有何意义?为什么我们的国家这样脆弱?为什么它会受到国内外这么多因素的摆布?达欧德思考的结果是:一个好的国家是必要的,如果没有国家,人会吃人。"当然,我希望生活在强大而自由的国家里,萨达姆时期的伊拉克是强大的,但是我可不愿意生活在那里。"

以讽刺诗歌闻名的伊拉克女诗人敦亚·米卡埃尔在美国已经生活了九年。九年前,她在伊拉克出版了她的诗集《海浪的日记》,这是她一生的转折点——她因为在诗中以宙斯神影射和批评萨达姆,而不得不离开她的祖国。此组散文诗以神话象征的笔法,对伊拉克战争的双方——伊拉克和美国——都进行了谴责。最近,她又在美国出版了颇受关注的诗集《这场战争多勤奋》,不再使用象征(因为没有必要),而直接用讽喻手法批判战争中平民的加害者:比如《一个急切的召唤》批评了美国女兵虐囚事件,《一代白骨》则是在控诉萨达姆的大屠杀。"我的诗歌只是反对某些行为,而非反对某些人。不管是谁,只要他给平民造成了灾难,都是我反对的对象。"生活在美国的敦亚现在密歇根州作中学教师,用阿拉伯语写诗,有了一个四岁的女儿。"远离伊拉克会让我以更健康的心态看待那里的事情,距离太近反而不会很理解它。"她说。

历史与忧愁。生于1965年的印度尼西亚诗人、小说家西多克·司雷格奇已写了四部历史小说：《锻炼飞鸟》以1965年印尼大屠杀为背景，写了一个爪哇村落的故事，三部曲《库替尔》则是关于1946年爪哇人民革命的。《锻炼飞鸟》以当地村民为视角，展开了类似于"现代"与"传统"的冲突，表现了爪哇人的循环世界观和宇宙观是如何被突如其来的现代暴力所打破的，作者选择村民视角，是因为这种视角能容纳更多神秘主义的东西。司雷格奇介绍说，在印尼，小说写作技巧发展很快，历史题材的作品也有各种不同的风格，比如最新的"元小说"类别，即是混合了现实和虚构的一种创作手法。作家们之所以钟情于历史小说，是因为历史只有一种僵化凝固的解释是不够的，人民需要对他们的生活和历史进行多元的解释，每个作家都可以参与到对历史的多元解释之中。

和历史小说相比，司雷格奇似乎更偏爱纯小说，他说历史小说是faction（事实），而纯小说是fiction（小说），最近他正在写的《一杯消愁汤》即是纯小说，在写作手法上进行了大胆探索：小说各章的主角、时间、场景、故事都不同，相互也无关系，联结它们的只是小说的主题——忧愁，以及一个每一章里都会出现的小角色——Alias Estu。他对自己的这部作品很有信心。

和小说相比，司雷格奇则更看重他的诗。"小说创作可以选择题材、主题、语言和风格，诗歌却不可以选择。

你可以创造小说，但不可以创造诗。写诗时，我只是一个中介，因为诗来源于内心。是内在的强烈的冲动，推动我把它写出来。"

日常的平民生活。埃及作家艾哈迈德·艾拉迪在七人中间最年轻，生于1974年。他的长篇小说《成为阿巴斯·阿布德》讲述了埃及底层年青人的生活和精神状态，以其花样繁多的语言试验受到瞩目。他说，埃及的优秀作家很多，老一代作家如诺贝尔文学获奖者马哈福兹的影响力只在上世纪五六十年代，后来又出现了许多新作家，比如优秀的政治小说家何曼萨（音）写的《伟人的死亡》和《关于鬼魂》，批判政治黑暗与社会弊端，写得十分出色。年轻一代作家则更关注自我，关注底层生活的小小事件，当然也关心宏观的政治与现实。"作家不仅要关心大事件，也要关心小事物。"他说。

阿拉伯的儿童世界。生于1951年的约旦儿童文学作家泰格雷德·纳贾尔至今用阿拉伯语写了30本儿童绘图故事，读者对象是3—11岁的孩子，其中一本被译成英、法两种语言，另有一本被改编成阿拉伯版的动画片《芝麻街》。同时，她还是以出童书为主的阿尔萨瓦出版社的社长兼教育顾问。她的作品以系列化童书为主：比如她的第一个系列是"最好的朋友"，主要处理人与动物如何交流这个主题，里面充满阿拉伯本土特色与场景；第二个系列则写了一个小女孩在日常生活的看电视、交朋友、和小兄弟之间的误会、嫉妒与和解中成长的过程。纳贾尔说，阿拉伯儿童文学在形态上和西方儿童文学基本相同，只是主题、题材和侧重点不大一样，前者有较浓的说教特色和宗教色彩，力求在讲故事的过程中，教会孩子如何成长和生活。比如她的《小羊藏到哪儿去了？》就讲了这样一个故事：一个小女孩和一只用来献祭的小羊建立了亲密的友情，但是宰牲节来临，家人必须杀掉它，女孩焦急心痛，向爷爷求助，爷爷答应了她的请求，建议家人留下这只小羊，又给妈妈一笔钱另买一只小羊去献祭，但是要求她：以后不要再亲近被选定为祭品的小羊了。她满怀感激地遵从。这个故事就有两重含义：一是激发儿童天然的爱心，二是告诫孩子遵守宗教的礼仪。除此之外，作家还有意识地把阿拉伯民间文学遗产吸收到儿童文学中来，增强它形态的丰富性。

在约旦，"儿童文学"的范围很宽泛，任何为儿童而作的故事、戏剧、歌曲、动画、电影乃至手工纸制品等，都是"儿童文学"，现在的问题是，以10—18岁青少年为受众的儿童文学作品缺失，正在成长的孩子没有作品可读，纳贾尔为此担忧。好在越来越多的约旦孩子学习英语，他们能直接看来自西方和日本的儿童书和动画片，"哈利·波特"英文系列很受孩子欢迎，但是阿拉伯语译本质量一般，孩子们不太喜欢。有人问怎样看待哈利·波特的魔法对孩子的影响？她说，孩子其实更有想象力，能够分辨真伪，经过一段迷恋时期，他们自然会回到理性状态，不会把魔法和真实世界混为一谈。若想要孩子长成智慧的人，就不要低估他们的智力和理解力，轻率设限。

作家的生存与文学的境遇

一个令人忧虑的普遍现实是：由于电视的普及、环境的动荡和经济的紧张，读者在减少，因此这些严肃作家几乎完全不能靠文学创作维生，他们必须做一份其他职业，也就是说，就时间而非水平而言，他们的创作是不折不扣的"业余写作"。许多作家是媒体人，既以之谋生，又行使着干预社会的权利。舒卡尔每周给约旦报纸撰写专栏，年轻的艾拉迪是埃及一家报纸的记者，还给一家周报的政治漫画专栏执笔。达欧德现在贝鲁特一家报纸的文化副刊担任主编，他对阿拉伯世界发生的政治事件和文化活动的评论，常被欧洲报章转载。"在黎巴嫩，每天都会同时发生许多逻辑混乱、彼此矛盾的事件，我的评论就是用我自己的逻辑，使这些事件看起来清晰。"他忧虑于战争会随时爆发，因为黎巴嫩有各种社团，由基督徒、穆斯林或其他成员组成，而穆斯林又存在着不同的流派，每个人、每个团体都厌恶战争，但是他们之间彼此也相互厌恶，都想让自己得到更多，这是战争随时爆发的潜在原因。"黎巴嫩人民需要形成共识，以保障和平。但是文学能在寻求共识中起到什么作用呢？我怀疑它能起什么作用，一个战乱、动荡的社会环境，已无文学、文化和制度可言。"达欧德悲观地说。

谈到出版，身为巴勒斯坦出版总监的诗人察滩说，他们有委员会决定可以从国外引进哪些书，然后以报纸形式将其出版，免费发行2.5万份。国内作者，包括他自己的书，有时也采取报纸发表、免费发行的形式流布。

对纳贾尔来说，约旦儿童文学出版也不容易。因为这种书需要更好的纸张，比普通图书成本要高，加上阿拉伯人有着聆听故事的民间传统，人们不习惯阅读。好在现在政府兴建图书馆，可以购买一些书籍，免费开放给孩子们阅览。事情在朝着好的方向发展。

在埃及，年轻作家要想出书得自己掏钱，写得好的可以得到出版社大量的赠书，这是传统。小说家不算正当行业，一个成功的作家并不意味着富裕。"在埃及，你得有许多本事才能生存，我希望有一天，小说家这个职业能够被尊重。"艾拉迪说。他开过出版社，结果亏本，因为盗版严重。但是他发现盗版使穷人有条件阅读，后来他甚至很高兴自己的书被人盗版了，因为会有更多人看到他的作品。而在印尼，文学著作是很难卖的，一是书太贵，一本书够六餐饭钱；另外，印尼2亿人口，大部分人不怎么读书，国内发行量最大的报纸KOMPAS只有10万份。作家的写作几乎无法获得经济利益。

为什么写作？

每个作家都被记者问到这样的问题：既然文学不能赚钱，为什么还要写作？本以为会得到许多激情澎湃、道德崇高的答案，但是没有：

穆罕默德·舒卡尔："写作能使我发现自己。我已经写了四十五年，想停下来可不容易。"

加桑·察滩："我生活在难民营时，总感觉生活不完整，只有漫长的等待，总得做点什么吧，于是重操了父亲的旧业。"

哈桑·达欧德："现在，打开一张报纸，只有总统、总理、政治家的身影，你看不到人民，你不知道普通人的所思所想和日常生活，但是文学却能让你看到这些。对我来说，这就是文学写作的意义。"

敦亚·米卡埃尔："我似乎从出生就开始了写作。我喜欢写作。我的头脑里没有目的性读者，但我并非不关心他们。"

泰格雷德·纳贾尔："我的写作开始于联合国宣布为'儿童年'的1979年，那时约旦几乎没有儿童文学，就这样写下来了。"

西多克·司雷格奇："别无选择，总有人做这件事吧。不过我一定要把作家的使命和公民活动分开。当我尽公民之责时，绝不会让诗歌成为现实活动的工具。我不想让写作成为写作之外某种事物的工具。"

艾哈迈德·艾拉迪："有些东西，仅仅作为记者无法深入思考和表达，但是小说家非得深入思考不可。这很有意思。"

我终于懂得，对诗性和创造力的单纯热爱，促使了这些作家在动荡的社会环境中坚持不懈地创作；文学对他们而言，乃是帮助抵抗心灵之死的精神方舟。文学因此而不死。

2005年12月

发现者和行动者的文学

多日前,去香港浸会大学文学院采访"2007国际作家工作坊",却在别一场合结识了香港小说家董启章先生,得赠他的长篇小说《天工开物·栩栩如真》。小说序言引了苏联文论家巴赫金一段论文,真让我深思不已:

> 艺术家和个人幼稚地,通常是机械地结合于一身;个人为了逃离"日常生活的困扰"而遁入艺术创作的领域,暂托于"灵感、甜美的声音和祈祷"的另一个世界。结果如何呢?艺术变得过于自信,愚莽地自信,以及夸夸其谈,因为它无须对生活承

担责任。相反，生活当然无从攀附这样的艺术。"那太高深哪！"生活说。"那是艺术啊！我们过的却只是卑微庸碌的生活。"

当个人置身于艺术，他就不在生活中，反之亦然。两者之间没有统一性，在统一的个人身上也没有内部的相互渗透。

那么，是什么保证个人身上诸般因素的内在联系呢？只有责任的统一性。我必须以自身的生命响应我从艺术中所体验和理解的，好让我所体验和理解的所有东西不至于在我的人生中毫无作为。可是，责任必然包含罪过，或对谴责的承担。艺术和生活不单必须互相负责，还应该互相承担罪谴。诗人必须记着：生活的鄙俗平庸，是他的诗之罪过；日常生活之人则必须知道，艺术的徒劳无功，是由于他不愿意对生活认真和有所要求。

艺术与生活不是同一回事，但应在我身上统一起来，于统一的责任中。

此次工作坊的主题是"海洋与水岸写作"，但是与受邀作家的交流，却让我感受到巴赫金所说的"艺术与生活的责任统一性"这个更为有力的问题。此问题翻译成内地文学圈的行话，就是"纯文学的困境""为何当下纯文学缺少活力"之类的疑问。这些作家的写作和思考，颇可为内地文学提供参照。

今年工作坊邀请了中国大陆作家邓刚、中国台湾作家廖鸿基、澳大利亚作家亚当·艾特肯（Adam Aitken）、希腊作家阿纳斯塔修西斯·维斯托尼提斯（Anastassis Vistonitis）、波兰女诗人玛珊娜·基拉尔（Marzanna Kielar）、爱尔兰摄影家和作家谢伊·芬内利（Shay Fennelly）、印尼女作家纽基拉·阿玛尔（Nukila Amal）、越南作家海文锦（Van Cam Hai）和巴巴多斯女诗人玛格丽特·吉尔（Margaret Gill）。他们都生活在海边，海洋经验深切，都曾写过意象或题材与海洋有关的作品。更重要的是，他们的人生和写作具有强烈的外倾性，他们的文学，是发现者和行动者的文学。

行动忠于写作

行动的作家认为世界绝非牢笼，自身亦绝不可与世无关，无所作为。他们的作品因此可分为两种类型：一是携带了行动经验，但仍以诗性观照为旨归的文学作品，一是脱离了文学目的、为改变世人观念而作的"功利性"文本。

爱尔兰的谢伊·芬内利先生在受邀作家中显得另类——他的主业是摄影，他的写作恐怕属于上述分类的第二种。芬内利早年以采蚝、采蚌为生，后来成为天然资源保护论者和新闻摄影师,足迹遍布欧、美、非三大洲。对海上自然和陆地社会,他同样好奇和关切。1987年,他与五位同行乘一艘六米长的快艇,从爱尔兰出发航行六天,来到苏联的列宁格勒(今圣彼得堡)及波罗的海诸国,此次旅程被拍成了电视短片《西经40度》(*40 Degrees West*)。我问他为何会有航向列宁格勒的想法?他反问:"你会游泳吗?你就会懂得由恐惧水到享受水的过程。当时,西方人恐惧苏联和苏联人。我想克服这恐惧,想要了解他们;另外,我们还想说服戈尔巴乔夫实施开放政策。我以为列宁格勒不会准许我们上岸,因为东德就是如此。但我错了,我们顺利获得许可,来到这个城市。我看到苏联人和西方人没有什么不同——一样的友善,微笑,乐于交流。在共同的人性面前,那些看似巨大的鸿沟其实并不存在。"

多年的海上生涯,让他感到万物皆为一体。"地球80%的氧气来自海洋,如果人类把海洋当垃圾场,就不只是在毒害海洋生物,更是在毒害自己。海不只献给我们氧气和食物,还有精神的粮食。如果你来自内陆,那么站在海边,海的声音会唤醒你。"环保的意识和服务的热忱已成为他的本能。走到哪儿他都要调研一番——工作坊请他在香港生活一个月,他说要好好了解一下中国香港和内地的渔业渔民。他已经对看到的事情忧心忡忡了:"香港的船只,外底部都涂着油漆,这很伤害海洋生物的健康。"他也写诗——有一首诗竟是用恋爱中的水獭口气写的，但他更多的文字事关海洋保护，为阻止人们对海洋犯错而写。

和芬内利同样是"讨海人"出身，中国台湾作家廖鸿基的写作则一直恪守着文学本身的界范——虽然他也同样是海洋保护的活跃践行者。廖先生三十岁左右开始出海捕鱼，1991年起陆续发表讨海人与海洋之关系的作品，把这一人群、渔村、海洋，大规模推进台湾民众的视野。几年后，他因参与"花莲海域鲸豚调查"计划，写作《鲸生鲸世》结案报告，转向海洋生态、生物的文学记录。廖先生性格羞涩，不善言谈（除非谈到海），但与海洋的频繁接触，竟使他在台湾勇担"海洋代言人"的角色——1997年，他在花莲石梯港推出台湾第一艘赏鲸船，亲自担任海洋生态解说员，实践人与自然真实接触的"生态教育"；1998年，他创设"黑潮海洋文教基金会"并任创会董事长，举办各种以关怀海洋环境、海洋生态及海洋文化为宗旨的研习活动，培训优秀的海洋生态解说"种子部队"。2001年底，他随台湾远洋鱿钓船赴南大西洋，航行六十余日，归来后写成《漂岛》一书——远洋渔业、自然科学知识与文学书写在此融合无间，不仅跨越文体界限，更呈现出他的海洋环境伦理观的新视野……现在，廖鸿基每年都做与海洋相关的科学调研，每年写一本关于海洋的书。"您太高产了。"我不禁感叹。"不，我还嫌我不够勤奋，关于海洋的话是说不完的。"他微笑。

廖鸿基的笔调忧郁多思，与其题材的野性浩瀚形成了强烈的反差。正是叙述人的这种"在场"方式，使他的海洋叙事令人亲近，并潜移默化读者与他一同超越人类和陆地中心主义，把比陆地辽阔得多的海洋，视作人类生命的别样向度、机遇和家园。他是这样写的，也是这样做的。"出海越多次，离岸越远，越觉得有必要谦卑和朴素。"他说。

直面真实经验

1971年出生的印度尼西亚女作家纽基拉·阿玛尔，在摩鹿加群岛北部一个名叫加莱拉的小渔村度过童年，邻居们温暖和善的笑容至今犹忆。但是1999年到2000年间安汶岛爆发暴力事件，迅速演变为种族和宗教冲突，她的故乡加莱拉也不例外——一夜之间睦邻变仇敌，相互残杀。几年后，她回故乡探看，痛苦地思索人们何以如此？思索的结果是她的短篇小说集《拉卢巴》。《拉卢巴》这篇，以第二人称叙事，是一个怀胎八月的母亲为免遭蹂躏仇杀而蹈海自尽前，向腹中胎儿的喃喃低语。通篇基调平静而悲怆，感受绵长而纤微，种族仇杀只作为隐约背景，却直接呈现它对个体生命、情感所造成的毁灭创痛，更能引人冷静反思暴力事件中"信仰"的迷误。

"我的作品不是历史记录,而是要读者去理性思考周围的事——在这种暴力事件中,参与者到底是受到了以宗教为名的挑拨,还是双方真有什么深仇大恨?我要让读者知道:一切并非如他们所听信的那么理所当然,印尼人应当学会用自己的经验、常情和头脑,去独立地判断现实。"她说。印尼过去是伊斯兰国家,现在情况变化,禁忌大开,于是女作家写性和身体的书最为畅销。阿玛尔说她的书卖得一般,"因为里面很少写性,因为我发现了更有趣的题材——那就是广阔的历史和现实。不过我不直接表现大历史和大政治,而用个人视角和隐喻表现深层的精神世界"。

波兰女诗人玛珊娜·基拉尔是佛教徒,轻声细语,沉静美丽,十四岁开始写诗,十六岁开始获文学奖,那时她兴趣广泛——文学、历史、生物学、医学……都喜欢,高考前终于面临学医还是学文的选择。她问自己:今生真正想做什么?内心的回答是:写作。于是报考华沙大学哲学系——哲学能为写作打下结实的思维基础。现在她是华沙特殊教育学院的哲学教师。写诗对她来说,并非惬意的自我抒发,而是和词语的艰苦搏斗。她挑剔,写一首诗要反复修改,结集时更是毫不留情——诗作稍有遗憾便予以剔除。写作三十年,她只出了《神圣的对话》《原素》和《独白》三本诗集。

"对我来说,写诗即是发问,即是从词语和意义的混乱黑暗中抽身。开始是几个词，它们自己产生空间和意义，引领我深入探寻，形成一个句子、一小节、一首诗、一个世界。因此，写作是一种辨识行为，总是试图揭开那些未名的、只在我的内部闪耀的图景。诗歌是一条道路，一件形塑和建立自我的工具，它使我感知存在，感知爱与死，这一切比政治和意识形态更让我感到真实和有趣。理想的诗人往往违背自己的想法，让世界在她的身上自然繁衍。理想的杰作是通往真实的道路。"她说。

和同来的其他作家相比，内地作家邓刚较少哲学语言，但他却意识到哲学思想的重要："中国文学的怪现象是：作家不以哲学思想来划分（因为没有哲学思想），而以年龄段来划分。可是，文学的价值恰恰在于它能超越年龄和时代。怎么超越？就是要面对自己最真实的体验。"邓刚生于1945年，因父亲被打成"历史反革命分子"，他十三岁辍学进大连的工厂，工余无论冬夏，作"海碰子"赤身下海，捞海参贴补家用。他的中篇小说《迷人的海》驰名文坛，正是"海碰子"经历的沧桑结晶。后来的《白海参》《山狼海贼》《浪漫的悲剧》等作品亦多取材于这段刻骨铭心的经验。"我所写的海，丰饶的、游着海豚的海现在已经消失，我写她是出于留恋。我写海洋生物的爱情，是悲哀于人的世故肮脏。文学的本质是悲观主义。和同代作家受俄罗斯文学影响不同，我的文学启蒙老师是美国的杰克·伦敦和马克·吐温，他们让我明白，表达悲哀的有力武器不是眼泪,而是笑声与幽默。"

对于众说纷纭的"80后"作家,他坦承:"我喜欢他们的语言——活跃精彩,厚颜无耻,所向无敌。他们作品的主人公没有一个可爱的人,这是他们的真实之处,却也是这代人的悲哀——因为他们不相信美好。可世界终归是美好的。"

"去关心一切"

对纯文学的琐碎化,港台有"肚脐眼文学"之说——意谓作家视野狭窄,精神轻薄,只看到"肚脐眼"那么远。在此问题纷纭的时代,严肃作家如何面对文学和自身的"不能承受之轻"?

——"去关心一切。"玛格丽特·吉尔说。这位巴巴多斯女诗人热情奔放,富于磁性的嗓音来自她的非洲血统。她的国家是个加勒比海的热带小岛,二十六万人口,英式议会民主制,国民生活水准很高,医疗和教育终生免费——大学教育也免费。"对诗人您而言,您的国家是不是太小了?"我开玩笑。我的意思是:诗人只有面对极复杂和困难的世界,才能产生伟大的诗啊。她大笑:"哦不,国家小也有足够的问题——环保,台风,地震,女性境遇,国计民生……越来越多的人喜欢美国式的电影和小说,这对严肃作家也是个挑战。你总得什么都关心,什么都思考，你的写作才能富于变化和力量。"

对四十七岁的澳大利亚诗人亚当·艾特肯来说，文化身份和文化混杂问题是他一直关注的主题。这来自他最痛楚的童年经验。母亲是泰国人，父亲是英国人，他八岁来到澳大利亚，一上学就自卑——彼时澳大利亚尚存种族歧视，而他有一张半东方的面孔。同学们来自意大利、荷兰、英国……老师让每个人画出象征自己国家的图案，却让他画日本——好像亚洲国家只有日本才有资格存在似的。童年的创伤使他成为一位跨文化的写作者和多元文化的支持者。

"现在，澳大利亚人最大的问题是没有价值观上的共识，其实全体国民应当共享文化、文学、美学的观念和视野，但是现在情况并非如此——澳大利亚人并不认为这些很重要，大学里甚至没有正式的文学课。此外，虽然种族歧视政策不再推行，但隐性的文化歧视依然存在。"艾特肯最近住在柬埔寨，他对那里的佛教和历史极感兴趣，对柬埔寨人在贫穷中保持的坚韧之美深怀敬意："对人类来说，同情心和乐观是最为重要的。西方人生活在无痛苦的痛苦中，已经忘记人生的意义。佛教会对这种境遇大有帮助。"被甩落在秩序之外的灰色而不安的异质存在，是艾特肯的诗所关注的对象。

生于1972年的越南诗人海文锦在受邀作家里年纪最小，是越南电视台的记者和编导，2005年去伊朗、巴基斯坦和阿富汗采访过塔利班。他对佛教禅宗深感兴趣，用英语对我们三个华人记者说："要想了解历史上佛教和伊斯兰教的冲突，你得去新疆。"他骄傲于自己诗作的叛逆性和现代性："无论是作为诗人，还是作为记者，我都试图把新的、世界性的理念带给越南人，我要尽我所能给他们打开一扇看见外面世界的窗口。"

希腊作家阿纳斯塔修西斯·维斯托尼提斯有一副南欧人的慵懒神气，写诗、散文和论文，四海为家，当过记者，翻译过唐代诗人李贺的诗集，做过2004年雅典奥运会申办报告的总编辑。我只记住他说的一句耐人寻味的话："小心那些过分严肃、不会笑的人。"对虽然"关心一切"却容易自我崇高的人来说，这句话还真是一味解毒剂。

这些作家，我只看了他们很少的作品，只和他们交流了很短的时间，尚无法判断他们的文学成就究竟如何。但是我至少得到了这样的印象：这是一些以写作来发现和行动的作家，他们不缩身在世俗之内，也不逃避于世界之外，广大的外部世界与他们的"自我"真实地息息相关。这是一种心灵的开放和勇敢，是艺术与生活的相互负责。在文学要么沦为纯粹文化商品、要么成为人类精神赘物的今日，这种写作的伦理尤堪珍惜。

2007年11月

"文学与底层"?

先说三个和"底层"无关的花絮。

1813年,德国正在遭受战争,歌德写道:"我在运思的过程中,我必须把自己的心思集中在极特殊的一点之上……在全世界都受到威胁的时候,我把心思集中到与实际政局全不相干的一件事情上……我全心全意地研究中国事物……我写Essex'结尾'(*Epilogue*)的那一天正是莱比锡克(Leipsic)战事发生的同时。"

1933年10月7日,林徽因在《大公报·文艺副刊》发表《闲谈关于古代建筑的一点消息》,写道:"在这整个民族和他的文化,均在挣扎着他们重危的运命的时候,凭你有多少关于古代艺术的消息，你只感到说不出的难受！……不幸我们的国家多故，天天都是迫切的危难临头，骤听到艺术方面的消息似乎觉到有点不识时宜，但是，相信我……这也是我们当然会关心的一点事，如果我们这民族还没有堕落到不认得祖传宝贝的田地。这消息简单的说来，就是新近有几个死心眼的建筑师，放弃了他们盖洋房的好机会，卷了铺盖到各处测绘几百年前他们同行中的先进，用他们当时的一切聪明技艺，所盖惊人的伟大建筑物，在我投稿时候正在山西应县辽代的八角五层木塔前边。"

2005年11月，我到香港浸会大学采访伊斯兰世界的作家，印尼诗人、作家西多克·司雷格奇给我印象深刻。他是该国著名的尤坦·卡宇社区中心的发起人，该中心最初致力于提升印尼人的政治意识，他曾因此多次被警方抓捕。但是这样一位作家，却这样对我们谈起他的文学观："我把作家身份和公民行动彻底分开。作为公民，我可以去街头抗议，但是作为作家，我不会让诗歌作为表达政治观点的工具，我不想让写作成为写作之外任何事物的工具。"当我问他，他认为什么样的诗歌是好的？"那些修辞手法富于创造性的、诗背后蕴藏着深邃哲学的、能触及神秘存在的作品。"他说。

请原谅我说了半天看起来与"底层"主题毫不相干的话。这只是因为，"文学与底层"这个庞大的论题，让

"文学与底层"？

我想起文学艺术与世间所有庞大事物之间复杂微妙的关系，以上三人在处理这种关系时，都选择了在庞然大物面前保持精神的丰富性、独立性与异质性，唯其如此，当那庞然之物成为历史时，那些诞生于同一时空的文学艺术，才能依旧参与人类精神智慧的绵延建构。当我们探讨"文学与底层"的关系时，这一异质性的视角不妨作为我们思考的参照。

中国当代文学总是以"风潮"的形式演进自己的历史，作家们极少能置身局外者。若真的选择局外的独立表达，则可能必须忍受寥落的命运，或戴上"文坛外高手"的冠冕。当"伤痕文学""反思文学""改革文学"一波波涌动时，几乎所有作家都是现实关切者；当与社会"绝缘"的先锋文学成为主潮时，置身现实之外又成为作家们的主流姿态；现在，我们的文学似乎醒悟到精神的封闭乃是穷途末路，于是又杀了个回马枪，重返对现实的关切，"底层写作"就是其中的一个潮流。这样连续不停的一窝蜂，使我分外感到一个真正的文学人与文学主潮和社会主潮保持独立与疏离的重要性。这样，当我们把"文学"与"底层"联系起来时，就需要审慎思考：为什么会出现"文学与底层"这样的讨论？这样的联合词组？如果一定要讨论，那么该如何建立此二者之间的关系？让文学返回到"新时期"初期的"社会属性"？作家成为"底层代言人"？或"作为底层阶级的一分子"说话？或无视底层苦难的真实存在，继续"不及物纯文学"的精神封闭之旅？

恐怕这些都不是理想的选项。"社会属性"如果能取代文学的艺术属性，那么文学自身的存在理由又在哪里呢？如果单单要描绘底层的苦难，那么新闻报道就可以了；如果要为底层争取公平与正义，那么参与社会行动就是了；如果要研究当下中国何以会有底层存在，他们如何存在、又将如何演化，那么从事社会科学研究不就成了吗？如果把以上的功用诉求完全加诸文学，那么除了让文学越来越远离"文学性"，还能有什么更好的结果吗？

其实世界文学已积累了丰富的"底层叙事"传统：狄更斯和马克·吐温的温暖智性的幽默讽刺，契诃夫真挚狡黠的"含泪的微笑"，雨果悲悯博爱的良心审判，陀思妥耶夫斯基上帝与魔鬼纠缠搏斗的"复调叙事"，加缪冷硬炽热的哲学追问，马尔克斯混沌奇诡的"魔幻现实"，卡尔维诺不无刻毒的流浪汉体小说……无不是将自己的形上生活融入叙事对象，"真实"的精神思考与"游戏"的叙事谎言双管齐下。

而我们当下的"底层叙事"从整体上看，却呈现出相反的艺术征象：精神思考缺少真实性，而叙事方式则缺少游戏与智慧。我们似乎越来越看重中国现代文学史上的左翼文学传统。但据我的观感，如果要追寻文学价值，它们并不是最优的范本。它们可以提供社会思想史的研究对象,但它们无法提供用之不竭的艺术源泉。

中国当下文学远未深入开掘"文学"本身的精神潜能。对她的丰富与单纯,真诚与玩笑,沉重与轻逸,束缚与自由,作家们远未贡献出自己独特的理解与创造。真正的文学建立在对个体灵魂的微妙而浩大的探寻之上,而非建立在对某种外部群体、外部题材的不断消耗中。如果我们在这一点上享有共识,那么对于"底层写作"与"底层叙述",也应作如是观。我们就应把"底层写作"从"底层"这一巨大的社会阶层概念中解放出来,从前设性的道德姿态和苦难嗜好中解放出来,从已有的现实主义左翼文学传统的美学定势与思想定势中解放出来,而把它归还给文学的自由、智慧与个人性。"底层"在文学写作的领域,是一个题材,是众多现实的一种,它既不应成为一个弃儿,也不应变成一种宗教——对于这个词,我们的文学先前视而不见,现在又满脸肃然,泪水盈眶,这都是令人匪夷所思的。"在当下文学的上空,徘徊着不会笑的新阶级论的幽灵。"我曾在一篇文章里这样说,现在,还没有足够的文学事实改变我的这一看法。如果情况总是如此,借用作家李浩一句精辟的描述:"大家集体讲述倒霉蛋的故事,一场声势浩大的'比惨'运动正在展开",那么如此的"底层写作"还不如尽早结束。当我们的国家政策都在声称解决"三农问题"与"社会不公"的时候,那种诉苦和"比惨"式的"底层写作"该到哪里寻找自己的独特价值呢?

因此，文学之于世界的价值，不是她能够实现某种具体的社会目标，而是她能使人的灵魂更丰富、微妙和诗意，使人更能领会自由、智慧与爱的真谛。至于别的道德期许，我们只合在积极有力的行动中去加以实践。

2006年4月

良心的疾病

1

1996年初,我还是个在京城寻觅工作的焦虑不安的研究生。除夕前的一天,我磕磕绊绊地闯进了《北京文学》杂志社那套幽暗憋闷的半地下室里。在模糊一团的光线中——大概一场欢宴刚刚结束,亮的灯都已被醉卧者关闭——我对一个正在整理稿件的棕色人影怯生生地说:"我找章德宁社长。""我就是。"一个同样怯生生的声音回答,同时,那个棕色的人影抬起头来,看着我。我看见了一张带着羞涩表情的美丽的脸。这真是出乎意料。

几个月后，我开始和这位表情羞涩、高挑纤瘦的领导共事，有四年之久。之后，我离开了《北京文学》。在这段时间里，我翻过一些旧刊，也听她讲过不少往事，没想到都在今天派上了用场。

几年下来，我得出个结论：1976年踏进《北京文学》、在此工作至今的章德宁，是位不折不扣的"力量型"编辑家。这与她的纤柔外表恰成对照。我读过她责编的不少小说，比如方之的《内奸》，王蒙、林斤澜、张承志、史铁生、马原、洪峰、韩少功、李杭育、张宇等作家的作品，都是力运千钧、力透纸背的类型。这些作家绝大多数是80年代精神氛围的产物，那时，也是章德宁作为文学编辑最为活跃的时期，也可算是她最"顺应时代潮流"的时期吧。"潮流"这种一波一波瞬时性的东西，在80年代初的中国文学中体现为一种反省性的"现实主义"，80年代中期以后则是实验性的"现代主义"。在水流湍急的时代潮面前，章德宁的审美具有稳定性，看起来更忠实于她个人的经验和感受力，这一个性她坚持至今：第一，她认为作品"有力度"比较好，因为它能在强烈的错愕之感中把人震醒，她看重"醒"的价值，这肯定和她在"文革"时期刻骨铭心的痛苦经历有关；第二，与"现实性"并重地，作品必须是"艺术"的，这是她那时看重张承志、陶正、史铁生、马原、李杭育等作品的原因。她不认为摆脱了现实关怀的"纯先锋"作品是好的，同时也不认为粗糙的"现实性"作品是好的。她倾心于一种属于文学的、在人道和唯美之间既对立又同一的均衡。这大概是她发掘新作者的一条"潜规则"。

从70年代末到整个80年代,是章德宁高度实现编辑价值的黄金时期。她责编的不少作品,比如方之的《内奸》、母国政的《我们家的炊事员》、林斤澜的《头像》、陶正的《逍遥之乐》、李杭育的《沙灶遗风》、邹志安的《支书下台唱大戏》等都获得了全国优秀短篇小说奖。在那个时代,这个奖的确具有一种认同性的光荣。她也写过小说,据说不错。不过她主要还是编辑。她认真地告诉我:那时她除了大量阅读其他刊物、寻找中意的作者去约稿之外,她不放过每一份自然来稿——迅速鉴别稿件优劣是一个编辑的基本功。马原、韩少功、洪峰、李杭育、张宇等就是这么从自然来稿中走到她面前的。"那时编辑和作者的关系和现在真不一样,"她说,"很密切,一个作品,你需要和作者探讨怎么改,编辑得出主意——人物啦,情节啦,细节啦,要和作者详细地讨论,总是热气腾腾的。那个热烈劲头有点像什么呢?有点像现在的侃电视剧。"

2

1990年代的《北京文学》,我想应将其放在90年代的整体人文背景中去考察。

风暴过后的1990年代前期,一种反智主义趣味主导着中国的文学艺术和社会科学领域。但从1990年代中期开始,一种基于公共关怀和现实责任感的知识分子精神又在潜滋暗长,《东方》《方法》《战略与管理》《南风窗》《书屋》《中华读书报》《南方周末》等公共论坛性质的人文报刊兴起,公众对与社会现实密切相关的政治、哲学、经济、法律、历史、社会学问题表现出强烈而紧张的探讨兴趣。这些迹象表明,在这个社会里,少数知识精英圈子之外的成熟的思维群体正在形成,并日趋扩大,他们构成着潜在的公民社会的基础,也是严肃人文期刊的潜在读者。与此同时,通俗文学和时尚消费类报刊也在逐渐拥有大量读者,这些刊物主要被人们作为解除疲劳和郁闷的消遣之物来对待,1980年代那种几十万人同看一份严肃文学期刊的时代一去不返(我宁可把这种现象看作是数千年"诗礼治国"传统在中国百姓精神生活中的一种惯性延续,市场降临,惯性遂破)。相反,纯文学期刊90年代以后遭遇了前所未有的寒流,一些名刊的订数由几十万下降至一两万、几千份。这种阅读的分化,当然是由公众的文化趣味、生活方式、职业爱好和年龄经历等因素决定的,但对文学期刊来说,以上因素以及"纯文学曲高和寡"之说并不是解释自身萧条的最有力的借口。

因为反证总是存在,以《北京文学》之外的其他读物为例：1996年《天涯》改刊，一反纯文学期刊只刊发文学作品和文学评论的路数，"文学"只是该刊的栏目之一，其主打栏目"作家立场""民间语文""特稿""艺术""研究与批评"等则涵盖了人文社科的几乎所有领域，其文化视野遂由单一的文学写作扩展到广阔的社会文化现实，撰稿者也由作家扩展到国内外各人文学科的专家——虽然该刊事实上必须遵循一些铁律，但整体格局至少开放了文化观照的多种可能。这样一份其阅读难度大大提高、看起来甚是阳春白雪的刊物，在大多数纯文学期刊门可罗雀的时候，发行量数年来却由几百份上升至现在的数万份，其编辑副产品——由该刊文章精华组成的多种丛书，也是精英类图书的畅销品。另外，比如1998年由邵燕祥和林贤治主编的《散文与人》丛书、2002年由林贤治和章德宁主编的《记忆》丛书等，也同是以国内外优秀文学作品为主体的文学丛刊性质的读物，其深刻和优美绝对"小众"，却一直常销不衰。

那么，怎样解释1990年代以来绝大多数纯文学期刊的萧条现状呢？

纯文学期刊过多，市场份额同时也被其他类期刊所瓜分自然是一个理由。但恐怕不是根本的理由。我认为根本的理由在于：90年代以来，绝大多数纯文学期刊主动取消了自身与社会文化现实之间真实而深入的对话——一方面，它们恪守自己"纯文学"的专业定位，拒绝其他人文领域探讨的大幅渗透,另一方面,其主体——纯文学作品本身,真实含量越来越低,内心关怀的半径越来越窄,作家不再认为自身的情感和思想与生存着的广大人群、人群中挣扎着的每一个个人息息相关。纯文学作品成了承载一个个孤僻个人的生活碎屑的无意义的孤岛,它们的情感、智力、信息元素由于封闭了与社会的精神性对话而日渐贫乏。正是这种精神贫乏,这种对于公众的"不给予性"与"不及物性",成为90年代以来纯文学期刊受冷落和被淘汰的根源。文学不敢与广阔的真实生存照面,不能将形形色色的现实诉诸引人深思的形象,文学于是就吞噬了自身生命力的基础,而成为公众精神生活中的赘物,那么承载这些赘物的纯文学期刊,自然无容身之地——正如人与人之间的关系一样,如果你不真诚对人,你与人相处时只是要些"名士风度"之类的鬼把戏,需要你挺身站出来的时候你却跑得无影无踪,谁还会跟你做朋友呢?他可能一两天之内会被你的个性姿态所吸引,可他能一生都欣赏你的姿态空壳吗?遗憾的是,为数众多的纯文学期刊在90年代以来就一直是以姿态空壳的形式存在着:"先锋文学",都市话题,物质生活镜像……时尚焦虑(物质生活时尚、技巧潮流时尚)促使刊物频频更迭旗帜与话题,而真诚恒久勇于担当的精神性却普遍地缺失。创造者似乎不愿正视自己脚下的泥土,不愿呼吸自己四周的尘土与血腥相交织的空气,他们也不愿意知道，无尽的力量源泉就在自己的真实生活中，就在对这种真实的打量、感知和思考中，就在对我们不幸命运的直面与承担中。最卓异的想象力和最动人的情感力量，一定诞生在对真实生活与命运的真切体验与升华之中。承担着这一切的文学期刊，会真正为公众所需求和认可。当然，这需要编辑人承受极大的压力与风险。成功与风险共存，这条商业社会的庸俗铁律在一个半封闭社会的文化市场内同样风行。

从根本上来说，以上所述涉及了文学与政治的关系——这是中国作家和中国的文学期刊十几年来一直竭力避免与之产生瓜葛的一种关系。因为历史的教训已经不少，正是在对教训的规避中，产生了90年代以来技术主义的纤柔的"轻"的文学和文学期刊。敏感的作家和编辑们知道，政治不只是这个世界宏观的权力关系，政治无处不在，大到国际国内事件，小到身边的现实，都是政治的延伸。文学期刊和作家们自认了文学对政治的无力，于是采取了不约而同的策略：在创作中，将现实成分滤到最低，然后才让它进入到文字之域。于是，作家和文学期刊的自我意识也随着时间的流逝发生了化学变化：意识再也看不到粗粝的、己身之外的辽阔的真实了，真实真的被从文学这里"做掉"了。这样，安全是安全了，但"安全"的作家和文学期刊也便成了不被公众所需要的了。

人们似乎没有从另一角度认真思考文学与政治的关

系，而日本评论家竹内好在1943年写就的《鲁迅》一书就已说道:"文学对于政治无力,这是由于文学本身要疏远政治,是通过与政治的对立而形成的。与政治游离的不是文学。由于在政治中看到自己的影子,而去破除那个影子;换句话说,由于自觉无力,文学才成为文学。政治是行动。因而,与其对立的东西也应该是行动。文学是行动,而不是观念。不过,那种行动是由于与行动疏远而形成的行动。文学不是在行动之外,而是在行动之中,就像旋转的球的轴心,集一身的动于极致的静的形式中。没有行动的话,文学无法产生,但行动本身并不是文学。因为文学是'余裕的产物'。产生文学的是政治,而文学从政治中筛选出自己。因而,革命'可以改换文学的色彩'(鲁迅语,其上下文的大意是:文学对于革命是无力的,但革命可以改换文学的色彩。——李注)。政治和文学的关系不是从属关系、相克关系。迎合政治或白眼看待政治,都不是文学。真正的文学,是在政治中破除自己的影子。就是说,政治与文学的关系是矛盾的自我同一的关系……真正的文学不反对政治,只是唾弃由政治支配自己的文学……产生文学的场所常常为政治所包围,这是使文学之花盛开的酷烈的自然条件。虽然它不能培育出纤弱之花,但秀劲之花却可以得到长久的生命。"[1]在"酷烈的

---

[1] [日]竹内好:《鲁迅》,李心峰译,浙江文艺出版社1986年第一版,第139—140页。

自然条件"中，1990年代的中国文学和文学期刊选择了进驻温室，这使文学的生机勃勃的"秀劲之花"无从开放。

但事物总有例外。那些不安于温室之虚假平静的灵魂，总意欲冲进烈日暴雨中，总想让自己的肩膀负重。在1990年代市场化的社会表象下，做出这种选择的人已经不多。不幸和万幸的是，章德宁就是其中的一个。

3

一本杂志，固然是一个编辑集体的智慧集成，但它最后定型的样貌，则在一个决定性的程度上是主编或执行主编的意志的体现（主编或执行主编的权力受到外力极大干预和制约的时候除外），这恐怕在任何一个国家都是如此。正是因此，我认为评论某一时期的一本刊物，实际上就是在评论该时期该刊物的主编（执行主编），对于章德宁，下文采取的就是这个方法。

1996年，章德宁被任命为《北京文学》的社长兼执行副主编（其职能与通常的"执行主编"相同）。在1997年夏的《作家通讯》上，章德宁发表了《〈北京文学〉开明办刊》一文，文中写道："人们都说，《北京文学》就该有北京特色。何谓北京特色？我们认为，北京特色不该仅仅是京味，更不是表现小市民；作为文化古都，北京特色应最具有传统文化的深厚底蕴；作为现代中国的大都市，北京特色应最先感受和传达出现代思潮的气息；作为一国之都——政治文化的中心，北京特色就应最大气、最大度、最宽宏、最有包容性，最能容纳百家，因而也就最气象万千。因此，深厚的文化性，思想意识的现代性，能容纳各种风格流派的宽容性，才应是《北京文学》的特色，据此，才能不辜负首都文学期刊的特殊地位。"

文化性、现代性和宽容性，是她的办刊思想，而落实在《北京文学》上，则是一年一年一点一点实现的——这"一年一年"，也仅仅是"1年+1年+1年"而已，一个短暂的"小阳春"。之后，就不再有那么多的"一年一年"给她实现一个文化的理想了。在那些她还颇有空间的时日里，章德宁的改刊是渐进式的，而非疾风暴雨一步到位，这大概是为了符合"首善之区"的行为规范。

这种渐变，从《北京文学》每年刊登的标志语上可见一斑：

1997年，刊物每期封面有这样的句子："展示一流文学，召唤一流作家，面向一流读者"，纯文学本位，对"一流读者"的强调使它看起来颇为挑剔。

1998年内文目录页的句子既晴朗又铁面："展示开放的文学　迎接开放的世纪　《北京文学》开明办刊　拒绝平庸　拒绝僵化　拒绝媚俗　拒绝浮躁"。一方面是对现代文明的"开放"，另一方面是对庸俗时风的"拒绝"，显现出《北京文学》柔韧之中有所守持的性格。

1999年目录页标志语更加明朗:"读好看中国文章　请看好《北京文学》　平民立场　高贵品格　集思想锋芒与极强可读性于一刊"。这是《北京文学》第一年也是唯一的一年为自己"批判性的思想者"形象做广告。这一年的读者反馈最热烈,以邮寄方式向各地一些文化书店零售的期刊册数也最多。

2000年封面和目录页标志语发生了微妙的变化:"读好看中国文章　请看好《北京文学》　平民立场　高贵品格　极强可读性"。其他句子与上一年相同,只是关键的"思想锋芒"一词不见了。从这一年开始,《北京文学》不再发表任何"纯文学"以外的社会思想评论。"纯文学"的"无害性",大抵由此可见。

大体说来,纯文学刊物的问题存在于内外两个方面:一是在文学本身——文学作品缺乏精微的美和深刻的力,文学批评则缺少直言的坦荡和准确的洞见;二是在文学之外——活跃的社会思潮与丰富的人的现实,在纯文学期刊中没有体现,这使它们呈现出令人遗憾的封闭性,苍白,羸弱,营养不良,缺少想象力。

1996—1999年的《北京文学》,先是在文学的内部有所作为,后渐渐扩展到面向整体的社会文化现实说话,大有进军整个人文领域之势。这是一种"人的文学"或曰"大文学"的实践。诚如五四一代知识分子所言:文学乃是为人生的。而人生又岂是那纯而又纯的技术主义的文学所能涵盖的？又岂是一个有热血的人所甘愿无所知无所思的？所谓"为人生"，不就是要人生得有尊严，有智慧，有独立的思想，对己身和外界有透彻的了解，有负责任的行动么？一本杂志，其要义不在它属于何种专业，而在于它能够给活的人生以清醒坚强的助力，以及精神生活所匮缺的营养。总之，在中国，杂志的要义在于它有助于人成为"人"。章德宁的办刊实践，我想正是基于对这一切的体认。

对于文学本身，章德宁时期的《北京文学》有不少领风气之先的举措。

先值得一提的是"短篇小说公开赛"。1996年第7期《北京文学》刊登了公开赛启事，第9期开始了正式的"赛程"，"短篇小说公开赛"持续了两年多的时间。自1990年代短篇小说式微以来，《北京文学》是第一家提出"重振短篇小说雄风"的文学期刊。它是在小说创作越来越市场化的前提下，《北京文学》重寻文学的艺术精神的一个举动。章德宁说："我们提倡加大作品的社会容量、心理容量和审美容量；提倡运用更加丰富的手段去拓展更加复杂的艺术境界和空间，以创造出经得起文学与历史不断再思考和审美再创造的形象。"公开赛还首次一改以往以字计酬的方式，实行稿酬从优的以篇计酬。参赛者有著名作家也有未名作者，著名作家林斤澜、王蒙、王小波、马原、刘恒、刘庆邦、苏童、铁凝、阎连科、迟子建、徐小斌、韩东、李冯等均有作品参赛,一时之间,短篇小说的创作和讨论成为文坛热点,短篇小说也赢得了90年代以来文学界最广泛和强烈的关注,这种关注至今未减。

还有关于"好看小说"的提出、讨论与实践。1998年第9期,《北京文学》刊登了编辑部文章《我们要好看的小说》,在文学界首次提出"好看小说"的观念。文章指出:"现在的小说不好看。因为它们沉闷,乏味,缺少真实感和表现力,甚至还不如生活本身的新奇和宽广。我们要灵肉饱满、生命广阔的杰作,不要精致狭窄、无病呻吟的空壳。""好看小说"的提法引起了文坛的争论,以至于惊动了海峡彼岸的小说家张大春先生,他在文章《要谁好看?》里对这一说法提出了异议。实际上,"好看小说"的针对对象不是文学创作的探索性实践——相反,真正的文学探索仍被视为"好看"之一种——而是针对数年来内地小说写作的贫乏化、惰性化和缺少对话性的现实。遗憾的是,这一讨论没有对"好看小说"的观念进行严格限定和深入的拓展。现在,"好看小说"在出版市场和文学期刊中已成了一个招徕性的旗号。

"当代中国文学最新作品排行榜"是1998年第1期《北京文学》首次提出的。它也出自章德宁的创意。它既有让当下文学创作引起媒介和公众注意的意图,又欲以其上榜作品提出自己的一套文学价值标准。从上榜作品来看,其品位是杜绝了商业性的"好"的文学。此后,全国各类"文学排行榜"层出不穷，竟成了大众文化消费的一个热点。

富有锋芒和针对性的文学批评与文化批评，也是章德宁在《北京文学》所力倡的。1996年第6期，在"百家诤言"栏目首次亮相之际，刊出了章德宁起草的题为《呼唤诤言》的编辑部寄语，其语调带有知青一代人特有的炽烈。这个耿直的栏目先是唤来了一些直言不讳或备受争议的文学批评，比如王小波批评陈染小说的《〈私人生活〉与女性文学》（1996年第9期）、肖夏林批评"现实主义冲击波"的《泡沫的现实和文学》（1997年第6期）、崔卫平、丁东等评论王小波文学价值的专题（1998年第9期，是文学期刊中最早评论王小波的专题）、朱文发起和整理的《断裂：一份问卷和五十六份答卷》（1998年第10期）等；后来则扩展到发表思想文化批评，如夏中义的《谒吴晗书》（1998年第3期）、秦晖的《灰烬中的火凤凰，还是无救的寒号鸟？》（1998年第10期）、《素质教育与应试教育》（1999年第9期）、余世存的《我们对于饥饿的态度》（1998年第10期）等。看起来宁静如水的章德宁，终审时却偏爱点到痛处的文章。她的标准极其清楚：但凡尖锐明晰、个性鲜活、言之有物、现实感强、有担当的文字，她立刻拍板通过，并在版面上占据显要位置。她拒绝含混其辞、绕来绕去、隔膜僵化的"经院派"，也拒绝拉帮结派、不讲道理、见识浅陋的"江湖派"。在批评的文体上，她主张一针见血而清新理性的文风。她认为，文章乃天下之公器，其意义在于清明人的理性，增进人的智慧和美感，而不应为某个小圈子的趣味所左右。她的坚持，使1996—1999年的《北京文学》站立出一个清新而正直的形象。

设立于1996年第6期的"世纪观察"是《北京文学》另一个大文化栏目，题材、体裁不拘一格，社会、历史、哲学、经济、文化、政治的重大热点问题，都在此栏目有所反映。1997年第11期开始的"忧思中国语文教育"专题讨论，在全国掀起了语文教育改革的潮流，并取得实质性成果。钱理群、王晓明等文学教授甚至领衔主编了《中学新语文读本》，给初高中学生建构了一套真正贯穿"立人"思想的文学课外读物，这是文学期刊成功干预现实的一次范例。而1998年第9期的反思"文革"专题，1999年第8期刘再复的《百年诺贝尔文学奖与中国作家的缺席》专题等，也在文学界引起深思。

1999年，预热了两年多的《北京文学》准备向思想界敞开大门。栏目格局可见出其强烈的现实反思色彩：首页"声音"，刊登锋芒毕露的短小文章；文学作品通通归入"今日写作"一栏；"思想"栏目容纳了更多的文化现实思考，如第二期的"哈维尔专辑"，后来成了新锐批评家和文学青年反复引用的文本，这位身体力行"道德的政治"的荒诞派剧作家、捷克总统瓦茨拉夫·哈维尔，今天已作为一种精神原则在中国知识者心中扎下根来，而在1999年，《北京文学》对他的介绍算是相当超前。"记忆""旧文新读"和"世纪留言"栏目,皆由章德宁创立,这是些向后看、回头看的栏目,历史的新旧血痕淤积于视野之中,提醒着来者。还有哪本杂志专辟栏目给遇罗克的《出身论》、李大钊的《危险思想与言论自由》、王实味的《野百合花》吗?还有哪本杂志专辟栏目给周舵的《自杀研究》、给刘自立怀想和剖析他的"文革"期间坠楼而死的《父亲》吗?还有哪本杂志向海内外华人约稿,让他们专门写几句"20世纪留言",来告诉21世纪些什么吗?——只有《北京文学》,这本用心灵编辑的杂志。章德宁写了"世纪留言"的征稿启事。我想她一定对此暗自寄予了深深的激情。我没有问过,她希望人们以20世纪的经验,告诉21世纪些什么?她一定有她自己的答案。但她没有说起过。她也没有写下她自己的留言。因为她认为自己就是一个编辑。对于历史,她只是沉默地尽着一份过来人的责任——做一些事,以期它能永远地、真正地成为历史。我想这大概是她作为一个经历过"文革"的受伤者,一个文学编辑人,心头最沉重的祈愿。它的分量是如此之重,大概在她那里甚至超过了文学。它已成她的心结,她的疾病,她的良心的重负。她背负着它,不在乎任何的不合时宜,任何的"落伍"。

"思想"栏开至1999年第5期就停止了,"世纪留言"则开至1999年第10期。

良心的疾病

李大钊在《危险思想与言论自由》中说:"思想是绝

对的自由,是不能禁止的自由,禁止思想自由的,断断没有一点的效果。你要禁止他,他的力量便跟着你的禁止越发强大。你怎样禁止他、制抑他、绝灭他、摧残他,他便怎样生存、发展、传播、滋荣,因为思想的性质力量,本来如此。"这些话应该早就失掉了生命力,后来发现并不如此。

这里述及的章德宁是如此不全面,以致几乎没有提到她在办刊之外的任何其他编辑工作。其实她与她的丈夫岳建一一起主编了不少和知青题材有关的书,仅就其文献价值而论,就是对"文革"史料和知青文学的重要贡献。她和林贤治共同主编的《记忆》丛书,则是2002年国内人文出版最闪耀的亮点之一。

现在,章德宁是《北京文学》的社长,主编着《北京文学》的选刊版《中篇小说月报》。这本选刊显现出了章德宁式的独特的选家眼光——正直的社会关怀,深厚的人道情感,精微的艺术取向。该刊主体为中篇小说栏目"羊年好看",其选载方向注重题材的丰富性、手法的多样性和艺术品位的纯正性,对于具有心灵震撼力的作品,以及体现出作家审视现实的独到眼光和批判意识的作品,该刊均对读者做出强力而有效的推荐。这个栏目的版式编排饶有趣味,值得一提:在重点篇目的正文旁边,载有"我说""他说"的小栏目,"我说"乃该篇小说作者的夫子自道,他对于写作的心得及其艺术观,"他说"即批评家对该作家写作特征的概括与评论,三言两语,言简意赅,不经意间,读者在读了一位作家的一篇作品的同时,还从理性的层面把握了该作家的艺术个性和他的创作理念。"文本典藏"栏目收取的作品,既力求其艺术的经典性,又注重其作品迸发出来的悲悯与良知给当代中国读者可能带来的精神参照。

该选刊还杂有其他体裁:"人物与事件"侧重揭示一些别有意味的历史人物和事件,它们与我们的当下现实之间显性或隐性的隐喻关系,引人深思。"东张西望"选载的信息也无不贯穿着这样的现实参照。

在我看来,章德宁一直在担当着一个营养师的角色,在她可能负责的任何范围里,尽其所能地为文学读者,提供其可能匮缺的精神养分。这种养分很简单,很质朴,很平常,但似已引起一片嘘声——它的学名叫良知。我很想知道,现在谁能说自己比它更高贵。

2003年6月19日

精神成熟的个人时代将在中国开始了吗？
如何开始？

戊辑

"个人"的精神成熟与"中国文艺复兴"

有关"中国是否需要文艺复兴"的探讨,目前已变成到底中国需要"个人觉醒运动"还是需要"社会复兴与道德重建运动"的论争,"文艺"暂且被放在了一边。刘军宁和崔卫平二位先生选择前者(但也并未排斥后者),认为可借助文艺达致国人对"个人尊严"的觉醒;秋风先生选择且只选择后者,认为中国"放纵的、原子式的和物质主义的个人"及其文艺已经过剩,因此无须"文艺复兴",相反,倒是需要一场"让个人学会与他人共同生活"的社会复兴与道德重建运动,以形成保护个人尊严的"元规则",这才是当务之急。

"空荡荡的个体"?

秋风先生的《道德重建、社会建设与个体尊严》一文让我感到困惑之点有二：1. 他批判了欧陆启蒙主义运动的"建构论唯理主义"，推崇"以英格兰普通法传统为经验基础的英国个人主义传统"，但是他给中国问题所开的"社会复兴与道德重建运动"的药方及其论述方式，却是"建构论唯理主义"式的。2. 他关于"个人""个体"的描述和想象只局限于人类的动物性或物质性存在，因此一谈及"个性解放"，就是对个人"动物性欲望"的完全放纵，这是他反对"中国文艺复兴"的道德基础；而他所提供的唯一救赎之路，就是"让个人学会与他人共同生活"，"让每个人具有在与他人的互动中生成此类规则的能力（'规则'指的是道德规范、法律规则、商业惯例、文化习俗等等——李注）。这种能力在**空荡荡的个体**身上是无从发现的"。我注意到，"个人"一词在上述引文中皆为宾语，它被祈使动词"让……学会""让……具有"牢牢夹住，暗示出"个人"在秋风先生观念中的完全被动性与可灌输性；而"空荡荡的个体"这一描述，更表明秋风先生对"个体"内涵的意识空白。这种关于"个人""个体"的言说方式，恰恰也是"建构论唯理主义"式的，而非"经验论个人主义"的。

"个人""个体"到底意味着什么？是否张扬"个体"

就必然导致个人与公共生活的脱节,而使人陷入原子化和动物化的境地?在当下中国,精神成熟的个人尚未普遍长成之前,由无数不成熟的个体所参与的"社会复兴与道德重建运动"(假设这种运动果真能够来临的话),可能结出成熟的果实——健康公正的"元规则"吗?

问题的关键,我以为不在西方的文艺复兴运动和启蒙主义运动功过如何,以及西方的"个人""个体"概念究竟怎样,而是在于我们对自身困境的症结如何认知,以及解决路径如何寻找。也正因此,刘军宁先生提出的"中国文艺复兴"命题显现出价值,因为他切中了中国"个人"精神不成熟的要害。

爱与好奇的"个人"

中国文化传统以宗法秩序为价值核心,没有完整的"个人"观念。"五四"知识分子虽曾高扬"个性解放"的旗帜,也是以"光大宗邦"为旨归,并无成熟的"个人"意识。及至当下,人文学者虽借镜西方自由主义,提出"个人优先"观念,亦是出于建立"宪政框架"之必需,因此对"个人"内涵的探讨,单单侧重社会—历史的物质功利层面,而对其超越性的精神审美层面,殊少观照。由此可以解释,为何当下知识分子在制度干预的道路上一旦遭遇挫折,就会对中国现实的改进感到完全无能为力——这是"知识功利主义"的必然结果:既不相信个人的精神存在、精神建设之意义,又无力改变国人的物质存在状况,于是知识者只能陷入思维和行动的虚无与停滞之中。

因此,这种"个人"的精神不成熟状态,首先应当用以描述中国的知识分子自身;而中国若果真会有一场"文艺复兴运动"(姑且这么叫吧),则首先应当是知识分子的自我成长与精神健身运动,在此一过程中,他们与公众分享精神成长的经验,并共同走向成熟。

诚然,成熟与不成熟都是相对的,但对于"精神成熟",本文愿意遵循一条近乎悖论的界定:爱与好奇的能力。这超乎天然的热忱童真,恰恰能引人走向精神的成熟。苏格拉底饮鸩之前对看望他的伙伴们说:"我请你们思考的是真理而不是苏格拉底。""请记住,无论生死,邪恶不会伤及善人。"他的第一句话证明了人类的智慧之爱超越物质生命欲求的真实性,第二句话则启示了信仰的全部真谛,而致生命于自由之境。这是"精神成熟的个人"的极端范例。无庸置疑他太特殊,也太难了,但他所昭示的生命价值观却不难实现。正如文艺复兴巨匠达·芬奇所言:"知与爱永成正比。知得越多,爱得越多;爱得越多,知得越多。"

爱与好奇建立起个人与世界之间外向的超功利关系,"个人"因此既不是封闭而空空荡荡的,也不是纯物质性和动物性的,而是开放、快乐且奔淌着精神之溪流的超功利主体——尽管他也从事物质功利的生存,但这种生存是为了更好地探寻"万物之理",探寻自身与整体性存在的真切关联,在此种行为中,个人确认生命的意义。无论何种时代,这都是"精神成熟的个人"的题中应有之义。从古希腊的德尔斐神谕"认识你自己",到文艺复兴时期蒙田的家族徽章"我知道什么?",再到康德建议的启蒙运动口号"敢于知道——开始罢!"(引自贺拉斯的诗句),直至19世纪末尼采的"重估一切价值",都提醒着这一真理:把超功利的智慧认知,视作个人最深刻的道德和增进精神成熟的基础。

虽然多年以来,中国关于"个人""个体""主体性"的哲学著译已汗牛充栋,但是我们从未像现在这样,对"爱与好奇的个人""精神成熟的个人""超功利的个人"萌生出如此普遍和自觉的探索欲求。精神成熟的个人时代将在中国开始了吗?如何开始?

文艺:审美的拯救

哈罗德·布鲁姆说过一段著名的话:"莎士比亚或塞万提斯,荷马或但丁,乔叟或拉伯雷,阅读他们作品的真正作用是增进内在自我的成长。深入研读经典不会使人变好或变坏,也不会使公民变得更有用或更有害。心灵的自我对话本质上不是一种社会现实。西方经典的全部意义在于使人善用自己的孤独，这一孤独的最终形式是一个人和自己的死亡相遇。"但经典艺术家并不因此是被动的，他／她的"增进内在自我的成长"的作品，对人类而言乃是一种审美的拯救。这是比任何社会——历史的短暂得救更永恒的救赎。它们构成人类精神的故乡。

当代中国的文学艺术，有多少作品可给人精神还乡之感？可"致人于善美刚健"，出人于精神之"荒寒"（鲁迅语）？有多少作品可让我们感知爱、智慧、信仰与自由，让我们感到自己与存在本身的血肉关联？有多少作品让我们感到生命的深刻肯定性？创作者富于力量和启示的主体性？他／她的观察世界的超越日常的澄澈目光？他／她的神性与诗性，他／她的爱欲与苦痛？他／她对生命之无限与不朽的真切体验与接近？……

当这些精神吁求纷纷落空于当下的创作实绩时，我感到中国的文艺家和我一样，需要一场自我成长与精神健身运动。但它必得有别于以往的那种口号泡沫式的思想文化运动，而是一场立足于精微深远之域的哲学和文艺实践的漫长旅程。而它之所以被作为"运动"提出，仅仅是因为，对自我和世界的肯定之爱与超功利认知，对个人之精神成熟的深广探索，需要获得创造者们更普遍的共识。

2007年1月

"那是些肮脏的事情!"

我曾有一个女友,虽然兰质蕙心,可年过而立仍是单身——我是说,不只是没有结婚。原因全在她的父亲:女友从十四岁她的母亲去世那天起,就和父亲相依为命,发誓要一直守在他身边,直到他的百年。她父亲精神有点问题,作为孝女,她不放心把他送进精神病院,也不放心把他交给训练有素的保姆,甚至她都不放心买个相对独立的两代居,让他离开一会儿自己的视线——她自己照顾他,下班之后永远形影不离。她父亲的症状是这样的:打开电视,一看见男女拉手、接吻、上床,他就会倒地一滚,惨叫一声:"那是些肮脏的事情!对我影响不好!"

看见女主持人穿得少一点,他也这样。最过分的是有一次我和我先生一起去她家,老头的目光一落在我先生的身上,就立刻脸色惨白地倒在地上,一边蹬手蹬脚一边喊了起来:"那是些肮脏的事情!对我影响不好!"其音高亢凄楚,无休无止。起初我不明白为什么,只见女友不时看看我先生,面露为难之色,我才恍然大悟,赶紧拽着他离开她家。门刚关上,叫唤声就停止了。

后来我才得知,她父亲每当病情发作,就回归童稚状态,重复他在十四岁偷窥别人时父亲教训他、让他背诵的话:"那是些肮脏的事情!对我影响不好!"这位纯洁的父亲,一见男人出现在女儿面前,就会疯病大发,以致那些对我女友心仪的男子,最后都不得不落荒而逃。有时我觉得女友自己也有责任:她完全可以让父亲在一个时间段内与自己分处两个空间,她不,那么她就只好当修女。

之所以讲这个故事,是因为我感到自己就置身于此故事之中。近日以来,打开电视、报纸和网络,我都被告知:为了加强未成年人的思想道德建设,现在的电视荧屏正在展开"净化工程"——涉案剧23点以后播出,不得有"过于"暴力、血腥和恐怖的镜头,删除不健康的"涉性"内容,主持人的着装、发型、发音、头发颜色、言行与表情"不得过于标新立异",等等,等等,对未成年人的感官和思想,进行了全方位、全时段的呵护。这是一个非常善良的愿望,只是"度"实在不好把握——最头疼的莫过于判断何者为"过于",何者为"涉"(不健康的"涉性"内容)。对此,大体有两种立场。

其一,心智成熟者的立场。对这种人来说,由于他对人性的光辉和弱点都有深刻的洞察,他很难觉得有"过于"和"涉"的存在。当然,为了给未成年人一块净土,他赞成"分级制",就像我的女友可以和他父亲分住两代居一样。成熟立场要求文化领域——包括电视领域——的政策制定、价值取向与行为方式,以能够增进人的心智成熟或便于心智成熟者求知与创造为目标。就是说,让世界尽可能地开放,而非尽可能地封闭;让人们尽量多地了解,而非尽量多地禁忌。持此立场者相信:人是自主、自由和独立的,人类可以通过求知获得智慧,扫除蒙昧。智慧可以抵达善,以及一个更文明的世界;蒙昧则导致恶,以及一个更野蛮的世界。

其二,心智未成年者的立场。对这种人来说,由于他对世界和人性了解甚少,看见什么他都会觉得过分,同时,为了避免那些"杂七杂八的人"对他们施加坏影响,任何文化产品都不能有"分级制",就像我的女友认为自己必须和他父亲住在一起一样。未成年立场要求文化领域——包括电视领域——的政策制定、价值取向与行为方式,以能够培养"思无邪"的接班人,或在理解力和创造力上迁就心智未成年者为目标。就是说,让世界尽可能地封闭,而非尽可能地开放;让人们尽量多地禁忌,而

"那是些肮脏的事情!"

非尽量多地了解。持此立场者相信：人是一个整体的零部件，一个有待驯养的生物，一个随时会贼性大发的作乱分子，人类决不可以通过求知获得智慧，扫除蒙昧。因为智慧导致恶，并颠覆一个秩序安稳的世界；蒙昧则导致善，以及一个驯顺平静的世界。

鉴于我们在文化上有迁就智力弱势群体的传统，在判断何者为"过于"和"涉"的问题时，多半会采用第二种立场。那么如何量化"过于"和"涉"，就是一个问题。说到这里，我忽然发现自己立功的机会到了：量化标准是现成的，那就是我女友她爸。只要请他坐在电视屏幕前，只要他发出一声尖叫："那是些肮脏的事情！对我影响不好！"我们就可以将该节目判定为"过于"和"涉"，那些平静地通过老人家视线的节目，则可以放心地定为广大未成年人的精神食粮了。

这真是个好主意，我立刻向女友家走去。可是邻居叹息着告诉我：那个对父亲百依百顺的孝女，不知为何近日得了和她爸爸一样的病，要找他们，你现在只好去精神病院了。

2004年7月

恋父文化

近来偶翻旧书，发现《世说新语·德行》里有一则关于"二难"的典故，让我颇感困惑：说的是东汉名士陈寔，有长子元方，少子季方。季方有一次在人前论其父功德，很给陈寔争得了面子。后来，元方的儿子陈群和季方的儿子陈忠，有一回也各论父亲功德，二人相持不下，最后找他们的爷爷评理去。陈寔捋着胡子慈祥地说："元方难为兄，季方难为弟。"是为"二难"。这件事是作为"德行"载入《世说新语》的，可见歌颂父亲功德，自古以来都被视为最堪嘉奖的品性。后来《红楼梦》里贾政骂宝玉贾环也是"二难"，是难以教训的"难"，盖是因为宝玉不但不颂父德，还像耗子躲猫一样老躲着他。我困惑的是：何以我们的祖先如此重视儿子对父亲的歌功颂德，以至顶礼膜拜？他们不嫌肉麻吗？

前些时又看了上海话剧艺术中心演出的话剧《正红旗下》，发现该剧对"父亲"的膜拜，又远胜于"二难"。这是北京剧作家李龙云根据老舍先生同名未完成自传体小说改编的。老舍本意以此刻画可悲可悯的"八旗人格"，怎料浩劫降临，先生含屈自尽，此书便未能完成。改编后的话剧上半场还好，因为有原著可依；下半场是李龙云的续写，不知为何就改变了方向，变成一支八旗子弟振奋精神、抵抗外侮、保家卫国的颂歌，恍惚间像是出自一位义和团大师兄之手。其中令我尤其困惑的是这场戏：老舍的父亲在抗击八国联军的战役中于南长街米店身负重伤，将要牺牲，临终前问福海哥道：你说，圣上此时若像我这样，会对你说点什么？福海摇头。舒先生端坐在米袋之上，对福海哥做了个苍凉的手势：他会说，福海啊，跪安吧。言罢凛然微笑，从容死去。此时悲壮的音乐隆隆响起，三声呼喝伴以长长的回音："跪——跪——跪——"福海大行臣子的三跪之礼，以助这位老实的长辈在对至尊之位的意淫中，心满意足地死去；同时在另一光区，作为叙述人的老舍先生（焦晃扮演）也由站立转为长跪不起。这场"跪戏"持续了大约七八分钟之久，是下半场的高潮。我的困惑之处在于：为什么要在舞台上，把"跪拜"这一放弃自我地表达孺慕之情的动作，强化到如此地步？再定睛一瞧，原来他跪的是父亲、皇帝、"民族大义"，真可说跪出了我们传统的正根儿。在这个传统中，孺慕者愈跪，跪拜对象——父亲、皇帝、民族——便愈崇高和壮伟，我们心中那股唯我独尊（这个"我"，该是指我们的民族）的"浩然之气"便愈盛。最后，由于长久的俯伏，我们会感到"自我"已在战栗和狂喜中消亡，而"父亲—民族"的图腾却深深融化在血液里。只要外敌来犯，血液里的民族义愤便一点即燃，一致对外，所有"家丑"便都不作数，堆积如山的问题亦大可不必追究和解决。此一心理过程，或可称之为"恋父"。

现在，"恋父情结"的"父"已超越了它的个体指涉范畴，无限扩展到我们的公共空间，而升华成一种权力文化心理——它体现为对族群、国家、传统、威权等集权价值的激烈认同与强悍护守，以及对个体权利、个性与自由的先验轻蔑。秉承这种文化性格的人——尤其是一些学者——对我们的民族和国家总是抱有超乎寻常的责任感，《新京报》7月16日刊登的韩毓海先生专访《韦伯：怀着悲壮的心情投身学术》，就体现出这样的责任感。韩先生嘉许韦伯，乃因为他认同韦伯这样的观点——我不懂德语，不知道韦伯是否确曾如此说过——"德国学术和德国经济学必须服务于德意志民族复兴的根本利益，而不是帮助民族的敌人去瓦解和出卖本民族的长远利益"。他还赞赏韦伯的研究中"充满了对于德意志民族的深切关怀,从德国现实出发的强烈使命感、以德意志文化自豪的强烈自信心"。按说这些看起来都没什么问题,但我只是对韩先生没论及的几个问题颇不放心:

1. 如果一个民族国家内部存在严重的制度弊端,普通公民的个人权利时常遭受侵害,人们是否有权力以公民的名义,审视、批判和改变之?是否有人一旦审视、批判和要求改变了,他就是"帮助民族的敌人瓦解和出卖本民族的长远利益"了?批判的方向究竟应主要指向自身的缺陷,以求其改进和更新,还是把矛头向外,把危机的产生归咎于"民族敌人的侵略",然后"安内必先攘外"?

2. 一个民族的文化传统中如果存在反人性和反自由的因子,是否可对此文化传统进行反思和批判?是否一旦冷峻地反思和批判了,他就被视作"没有文化自豪感"而成为"汉奸"或其他的什么"奸"了?

3. "民族的伟大复兴"到底何意?是立足于这个民族的每一个体成员的公正与幸福,还是不考虑甚至牺牲每一个体成员的公正与幸福,以成就一个民族面对其他民族时显现出来的庞大规模与威慑力?这三个问题实在是我这个无知老百姓的心病,如今憋在这里,也不知去问谁。

在那篇访谈的结尾处,韩先生引用了卡夫卡的话:

"人们只应该读那些刺痛和伤害他们的书。"我倒深以为然。如果一个民族长期生活在歌颂祖德的恋父阴影中,那么检讨本民族、本国家之有限性与不健全性的书,无疑是富于"刺痛和伤害"的;而一本老是称颂己身伟大光荣的书,则只会使少数心怀忧思、热望改进的人感到"刺痛和伤害"。不知韩先生所称道的"刺痛和伤害",究竟是指哪一种。

2004年7月

《不得已》新篇

有些事情,发生一两次不奇怪,如果此起彼伏、步步升级,就会显得离奇。比如说,母亲节这日我看到了两条新闻:四十多位政协委员联名吁请设置中华母亲节,且拟定亚圣孟子的诞辰为正日子——不为孟子,只为他"三迁择教"、因他而著名的娘亲;湖北竹山县举行女娲公祭大典,两百人共拜东方圣母,为此该县还投资了一千五百万建设"女娲文化"景观,并"考证"出当地特产绿松石即是当初女娲补天用的"五色石"——至于为何"五色"变"一色",消息里未作说明。我以为这些都是别致有趣的新闻,可留作茶余饭后的谈资。

但是又蓦地想起，关于节庆和纪年的较劲已经不止一次了：去年底，有博士联名呼吁抵制西方圣诞节；几个月前，有学者建议中国废弃公元纪年，改用轩辕纪年；不久前，某大学校长在人代会上提案，为增强国人的民族认同，缩短"五一""十一"长假，延长春节假期……

至于纪念女娲，此前早已有甘肃天水、山西万荣、河北邯郸、陕西临潼等各地版本，且每一地都认为自己的女娲才是正版。有位古典文学学者在某地考察研究后指出，"中华之母——女娲"确有其人，她身上集中体现的"聪明智慧、勇敢无畏，忍辱负重、自强自立，无私奉献、不计名利，胸怀宽广、博爱慈悲，勤劳刻苦、维护正义，热爱和平、造福人类，厚德载物、生生不息"的"女娲精神"，构成了伟大"中华民族精神"的核心内容。这位母亲的伟大，已远远超过"三迁择教"的孟母和"刺字示儿"的岳母，尽管后两位也值得当代中国母亲学习，但更值得学习的还是女娲，因此他不赞成把中华母亲节定在孟子生日，而认为定在女娲诞辰较妥。当然，女娲确切生日很难查考，并且究竟是否实有其人还真说不定，但不妨碍我们把该日子定在民间传说的"娲皇圣诞"——农历三月初十这一天……

说起"公祭"，也是近年一大热门，各地政府牵头，不但祭黄帝、炎帝（神农）、伏羲、女娲、尧、舜、禹等诸神大帝，还祭孔子，祭屈原，祭伍子胥……凡够得上当地一传说的,都有被"公祭"的可能。我正等着我的故乡小城某日传来公祭袁崇焕和菊花女的消息——前者是抗清英雄,在我故乡打了最后的英勇一仗,后者是本地民间传说的女主角,正以村姑的形象屹立在渤海之滨……

既然写到了炎帝神农,就不能不说起另一则新闻:最近,来自全球的五百多位中医药界人士齐聚广州"炎帝神农中医药发展论坛",并首次共同发表《中医药发展宣言》,坚决反对任何形式的废除、排斥、歧视中医药的言行。有人马上议论道:"中医所蕴涵的学术价值是比价值连城的文物国宝还要价值无比的国粹……中医之道表面上看是治病之道,事实上也是政治、军事、文化、教育、科学等领域必须遵循之道。因此,那些轻言废除中医的人,说轻点是对中华文化的无知,说重点是这些人别有用心……力挺中医,就是力挺中国文化。"

既然提到了孔子,那就更是说也说不完啦:前有孔子标准像轰轰烈烈的确立,现有《于丹〈论语〉心得》的走红,更有十博士联名(又是博士联名)抵制于丹,大声呼唤国人对圣贤经典的"敬畏之心"……

既然说到了于丹,那就不能不提央视"百家讲坛",这个坛对于培养吾国吾民的"传统文化热""国粹热",以及确立于丹老师经典诠释的正统地位,做出了巨大贡献。若干天前,在李零先生新作《丧家狗——我读〈论语〉》的研讨会上,我有幸一睹该坛总策划某某先生的风采,并记住了他振聋发聩的一句话："各位学者还别忙着这么早给于丹下结论，到底谁对谁错，历史自有定论。"回想起于丹老师关于"民无信不立"和"支离疏的故事"等等前无古人的讲解，我不禁对此君指鹿为马的气概和稳操胜算的信心仰慕不已。什么叫话语权？这就叫话语权——不问是非对错、只按我的需要给"历史"定稿的权。至于"我"是谁，我不知道，但我知道肯定不是我。

…………

照这么扯下去，我的文章就不该登在报纸上，而应发表于《故事会》，所以只能就此打住。这些事离奇归离奇，却有一个共同的主题，即"复兴中国传统文化"。从字面上看，这是一个良好的意愿，凡华夏儿女炎黄子孙，都不该有意见——是啊，中国作为大国，在物质文明上已经"崛起"了，文化上不为人类做出点独特的贡献来，说不过去。从以上列举的事实来看，此种文化潮流的"独特性"毋庸置疑，但能否算得上"贡献"，我就没有把握了。让中国人不过西方节，只过中国节，不用西历，改用黄历，对人类有何贡献？或者，调门别那么高，就说对咱中国人自己，有何贡献？我暂时看不出来。

但是经过冥思苦想，我终于看出了一样好处——有利于让每个和中国人打交道的外国人，都成为一个历法演算专家。如今世界是个地球村，中国人和外国人少不了有各种交往约会，如果我们用了轩辕历，预约时间就足以动用一番脑筋——洋人说约会时间要在公元2008年5月23日上午10点，我说不行，得在轩辕四千七百零五年十月初八寅时，由于双方都停留在自己的纪年里，为了明白对方说的时间到底距现在多久，就需要进行一番历法演算。为了保持国格和增强民族自信心，我们是坚决不能把轩辕时间换算成公元时间的，那就等他们换算成我们的。但计算仪器又发生了问题：洋人用的是西方霸权主义的科学仪器推算历法，我们是用数千年前黄帝时期仁爱和平的中华传统仪器推断历法——至于这种仪器是怎么找到的，自有提倡轩辕历的专家负责——洋人怎么能找到同样的仪器，以便推算时间呢？那就让他们进口吧，顺便学习学习我中华民族悠久伟大的传统文化。但可恶的是，洋鬼子都是些唯利是图、趋利避害的动物，他们经过一番成本核算，觉得和中国人打交道的时间成本、物质成本以及脑细胞成本太高，性价比太低，就不和我们玩了。同理，阿拉伯兄弟、非洲兄弟都会遇到这一障碍，有些兄弟的民族自尊心比咱们还强，更不和咱玩了。最后，我堂堂中华终将孤家寡人，悠然独处，其乐陶陶，不亦快哉？

这一思路，正与三百年前"我大清"的一位官员不谋而合。该人名杨光先，当官期间主要和一个叫汤若望的德国传教士叫板，留下了一部名为《不得已》的文集。该文集有两大闪光点需被后人牢记：一是指摘新历书封面不该用"依西洋新法"五字；二是留下了一句名言——

"宁可使中夏无好历法，不可使中夏有西洋人"，用现在的话说，就叫"回归中华文化本位"。皇帝也害怕文人的意识形态，背不起"数典忘祖"的罪名，在杨大人坚持不懈的上书下，汤若望终被判罪，杨大人也终于坐上了汤教士钦天监监正的位子。只可惜，天朝道统并未因杨大人的维护而免于崩溃，反倒是故步自封的愚昧，加速了一个大国的衰亡。

七十多年前，鲁迅先生曾说："杨光先的《不得已》是清初的著作，但看起来，他的思想是活着的，现在意见和他相近的人们正多得很。"现在重温此语，我恍如进入了一架时光轮回机之中，感到实在离奇。王小波认为，从一个错误的前提出发，经过周密的逻辑运算，最后会得出千奇百怪的结论；因此如果我们的生活太过离奇，就多半不是好兆头——它表明此种生活的前提一定出现了错误。根据以往的经验，社会生活中错误的前提所导致的现实结果，比纸面上的错误演算可怕得多，因此还是尽早纠正这些错误的前提比较好。

2007年5月17日

任何创作,都是作者对意义的选择与承担。

辑 己

我为什么这样写"鲁迅"?

我声称要写话剧《鲁迅》(即2016年上演的《大先生》,2013年1月在《天涯》杂志发表时,题为《鲁迅》,后文中的"《鲁迅》",都与《大先生》是同一剧作——李注)至少三四年了,一直干打雷不下雨。朋友们渐渐把它当作了一件可以原谅的事,安慰我说:"没关系,鲁迅从离世那天起就有人要写他,不是一直没人写出来吗?你不是唯一的倒霉蛋。"其实不是的。萧红在鲁迅先生逝世五年后就创作了默剧《民族魂鲁迅》,日本剧作家井上厦在1990年代也写出了诙谐风趣的《上海月亮》。只能说,1949年之后的中国剧作家还没有足够幸运的时机和灵感,来自由地呈现这位天才而复杂的作家。2012年2月，我不敢相信摩挲了三年的话剧剧本《鲁迅》，真的在我手中完成了。

朋友们看完，有激动赞赏的，有不以为然的，更多的是有些惊讶："你为什么这样写他呢？"的确，我的《鲁迅》不是预期之中的历史剧，也没有示人以耳熟能详的"斗士和导师"面目，而是从鲁迅的临终时刻写起，用意识流结构贯穿起他生前逝后最痛苦、最困惑的心结——那是一个历史夹缝中备受煎熬的形象，我试图让他成为一面破碎的镜子，同时照照我们的历史和现在。他逝后的事怎么出现在意识里呢？是呀，这个技巧我想了很久，此处就卖个关子吧。

鲁迅先生的伴侣许广平有篇回忆文章《最后的一天》，作于1936年11月5日，落款注明"先生死后的二星期又四天"，里头写到一个细节：10月19日零时——那时距先生辞世只有五个多小时了——许先生给他揩手汗：

> 他就紧握我的手，而且好几次如此。陪在旁边，他就说："时候不早了，你也可以睡了。"我说："我不瞌睡。"为了使他满意，我就对面斜靠在床脚上。好几次，他抬起头来看我，我也照样看他。有时我还陪笑的告诉他病似乎轻松些了。但他不说什么又躺下了。也许这时他有什么预感吗？他没有说。我

是没有想到问。后来连揩手汗时,他紧握我的手,我也没有勇气紧握回他了。我怕刺激他难过,我装作不知道。轻轻的放松他的手,给他盖好棉被。后来回想:我不知道,应不应该也紧握他的手,甚至紧紧的拥抱住他,在死神的手里把我的敬爱的人夺回来。如今是迟了!死神奏凯歌了。我那追不回的后悔呀。

这段话如同一个伤口,使我在构思过程中不时感到疼痛。这个人的勇毅和脆弱,炽烈和敏感,沉默和爆发,克制和缠绵……时刻对立共存在他矛盾的天性中,直到最后一息,仍彼此纠缠欲说还休。在那生死交界的时刻,爱人未能给他默契的回握和陪伴。他孤单地踏上了无法回归的旅程。我不知许广平先生如何挨过那些心碎自责的日子。我只知,我的《鲁迅》必须从临终这一刻开始——它是一口沸腾的深井,吸引我跳进去。

跳进去之后,最要紧的是选择——让哪些场景进入主人公的意识中?意识流的好处是自由,坏处是容易飞散,飞散不好,观众就会打哈欠——这一点,戏剧着实和小说不同。彼得·布鲁克早就警告过:"戏剧这种形式是多么脆弱而难以维系,因为这小小的生命火花得点燃舞台上的每一分每一秒。"对剧作者来说,点燃火花的实验室在其自心。在浩如烟海的鲁迅著作和相关回忆录中,我生平第一次以窥视癖的嗅觉和冷血，搜寻他的痛苦、纠结、迷误和软肋，从中提炼我需要的火花。我要写的不是领袖敕封的"圣人"——所谓"伟大的思想家文学家革命家"和"空前的民族英雄"，也不是大众追捧的"凡人"——所谓最有人情味的"好儿子好丈夫好父亲好师长"。不。我要写的是一个复杂而本真的心灵。他的伟大和限度，创痛和呼告，我不想辜负。

鲁迅的平生，有三大伤心——早年不幸的婚姻，中年兄弟失和，晚年与全心扶助的左翼力量闹得不愉快。他的身后，则留下了一个谜团，这谜团他若地下有知，一定更其痛苦——若干年后，《鲁迅全集》成为"文革"时期唯一公开出版的伟人全集，一个用当时的意识形态注释和语录改造包装出来的横眉冷对、痛打落水狗的"棍子"形象，使伤痕累累的人们唯一想要对他做的，就是厌倦和逃离。时至今日，关于"鲁迅为何被利用"的问题，在中国学术界依然争论不休。

我决定以我的方式，在剧作中触及这一切。并非因为这些事件是鲁迅人生中最有争议、最赚眼球的内容，而是因为，它们最能显现他贯穿一生的精神逻辑。这个逻辑，既是鲁迅精神复杂性的成因，也是作为戏剧主人公的他，精神戏剧性之核心所在。这个逻辑是什么呢？

说来话长，归结起来便是"爱与自由的悖论"。这里的"爱"，不是爱情，而是牺牲之爱，舍我之爱，类似十字架上的耶稣之爱。不同的是：耶稣为彼岸的天国而牺牲，鲁迅为地上的天国而舍我——他太爱那些无依的灵魂，放不下弱者的眼泪，他希望自己加入的战斗能给他们现世的超度和安慰。因此，"眼泪"是这部剧作的核心词。但先生的经验和理性尚未认识到：凡以"地上天国"之名建造的，莫不是人间地狱；在这过程中，崇高的牺牲者托举起来的不是众生的自由，而是"人神"的僭越。但他自由的天性却已预感到这种危险，因此他最终的选择是：左右开弓的独自"横站"。

从私人生活到公共生活，鲁迅一生都往来奔突于律令般的"爱"和天性的"自由"之间，以自我牺牲始，以逃离桎梏终——直到生命的尽头。这个孤独伟大的悲剧人物，他的悲剧性永远属于现在进行时，其烈度不因时代变迁而稍减。望着他寂寥的背影，我感到如果再不走近他，就永远走不近他了。对他的负心已久，我只想以我的《鲁迅》，稍稍减轻自己的亏欠。

2013年1月

鲁迅,戏剧创作的"百慕大三角"

自2009年初我接受林兆华导演的约稿,到2012年2月完成,话剧剧本《鲁迅》经历了三年多的孕育期。2013年1月,《天涯》杂志打破从不刊发剧作的惯例,将其全文发表,此事在文本阶段才告结束。

有人问:你为什么花这么长时间写一部不到三万字的《鲁迅》呢?想了下,时间长当然是因为自己思致愚钝、准备不足,而这么长时间却没放弃,则是为了对鲁迅的爱与好奇,为了他与今日之"我"的相通——他当年反对的事物,至今依然是我们获得幸福的最大障碍——这样一个灵魂,用三年时间寻找一个呼应他的方式,在我是值得的。还有一个不想放弃的原因，便是它的难度。早有前辈警告过："鲁迅题材可是个百慕大三角啊，搞创作的没有不在他这儿翻船的，你要小心！"果真如此吗？那更要一试。在我的"船"出发之前，翻检了一下先行者的航线，不由得倒抽一口冷气：果然是表面风光无限，海底暗礁重重！

电影演员赵丹1980年临终时发表过一篇文章《管得太具体，文艺没希望》，里面有一段牢骚："像拍摄《鲁迅》这样的影片吧，我从1960年试镜头以来，胡髭留了又剃，剃了又留，历时二十年了，像咱们这样大的国家，三五部风格不同、取材时代和角度不同的《鲁迅》也该拍得出来，如今，竟然连'楼梯响'也微弱了。"其实，他的付出可不只是"胡髭留了又剃"，自从周恩来1960年拍板决定做传记故事片《鲁迅传》上下集，他请缨出演并获准之后，就开始常年模仿鲁迅的生活习惯——比如抽烟抽到根，用小酒盅喝绍兴黄酒，用鲁迅爱用的那种"金不换"毛笔写字，家里的写字台上摆放着鲁迅当年使用的那种墨盒、八行红格纸、糨糊、竹条、瓦片之类，并学着像鲁迅那样亲手装订图书和画册、补裱残旧古书……疯魔若此，只为了形神兼备地饰演他挚爱的鲁迅先生。

也难怪赵丹如此投入，单看当时的主创阵容，就足以亮瞎所有的眼睛：陈白尘、叶以群、柯灵、杜宣等集体编剧，陈白尘执笔，于伶任历史顾问，陈鲤庭执导，赵丹饰鲁迅，于蓝饰许广平，孙道临饰瞿秋白，蓝马饰李大钊，于是之饰范爱农，石羽饰胡适，谢添饰阿Q……此外，还有沈雁冰、周建人、许广平、杨之华、巴金、周扬、夏衍、邵荃麟、阳翰笙、陈荒煤等组成的庞大顾问团。如此群星灿烂，《鲁迅传》自然万众瞩目，还没等剧本停妥，友好国家就来订购影片拷贝了。

但结果是：这部本来计划1961年献给建党40周年的电影，最后没有拍成，只有层层审核、屡次修改的《鲁迅传》（上部）文学剧本留存于世（剧本修改后的第三稿发表于1961年《人民文学》第1—2期，又多次修改后，1963年3月上海文艺出版社出了单行本）——不但主人公鲁迅面目全非，艺术上也烙下"两结合"（革命的现实主义与革命的浪漫主义相结合）的印记，这是"政治挂帅"的必然结果。

正如学者李新宇在《1961：周扬与难产的电影〈鲁迅传〉》和学者谌旭彬在《电影〈鲁迅传〉流产始末》两篇文章中所揭示的：《鲁迅传》不是纯粹意义上的文艺作品，而是一个意识形态"形象工程"。在剧本创作开始前，即已被定调：要塑造一个符合时代要求的鲁迅，要以毛主席在《新民主主义论》中对鲁迅的评价为纲。剧本为了突出鲁迅的"高大形象"，只好虚构史实，遮蔽细节：比如第一次约鲁迅给《新青年》写稿的不是钱玄同，而成了李大钊；即使多次有鲁迅北平家中的场景，也坚决不让他的妻子朱安和他的二弟周作人出场，以免他们给伟人"抹黑";鲁迅南下厦门不是为了爱情,而是因为听从李大钊"到南方看看革命形势"的号召;鉴于陈独秀的"历史错误",他不能出现在影片中,但他的儿子陈延年是个没有污点的烈士,因此便被安排在广州引导鲁迅投身革命。

即使这样意识形态化的鲁迅形象,也不能获得领导人的一致通过。由于鲁迅晚年在上海与若干"左联"领导发生过公开的冲突,而这些人在新中国的文艺界又身居高位,那么如何在影片中叙述鲁迅和他们,就成了一个问题。(这一问题至今创作者也不能全无顾忌。)据李新宇推测,这是《鲁迅传》流产最重要的原因。但这也只是一个推测。一个浩大工程不了了之而无任何交代,在那样的年代里并不稀奇。

1980年,旧梦不死的赵丹找到陈白尘,希望他修改当年的剧本,被陈先生拒绝,称"曾经沧海难为水"——他已没有力量抹掉涂在鲁迅先生脸上的金粉,恢复他的本来面目了。读到这份资料,我忍不住想:所谓"鲁迅被权力利用",也只能做到有限的断章取义;鲁迅形象在彼时之不可呈现,已在在表明他与他的"利用者"之间,隔着无可跨越的天堑。

2005年,由刘志钊编剧、丁荫楠导演、濮存昕主演的电影《鲁迅》上演,这是第一部以鲁迅为主人公的影片。它以鲁迅的最后三年为素材,融合各种生活片段和作品意象，力求表现他"金刚怒目，菩萨低眉"的性格。

戏剧舞台则一直不乏改编自鲁迅小说的作品，如梅阡的《咸亨酒店》、林兆华的《故事新编》和李建军的《狂人日记》等。但以鲁迅为有机主人公的戏剧，新中国一直付诸阙如。反倒是1940年，曾有萧红创作的默剧《民族魂鲁迅》上演，该剧选择鲁迅少年、青年、中年、晚年的几个片段加以动作铺排，最后归于"伟大的民族魂"主题，体现了当年的时代色彩。到了21世纪初，导演张广天借鉴活报剧形式作话剧《鲁迅先生》，将先生的言行口号化，用以义愤填膺地批判美帝国主义对中国的戕害。

这个中国人耳熟能详、叙述最多的人物形象，为何却一直不能在银幕和舞台上被完整而真实地呈现？除了非常时期的历史原因之外，更重要的缘由是：无论电影还是戏剧，都面临一个难题——鲁迅精神世界的强烈和复杂，难以外化于他的人生经历中；以写实手法表现鲁迅，总有捉襟见肘、貌合神离之憾。

窥看了前人的探索和牺牲，我在创作话剧《鲁迅》时，便避实就虚地营造了一个恍惚迷离、生死交界的空间，以此呈现鲁迅先生波涛汹涌的内在世界。但是究竟呈现得怎么样，会不会同样葬身于百慕大三角，实难自知，一切交由读者、观众和时间去裁判罢。

2013年2月3日

关于鲁迅的几条思絮

<blockquote>该怎么谈你呢,先生?</blockquote>

先生,你虽然一生主张科学和进步,但你本质上是个感情用事的人。是感情决定了你一生的路向。如果你知道柔石们之死的真正原因,你还会选择那条道路吗?那么,你的后半生将会完全是另外一个样子。

那么你将失去你的精神立足点。如果你不去支持这个受苦民众的组织,那么你支持谁呢?

你就不能谁也不支持,而只是你自己吗?你为什么不能全部沉入到你的天才的病态之中,从你自我感知的鬼魂的魅影中完成你的文学?

因为你觉得文学并不是一件最紧迫和最重要的事。虽然你的文学天才旷古无匹,然而你觉得,与改变黑暗的现状和众生的苦况相比,文学是什么也做不了的。

你因此放弃你的文学。你投身到带有政党意味的文学斗争中,是因为那是政治,而非文学。你觉得在这样一个时代里成就自己的文学,是一种道德的罪过。而以文学来行动,则能达到你良心的安宁。

这一切,只因为你一些根本的误会——你对民众、对政治逻辑的一厢情愿。你不是个政治人。

你那些貌似深思熟虑、老于世故的言说,其实都缘于你极其感情用事的天真烂漫。

爱是最最非理性的行为。

你的个人主义和天才论,与你的人道主义和马克思主义,是多么矛盾啊。

先生,我们的后代还能看懂你吗?

我周围二十多岁的孩子,他们也有他们的痛苦,这种痛苦与你的不同。你能够理解吗?

你们彼此能够理解吗?

孩子们痛苦什么呢?

——生存。你说:第一要生存,第二要温饱,第三要发展。

但是和你的时代劳苦大众的生活相比，现在的孩子并未到那种不能生存的程度。他们多数是家中的娇宠，衣食无忧地长大。他们的焦虑就是工作，挣钱，买房，买车，结婚，生子。或者不结婚，不生子，但是要消费。各种品牌，各种物件。一个不断"升级"和"进化"的世界。他们要跟上这"进化"的步伐。先生，您不是相信"进化论"吗？现在没人记得生物进化论和社会进化论了。进化论体现在商品上。人是附属在"商品的进化"链条上生存的。跟不上这个链条，人就被淘汰。不能消费的痛苦成为绝大部分人类的最大痛苦。那是被世界抛弃、沦为低等人的痛苦。

在这样的世界里，你还能被理解吗？你还能理解这个世界吗？

诚然，这世界还有你魂梦系之的那种人，那种连最基本的生存都无法实现的人。那些远在天边不被看见，也看不见我们的孩子们。他们赤着脚，生着冻疮，捧着被翻烂的课本，冬天在没有窗户的教室里上课——我们偶尔在媒体上能看见他们。但是在这个疲于应付的世界上，他们是多么不该出现啊。他们出现也白出现。我们自顾自还顾不过来。我们和他们的距离，比两个星球之间还要遥远。我们和他们，我们和我们，我和他，我和我，彼此不能沟通，相互隔膜。你说得对：甚至自己的手都不能感知自己的足。

你痛恨相互隔绝的世界。你以为只要相互的隔绝消除了，人们相互之间懂得爱了，这世界就好了。哦，这世界看起来是比你的时代好了，好得多了，可是人与人的隔绝还是没有改变。它甚至以更精致的形式长存。

那是你没有想到的形式。

你的时代，人还知道向往自由。现在，孩子们不向往自由。他们向往幸福。孩子们的幸福王国是一个物天堂。在那里他们统治它们。他们借助它们的等级和数量实现自己对他者的优越和不平等。你所追求的平等，他们不需要。

你所呐喊的"人类最好是不隔膜，相关心"啊，"救救孩子"啊，愈发像是疯子的梦呓了。先生，在这个世纪里，你依旧是个不折不扣的疯子呢。

所以，该怎么谈你呢，先生？

看，这个人

鲁迅从尼采主义转向马克思主义，看似一百八十度大翻转，其实他经历了一个并不矛盾的思想过程：

1. 早期他追求精神的"发扬踔厉"，即个性自由的发展，个人意志的伸张，个人才能的发挥和成长，以此成全"人国"之建设。但是精神卓异的追求必得在众生权利平等的条件下才能进行。这是因为，追求精神卓异者乃是良心健全者,他／她从起点即不能忍受人类的畸形存在。精神卓异的目标即是真善美,而众生苦况乃是最违背真善美者。因此,追求精神创造力之无尽成长的起点,必须是全人类的权利平等。当这种平等问题成为最妨碍人之健全存在的问题时,鲁迅必然走向——

2. 追求个人权利的平等。这种权利既包括物质权利,又包括精神权利,即每个人都有自由的肉身和精神存在的权利,二者必须同时共存。这也就是鲁迅为何为大众的物质权利、教育权利、言论自由权利而战斗的原因。他在理性认知的层面,从未迁就和迎合大众的精神水平,而强调知识分子的"教育者"功能。但是他因此而疏远了那些高蹈精英派单单指向自我完成的精神探索。他要的是担荷众生苦的精英艺术与思想文学。这是他作为艺术家的选择。他不必为其他选项做定位式的价值评估,因为他不是学者。他晚年的"为人"意志战胜了"为己"冲动,这是他的种种精神选择和褒贬尺度之成因。而他的"为人"意志太切,使他以过于迁就和现实的态度选择同路人。他遂选择了声称"为大众谋幸福"的政党。这是与他的阅历分不开的——他接触的共产党员,从陈独秀,李大钊,瞿秋白,冯雪峰,柔石,一直到那些沉默就义的无名者,都是德行高洁之士。

一个主张"超人"存在的天才,何以最后与"弱者"站在一起?逻辑过程就是如此。

我想把鲁迅绘成怎样的形象？暂且列出几样来：

——一个为"白心"幽鬼（民众的冤魂）复仇的义人。他一生的主题是正义和自由。为了正义的实现他自愿牺牲部分的自由。但是当他发现自由的牺牲换来了新型的奴役时，他同样起身反抗这种以"正义"为名的新奴役。他承担复仇的直接动力和精神源泉，是他对数千年来无辜冤魂的负疚感。他的柔情体现为酷烈的爱和对恶的"不宽容"。

——一个以"背德者"面目出现的道德家。他的新道德因遭遇了"前现代的变形"而成为被下一个时代的压迫者所利用的工具。这是他最大的悲剧。

——奴隶价值观的摧毁者。这种价值观以儒教形式统治数千年，创造了奴隶/奴隶主的世界，人与人不但身体不能相通，连精神也相互隔绝。它将人的价值囚禁于"身份"之中，成为人唯一的意义源泉。而"身份"的本质，只是现世的物质利益和人在资源控制上的等级分布。

——一个被"不信上帝者"所冷漠的先知。但是这个先知拒绝自己的预言成为取代"上帝宝座"之物。

——自感匮乏、拒绝获救的拯救者。绝望的反抗绝望者。他的精神源泉从未想过从超越性的"上帝"那里获得。他害怕被遗弃。他的源泉只能是自身的良知。"自己审判，自己实行"。

——一面要直面真实，一面攥住自欺的希望。这是鲁迅深刻的自我矛盾。与左翼结盟,是他向人群的"求助"。他拒绝向无形的上帝求助。因为他的下意识里害怕单独。他拒绝"先知"的命运,像一个普通人一样自迷于现成的希望,一个热闹的旅程。

那么需要明了这几个问题:

a. 历史给予鲁迅及其同时代人的选项,都是不对的:选择容忍,会成为助纣为虐者;选择反抗,则成为以暴易暴者。历史不给他提供健全选择的机会。这是他的命运。他伟大的人格与他的命运的较量因此显出悲壮。

b. 因此,鲁迅的故事,就是**一个英雄死于爱的故事**。由于他在两难中不能不选择日后被证明是错误的一方,他的爱之初衷与爱之结果相背离。

c. 统治者破坏规则,反抗者也以破坏规则来反抗,于是乎形成恶的循环。不破坏规则会成为鱼肉,破坏规则就会与反抗对象同质。

d. 恶的循环导致人的相恨、隔膜与虚伪,鲁迅试图以诚与爱打破这循环。但是诚必须诉诸真实,而真实让人寒冷,让人难以爱,于是爱变成恨。诚与诚的初衷相悖离。

e. 这个民族的昏乱思想,导致他们盲目地在自己的毁灭中享受对别人的压迫。

f. 如果我们只有此生,我们的反抗必然是以暴易暴;

可是，如果我们有来生，用什么来证明呢？

g. 鲁迅的精神遗产体现为巨大的道德、情感和审美能量，而非一种抽象而经久的学说。他的思想是易被误读和扭曲的思想，是一种脱离了具体历史语境即告错误的言说。

致X. D.

X. D.：

关于鲁迅的思考有不少，因为不耐烦举证论证，所以什么文章都没写。你提醒得好，也许我会为了书的厚度写几篇，呵呵。

这个戏之所以困扰我这么多年，是因为经历了如下阶段：一、鲁迅太复杂，主题定不下来；二、因此形式定不下来，看各种样式的剧本越看越乱；三、主题定下来了，找不到合适的形式；四、拿不准是否应该在一个戏里容纳这么复杂的主题；五、决定不简化主题；六、决定向斯特林堡《一出梦的戏剧》借鉴整体形式，向海纳·米勒借鉴形式的细部——比如角色转换和大段故意理论腔的独白，以容纳这些庞杂的主题。

对我来说，这一过程就是"内容决定形式"，高蹈的"形式先行"或"形式即内容"是根本做不到的。在你看来也许这个剧本还未成其为形式，在我，已经竭尽全力了，首先就是要在剧本里说话。也许它说的话应该分别在好几个戏里形式化地说出来，但我想，即便它只是一个总纲，也要都说出。我憋不住了，呵呵。

你说"幼稚与成熟的混合"，可能是说戏剧形式经验的幼稚，和思想内容的相对成熟吧。这实在是没办法。每一种戏剧语言和形式，都是由其要表达的内容和生命体验决定的。语言的突破，是一个剧作家成熟的标志，对我来说，路还长着呢。

我无历史具体知识，但有基于现实体验的历史感，这个戏是一种历史感的非历史化表达。我感到在中国语境中，不及物的超历史的戏剧不是亟需的，或者说，不是我想做的。但那种照猫画虎的"历史化"，我也不想做。

我的戏剧野心非常不专业，只想"说话"，以及为每一个戏找到适合这个"话"的形式。也许写多了，才会知道怎样建立自己的戏剧语言。

李静　2013年6月16日

致L. J. M.

亲爱的L. 老师：

下边写的，是为了跟您交流，也为了我自己能捋一捋思路。

这次修改，我的主题增加了一个分支：那就是历史给予鲁迅这代人（不只是那代人，至今也如此，历史包袱没消化的地方，都会是如此）的合理性或者说"正确道路"的可能性，几乎是没有的，在这种条件下，鲁迅凭着良知和情感的力量走了一条明知可能没有结果的路，甚至可能是有毒的路。我所感念于他的，就是他舍己的爱力，即使这种爱客观上帮助了撒旦。既然他不能不爱那个遭受欺凌的群体，不能不爱公正，他就不能不这样做。因此，无论鲁迅，还是胡适，都没有问心、问脑都无愧的"正确"道路可走。对党派无兴趣的个人主义者周作人，也不能维持自身的清高。这是历史的、环境的悲剧。这次写的鲁、胡、周三个男人戏，是想表达这一主题。可它实在太沉重和复杂了，篇幅有限，我写得就太简陋了。

这场戏衔接朱安那场戏，也是因为有这句话相连结："我的眼前漆黑一片，没有一条路通往对的地方。"这是鲁迅和朱安婚姻的写照，也是他一生的写照。这个婚姻是历史加在鲁迅个人生活上的无法选择的选择（鲁迅的母亲和朱安两个女人，几千年男权社会欠她们的债，她们全盘转移到儿子或丈夫身上，这不是有意的，而是只能如此的）。在这个悲剧境地里，无法摆脱包袱的鲁迅，也使用了他作为男人的权力——对朱安的冷暴力。因此朱安也是非常痛苦和无辜的。这就是人性和历史的乖谬之处。

无爱的婚姻——三个男人三条路，这两场戏之后，鲁迅和许广平的戏是一支轻松的幕间曲。接下去是鲁迅与革命的主题,实际上是三个男人戏主题"在历史不给正确可能性的条件下,良心的选择及其悖论"的延续和深化。

到最后,鲁迅对观众独白,邀请观众对自己的境遇做出选择。历史是由每个个体的选择组成的,如果每个人都能对自己和后世负责,自会用微弱的力量寻求自由和意义,涓滴成海,走出历史的死结。这是我个人的希望和幻想。即便不能实现,也要对自己和他人负责、尽力。我觉得,鲁迅也一定这样想过。

总的来说,这是我创作过程里断续形成的想法。寄存在您这儿,我也轻松了好多。

您的剧本写得咋样啦?

想念。祝好!

李静 上 2013年6月18日

写作的灵魂想象力

写来写去,觉得作家最重要的素质还是灵魂想象力。为何不叫"精神想象力"?因为"精神"是普泛的,"灵魂"是个体的。创作时,对笔下人物的想象,主脑不在如何想象他们的性格和故事,而是想象他们一个一个拥有怎样的灵魂。灵魂有了,性格和故事就都有了。

但是"灵魂"这东西,对中国人还是挺陌生的。我们从小到大、从古典到今典、从小说戏剧到电影电视剧,主要讲的都是"事";人物或有性格和所思,可多脱离不开物质世界那点人际关系和利害盘算。不是不能写这些,而是多数作家想象力展开的根基,还是物质性和事务性的,缺少能激动深层意识的能量。《红楼梦》是个大异数，里面的灵魂图谱包罗万象，虽然人物关系网络错综复杂，物质生活描写巨细靡遗，但它们是作为灵魂的衬景、肉体和象征物而存在的。

近日看了俄罗斯大师留比莫夫执导的话剧《群魔》，二十几个人物的台词几乎全摘自陀思妥耶夫斯基的同名原著，没读过小说的观众既一头雾水又被深深吸引。实际上，不必弄清谁是谁，只看只听人物们说什么做什么就足够了——那是一个个色彩斑斓的灵魂，超越时空，直接向我们挣扎呼喊。他们是"多"，也是"一"，都来自陀氏自己的心灵，诚如他的夫子自道："我不能成为没有别人的自我。我应在他人身上找到自我，在我身上发现别人。"

从功利角度看，作品人物的复杂灵魂是永不贬值的流通货币。但铸造这种货币，却需要作者有一颗超越功利、关怀人类的灵魂。这种高调听起来很讨厌很陈腐，却是多年来阅读和写作的真实体会。

灵魂常以观念的形态存在，在作品中，需要赋予它们肉体和情感——抑或观念/灵魂本来就是肉体和情感的。陀思妥耶夫斯基说："我能感觉到思想。"这是文学或戏剧创作最根本的方法论。我总以为，戏剧要表现的核心，不是"一片生活"，而是生活表象之下灵魂的饥渴和斗争。

说易行难，自己就费劲儿写了个话剧剧本《鲁迅》

（上演时将名为《大先生》）。里面既有真实存在的历史人物，也有神神鬼鬼路人甲乙，无情节，意识流。很少触及鲁迅的具体经历，着重铺陈他与周围人物的灵魂纠葛——人道主义者、自由主义者、个人主义者和激进革命者之间，各有道理，各有绝境。这些"主义"在我不是纯观念，而是各种人格、激情和痛苦，各种灵魂。当然，因为太看重灵魂了，剧本给读者和导演演员出了不少难题。有人问我干嘛这么写，我用今年出来的自己的一本批评集名字回答他——戏剧嘛，还不是《必须冒犯观众》的？当然啦，除了冒犯观众，还得冒犯剧作家导演演员等一切强势智识群体，这样，不同作家的写作，才能越来越强劲，越来越有趣。

2014年

一个戏剧菜鸟的"鲁迅"编造史

我从小就"立志创作",可一直因为太在意而恐惧,因恐惧而一直只敢围观和搓手,于是"创作"只好一直处在"志"的阶段。这悲惨的结果,便是时断时续的文学批评,以及电脑里一堆夭折的小说和剧本——就像暗恋一个人,天天围着他转,可人老珠黄了也没敢说句"我爱你"。

2009年初,林兆华导演忽然打电话给我:"想做个话剧鲁迅,你就给写了呗。"慢悠悠无所谓地,仿佛这事跟买大白菜一个性质。我立刻被催眠,打起了自己的小算盘:鲁迅这个人,我既感兴趣又不甚了了,正好借此机会既圆了创作梦,又把他从里到外打探个透,岂不两全其美呢？况且一出手就跟大导合作，听着也体面呀。于是不打磕巴地答应了。凭这口头的君子之约，一头扎进鲁迅的汪洋大海里。

我给自己定的期限是一年：半年看书，半年写作。可越看书，越心虚，越觉得以前了解的鲁迅并不是鲁迅，越要看更多的书。《鲁迅全集》那是绝对不够的，虽然里头的书信已很有料了。《许广平文集》也必看，关于鲁迅的日常生活日常言谈日常情感得从这儿找啊。他的兄弟，挚友，学生，对头，同志，跟他有来往的女人，跟他感情很好后来又翻了脸的人，他的外国朋友……眼里的他是怎样的呢？这些人的回忆录也得看呀。鲁迅传记更是少不了的，朱正先生《一个人的呐喊》是长年的案头书，已被翻烂。这是他的血肉层面。他的精神层面呢？除了自己对他的理解，也得看看专家如何剖析他的哲学吧？除了国内专家，西方和日本专家的观点也得了解吧？那么评传、专著、论文集……也得啃哪。

超量阅读的大脑像晕头转向的雷达，觉得每个信息都有用，又不知怎么用。那股认真劲儿，跟《喜剧之王》里"死跑龙套的"尹天仇堪有一比。一位剧作家前辈说得好："知道得越多，越没法写。"有经验的作家对待素材，会采取比较节制的态度：先了解个大概轮廓，然后确立主题，设计人物、情节和结构，再根据设计，有方向地补充素材。我不成，因为胆小。总觉得历史人物的塑造，首先得"是"这个人，不敢说形神兼得，也得对他形神兼知吧，然后才能在"知"的基础上确立形式，展开想象，塑造出既独特又经得起推敲的主人公，同时，说出自己对时代想说的话。这就得忌肤浅，忌大路货，忌一叶障目的边见，先把该人吃透，再找缝儿"下自己的蛋"。怎么算"吃透"呢？当然没法把大先生的每个时辰都摸透，但对他的一生行迹、个性细节、情感逻辑和内在痛苦，起码得做到既贴心贴肺又冷眼旁观吧？

贴心贴肺用了一段时间——这时段读《死火》会哭，念《故乡》和《社戏》会哭，翻《写于深夜里》会哭，看他给曹白、萧军、山本初枝的信，更会哭……当然也笑，他的杂文和信，常常是很逗的，但我感到不如哭来劲，不哭不足以发泄我对这性感小老头痛到骨头里的爱恋。

冷眼旁观又用了一段时间——这时段专挑他毛病：对待朱安，他那是典型的家庭冷暴力吧？二弟周作人跟他决裂，除了"经济原因还是男女原因"的谜案无解，恐怕也因为受不了他的"道德强迫症"吧？选择向左转，认为可以牺牲知识分子及其贵族文化以成全底层人的正义，起码表明他的"个体意识"不彻底，受到了整体主义政治哲学的蛊惑吧？……

经过这一热一冷，干木耳一样薄脆的心智浸在材料的深水里，已发得又软又韧又大又亮，可以炒菜了，可以跟鲁迅专家小心翼翼地聊聊他了。可是一年半的时间也就过去了，自己的日程表只能无限推延了。在这期间，前鲁迅博物馆馆长王得后先生和孙郁先生都快被我烦死了，一摞摞的书被凭空抱走不算，还要不时承受我的电话骚扰之苦——解疑答惑之后，他们例行怜悯一番：还没写出来哪？啊，别急，鲁迅不好写，需要慢功夫，不过你……你这是在创作还是在研究啊？

问得我欲哭无泪。我是想创作，可我得在创作中学习创作不是？我一个连情节剧都没写过的人，怎么能一上来就写一个反情节话剧？一位好莱坞大编剧说得好：对那些没尝试过《夏夜的微笑》就想写《沉默》和《假面》的编剧新手，我只能深表同情。此话击中了我的软肋。同理，一个没写过《朱莉小姐》的戏剧菜鸟，能一上来就写《一出梦的戏剧》么？我十分没底气。

有人问了：干嘛非要写一个反情节的《鲁迅》呢？写一部小情节话剧不好吗？我的回答是：小情节话剧或能表现鲁迅人格个性的某些特质，或精神哲学的某个点，却无法说出我要说的那些话。

我要说些什么话呢？念头太多，像噗噜乱飞的蝴蝶。于是建了个文档，如一枚枚大头针钉住蝴蝶：

《鲁迅》需要观照的几个方面：

一、他的性格：

    1. 真诚，沉毅，公正，自卑，同情弱小，爱打抱不平，拒绝虚与委蛇，因此有领袖欲（也许下意识地真有那么一些）和脾气坏的骂名。他爱青年如母鸡护小鸡，但非常在意受者的反应。他哀怜感恩者，提醒他们吸取自己对母亲的教训："不要太过感激。感激于你是有害的。"而一旦被辜负或被对方认为理所当然，他又十分受伤。

2. 爱众生，亦爱自由，而二者是矛盾的。为帮助大众，他加入左联并甘当梯子。为保有自由，他拒绝服从组织不合情理的编派，拒绝头衔，与他认为的荒谬公开论战。

3. 孩子气。增田涉回忆，鲁迅几次对他说："我爱月亮和小孩，我讨厌说谎的人和煤烟。"他看自己肺部的X光照片时，脸上是孩子气的好奇神情。

4. 敏感，深情，幽默，自嘲。在北京，雪夜坐黄包车，车夫不小心滑倒，他从车上摔下，撞掉了门牙。他满口是血地边进家门边说："世道真的变了，靠腿吃饭的，跌伤了腿，靠嘴吃饭的，撞坏了嘴。"弄得全家哭笑不得。在厦门大学教书时，他和许广平鱼雁传书两地相思，路上他看见猪吃相思树叶，遂与该猪决斗。别人问他何故如此，他笑答："这话不方便告诉你。"

5. 报复心。他的学生和挚友接连被杀害，使他对自私的体面人和杀人的权力者的罪恶，无法忘怀，

以笔复仇，因此他拒绝与他们结成抗日统一战线。同时他深知战斗和复仇对自己的伤害——"这使我的灵魂粗起来。"（李霁野回忆）

6. 意志力。临终，他忍着窒息之苦，给内山完造写字条，麻烦他代请须藤医生来自己家——让许广平把字条带过去，而不是叫她捎口信。

7. 永处在两难的道德困境中。"三一八"惨案后，他绝食数日痛不欲生——青年们因他的文章而生发勇气去请愿和斗争，惨死在枪弹之下，他自己却安然活在世上，他认为自己负有蛊惑的罪责。但他同时感到，如果沉默，任国人浑浑噩噩，也一样负罪。

8. 在他的私生活里，有某种前后不一的逻辑。理念上，他尊重女性及其独立性。但对他不爱的妻子朱安，几乎一直是冷脸不说话，并不在乎这会对她造成怎样的内伤。他曾决定"为她做一世的牺牲，还掉四千年的旧账"，许广平的到来打破了这个承诺。与许广平结合后，许要出外独立工作，他不允，要她做助手。

二、他的思想：

1. 关于"胡适还是鲁迅"的争论。

胡适说：你要想有益于社会，最好的法子莫如把你自己这块材料铸成器,方才可以希望有益于社会。真实的为我,便是最有益的为人……现在有人对你们说:"牺牲你们个人的自由,去求国家的自由!"我对你们说:"自由平等的国家不是一群奴才建造得起来的!"

鲁迅说:在自由之前,应当先求平等。人类最好是彼此不隔膜,相关心。

有关"个人本位"和"自由优先",鲁迅的确没想透,这是他哲学的短板。但胡适与权力的关系暧昧不清,也不能实现他的自由主义理念。

不是他们二人有错,而是历史根本不给他们以"正确"的机会。在错的时间,错的地点,他们想做对的事而不得,只能退而求其次地做出权宜的选择,于是一切都像是不对似的。

2. "向左转"。出于对大众苦难的感同身受,早年信奉尼采超人哲学的鲁迅选择与左翼青年和弱者政党联合。这种"向左转"是发乎人道热肠,而非组织原则,因此当他感到"组织"的异化和逼迫时,不惜跟组织领导翻脸。

3. "代价论"思想。他认为,为了被压迫者的解放,毁灭知识分子及其文化是必要的代价——包括毁灭他自己,也是这心甘情愿的代价的一部分。但同时,他译的又多是苏联的"同路人"的作品。此中暗含他精神上的大矛盾。

4. 对国民劣根性和专制政治的批判。

5. 鬼气。他一直想创作一部有关人与鬼的剧本，结尾是一个人死的时候，看见鬼掉过头来，在这最后一刹那，他发现鬼的脸是很美丽的。（高长虹：《一点回忆》）

6. 人格主义、人道主义与马克思主义的矛盾，唯物主义与宗教式情感的矛盾。他有超人般的能力和精神，同时怀着对弱者的忘我深情。极富人情味，极软的心肠，却痛感书生无力，呼唤革命的"血与剑"。其实只是咬牙切齿地发狠而已，实际上他做不到。

7. 鲁迅"被利用"的问题。他的思想与他的利用者之间，真有某些同构性吗？这涉及他的哲学短板。此问可与问题1相互参照。

三、与鲁迅关系密切的人物之命运：

1. 许广平。初为青年反抗者，后成鲁迅的助手和伴侣，鲁迅逝后是其遗产守护人。1949年后，称"鲁迅是毛主席的小学生"。1968年，鲁迅手稿被江青夺走，她惊吓焦虑至极，心脏病突发而逝。

2. 朱安。一只无爱的爬不动的沉默蜗牛。

3. 周作人。本来兄弟怡怡，都是五四风云人物。因日本妻子羽太信子的缘故（真正原因已成谜，是否在戏里写出自己的猜测，再看），与鲁迅反目。自此彻底皈依个人主义。后在汪伪政府中任职，抗战胜利后以"汉奸罪"坐牢。1949年后被剥夺选举权和著作署名权，译书，写关于鲁迅的回忆录，始终未改语言风格。1967年抑郁而终。自嘲"寿则多辱"。

4. 新中国成立后，跟鲁迅过从甚密的：胡风，"反革命集团案"祸首；冯雪峰，"反革命"；瞿秋白，被挫骨扬灰。被鲁迅讨厌的：胡适，毛对他发动了一场缺席大批判；周扬，被批为"反革命黑线"。全被打倒。

四、鲁迅与当下的相通之处：

1. 知识分子与权力的紧张关系。
2. 人道热肠与自由意志的矛盾。

思路捋完，发现一个令我绝望的难题：鲁迅的现实人生场景，根本无法承载他的精神戏剧性和复杂性。而一部戏如果不表现主人公复杂深刻的内在世界，只表现他表层的性格／人格，有什么意思呢？

求助于前辈巨匠，也没得到办法。已有的历史剧主人公个个富有行动戏剧性,看看莎士比亚的《亨利四世》,毕希纳的《丹东之死》,斯特林堡的《奥洛夫老师》,彼得·谢弗的《上帝的宠儿》(《莫扎特传》),主人公的思想与其戏剧性行动之间都有极强的因果关系。但鲁迅没有。鲁迅一生的大部分时间在书桌边,仅有的那几次行动,比如校务会上反对因"清党"而压迫学生啦,参加杨杏佛葬礼不带家门钥匙以示赴死的决心啦,为了躲避追捕而隐姓埋名住在某家小旅馆里给不知他是谁的工人代写家书啦,等等,只能表现他的某种德行,但他的《野草》式的精神世界怎样表现?上面列出的那些思想纠结怎样表现?无解。

只好找传记电影看。《三岛由纪夫传》和《卡夫卡》都是作家主人公,一定也感到了我的难题,它们的处理办法是:把作家的人生和他的一些小说场景融合在一起。我不能学这一招——早在1941年,萧红的默剧《民族魂鲁迅》已经这么做了。

不知怎么办,就先任由自己写一些片段。最初只会写那种写实的场景。比如鲁迅和儿子海婴在一起玩的场景,这是脱胎于他的一封信和许广平的回忆录:

[四岁的海婴手上蘸了墨汁,拍在鲁迅的稿纸上,然后撕之。鲁迅怒,把报纸卷成空筒,轻打海婴。

鲁迅 臭弟弟,今天不打你是不行了!

周海婴 （惊吓多于疼痛）爸爸不打！爸爸不打！

鲁迅 （停手，板脸）下回还撕爸爸的稿纸么？

周海婴 爸爸，下回不敢了。

〔鲁迅放下纸筒，继续摆弄海婴的钢模型玩具。海婴什么都不做，气鼓鼓地沉默片刻。

周海婴 我做爸爸的时候，不要打儿子的。

鲁迅 如果儿子坏得很，你怎么办呢？

周海婴 好好地教他，买东西给他吃。

鲁迅 （被逗笑）弟弟，你的心肠倒是好极了！比你爸爸的好。

周海婴 那当然的。（悲愤地）这种爸爸，什么爸爸！

这样的片段有不少，但是不知派何用场，只当练习台词和熟悉鲁迅性格了。

有一天，看一本叫《黑色电影》的书，脑子里忽然闪出两个男人：一胖一瘦，身穿黑风衣，头戴黑礼帽，瘦子精明阴沉，胖子蠢得可爱。最初，我设计他们是跟踪鲁迅的两个特务，在他家对面租了房子监视他。鲁迅一家出去的时候，俩人就潜入他家看他写的手稿，还偷走他以前写的书，看完偷偷插回他的书架。慢慢地，二人发生了微妙的变化。可后来发现三谷幸喜的《笑的大学》已用了类似情节，只好作罢。

在另一天，瘦子和胖子的角色发生了变化：他们成了地府使者，要接鲁迅到自己的国度，帮他们摆平一些事。一个黄昏，我忽然想到，这两个角色也可以出现在鲁迅的梦境里，化身为他曾经的"左联"同志，该同志无姓名，符号化——瘦子叫"威严的中年人"，胖子叫"不笑的青年"，于是，我让他们和鲁迅发生了一场理论腔的对话：

鲁迅 您说，每个个体等于零？

威严的中年人、不笑的青年 对！等于零！

鲁迅 （走）无数个零加起来还是等于零。（站住）这样的话，我们忙什么呢？

威严的中年人 鲁迅先生，您的数学是反动阶级的数学，它的原理是两千年前的奴隶主阶级制定的。我们新兴阶级要有新兴的数学——个体，等于零；无数个体的总和，等于无穷大！这就是我们的信念。我们的数学建立在信念之上。这种信念与体积相连。试想想，当你一个人被扔进广袤的沙漠，是不是等于乌有？但是我们亿万个人站在沙漠上，沙漠就不再是沙漠，而是人类！每一粒沙子都将被我们相互之间的连接所征服。这就是空间的魔术。空间将战胜时间。总有那么一天，地球上的每一个空间都将站立着我们的人,所有人挽在一起的手臂将统治整个世界!到那时,时间必将消失,永恒之国必将降临,一个尘世的天堂必将出现,末日的审判也会到来。一切的不公不义都要在这场审判中现出原形,接受惩罚!未来的新人会代表所有坟墓里的受害者,惩罚那些双手沾血的罪人,鞭笞加害者的尸骨!那将是一个血流成河的天国,善与恶分列在血河的两岸!

这个段落让我感到:似乎找到了这部剧作的某种声音。但我还看不见全体,它也只能先存着。

由于没经验,我先后写了内容完全不同的两稿。这时不知"结构"为何物,形式看起来是写实剧、幻想剧和寓言剧的不得章法的大杂烩,间杂着如上段落,怎么看都是四不像。

第三稿又另起炉灶,想起心心念念的一个细节:鲁迅临终时,紧紧握着许广平的手,似乎有话对她说,但许广平怕太过热烈的回应惹他难过,就松了,走开了。没多会儿,鲁迅孤单长逝。我在另一篇文章里讲过,真正的成稿,是从这个细节开始的。

这时我才感受到意识流的气息。戏剧时间确定在鲁迅的弥留之际,自称来自天堂的瘦子和胖子要来回收他的影子,带他走,但总是带不走。总有他最惦念的人与他相会。我列了内容清单：朱安、鲁瑞，周作人夫妇，许广平，"左联"同志，之后转入"天堂"。"天堂"里的事儿，观众比鲁迅更清楚，这个原因你懂的。

此时我的学习榜样非常集中：一个是斯特林堡的《一出梦的戏剧》，它教我如何结构一个"梦"；一个是海纳·米勒的《任务》，它教我如何突破具体时空的逻辑限制，将复杂的思想转化为富有张力的超时空戏剧动作。

梦剧结构能把不相干的内容组合在一起，摆脱了情节重力的强制，看起来像太空漂浮物一样自由自然。而这些表面不相干的内容，我用一个主题来统领，那就是"爱与自由的悖论"——从他的私人生活到公共生活，都是如此。这时，两年半过去了。

于是慢慢写。写到朱安来找鲁迅，把他勉强的笑脸撕下一层来，声称要带回到北平的家里，挂在墙上。二人正纠结，朱安一转身，变成鲁迅的母亲鲁瑞。这个转身，使我感到剧中所有女性角色都可用这种方式，由一个女演员承担，并由此推动戏剧的运转。心里明白：这一稿写完，就不必推翻啦。

写完，又进行了三次局部修补。2012年2月，第六稿终于完成。就这样，三年时间，留下这近三万字。2013年1月，《天涯》杂志发表了它。2013年3月底，才华横溢的演员赵立新导演并主演了《鲁迅》的情景朗读。这使我发现不少问题，又重写了三分之一。至此，算是最终定了稿。如果一切顺利的话，赵立新演绎的鲁迅将会以《大先生》之名出现在舞台上。我想，电脑里因我的笨拙而阵亡的那些字——总得有十几万吧，或许可以瞑目了。

2014年8月7日

不会笑的人及其他

拉伯雷在《巨人传》中创造了"agélaste"这个词，意思是"仇恨笑、不会笑的人"。自此，笑，还是不笑，让不让笑，会不会笑，什么样的笑，笑谁，成为哲学问题。它关乎自由与反讽，以及人的自我解放和自我反观的能力。"不会笑的人"，是永远在灵魂里穿着制服的人。他不笑别人，也不笑自己，更不许别人笑自己。在不笑的生活中，他决断人的生存与毁灭，正确与错误，道德与败德，有罪与无罪。这种人所建立的文化，是一种紧绷的审判庭式的文化。这种文化一旦制度化，就会僵死，乃至流血，乃至流不出血，乃至血管里只剩下水。

《大先生》中，有两个角色叫"威严的中年人"和"不笑的青年"，即是对"agélaste"这一伟大洞察的小小回应。他们的命名，小有深意。

《大先生》结尾，鲁迅对观众说出了长长的独白。剧本中，椅子被烧成了灰。舞台上，巨像头脑里的椅子被鲁迅拽了下来。貌似一场一劳永逸、浮浅乐观的胜利。

其实，戏并没有完。在剧本中，最后一句舞台说明并非无意："一种阴沉恐怖的声音伴随着时钟走针声由远及近。收光。"

舞台上，鲁迅定格在他最后的反抗动作中，大幕渐渐拉合。不祥的黑衣傀儡操作师回到鲁迅的躺椅前，说出："他可真瘦。""是啊，一把骨头。"立即收光。

此种安排，小有深意。

为何《大先生》的后半部分，瘦子扮演的"威严的中年人"和"持鞭的男人"更加喋喋不休，而鲁迅却常常失语？

翻翻历史，看看现实，就知道了。

有些时刻，让主人公沉默，比让他开口更有深意。

陀思妥耶夫斯基的《群魔》已经预言：虚无主义的"人神"取代上帝之后，将要建立的黄金世界会是一个蚂蚁窝，而非他们所声称的"地上的天国"。人将在声称的平等之下，只为面包而生存，精神、上帝、自由，都将成为违反法则之物。

鲁迅会忽略这一"陀思妥耶夫斯基问题"吗？他会看到，否定了基督信仰的"黄金世界"，在中国早已存在了几千年。只不过中国的"人神"，尚未经过精致的"上帝化"教义的包装而已。它作为秩序的前提，从未被质疑；它也将在新教义的包装下，成为"人神"的升级版。

在《失掉的好地狱》里，先生隐隐窥见了这图景。

争夺椅子的正义之战，最后仍将归结到椅子上去。

精神世界的鲁迅早已直觉到虚妄，而现实世界的鲁迅却无法停止行动的脚步，因为捧住苦痛者的眼泪，是他的誓愿。

于是他的灵魂分裂，挣扎，自己反对自己，自己讽刺自己。

于是我让黑衣青年对他说出这样恶毒的话：

> 关上你高得过分、远得没边儿的天空吧，鲁迅先生。遮上盖子，竖起栅栏，平均给每人三尺见方就够，鲁迅先生。和他们联手造个完美的蚂蚁窝吧，鲁迅先生。和所有工蚁一起，齐心协力去搬运面包渣吧！快去！别浪费你的力气，也别误闯蚁王的宫

殿！去和亲爱的可怜的让你魂牵梦萦的工蚁们融为一体吧，鲁迅先生！不要犹豫！不要回头！

不错，这个黑衣青年，他的精神母体——尼采，恰是"人神哲学"的始作俑者。尼采本人带着对上帝的刻骨思念，判处了上帝的死刑；而他自己，其实是耶稣另一版本的仰慕者，将发展人的创造力作为他的唯一使命。

他不知道，"上帝死了"这种话，是只能被他的同类听懂的。被不该听的人听到，会酿就极大的祸事。祸事一旦来临，他即被追认为教唆犯。

这是另一版本的《枕头人》故事——作家卡图兰依据自己的生命体验写了虐童杀童小说，傻哥哥迈克尔依据这些小说去虐童杀童。警察判作家有罪，枪毙了他。

尼采和鲁迅，即是卡图兰。

傻哥哥迈克尔是否因为读了卡图兰，才去虐童杀童？哦，原来傻哥哥虐童杀童是因为卡图兰写出了这样的故事，而非因为傻哥哥是傻的。

那些判尼采和鲁迅有罪的人，与《枕头人》里的警察无异。

《大先生》里的"鲁迅"，以及他周围的世界，是片段和破碎的。不消说，这个"鲁迅"来自原型而又并非原型。鲁迅从如此带有"训诂"意味的朱安、鲁瑞那里，走向越来越符号化、政治化和当代化的世界，其中的统一性逻辑在哪里？心理线索又在哪里？

在此，我愿意抄几句关于立体主义绘画的话：

> 画家们将不同状态及不同视点所观察到的对象，集中地表现于单一的平面上，造成一个总体经验的效果。综合的立体主义不再从解剖、分析一定的对象着手，而是利用多种不同素材的组合去创造一个新的母题，并且采用实物拼贴的手法，试图使艺术家接近生活中平凡的真实。

戏剧与绘画，并不隔膜。

塑造人物性格，表现人物命运，建构统一的逻辑，隐藏而非直露思想……这些艺术法则都是好的，适用于古典的艺术结构。但对于《大先生》来说，古典结构不足以完成它的艺术任务。

那么《大先生》的艺术任务是什么呢？

动笔之初，犹疑于两个选择：是写一个"全新的鲁迅"，塑造一个"复杂立体的个性化形象"，揭示"人性的幽暗之处"？还是以鲁迅为镜，表现当代国人的普遍境遇，表达一个剧作者的救赎态度？

这涉及剧作是隐喻的，还是直喻的。

二者是可以两全的吗？或者，二者是同一的吗？

起初，貌似可以的；但走到一定的深度，二者便不能两全，无法同一了。前者求真，后者为爱——在某个契合点之后，二者必会分道扬镳。

探索人性的幽暗、个性的极端，必得直逼"这一个"最独特遥深的角落，步入他人无法步入之地。此一领地，"普遍境遇"和"救赎态度"已无从置喙。

表现当代国人的普遍境遇，表达创作者的救赎态度，必得有极大的爱力、极深的痴愿——荒谬必须被指出，堕落必须被阻止，人必须得救。此一痴愿，"幽暗的人性""极端的个性"已无可补益。

"真"所要求的，"爱"无法抵达。

"爱"所要做的，"真"无能为力。

当此十字路口，"爱"之迫切战胜了"真"之骄傲，不再回头。

得耶失耶？

不再重要。

我承认，爱是最最非理性的行为。

2016年5月7日

当"话语"成为戏剧的素材

1

战国末年的秦国咸阳,有一部喜剧家喻户晓,一票难求。它是如此火爆,以至惊动了秦王的红人、客卿韩非。他把此剧调进秦宫,请秦王嬴政和大臣李斯一同观赏。于是戏班班主和他的弟子们,跟秦王和他的权臣们之间,发生了一连串的事……

如你所知,这是个胡扯的故事。战国末年中国的戏剧并未成形,秦王嬴政和韩非李斯也无从去看这么一出子虚乌有的戏。他们更不会这么说话:

韩非　同一个故事,有人听了会笑,有人听了会哭,有人听了犯困,有人听了想杀人……端看听众是什么人,他站在什么位置上。

墨离　接受美学。这门课你当年可没我成绩好。

韩非　不,是接受政治学。在我的倡导下,秦国已不存在美学而只有政治学了,这你都不知道?

墨离　不知道。久不在学术圈,我可真是落伍了。

这种写法,鲁迅已在他的小说集《故事新编》里玩过,王小波的"青铜时代三部曲"则走到了极致。戏剧呢,迪伦马特的《罗慕路斯大帝》早就以此颠倒了众生。

那么,干嘛还要这样写一部戏?

一个无法释怀的主题折磨着我。没错,此剧是先有主题,后有人物和故事。先有灵魂,后有承载它的肉体。

2

《秦国喜剧》的主题得自我青年时代以来的经历。经历这东西,有时很具体,有时很抽象。有时向你的身体迎面击来,有时只是一段致命的阅读。对我而言,某些经历刻骨难忘,一直翻涌着,呼吁一个呈显它的形式。十几年后,形式诞生,看上去已令"经历"面目全非。只有那些匿名的时日和魂灵,会从字里行间认出自己。

那时，我刚从北师大研究生毕业，到一家文学杂志当编辑。那是文学没落而思想上升的时期——自由主义呀，"新左派"呀，新儒家呀，新权威主义呀，文化保守主义呀，民族主义呀……派系繁多，交锋激烈，大概念与大批评齐飞，思想味共火药味一色。与不痛不痒的文学风景不同，这些学说击中了现实的敏感部位，吸引了媒体和公众——其中就有我——的注意。于是，时常漫游在那些思想争鸣的报刊和网站之间——《南方周末》《读书》《东方》《方法》《书屋》《南风窗》《粤海风》，"思想的境界"网站，"世纪中国"网站，天涯社区"关天茶舍"……它们各有立场，各领风骚，我也由此结识了不少师友。我有个观点：1990年代以来，是媒体而非高校，成为培养公众自由思想的大学——作者是教师，编辑是教务，无论教师还是教务，皆有不少仁智双修、诚勇担当之士。之所以会用"诚勇担当"四个字，原因你懂的。多年以后，当我对现在的年轻人说起某些报刊和网站，他们的脸上便会现出茫然的神情："有过吗？"可见，生存还是毁灭，究竟曾有什么生存什么毁灭，不过是一个个仿佛没有发生的故事罢了。"时间永是流驶，街市依旧太平。"鲁迅先生老是这么毒舌。

但也只"仿佛"没有发生而已。它们还是慢慢在我的心里发生了。我是这些故事的旁观者，也是一个边缘的参与者——一个受到思想之潮的拍打，但毕竟更爱文学,更期待文学能爆发精神力量的小编辑。文学的力量不够怎么办?把心仪的作家和学者请来,给我的杂志撰稿。两三年后,这家文学杂志以其另类的力度和关怀收获了读者,不久,也收获了指令:"只能发表纯文学作品和纯文学批评,停发一切思想评论和社会评论。"以"纯文学"覆盖"思想",足见前者是多么无害,而后者是多么可恶了。

但是,总有例外。有一位作家的纯文学,从不在"只能发表"之列,而是屡遭删削或退稿。不是他写得不好,相反,他的小说太过有趣和恶毒,总要激起我的狂笑——越笑得厉害,越发表不了。渐渐地,我只能做他作品打印稿的读者,无法当他的责编,直至他去世,都是如此。他的名字叫王小波。我曾写过一篇题为《王小波退稿记》的文章,记录了他的长篇小说《红拂夜奔》在我的央求下,由他删节两次、仍无法在我刊发表的经历。此事成为我编辑生涯中无法挽回的羞耻和歉疚。它是一则寓言,时时啮咬着我,其含义远远超出这件事本身。

多年以后,我也开始了自己的戏剧创作。回望这位精神兄长屡遭摧折的创造旅程,有些竟已和自己的经历渐相重叠,将来,可能还会在我的写作后辈那里继续重叠下去。这种感受,令我想要写一部戏,将它表达出来。

于是，尝试着表达。大体而言，创作过程是这样的：（1）确定主题，琢磨主人公的性格和内心；（2）有一天，读一位历史学家的文章《反智论与中国政治传统》，他对法家思想家韩非的评论令我豁然开朗，于是闪电般确定了此剧的另一主人公——韩非，且确定了此剧的时空——战国末年的秦国，顺便也"生下"了秦王嬴政和大臣李斯的形象，而第一男主角的身份也倒推着确定了——一个名叫墨离的戏班班主，他既是剧作家也是演员；（3）从当代思想界的话语场中继续提炼和丰富剧中人的思想性格，以及整部戏的精神氛围；（4）确定大体的故事线；（5）想出戏中戏；（6）开写；（7）写完，确定剧名为"秦国喜剧"。

过程说起来很顺当，写时却是磕磕绊绊。其中人物形象的设定，最是费工夫。剧中韩非，是历史上的韩非和当代知识分子的混合体。韩国宗室出身，结巴，提出"君道一体"学说，建议消灭"五蠹"，受宠又失宠于秦王嬴政，最后被李斯毒死，都来自历史；至于其他——比如他由于卑屈的母亲而不招人待见的出身，他阴郁狠辣而又老实矜持的性格，他一织上毛衣就口齿流利，他满口的西式哲学话语……就全是编的了。之所以锁定这个人物，乃因为他是杰出的心理学家，消灭自由的高手，中国两千多年政治传统和政治生态的缔造者。他用自己的学说,为人间的君主设计了通往上帝宝座的道路——那就是利用人类贪生怕死的弱点,造就反智和恐惧的机制,以达成君王对子民的完美塑造。他是千秋万代的"哲人王"——虽然他的肉身之死经过了秦王的同意,但他是后者的精神导师啊。时至今日,韩非的遗产依然主宰着我们的生活,定义着知识分子的身份。有趣的是,依然有那么多知识分子背叛自身,而追随他的脚步去做"王者师"——虽然他们口口声声言必称卡尔·施密特、列奥·施特劳斯等等,但他们真正呼唤的,却是法家韩非子。因此,剧中人韩非,其实是"历史上的韩非+卡尔·施密特+某些当代知识分子"。他的许多独白,是我对"哲人王"型知识分子的灵魂窥视与想象。美国学者马克·里拉说得好:"知识分子的亲暴政思想……原本是我们灵魂的一部分。倘若我们的历史学家真的想要理解'知识分子的背叛',那么他要去检视的地方就是——内心世界。"[1]我不是历史学家,而是个戏剧作者,但我认为"检视内心世界"这种事,也许戏剧更在行。

与韩非相对的第一主人公墨离,是最不好写的角色——因为他是个"好人"。好人难寻,坏人却怎么写怎么有彩——比如嬴政吧,耍流氓,说脏话,胸有城府,

---

[1] 马克·里拉:《当知识分子遇到政治》,新星出版社2010年,第157页。

不可一世，还挺有文化水平，个性很容易跃然纸上。好人呢，很难写得可信；可信了，也很难好看，因为"好看"需要变化多端——"坏人"就变化多端，而"好人"总要持守一个不变的准则。那么墨离怎么办？只好凉拌——让他做个灰调的人，而且有自己的秘密，有曲折的前史，有儿女情长。他是个信仰自由的艺术家，可是胆小，心软，品貌看着不端正，为了戏班的生存，不惜在权贵面前服软儿。但服软儿有个底线——绝不说违背良心的话。如果一定要他在背叛良心和舍弃性命之间做一选择，他只好选择后者。借助墨离这一喜剧作家形象，我也想探究"笑"的命运——爱笑的人和仇恨笑、反对笑的人，究竟谁的生命更长久。

4

对此剧而言，当代中国纷纭喧哗的话语场自然是最重要的参照。从学者们的主张和争论中，可以看到形形色色、活灵活现的人——天真赤子表里如一的，义形于色表里相悖的，杀气腾腾狐假虎威的，自我崇高自我感动的，渴望统治为虎作伥的，迂阔乡愿死于句下的……他们成为《秦国喜剧》最丰富的素材，以各种变形的方式，进入了这部剧本中。

之所以这样做，是基于这样的观察：往往是话语、教条和思想，而非"一片生活"，决定了我们的命运。

因此，如果我们不想在预定的命运中毁灭，那么就只好在自己的戏剧中，尽可能地诚实。

2016年12月6日

从复仇到拯救
我怎样写《精卫填海》

完成于2019年8月的歌剧剧本《精卫填海》，缘起于国家大剧院的约稿。原始故事出自《山海经·北山经》：

> 又北二百里，曰发鸠之山，其上多柘木，有鸟焉，其状如乌，文首，白喙，赤足，名曰"精卫"，其鸣自詨。是炎帝之少女，名曰女娃。女娃游于东海，溺而不返，故为精卫，常衔西山之木石，以堙于东海。

人物是一个：炎帝小女儿女娃。情节有一翻：女娃在东海游泳，被淹死了；她就化作一只鸟，发出"精卫"的叫声，每天叼着西山的木枝石块，去填东海。

一只小得几乎看不见的鸟，一片大得望不到边的海。但这微小的鸟，却要填平那大海，因为它曾不公正地吞噬了自己的生命。这故事带有强烈的复仇意味，求公义的意味，显然徒劳无功，偏要不死不休，其极端气质跟中正和平的儒家教训迥然相异。

少年时代听到这故事，就觉有一股冤气，令我敬而远之。大概骨子里还是软弱的人吧。但又被莫名吸引，就像小孩子对一个越怕越想看的东西，那种奇怪的兴趣。

因此接了这约稿。私心里，想给这故事涂抹一点别样的色彩。

这么短的故事，如何敷演出一部至少一个半小时的歌剧呢？又如何在这个被创造出来的长故事里，表达原故事显现的主题呢？

虚构大忌：生编硬造。

但不编造也不行。编造，得合乎原故事的气质和色泽，所用材料，要属乎同一质地。只能将目光投向整部《山海经》，以及和"精卫填海"背景相关的历史—神话传说。

精卫鸟的前生是炎帝小女儿，名叫女娃。便寻查炎帝。炎帝又称神农氏、连山氏、魁隗氏等。史载神农"不望其报，不贪天下之财，而天下共富。智贵于人，天下共尊之。以德以义，不赏而民勤，不罚而邪正，不忿争而财足，无制令而民从，威厉而不杀，法省而不烦，人民无不敬戴"。其舍身尝百草的形象，深具道德魅力。于是一个灵魂性的人物定下来——女娲的父亲，他叫"神农"而不叫炎帝，他是一个父性盈满、仁爱自由的部落首领，而非一个帝王。

神农是五弦琴（神农琴）和五音律的发明者。这一传说，为此剧的核心意象插上了翅膀——"琴""音乐"，在本剧中将不只是艺术手段，更是一个"角色"，是精神、心魂和激情的象征。诗与乐，本是中国古典文明的核心，在此剧中，成为神农部落超越性的精神价值的承载者，也是它区别于蚩尤部落之处。

于是主人公"女娲"，被设定为神农部落里最善弹琴作曲的女子。歌剧需编剧与作曲家协同创作，本剧作曲乃是赵季平先生，他建议女主人公手持的乐器由弹拨乐改为笛子，一是，笛子在表演时轻盈好看，二是，他已想好女主角由哪位女歌唱家扮演，这位歌唱家也是笛子演奏家。于是，女娲的乐器改为笛子。

这部歌剧事先即已确定，不取解构性和无调性的现代主义或后现代主义歌剧样式，而是古典样貌的正剧或悲剧。古典歌剧，爱情永远是第一主题，也是故事的主体。我想将"精卫填海"从一个复仇故事，转化成"爱情+复仇"故事，极难，却也是最吸引我的一个挑战。

女娃须有一个恋人，此二人须经历生死之爱。

——她和他该是怎样的人，才能彼此吸引？

——必得是，一见钟情而心相知。

凡常生活中难以如愿的事，大可在神话故事里如痴如狂。

女娃既已被确定为一个音乐精灵，她的恋人姜栩（炎帝部落姓姜，因此男主人公姓姜，"栩"字忘了怎么想出来的，就觉得这个字有振翅欲飞、难以羁束之感，女娃会爱这样的灵魂）必是她贴心贴肺的知音，他迷恋她的笛音——她的心魂，以至生死相许。笛音是男女主人公爱情的基石。"知音"，是一对恋人牢不可破、最有说服力的爱情连结。蓦然想到一个怪主意——二人初相见，即同时喊出"精卫"二字，称呼对方。这是他俩重生的名字，合一的象征，爱情的印记。

姜栩形象是纯然虚构的，没有传说支撑。遂用女娃的目光，将他塑造成值得恋慕的青年——深情，勇毅，敏感，有难以愈合的创痛和游历四方的经验。

女娃溺于东海，延伸出"东海神"禺䝞的形象。禺䝞是在《山海经·大荒东经》里出现的："东海之渚中，有神，人面鸟身，珥两黄蛇，践两黄蛇，名曰禺䝞。"他是一个两耳戴着小黄蛇、两脚踏着小黄蛇的神。不知为何是小黄蛇。但它们对这个形象的塑造很有用处——给禺䝞以神秘叵测的气质和权力感。就使用了它，在最后一场戏里发挥功能。

女娃和禺䝞之间若建立足以支撑一部戏的力学关系，需要一个大事件。筛来选去，这事件就确定为炎帝和蚩尤之间的部落战争。

据史载和传说，在炎黄部落联盟战胜蚩尤部落的涿鹿之战前，蚩尤曾征伐炎帝部落，并将其打败。原因是：炎帝部落尚处于新石器时代，劳动工具和武器皆为木石器；而蚩尤部落则已学会冶炼之术，能造青铜兵器和农具。

于是，故事的开端即设在这个当口：温柔和平、使用木石的神农部落，受到骁勇扩张、使用青铜的蚩尤部落的侵略，并将面临毁灭。唯有东海神禺䝞能拯救神农部落——他会满足神农的祈求，但有一个条件：女娃作他的新娘。

禺䝞为什么能救神农部落？因为他是海神。剧中设定神农部落和蚩尤部落均临海，神农在北，蚩尤在南。（据传说，蚩尤部落在东南沿海，而神农部落曾定都曲阜，该部落可能在今山东境内的沿海地带生息。）禺䝞可以涨潮淹没蚩尤全部落，也可退潮，让出土地，给神农部落繁衍生息——神农部落原来的土地则割让给蚩尤。我将神农塑造成有悖常理的英雄：他祈求禺䝞施行后一方案。因他既要为神农部落求存，又不想消灭蚩尤部落的全体人民——这人民是被首领蚩尤胁迫卷入战争的,他们和自己一样,是人。

但本部落的平安,就要建立在对少女女娲的牺牲之上吗?

剧中自由仁爱的神农部落民,不同于历史上以和亲换和平的任何王朝之人。他们反对女娲以牺牲自己的"小我",成全部落的"大我"。他们主张肩负责任,抵抗到底,哪怕死灭。

面对如此顾念她的乡邻,女娲决定舍己。这是出于她的爱,也是出于父亲的遗命。我给她的此刻写了首歌词——《我知道了爱的含义》。在舍身尝百草而溘然长逝的父亲神农身旁,面对部落即将毁灭的未来,女娲唱道:

> 啊,父亲
> 我知道了爱的含义
> 爱就是
> 你的生命与我附体
> 爱就是
> 心之所向万死不惜
> 爱就是
> 背负邻人的伤痛悲喜
> 爱就是
> 纵身跃入舍己之地

金色的童年在我心头浮起

　　爱我和我爱的人都在这里

　　精卫啊别生气我永远爱你

　　但我必须走向那深蓝海底

她的自我牺牲，必包含她的恋人姜栩——此二人已在精神上连为一体。爱情毫无公平可言。爱情只有甘愿。

女娲、姜栩和禹虢的三人戏码，才最终通向"精卫填海"。

还有三个配角的名字也是从《山海经》中来，他们的存在，丰满了故事的色泽和质地。

一个是女娲的乳母孟槐。这个名字取于《山海经·北山经》："谯明之山，有兽焉，其状如貆而赤豪，其音如榴榴，名曰孟槐，可以御凶。"孟槐是一种样子像豪猪、有赤色棘刺的御凶辟邪的山兽。在剧中，她是女娲的守护者，慈爱刚烈，不畏邪恶，真像带了"赤色的棘刺"一样。

还有两个调节气氛的丑角——峳峳和䴔䴔。他们是禹虢的弄臣，他们的人生观是"服从强者，识时务者为俊杰"。

峳峳之名来自《山海经·东山经·东次二经》："硜山，有兽焉，其状如马，而羊目、四角、牛尾，其音如嗥狗，其名曰峳峳，见则其国多狡客。"峳峳是不祥之兽，出现在哪个国家，哪个国家就奸佞当道。

𰻞𰻞之名来自《山海经·东山经·东次二经》："空桑之山，有兽焉，其状如牛而虎文，其音如钦，其名曰𰻞𰻞，其鸣自叫，见则天下大水。"𰻞𰻞兽是洪灾的预兆。

为什么要在《山海经》里找人物名字？名字非小事，它塑造一个灵魂的色彩、个性和命运。因此，我们才在生活中费尽心思给孩子取名；在戏剧中给人物命名，也同样。

编织故事的过程，即是勘探意义的过程。神话故事的再创作，乃是寓言性的大叙事，意在展现不同价值世界的冲突，回应现今之人内心的争战，寻求"人"所能依傍的意义磐石——这意义，是现代社会貌似深刻的文化悲观论和肤浅乐观的放任主义，所拒绝承诺的。

"精卫填海"本是一个因徒劳无望而更显意志不屈的复仇故事。它的表层是仇恨与报复，它的深层是对正义的呼求——虽然我弱小，但我有活着的权利，大海你凭什么剥夺我？

大海笑了：真是岂有此理，谁让你来我这儿耍？你若有本事驾驭我，会死吗？

听起来都不错：一个是权利（正义）逻辑，一个是能力（权力）逻辑。

虽然我已定意将精卫填海的故事改写成爱情故事，但原故事蕴含的逻辑较量必须考虑在内——这是爱情故事的意义背景，它也需要饱满才好。

于是将这意义背景以人物、情节铺张开来。女娲和神农的意义维度既已确定,神农部落作为一个"国度"所象征的价值,也明晰起来。作为"国度"张力的另一极,蚩尤部落、禺虢统帅的海底世界所象征的价值——实际上是我们所熟悉的这个强力世界的真实面貌——也随之建构完成。

这想法,在第一幕第一场戏和第二场戏之间的幕间曲说明里已经表明,可要难为作曲家了:

> 这场部落战争(神农部落和蚩尤部落之间)幕间曲,有着超历史的人性意味:两个部落是两种价值、两种人类国度的象征。这是一种纯粹的艺术创造,并非"还原"历史。
>
> 神农部落是自由、平等、仁爱而公正的诗乐之国(神农作为神农琴和五音律的发明者、舍身尝百草的最早的医生,他是爱、美、自由与良知的源泉性力量,这一点十分重要),它象征人类那种易碎而美好的文明,那种至为珍贵、如梦如幻、温暖轻柔的爱与诗的价值。一种超功利的优美精神性。自觉而淳朴的良知灌溉着每一个部落民。理想之国的缩影。
>
> 蚩尤部落是丛林价值的象征,拥有强力,也信仰强力,是物质性、刚性力量的化身。是人类对武

力、权力、物质之膜拜的缩影。

神农部落与蚩尤部落之战，其象征意义犹如雅典与斯巴达之战。

女娲后来舍己投身的禺貌海族部落，与蚩尤部落是同一性质的价值国度。

再创作的"精卫填海"爱情故事，就在这样的价值冲突中展开。

女娲、姜栩——两个"精卫"，是何结局？他们和禺貌最后如何收场？两个国度，最后胜负如何？

这里就卖个关子吧。

只想说，这是一个有关爱与拯救的故事，它诞生于正义与复仇的母胎。

如果你想告诉我"这故事听起来太假了，它只是你未经证实的信仰的道具而已。这世界如我所见，一切坚固的东西都烟消云散了，包括曾经坚固的爱与拯救"，那么我只想问：你能担保你未来看见的，不会是相反的景象吗？你若相信你的眼前所见能延续到未来，直到世界的末了，那么，这也同样只是你"未经证实的信仰而已"哦。

任何创作，都是作者对意义的选择与承担，《精卫填海》也不例外。

2022年1月24日

首版后记

迪伦马特是我喜爱的作家,关于文学和批评的关系,他有一套幽默的见解:"文学与文学批评的直接联系是微乎其微的,就像星球与天文学一样。星球的存在可以不依赖天文学。而天文学却不能没有星球。天文学家要研究星球,而不是批评星球。有的评论家在我看来,就像某些天文学家一样,只容忍太阳存在,而去诅咒那些未知的星球。因为他们不理解,就认为不可能。"

为了验证他老人家的说法,十几年来我尝试着做批评,搞创作,包括操练他的老行当——写话剧,终于得到了一点近乎废话的体会:创作和批评确是两种完全不同的活计。创作的第一驱力是作家生命的原始情结,它黑暗,无解,汹涌,自我中心,虽然知识和理性可以助益其表达,但其核心处于知识和理性之外;批评的第一驱力是批评家的真理意志,它光亮,博识,澄澈,理解他人,虽然激情和偏见的修辞会令它不同凡响,但其本质是对激情和偏见的克服。创作是作家通过一次次的"创世"行为,逐步开掘自我天性的过程,"天性"是其作品形式和主旨的真正上帝;批评则是批评家在博览了几乎所有类型的作品并生成自己的哲学观念之后,对批评对象做出的审美和真理评判,"博识"是批评行为的前提条件。作家是花掉大量时光去跟原始情结做自我搏斗和认知的人;批评家是较早克服了原始情结而将心智轻快地转向外部世界的人。作家阅读自我,虽然这一"自我"也容纳他人;批评家阅读他人,虽然那些"他人"也映射其自我。作家的工作方法是"演绎",从一深切体认的"共相"出发,营造千变万化的"殊相";批评家的工作方法是"归纳",从千变万化的"殊相"里,寻求切中本质的"共相"。但作家和批评家中的伟大者,却会消弭这两种行当的边界,共同趋向对"精神本体"的呈现,只是表达方式不同罢了——作家用形象,批评家用观念。作家的形象含混多解,批评家的工作往往像是"转译"和"导览"——将含混形象转译成普遍理性可以理解的语言,指给读者去看其视野未及之处,揭示作家如何用肉身的魔术指喻"本体"

的实相。但这仅仅是针对杰作而言。批评家的另一面目对作家可就不太讨喜——即挑剔者，不买账者，意义宣教者。对意义匮乏和审美平庸说不，是批评家的权力；说"不"的依据是其广博的阅读经验和丰富的知识参照系。

行文至此，便要说到自己。经过十余年的批评写作，我才确切地知道自己并不适合批评写作。批评家需要轻盈、博识和系统知识，我的视线却沉重、集中，缺少对系统知识的兴趣。那么收在本书里的文字是些什么呢？只能说，它们是一个写作者的一己偏见，源于持续不断的执拗注视。这种偏见不是建立在广博丰富的知识参照系之上，而是建立在自我探究的价值选择之上；这种注视亦不是发乎学理的冷静旁观，而是自我投入的主观凝视。对于注视对象，其态度不是"酒逢知己千杯少"，便是"话不投机半句多"；作为报应，读者对于本书，恐怕亦会如此。

这本集子里的文章陆续写于2003年到2013年，多是关于文学和戏剧的散碎议论，偶尔触及电影和泛文化议题，也是出于文学人的立场。贸然采用编年体例，虽有东施效颦大人物之嫌，但考虑到它的诸多好处——比方说，免于分类的生硬，方便事情的回想——也就顾不得许多了。书名定为"必须冒犯观众"，出自责任编辑陈卓先生的卓见，颇与此书的鲁莽气质吻合，在此致谢。并深谢他对此书的青眼，以及充满创意的劳动。

在修订书稿的过程中，仿佛重温了十一年荒废而又慷慨的时光。感谢多年来一直给我勇气和陪伴的家人。感谢那些招我读书、看戏、写稿、切磋，从而减轻我的荒废之罪的师友。也感谢新星出版社和本书的读者。但愿它没有太过辜负你们的热情。

2013年12月27日于北京

后记

《必须冒犯观众》曾于2014年由新星出版社出版。此次增订,挪去了关于王小波的文字(归入另册),删掉了一些如今看来有点仓促的东西,增补了几篇于我有纪念意义的早年短文,以及2014年后写的若干文章,重新编排,说明如下:

甲辑是剧评,分享了我的一些观剧经验和剧本阅读的经验。虽然戏剧乃小众艺术,有观剧习惯的读者朋友恐怕不多,但仍将这束剧评编在前面,是基于对此时代的强烈感受:现在,人与人的关系几乎不再是人格性的"我—你"关系,而渐变成物格化的"我—它"关系,活生生的他人，已沦为网络彼端的音视频讯号。时代愈如此，剧场艺术愈显其珍贵和重要，以致它竟成唯一一种具有"共同体"意味的艺术样式——观看者不辞劳苦从四面八方汇聚而来，与激情排演了数十日的创作者共处于同一实体空间，彼此感应，彼此交通，彼此叩问，彼此改变。独一性的灵光存留于此种"原始"艺术。爱与真理格外怜恤不怕成为少数的愚拙人。我实在找不到哪个时代比今天更需要戏剧。我用这种编排方式表明这一看法。这不仅仅因为我是一名剧作者。相反，因为感到这种迫切的呼召和吸引，我才在中年之际成为一名剧作者。

乙辑是几篇影像作品观感。丙辑是些具体文学作品的书评、书序或札记。丁辑则是关于文学批评、随笔、小说和文学杂志本身的话题性探讨。戊辑是几篇社会批评或曰文明批评。己辑是我的几部戏剧的创作谈。

这版《必须冒犯观众》，有二十几篇文章是旧版所无，当然，旧版亦有三十多篇文字，不在这里——这是我要对可能的老读者作出交代的。八年时间改变了许多东西，包括改变一本书。

李静

2022年6月25日

《我害怕生活》总后记

这套集子,缘于友人罗丹妮和王家胜的美意。对待文字,丹妮是一团火,随时感应,随时欢欣、席卷、拥抱或疏离。家胜则如磐石,沉稳地施行他的眼光和主见。两位目光如炬的编辑说要给我出"文集",着实令我深感惶恐——作为写作者的我尚在形成之中,远未到以此种形式论定和总结的时候。但丹妮安慰道:表示"总结"的文集很多,可表示"开始"的文集很少,咱们做一套吧。此语卸下了我的重担,却是编辑者冒险的开始。感谢他们二人为此书付出的智慧、勇气与劳作。感谢李政珂先生的精心设计——文集名和各分册封面的书名,皆由他以刻刀木刻而成，这实在是创作激情所驱动的书籍设计。感谢止庵先生关键时刻的热诚赐教。感谢陈凌云先生和吴琦先生的大力支持，以及单读编辑部的赵芳、节晓宇的辛勤工作。也感谢上海文艺出版社的同仁们。此书即将付梓之际，深念往昔一些编辑家师友在写作路途中的激励与成全，亦在此致谢，他们是：章德宁，林贤治，孙郁，林建法，徐晓，王雁翎，张燕玲，沈小兰，尚红科，陈卓。

感谢家人，以及所有扶助过我的师友。

感谢读者，恳请你们的批评指正。

李静

2022年8月9日，于北京

图书在版编目（CIP）数据

必须冒犯观众 / 李静著. -- 上海：上海文艺出版社，2024. -- (我害怕生活). -- ISBN 978-7-5321-9121-5

Ⅰ. I06-53

中国国家版本馆CIP数据核字第202425VY64号

发 行 人：毕　胜
责任编辑：肖海鸥　叶梦瑶
特约编辑·赵　芳　干家胖　罗丹妮
装帧设计：李政坷
内文制作：李俊红　李政坷

书　　名：必须冒犯观众
作　　者：李　静
出　　版：上海世纪出版集团　上海文艺出版社
地　　址：上海市闵行区号景路159弄A座2楼　201101
发　　行：上海文艺出版社发行中心
　　　　　上海市闵行区号景路159弄A座2楼206室　201101　www.ewen.co
印　　刷：苏州市越洋印刷有限公司
开　　本：1240×890　1/32
印　　张：16.875
插　　页：3
字　　数：308,000
印　　次：2024年12月第1版　2024年12月第1次印刷
Ｉ Ｓ Ｂ Ｎ：978-7-5321-9121-5/I.7171
定　　价：78.00元
告 读 者：如发现本书有质量问题请与印刷厂质量科联系　T：0512-68180628